Surgeon Elysee

외과의사 엘리제

외과의사 엘리제 1

유인 장편 소설

초판 1쇄 찍은 날 | 2016년 9월 27일
초판 7쇄 펴낸 날 | 2021년 7월 16일

지은이 | 유인
펴낸이 | 예경원

기획 | CL프로덕션
편집책임 | 박우진
편집 | 이즈플러스

펴낸곳 | 예원북스
등록번호 | 제396-2012-000132호
등록일자 | 2012. 7. 25
WFN | 제3-006호

주소 | 경기도 고양시 일산동구 호수로 646-24 위너스21Ⅱ빌딩 206A호 (우)10401
전화 | 031-819-9431 팩스 | 031-817-9432
E-mail | yewonbooks@naver.com

ISBN 979-11-5845-458-6 04810
979-11-5845-459-3 (set)

※ 이 도서의 국립중앙도서관 출판시도서목록(CIP)은 서지정보유통지원시스템 홈페이지(http://seoji.go.kr)와 국가자료공동목록시스템(http://www.nl.go.kr/kolisnet)에서 이용하실 수 있습니다.

Surgeon Elysee

외과의사 엘리제

유인 장편소설

1

Contents

서장

[비상사태입니다! 비상사태입니다!]

기장의 떨리는 목소리가 장내에 울려 퍼졌다.

[승객 여러분, 저희 비행기는 현재 원인 불명의 기체 이상으로 비행 궤도를 이탈하고 있습니다!]

콰앙!

그 말과 함께 갑자기 비행기 한쪽에서 거대한 굉음이 들렸다. 무언가 터지는 듯한 소리였다. 거대한 콩코드 여객기가 순식간에 아수라장으로 변했다.

"꺄아악!"

"살려줘! 아악!"

[승객 여러분, 주 엔진이 정지하였습니다. 지금 당장 비상 탈출을 준비해 주십시오. 다시 한 번 말씀합니다. 지금 당장…….]

승객 모두의 얼굴이 하얗게 질렸다. 비상 탈출이라니? 지금 비행기는 태평양 한가운데 1만 미터 높이에 떠 있다. 여기서 비상 탈출을 하면 무조건 죽는다.

"아악! 살려줘! 난 이렇게 죽을 수 없어!"

"엄마! 아악!"

승객 모두가 죽음의 공포에 질려 악을 질렀다. 그리고 그 순간 비즈니스석에 앉아 있는 한 한국 여인이 주먹을 움켜쥐었다.

'비상 탈출이라고? 여기서 비상 탈출해서 살 수 있을 리가 없잖아!'

그녀는 몸을 부르르 떨었다.

'안 돼! 또 이렇게 죽을 수는 없어! 이번 삶도 행복하지 못했는데. 이제 겨우 행복해지려고 하고 있었는데!'

그녀의 이름은 송지현. 외과의사이자 최연소 서울대학교 의대 교수로 발령 난 천재였다.

'죽도록 노력했는데! 이제 겨우 지난 삶의 잘못을 바로잡으려 하고 있는데!'

마스터 서전(Master surgeon).

그레이트 서전(Great surgeon).

희대의 천재.

괴물.

이렇듯 그녀를 부르는 별명은 수도 없이 많았다. 하지만 그러면 뭐 하겠는가? 이제 죽을 운명인데.

'이번 삶은 행복해지고 싶었는데.'

그녀는 눈물을 흘렸다. 두 번째로 겪는 허무한 죽음이다. 그녀의 눈앞에 지난 두 번의 삶이 주마등처럼 스쳐 지나갔다.

첫 번째 삶은 이곳 지구가 아닌 다른 세상이었다.

엘리제 드 클로랜스.

귀족 가문의 딸로 태어나 황후의 자리까지 올랐으나, 탐욕과 질투에 사로잡혀 온갖 나쁜 짓은 다 하며 살다가 처형당했다.

'그때는 왜 그렇게 살았을까?'

떠올리기도 싫은 흑역사다. 이제는 만날 수도 없지만 당시 잘못했던 사람들에겐 지금도 미안한 마음뿐이다. 특히 가족들. 자신 때문에 목숨을 잃었던 사랑하는 이들. 단 한 번이라도 그들을 다시 만날 수 있다면. 물론 그것은 이루어질 수 없는 부질없는 바람일 뿐이었다. 당시의 잘못은 그녀 가슴의 한으로 남아 있었다.

그리고 두 번째 삶.

송지현.

고아로 태어나 필사적으로 노력하며 살았다. 고아임에도 과학고 조기 졸업, 서울대 의대 수석 입학, 졸업, 외과 최우수 전공의, 그리고 서울대 의대 최연소 교수! 첫 번째 삶의 잘못을 사람을 살리는 일로 갚고자 끝없이 노력했다. 그리고 이제 겨우 꿈을 펼치고, 겨우 행복해지려 하고 있었는데! 죽음이라니!

그때였다!

콰앙!

다시금 굉음이 울렸고 비행기가 크게 기울었다.

"……!"

메케하게 올라오는 타는 냄새. 그녀는 죽음을 직감했다. 이미 비상 탈출조차 불가능한 상황이었다. 닥쳐오는 공포에 그녀는 눈을 질끈 감았다.

'아아……!'

그런데 어째서일까? 문득 첫 번째 삶, '엘리제'로 살던 때의 가족들이 떠올랐다. 근엄하던 아버지, 엄격하지만 마음속 깊이 자신을 생각하던 큰오빠, 그리고 못난 자신을 항상 아끼던 자상한 작은오빠. 소중했던, 하지만 그 당시에는 그 소중함을 몰랐던 이들. 그들이 너무도 보고 싶었다. 그들에게 저지른 자신의 잘못 때문일까? 30년이란 세월이 지났음에도 이전 가족들을 향한 그리움은 깊어만 갔다.

'다시 한 번 만날 수 있다면…… 그럴 수만 있다면…….'

그 순간이었다.

번쩍!

굉음과 함께 시야가 빛에 뒤덮였다. 그것이 그녀, '송지현'의 마지막 기억이었다. 그렇게 그녀의 두 번째 삶이 끝났다.

1장
회귀

아릿한 흑백의 사형대.

온몸이 피에 젖은 한 여인이 묶여 있었다. 고귀한 신분을 나타내는 화려한 옷은 온갖 고초에 더럽혀진 지 오래였고, 성난 군중들은 여인을 향해 소리를 질렀다.

"죽여라! 죽여라!"

"이 추악한 악녀!"

퍼억!

어디선가 날아온 돌이 그녀의 머리를 때렸다.

주륵.

새빨간 선혈이 얼굴을 가로질러 흘러내렸으나 그녀를 동정하는 이는 아무도 없었다. 모두 분노에 차 저주를 내뱉을 뿐이었다.

"마지막으로 할 말은 없느냐?"

단두대 앞에서 황제가 물었다. 한때 그녀의 남편이었던 그는 눈가에 차가운 경멸을 담고 있었다.

황제는 시린 목소리로 말했다.

"후작은…… 너의 아버지와 오라비는 모두 죽었다. 모두 너 하나의 잘못 때문에."

"……!"

"그들 모두 마지막까지 너를 걱정하더군. 제발 너의 목숨만은 살려달라고."

그 말을 들은 그녀의 눈동자에 후회와 괴로움이 깃들었다. 하지만 뒤늦은 후회일 뿐이었다.

"지옥에서 그들에게 사죄하도록."

황제는 차갑게 선고했다. 그리고 섬뜩한 단두대가 그녀의 목 위로 떨어졌다.

장면이 변했다.

흑백의 수술실. 의사들이 환자를 보며 다급한 표정을 짓고 있었다.

"비장 파열이야! 혈압이 너무 낮아!"

"수혈은?!"

"이미 하고 있어요! 하지만 출혈이 너무 심합니다."

그들의 눈동자가 흔들렸다. 환자의 상태가 너무 좋지 않았다. 과연 살릴 수 있을까?

그때였다!

드르륵!

수술실 문이 열리며 한 여인이 들어왔다.

"환자 상태 어때요?"

작은, 아니, 가녀리단 표현이 어울리는 여인이었다. 피 한 방울만 봐도 쓰러질 것 같은, 이런 차가운 수술실과는 전혀 어울리지 않는 여인.

그런데 그런 그녀를 본 의사들의 표정이 이상했다.

"교수님!"

마치 구원자를 본 듯한 얼굴이었다.

여인이 차분한 목소리로 물었다.

"수술 준비는 다 됐죠? 혈압은 어떤가요?"

"60대입니다."

심각한 쇼크 상태. 하지만 여인은 일말의 동요도 없이 고개를 끄덕일 뿐이었다. 여인이 수술용 장갑을 끼며 건장한 체구의 남자 의사를 바라봤다.

"김 치프."

"네? 네, 교수님!"

"왜 이렇게 긴장하고 있어요?"

"그…… 환자의 상태가……."

그 말에 여인이 웃었다. 사람의 마음을 안정시키는 부드러운 미소였다.

"김 치프, 이제 우리가 뭘 해야 하죠?"

"……."

"말해봐요."

"배를 연 후…… 비장에서 출혈 혈관을 찾아 지혈해야 합니다. 그리고 비장 손상 정도에 따라 절제 여부를 결정해야 합니다."

여인이 대수롭지 않게 고개를 끄덕였다.

"맞아요. 정확해요. 그렇게 할 거예요."

"……."

"잘 들어요. 지금부터 우리는 이 환자를 살릴 거예요. 비록 환자의 상태가 좋지는 않지만 저는 우리가 이 환자를 살릴 수 있다고 생각해요. 여러분도 그렇게 생각하지 않나요?"

"……네, 그렇습니다."

그녀의 차분한 말에 동요하던 의사들의 마음이 진정되기 시작했다. 그렇다. 살릴 수 있었다. 그 어떤 환자라도 이 여려 보이지만 그 누구보다도 강한 여인과 함께라면!

"메스."

수술에 들어가는 순간, 그녀의 표정이 바뀌었다. 가녀린 여인에서 생사의 갈림길을 놓고 싸우는 철혈(鐵血)의 외과의사로.

"오픈합니다."

메스가 복벽을 갈랐다. 동맥에서 터져 나온 피가 그녀의 하얀 얼굴을 적셨고, 그렇게 전쟁이 시작되었다.

"……!"

지현은 번뜩 눈을 떴다.

"또 꿈이구나……."

그녀는 고개를 저었다. 이전 삶들. 제국의 악녀 엘리제와 외과의사 송지현의 꿈이었다.

"그런데 도대체 어떻게 된 거지?"

그녀는 자신의 몸을 내려다보았다.

"난 분명 죽었는데……."

그런데 살아 있었다. 그것도 굉장히 익숙한 몸으로! 그녀는 한숨을 내쉬고 믿을 수 없다는 듯 거울을 바라봤다.

백금발의 인형같이 아름다운 얼굴을 가진 엘리제 드 클로랜스. 첫 번째 삶의 자신으로 돌아온 것이다.

'도대체 어떻게 된 일이지?'

그녀는 한숨을 내쉬었다. 분명 자신, '외과의사 송지현'은 죽었다. 원인 불명의 비행기 사고로. 하지만 눈을 떠보니 첫 번째 삶으로 돌아와 있었다. 그것도 16살의 어린 시절로.

'모르겠다.'

그녀는 고개를 저었다.

'어쨌든 살아 있으니까.'

그녀가 의식을 차린 지 벌써 열흘이 지났다. 처음 눈을 떴을 때는 혼란스러움이 극에 달했었지만 지금은 많이 안정된 상태다. 어떻게 이런 일이 일어난 것인지는 모르지만 받아들이기로 한 것이다.

그때였다.

"아가씨, 들어갈게요."

"아, 응. 들어와."

곧 메이드복을 입은 어린 하녀가 먹을 것을 들고 들어왔다.

"여기 식사예요, 아가씨."

"응, 고마워."

어린 하녀는 식탁에 조심스럽게 음식을 내려놓은 후, 그녀의 눈치를 살폈다.

"저…… 아가씨."

"응?"

"혹시 몸이 안 좋으신 것은 아니시죠?"

"괜찮아. 왜?"

지현은 의아한 표정을 지었다.

"아니, 그…… 평소와 조금 다르신 것 같아서요. 기운도 없으시고……."

그녀는 잠시 고개를 갸웃했다가 하녀의 말뜻을 깨달았다.

'아, 내 원래 성격이…….'

첫 번째 삶에서의 엘리제 드 클로랜스는 인형 같은 외모와 다르게 성격이 아주 뭐 같았다. 툭하면 성질에 짜증이었고, 주변의 물건을 집어 던지는 것도 예사였다. 그녀의 그런 못된 성격 때문에 다친 아랫사람이 한둘이 아니었다.

그녀는 자신이 저지른 죄악을 떠올리며 치를 떨었다. 이 제국 최고의 명문, 클로랜스 후작가는 바로 자신 때문에 멸문하게 된다. 소중했던 이들이 죽어가던 모습은 두 번째 삶에서도 그녀의 가슴에 한으로 남아 있었다.

'이번엔 결코 그런 일이 일어나게 하지 않겠어.'

다시 엘리제의 몸으로 돌아왔으니 이제는 그녀의 삶을 살아야 한다. 지구에서 서전, 외과의사의 삶을 살았던 그녀이기에 이번 삶은 어떻게 살아야 할지 아직은 잘 모르겠다.

하지만 한 가지 확실한 것은 있다. 과거와 같이 후회가 가득한 삶은 절대로 사절이다.

"마리."

"네? 네!"

부드러운 그녀의 음색에 어린 하녀 마리는 화들짝 놀라 답했다.

'왜 이러시는 거지? 저러다 또 무슨 트집을 잡아 때리는 것은 아닐까?'

이 어린 주인의 악랄함을 익히 잘 알고 있는 어린 하녀의 눈동자에 순간 두려움이 밀려왔다.

"오늘까지지? 내가 벌받는 날이?"

"네, 아가씨."

지금 엘리제는 잘못을 저지른 후 아버지인 엘 후작의 노여움을 사 자신의 방에 감금되어 벌을 받는 중이었다.

'감금 중이라 다행이야.'

덕분에 아무도 그녀를 찾아오지 않았다. 만약 혼란스러워하는 그녀를 누군가 봤다면 분명 이상하게 생각했을 것이다.

"저, 아가씨. 그렇지 않아도 후작님이 점심에 아가씨를 뵙자고 하셨어요."

"아버지가?"

"네, 가족 만찬에 참석하라 하셨어요."

"……!"

그녀는 흠칫 놀랐다. 가족 만찬이라면…….

"모두 모이시는 거야? 아버지도, 새어머니도, 큰오라버니, 작은오라버니까지?"

"네, 당연하죠. 총기사단(Rifle Knightage)의 부단장인 큰공자님 빼고는 다들 특별한 일이 없으시니 모두 오실 거예요."

두근.

지현의 가슴이 떨렸다. 드디어 이전 삶의 가족들과 만나게 되는 것이다. 길고도 긴 두 번의 삶과 죽음을 지난 재회였다.

곧 점심시간이 되었다. 지현은 드레스를 입은 채 저택의 식당 앞에 우뚝 서 있었다.

'들어가야 하는데…….'

그녀는 식당 문을 열지 못하고 한참을 머뭇거렸다. 이미 식사 시간이 지나 가족은 모두 모여 있었다.

'도대체 어떻게 대해야 하지?'

그녀가 머뭇거리는 이유는 30년 만에 만난 가족들을 어떻게 대해야 할지 몰라서였다.

'보고 싶었는데…….'

지구에서 두 번째 삶을 살았다 해서 첫 번째 삶의 가족들을 가슴에서 모두 지우고 살았던 것은 아니었다. 오히려 자신이 저지른 잘못 때문에 한(恨)처럼 가슴에 맺혀 계속해서 보고 싶었다.

'하지만…….'

지금 그녀의 자아는 '후작가의 공녀 엘리제'가 아닌, '외과의사 송지현'이기 때문에 어떻게 그들을 대해야 할지 어색한 마음이 들었다. 하지만 그녀는 곧 고개를 저었다.

'뭘 고민하는 거야, 송지현. 가족들을 만나는 거야. 그것도 30년이나 그리워했던.'

끼익.

식당 문을 열자 담소를 나누던 가족들이 대화를 멈추고 고개를 돌렸다. 그들의 얼굴을 보는 순간, 그녀의 시간이 멈추었다.

'아……!'

그녀는 입가를 손으로 가렸다. 의도치 않게 손이 파르르 떨렸다. 어떻게 대해야 할지는 애초에 고민할 필요가 없었다.

자신을 말없이 사랑하던, 하지만 자신이 저지른 잘못으로 누명을 쓰고 죽은 아버지. 못난 자신임에도 한없는 애정으로 편이 되어주었던, 그러나 자신으로 인해 전장으로 나가 전사한 작은오라버니. 질병으로 죽어갈 때도 친자식처럼 자신을 걱정하던, 하지만 자신은 미워만 했던 새어머니. 그들이 '살아서' 자신을 바라보고 있었다. 그 사실이 그녀의 가슴을 뒤흔들었다.

"엘리제? 왜 그러느냐?"

아버지가 의아한 얼굴로 물어오는 순간 또르륵 그녀의 눈동자에서 눈물 한 방울이 흘러내렸다.

"아, 아……."

그녀는 급히 눈물을 닦았으나 눈물은 멎지 않고 끝없이 흘러나왔다.

"리제?! 왜 그래?"

항상 자신을 아끼던 작은오라버니가 놀라 다가왔다.

"벌받는 거 많이 힘들었어? 그러게 아버지, 애가 잘못하긴 했어도 방에 열흘 동안 감금하는 건 너무 심했다니까요. 울지 말고. 우리 예쁜 동생, 이리 와."

작은오라버니, 크리스가 그녀를 품에 끌어당겨 안아주었다. 그 따뜻한 품에, 30년 만에 느끼는 그 익숙한 따뜻함에 그녀는 끝없이 눈물을 흘렸다.

'작은오라버니, 미안했어요. 정말. 정말로…… 이번 삶에선 절대 그런 일이 반복되지 않게 할게요.'

자신의 잘못으로 크림반도 전쟁에 참전했던 작은오라버니. 저택에서 그의 전사 소식을 통보받았던 것이 떠올랐다. 그때의 참담함을 절대로 반복하지 않을 것이다.

크리스가 품 안에 안긴 그녀의 어깨를 다독였다.

"많이 힘들었구나. 울지 마. 이제 곧 약혼까지 할 다 큰 숙녀가 이렇게 울면 안 되지."

아버지와 새어머니도 그녀에게 다가왔다.

"여보, 그러니까 너무 심했다고 했잖아요. 애가 아무리 잘못했어도."

"크흠, 미, 미안하다. 내가 너무 심했던 것 같구나. 내, 내가 잘못했으니 울지 말고."

늘 근엄하기만 했던 아버지가 안절부절못한 얼굴로 사과했다. 하지만 지현은 그들의 말이 들리지 않았다.

'살아 있어. 모두 살아 있어. 꿈이 아니야.'

그녀는 크리스의 품에서 벗어났다.

"저…… 저 괜찮아요."

그녀는 가족들을 바라봤다. 눈물이 멈추지 않았지만 그래도 미소를 지었다. 지난 삶의 회환과 고통, 아련함이 담긴 미소였다.

"아버지, 어머니, 그리고 작은오라버니."

"왜 그러느냐, 엘리제?"

그녀는 오랜 시간, 무려 30년의 세월 동안 가슴에 묻어두었던 말을 꺼내었다.

“사랑해요.”

그리고 눈을 감았다. 감긴 그녀의 눈가에서 눈물 한 방울이 다시 흘러내렸다.

“그리고…… 죄송했어요. 정말로.”

그렇게 그녀는 첫 번째 삶으로 돌아왔다. 그녀는 간신히 눈물을 진정시킬 수 있었다.

아버지, 엘 드 클로랜스 후작은 헛기침을 했다.

“미안하구나. 네가 그렇게 힘들어할 줄은 몰랐다.”

가족들은 그녀가 벌받은 게 서러워서 그렇게 울었다 생각했다. 지현은 고개를 저었다.

“아니에요. 제가 잘못한 거니까요.”

사실 그녀는 자신이 무슨 잘못을 해서 벌을 받았는지 모른다.

‘뭐, 무언가 잘못했겠지. 비싼 물건을 집어 던졌거나, 아랫사람에게 행패를 부렸거나.’

스스로 생각해 봐도 그녀의 성격은 참으로 못되고 고약했다. 아무리 인형처럼 예쁘게 생기면 뭐하겠는가? 성격이 이따위인데.

‘그래도 아직은 크게 문제가 될 만한 사고는 저지른 게 없다는 게 그나마 다행인가?’

지금은 제국력 283년. 그녀는 16살로, 다행히 큰 잘못을 저지르기 이전의 시기였다.

‘아직 잘못하기 전이니까, 다 바꿀 수 있어.’

반드시 이전 삶을 반복하지 않고 가족들을 사랑하며 행복하게 살리라. 지현은 그렇게 다짐했다.

한편, 그런 그녀를 바라보는 가족들의 표정이 이상했다.

'애가 왜 이렇게 변했지?'

평소와 너무나 달랐다. 짜증이 사라진 공손한 태도, 부드러운 말투. 그리고 도저히 16살의 어린 나이로 느껴지지 않는 차분함. 모르는 사람이 보면 완전히 다른 사람으로 느껴질 정도였다.

'감금은 너무했나?'

엘 후작은 자신이 어린 딸에게 너무 심한 벌을 내린 게 아닌가 하는 생각이 들었다.

'하지만 이전에는 어떤 벌을 줘도 상처는커녕 전혀 반성하는 기미도 없었는데.'

저렇게 온화한 얼굴로 앉아 있으니 보기야 좋았지만 의아한 생각이 들었다.

'그래도 금방 다시 원래대로 돌아오겠지.'

그는 씁쓸한 표정을 지었다. 저렇게 매사 공손하게 사람들을 대한다면 참 좋겠지만 아마 며칠 못 갈 것이다. 자신의 딸이지만 예쁜 외모와 다르게 성품이 너무 못됐다. 아무리 혼내고 가르쳐도 소용없었다.

'내가 죽기 전에 저 아이가 철드는 모습을 볼 수 있을까?'

그는 답답한 마음이 들었다. 하지만 이 순간, 그는 상상도 못 했다. 자신의 바람이 얼마나 빨리 이루어질지. 그날부터 그의 딸, 엘리제가 완전히 달라진 것이다.

"마리, 나머지는 내가 할게."

"괘, 괜찮은데……."

"아니야. 내가 하는 게 편해서 그래. 그리고 너는 해야 할 일도 많잖아. 가서 일 봐."

하녀 마리는 자신의 앞에 서 있는 소녀가 정말 엘리제인지 의심했다.

'혹시 다른 사람인 것은 아니겠지?'

하지만 저 인형같이 예쁜 얼굴을 보면 엘리제가 분명했다.

"아, 그리고 아까 케이크 고마워."

"……!"

마리는 다시 한 번 놀랐다. 엘리제 아가씨는 자존심 때문에 절대 고마움을 표현하지 않는 사람이었다.

'정말 아가씨가 맞는 거겠지?'

마리는 최근 그녀의 변화를 떠올렸다. 마치 다른 사람이 된 것처럼 하루아침에 사람이 바뀌었다.

'심지어 우리한테 사과도 하시고.'

가족 만찬 이후, 엘리제 아가씨는 믿을 수 없는 일을 하였다. 그동안 자신이 심하게 행패 부렸던 사람들한테 찾아가 사과한 것이다. 모두 깜짝 놀라 그녀의 사과를 받았지만 그녀가 진심으로 변했다고 생각한 이는 없었다.

한때의 변덕이고, 곧 다시 이전처럼 못되게 굴 것이라 여겼다. 사람의 인성은 쉽게 변하는 것이 아니니까. 하지만 그날 이후 아가씨는 정말로 변했다.

'전혀 성질도 안 부리시고 아랫사람들도 배려해 주시고…….'

마리는 엘리제의 얼굴을 바라봤다.

'심지어 어제는 한스의 어머니가 아픈 걸 아시고 치료비도 주셨어.'

그뿐이 아니었다. 선배 하녀인 매리가 임신했다는 소식에 선물을 주기도 하고, 몸이 안 좋은 유니에겐 약을 지어주기도 했다. 그런 배려를 받은 사람들이 엘리제 아가씨에게 얼마나 감동했는지는 말할 필요도 없었다.

'갑자기 천사가 아가씨의 몸에 들어간 것일까?'

아직 어린 마리는 그런 생각을 하였다. 확실히 인형처럼 예쁜 엘리제가 온화하게 웃을 때면 마치 천사가 미소 짓는 듯했다.

'만약 천사가 들어온 거면, 천사님, 계속 떠나지 말고 이대로 있어 주세요.'

마리는 그렇게 바랐다. 지금의 엘리제 아가씨는 너무나 착하고 좋아서 영원히라도 옆에서 모시고 싶을 정도였다.

'아, 시간이.'

종이에 무언가를 적어 내려가던 지현은 시계를 보고 자리에서 일어났다. 지현이 엘리제의 몸으로 돌아온 지도 벌써 한 달이 지났다. 어느 정도 생활에 익숙해진 그녀가 최근에 시작한 일은 바로 효도였다.

"아버지, 저 엘리제예요."

노크를 한 그녀는 아버지의 집무실로 들어갔다.

"크흠, 왔느냐?"

"네, 업무 보시느라 힘드시죠? 피곤하실 것 같아 차를 준비해 왔어요."

"크흠, 크흠."

그녀가 시작한 효도는 별것 없었다. 아버지가 마시는 차 직접 준비하기, 가끔 디저트 만들어주기, 적적한 새어머니와 말벗해 드리기 등 비록 사소한 일들이었지만 원래 진정한 효도는 마음에 있었다.

'이전 삶에선 고아여서 효도를 하고 싶어도 할 수가 없었지.'

두 번째 삶에서 고아로 태어나서야 부모님의 소중함을 깨달았지만 이미 늦은 뒤였다. 그래서 송지현으로 살아가는 동안 이런 순간이 오기를 얼마나 바랐는지 모른다.

"아버지, 왜 그러세요?"

엘리제는 어색한 표정을 짓고 있는 아버지를 보며 의아한 표정을 지었다.

"아, 아니…… 네가 이렇게 차를 끓여 주니……."

"……?"

"좋아서 말이다. 크흠, 우리 딸이 끓여 주는 차를 마시는 날이 오다니."

그렇게 말한 아버지는 헛기침을 하였다. 딸에게 이런 효도를 받은 게 처음인 그는 적잖이 감동한 눈치였다. 그 모습을 본 엘리제는 가슴이 뭉클했다. 고작 차 끓여 드리는 게 뭐라고.

'앞으론 자주 끓여 드릴게요. 아니, 더 좋은 것도 해드릴게요.'

"차는 입에 맞으세요?"

"아, 그래! 참 맛있구나. 황궁에서 마시는 차도 이렇게 깊은 맛이 나지 않은데. 도대체 어떻게 이렇게 끓인 것이니?"

엘 후작의 말은 거짓이 아니었다. 딸이 끓여 주는 차는 황궁의 전문 시녀가 끓이는 것에 비해 맛이 못하지 않았다. 아니, 오히려 능가하는 것 같았다.

"그동안 틈틈이 공부했었어요."

그녀는 속으로 생각했다.

'뭐, 거짓은 아니니까.'

첫 번째 삶. 황후가 된 후, 차를 좋아하는 황제의 마음을 잡으려고 다도를 공부했었다. 별 효과 없는 노력이었지만 황궁에서 배운 솜씨이니만큼 그 실력은 웬만한 장인 못지않았다. 이후, 두 번째 삶에선 외과의사로 살면서 제대로 된 차를 끓일 일이 없었지만 다행히 실력이 녹슬진 않은 것 같았다.

"그러면 이만 가볼게요. 너무 무리하지 마세요, 아버지."

엘 후작은 뭔가 아쉬운 목소리로 말했다.

"아…… 조금 더 있다가 가도 된단다."

"아니에요. 제가 있으면 방해되잖아요. 저녁 식사 때 뵐게요. 그럼 수고하세요."

그녀는 시끄러운 소리가 나지 않게 조심히 문을 닫고 나갔다. 엘 후작은 그녀가 나간 방문을 한참을 바라봤다. 그는 감동한 얼굴로 생각했다.

'우리 딸이 저렇게 변하다니. 아버지 건강도 챙기고.'

원래 바라만 보고 있어도 행복한 게 자식이다. 그런데 이렇게 효도까지 하니 어찌 아니 기쁠까? 그는 이 행복이 날아갈까 봐 딸이 남기고 간 차를 조금씩 조금씩 아끼면서 마셨다.

방에 돌아온 엘리제는 종이에 무언가를 적기 시작했다.

'앞으로 10년.'

그녀가 적고 있는 것은 다름 아닌 앞으로 일어날 일들이었다. 그녀가 단두대의 이슬로 사라지기까지는 약 10년 정도의 시간이 남아 있었다.

'그때까지 앞으로 일어날 중요한 일들은 대비하고 있어야 해.'

30년이 넘는 세월이 지나 기억이 뚜렷하진 않았다. 그래도 중요한 일들은 얼추 생각이 나, 일단 떠오르는 대로 적어 내려갔다.

2차 크림원정, 작은오라버니 사망.

그 문장을 적으니 가슴이 찌르르 아팠다. 이번엔 반드시 막을 것이다.

질병 악화로 새어머니 사망.

트레스탄가(家)의 역모 사건. 클로랜스 가문의 멸문. 아버지 처형.

황후를 비호한 죄로 큰오라버니 처형.

가슴의 통증을 참으며 그녀는 묵묵히 적어 내려갔다. 이번 삶에선 다를 테니까. 내가 그렇게 만들 거니까. 가족들과 관련은 없지만 중요한 일들도 적었다.

1차 크림원정군, 원인 불명의 전염병으로 전멸. 추정 사망자 4만 7천 명.

웨일의 하버 공작 부인 파킨슨병 악화로 사망.

현(現) 황제 지병 악화로 병사.

2차 론도 대역병 사건. 브리티아 제국 수도 론도(Londo) 내 추정 사망자

10만.

크림전쟁 後, 동방에서 기원한 천연두 유행. 남부 3개 도시 폐쇄. 사망자 7만 명.

그녀는 한숨을 내쉬었다.

'확실히 시대가 시대이니만큼 질병 관련 이슈가 많구나. 아직 공중보건의학이나 여러 선진 의학이 확실히 정립되지 않았을 때이니까.'

그녀는 자신이 적은 문구를 다시 바라봤다.

2차 론도 대역병 사건. 브리티아 제국 수도 론도 내 추정 사망자 10만.

정말 무시무시했다. 그나마 대비를 해서 저 정도였다. 지금으로부터 약 20년 전, 1차 대역병 때는 수도 내에서 15만이 넘는 사람이 죽었다고 하니까.

'희생자를 줄일 방법은 없을까?'

그녀는 고민했다. 엘리제의 몸으로 돌아왔지만 그녀의 자아는 '송지현'. 사람의 죽음을 외면하지 못하는 철혈의 외과의사였다.

'전염병만이 문제가 아니야. 현대 지구에서는 중한 질병으로 취급하지 않는 질환으로도 많은 사람이 사망하는 시대니까.'

그녀는 고민했다.

'내 의학 지식을 이용하면 희생자를 줄일 수 있지 않을까?'

그녀의 머리에는 현대 의학 지식이 들어 있었다. 그것도 희대의 천재라 불릴 정도로 방대한! 사고 당시 비행기를 탔던 것도 연구 업적으로 상을 받으러 세계 외과학회에 참석하기 위해서였다.

'물론 내가 외과의사라 공중보건역학이나, 의학사(醫學史)는 자세히 모르지만 그래도 도움이 될 수 있을 거야.'

그녀는 자신을 첫 번째 삶으로 돌아오게 한 하늘의 뜻이 어쩌면 이것에 있을지도 모르겠다는 생각을 했다.

'나중에 아버지와 이야기를 해봐야겠어.'

아버지인 엘 후작은 제국의 재상이었다. 그녀가 하는 이야기를 합리적으로 들어줄 것이다.

'그리고 급한 일들이 대충 정리되면 의사로서의 삶을 살아야지.'

그녀는 이전 외과의사의 삶을 떠올렸다. 차가운 메스의 감촉, 죽음과 교차하는 생의 희망. 그 긴장이 그리웠다. 엘리제의 몸으로 돌아왔지만 그녀는 외과의사의 영혼을 가지고 있었으므로, 이번 삶에서도 사람을 살리는 것에 보람을 느끼며 살고 싶었다.

'다른 이슈는…….'

그녀는 계속해서 떠오르는 과거들을 적어 내려갔다. 사소한 것도 있고 심각한 내용도 있었다. 그런데 기억을 더듬으며 적어 내려가던 그녀는 멈칫했다.

'맙소사. 내가 왜 이걸 잊고 있었지?'

그녀는 침을 꿀꺽 삼켰다.

나와 황태자와의 약혼 발표. 제국력 283년. 탄신연회.

제국력 283년! 바로 올해였다.

'탄신연회면 7월. 앞으로 두 달밖에 안 남았어!'

엘리제의 안색이 하얗게 질렸다.

탄신연회. 제국의 모두가 그녀를 축복하던 그때, 황태자와 자신의 약혼이 공표되었고, 비극은 바로 그때부터 시작되었다.

그날 저녁 식사 시간.

간만에 모든 가족이 모여 식사를 하였다.

"엘리제, 입맛이 없니?"

"아, 아니에요. 어머니."

후작 부인은 딸의 '어머니'란 말에 미소를 지었다. 엘리제는 지금껏 계모인 그녀에게 단 한 번도 '어머니'란 표현을 사용한 적이 없었다. 엘 후작과 결혼한 후, 자식을 못 가져 엘리제를 딸처럼 여겼던 후작 부인은 그녀가 자신을 멀리하는 것이 섭섭했는데, 최근에는 정말 많이 바뀌었다.

'그날 처음으로 날 어머니라 부를 때, 얼마나 기쁘던지.'

단순히 말로만 어머니라 부르는 것이 아니었다. 엘리제는 친어머니에게 하듯 친근히, 그리고 공손히 자신을 대했다. 후작 부인은 그 변화가 놀라우면서도 기뻤기에 하늘에 감사했다.

'그런데 오늘은 왜 이렇게 엘리제의 표정이 안 좋지?'

최근 딸은 항상 부드러운 얼굴을 하고 있었는데, 오늘따라 이상했다. 마치 큰 걱정이 있는 것처럼 표정이 어두웠다.

'좋아하는 딸기 케이크가 나왔는데도 거의 손도 안 대고.'

"엘리제, 혹시 무슨 걱정이라도 있니?"

"아, 아니요."

딸은 고개를 저었지만 누가 봐도 무슨 일이 있어 보였다. 모두 의아한 표정을 지었다.

"크흠, 왜 그러느냐?"

"그래, 엘리제. 무슨 일이 있으면 이야기해 봐. 오빠가 다 해결해 줄게."

엘 후작과 크리스가 걱정스레 물었다. 오랜만에 집에 온 큰오라버니 렌만이 말없이 그녀를 바라봤다.

"그게……."

엘리제는 주저하다 작게 한숨을 내쉬었다.

"탄신연회 말이에요, 아버지."

"아……!"

엘 후작은 고개를 끄덕였다. 딸이 무슨 걱정을 하는지 깨달은 것이다.

"난 또. 그건 걱정하지 말거라."

엘 후작은 근엄한 얼굴에 미소를 지었다.

"이미 폐하와 이야기를 다 끝냈다. 모두 네가 원하던 대로 될 것이다."

엘리제는 속으로 비명을 질렀다.

'안 돼!'

그가 말을 이었다.

"탄신연회 때 폐하께서 너와 태자 전하의 약혼을 공식적으로 발표할 거다."

그녀는 눈앞이 캄캄해졌다. 그런데 그 순간 차가운 목소리가 그들 사이를 갈랐다.

"아버지, 전 그 약혼에 반대입니다."

찔러도 피 한 방울 안 나올 것 같은 딱딱한 인상, 하지만 감탄이 나올 정도로 수려한 외모의 미남. 엘리제의 큰오라버니인 렌 드 클로랜스 남작이었다.

"렌, 그게 무슨 말이냐? 태자 전하와 엘리제의 약혼에 반대라니?"

"솔직히 묻겠습니다. 아버지는 저 아이가 태자 전하와 어울린다고 생각하십니까? 아니, 제국 모든 신민의 어머니인 황후의 자리에 적합하다고 보십니까?"

"너……! 그게 무슨 말이냐?!"

동생을 조금도 배려하지 않는 그 거침없는 말에 엘 후작이 언성을 높였다.

"미천한 제가 황제 폐하가 결정한 일을 뭐라고 할 수는 없겠지만 이기적인 저 아이가 과연 황후에 어울릴지 잘 모르겠어서 말입니다."

식당에 갑자기 싸늘한 적막이 돌았다.

'아…… 형. 한 달 만에 집에 와서 또 이러는구나.'

크리스는 속으로 한숨을 내쉬었다.

'맨날 엘리제만 보면 못 잡아먹어 안달이니.'

황실 근위 총기사단의 부단장인 렌 남작은 이기적인 엘리제를 항상 못마땅해했다.

'이런 이야기를 들었으니 또 한바탕하겠구나. 엘리제의 성격에 절대 그냥 넘어갈 리 없으니.'

그런데 엘리제의 눈치를 살핀 그는 깜짝 놀랐다.

'응?'

엘리제는 전혀 기분 나빠 하지 않은 얼굴이었던 것이다. 오히려 뭔가 알 수 없는 아련함이 가득한 얼굴을 하고 있지 않은가.

'뭐지? 내가 지금 잘못 보고 있는 건가?'

하지만 그의 짐작대로 엘리제는 전혀 기분 나쁘지 않았다. 오히려 그 반대였다.

'큰오라버니, 독설은 여전하구나. 이전에는 저 독설을 참 싫어했었는데.'

이전 삶에서 황후가 된 후, 그녀가 잘못을 저지를 때마다 큰오라버니는 거침없이 직언을 날렸다.

당시에는 그게 참 눈엣가시처럼 싫었는데, 이제는 안다. 그가 어떤 마음으로 그런 말들을 했었는지.

'큰오라버니의 말이 모두 맞아. 난 황후의 자리에 어울리지 않아.'

그녀는 당시의 삶을 떠올렸다. 모든 비극은 그녀가 황후가 되면서부터 시작되었다.

'막아야 해, 이 약혼은. 무조건.'

모두에게 비극이었던 그 결혼은 비단 자신뿐 아니라 황태자에게도 비극이었다.

'곰곰이 생각하면 태자 전하도 그 결혼의 희생자지. 나야, 내 잘못에 대한 대가를 치른 것이지만 그는 아무런 죄도 없이 불행한 시간을 보내야 했으니까.'

그녀는 한숨을 내쉬었다.

'무조건 약혼을 막아야 해. 그리고 이번 삶에선 황실과 상관없는 의사의 삶을 사는 거야.'

그렇게 그녀는 생각에 잠겨 들었다. 렌은 동생을 노려보고, 엘리제는 별말이 없었다. 그날의 식사는 어색한 분위기 속에서 흐지부지 끝났다.

"저, 잠시 생각할 게 있어서 방에 먼저 올라가 볼게요."

그러고 그녀는 방으로 돌아갔다.

크리스가 렌을 흘겨봤다.

"형, 오랜만에 와서 리제한테 왜 그래?"

"난 내 생각을 말했을 뿐이다."

"요즘 우리 동생이 얼마나 착하게 지내는데!"

"착해? 엘리제, 그 아이가?"

렌은 코웃음을 쳤다.

크리스는 발끈해 말했다.

"형은 제대로 보지도 않고! 요즘 리제가……!"

"지난 15년 동안 그 아이를 봤다. 그런데 착해졌다고? 차라리 해가 서쪽에서 뜬다면 믿겠군."

"형!"

크리스가 목소리를 높이려 했으나 렌은 고개를 저었다.

"쓸데없는 이야기는 그만. 난 이만 기사단으로 돌아가 보마."

크리스는 한숨을 내쉬었다. 이 고집불통인 형은 엘리제의 변화를 직접 보지 않는 한, 절대 믿지 않을 것이다.

'봐도 과연 믿을지. 무조건 의심부터 하는 성격이니까.'

"요즘 계속 바쁘네. 언제 다시 들어와?"

"글쎄, 당분간은 어려울 것 같다."

"총기사단은 이번 크림원정에서 빠진 거지?"

렌은 고개를 끄덕였다.

"크림원정은 일단 2군단에서 전담하기로 했다. 하지만 만약 프랑소엔 공화국이 참전하기로 결정되면 로열 나이츠인 우리 총기사단도

출전하겠지.”

“그러면 출전 가능성이 없는 건 아니네?”

“그렇지. 공화국도 흑해(黑海)로 향하는 재해권을 그냥 포기하지는 않을 테니까.”

아직 날씨가 쌀쌀해 렌은 얇은 코트를 걸쳤다.

“크리스, 잘해라.”

“뭘?”

“다. 가족들 잘 챙기고, 아버지 이름에 먹칠하지 말고.”

크리스는 입술을 삐죽거렸다.

“쓸데없는 잔소리. 형이야말로 총알엔 눈이 없으니 조심해.”

렌은 피식 웃었다.

“그래, 다음에 보자.”

한편 엘리제는 침대에 엎드려 고민에 잠겼다.

‘어떻게 하지? 탄신연회까지는 두 달도 안 남았어.’

엘리제는 황태자를 떠올렸다. 그와의 결혼은 자신의 가장 큰 과오였다. 그와 결혼하지만 않았어도 첫 번째 삶이 그렇게 비참하게 막을 내리진 않았을 것이다.

‘그를 위해서도, 나를 위해서도 이 결혼은 막아야 해.’

하지만 문제가 있었다. 태자와의 약혼은 그녀 본인이 강하게 주장해서 이루어진 것이란 점이다.

1년 전, 그러니까 15살 때 그녀는 태자에게 홀딱 반했었다. 잠시 스쳐 가는 설렘이라 하기엔 그녀는 너무 뜨겁게 사랑의 열병을 앓았고, 원하는 것은 뭐든지 손에 넣어야 하는 성격상 아버지에게 태자와의 결혼을 강력히 졸랐다.

'문제는 그게 이루어졌다는 것이지.'

그녀의 아버지인 엘 드 클로랜스 후작이 제국의 명재상이자 현 황제의 가장 절친한 친우인 탓이었다. 황제는 자신의 가장 신임하는 신하인 클로랜스 후작의 딸이 태자와 맺어지는 것을 기꺼워했고, 그렇게 비극이 시작되었다.

'하아, 어떻게 하지? 이제 와서 마음이 변했다고 할 수도 없고. 무려 태자와의 약혼이야. 일단 약혼이 공표되면 황실의 체면상 뒤집을 수도 없을 텐데. 어떻게 하지?'

그녀는 한참을 고민했다. 하지만 시간이 흐를수록 아무리 생각을 해봐도 뚜렷한 수가 떠오르지 않았다. 황제가 결정한 일을 무슨 수로 뒤집겠는가. 그렇게 그녀가 근심 어린 얼굴로 고민하고 있을 때, 마리가 들어왔다.

"아가씨, 홍차 가져왔어요."

마리가 따뜻한 홍차를 내려놓았다.

"아, 매번 고마워. 마리."

"……."

그런데 마리는 바로 나가지 않고 잠시 머뭇거렸다.

"응? 왜 그러니, 마리?"

"저, 아가씨."

마리는 한참을 주저하다 입을 열었다.

"무슨 일이신지는 모르지만…… 너무 걱정하지 마세요. 다 잘될 거예요."

어린 하녀는 얼굴이 빨개져 고개를 숙였다.

"어제부터 너무 표정이 안 좋으셔서. 주제넘었다면 죄송해요."

그 말에 잠시 멍한 표정을 짓던 엘리제는 잔잔히 웃으며 말했다.

"마리, 잠시 이쪽으로 와볼래?"

"네."

마리가 가까이 오자 엘리제는 기특하다는 듯 그녀의 머리를 쓰다듬었다.

"고마워. 이제 다 컸네, 우리 마리."

'우리 마리.'

그 말에 마리의 가슴이 뛰었다. 지금까지 저택 누구에게도 듣지 못한 말이다. 변한 아가씨는 참 이상했다. 고작 16살밖에 안 되는 어린 소녀임에도 마치 자상한 큰언니를 보는 것 같았으니까.

'계속 이 모습 그대로 변하지 않았으면.'

그렇게 소원한 마리가 나간 후, 엘리제는 홍차를 마시며 생각했다.

"그래, 이렇게 고민해 봤자 답은 나오지 않아."

그녀의 눈빛이 가라앉았다.

"방법은 단 하나야."

찻잔을 내려놓고 그녀는 결연하게 말했다.

"정면 돌파. 황제 폐하께 직접 고해야 해. 그것 외에 다른 방법은 없어."

지금의 엘리제의 자아는 '송지현'이다. 부드러워 보이지만 뼛속까지 '외과의사'인 송지현. 지난 삶을 살면서 잔머리를 굴렸던 적은 없다. 문제에 부딪히면 늘 정면으로 부딪쳐 해결했다.

쾌도난마(快刀亂麻).

Cutting the Gordian knot.

이는 헝클어진 매듭을 칼로 자른다는 뜻으로, 외과의사가 가장 좋아하는 문제 해결 방식이었다.

'큰 벌을 받을지도 모르지만.'

약혼을 청할 때는 언제이고, 이제 와 물러달라니? 아무리 자신이 황제가 조카처럼 여기는 친우의 딸이라지만 크게 분노할 것이 분명했다.

'그래도 어쩔 수 없어. 벌을 받아도 내가 감당할 몫. 이 약혼은 취소해야 해.'

진중한 얼굴을 한 그녀는 그때부터 계획을 짜기 시작했다. 헝클어진 매듭을 칼로 자르더라도 효율적인 계획이 필요한 법. 그렇게 그녀는 황제가 최대한 덜 분노하면서 자신의 의견을 받아들이게 할 수 있는 방법을 고민했다.

황제 폐하를 알현할 기회는 생각보다 빨리 찾아왔다. 황제가 엘 후작과 엘리제를 황성으로 초대한 것이다.

'황태자비가 될 나를 한 번 더 보려는 것이겠지?'

현 황제와의 만남은 이번이 처음이 아니었다. 엘 후작이 황제와 각별한 사이였기에 어린 시절부터 종종 볼 기회가 있었고 황제는 그녀를 조카처럼 귀여워했다.

"아가씨, 에비앙 디자이너에게 어떤 스타일의 드레스를 주문할까요?"

"아니야. 그냥 있는 드레스로 입을게."

"네? 하지만 괜찮으시겠어요?"

"응, 드레스는 많잖아."

"하지만……."

엘리제는 고개를 저으며 생각했다.

'쓸데없는 사치야.'

과거 그녀는 무도회나 황궁에 갈 때마다 매번 새로운 드레스를 일류 의상 디자이너에게 주문 제작해 입었었다. 최고급으로 주문함은 당연한 일. 그녀가 한 번 입고 버린 드레스를 갖다 팔기만 해도 어마어마한 돈이 나올 것이다.

'그런 허영과 겉치레는 중요하지 않아.'

외과의사 송지현으로 살며 그녀는 자신을 꾸며본 적이 거의 없었다. 꾸밀 시간도, 여유도 없었고 무엇보다 첫 번째 삶 때 사치와 허영의 극을 경험하며 그것의 덧없음을 뼈저리게 느꼈다.

'중요한 것은 사람의 내면이니까.'

그렇게 생각한 그녀는 드레스룸으로 향했다.

상당수 버렸음에도 드레스룸에는 화려한 옷들이 눈이 번쩍 뜨일 정도로 많았다.

"어떤 옷으로 할까요, 아가씨? 이건 어떠세요?"

마리는 붉은빛 드레스를 꺼내었다. 마치 장미처럼 화려한 옷이었다. 하얀 피부의 엘리제가 입으면 꽃처럼 아름다우리라.

"아니, 그거 말고 조금 더 단정한 옷은 없을까?"

"이거는요?"

"그건 너무 화려한데……."

마리가 이것저것 주인의 취향을 고려해 권유했지만 엘리제는 고개를 저었다. 그녀는 드레스룸을 보며 고민했다.

'막상 입을 게 없네.'

첫 번째 삶과 다르게 지구에서 외과의사로 산 그녀인지라 화려한 옷은 딱 질색이었다.

'수술복에 흰 의사 가운이 제일 편한데. 그렇다고 수술복을 입고 폐하를 뵐 수는 없으니. 좀 단정한 스타일의 옷은 없나? 그렇다고 수수하기만 해서는 안 돼. 단정하면서도 기품 있어 보이는……'

폐하를 뵙는데 아무 옷이나 입을 수는 없는 노릇. 그녀는 단정하면서도 기품이 있어 보이는 옷을 찾았고, 한참을 뒤진 끝에 원하는 스타일을 찾을 수 있었다.

"이걸로 할게."

"정말 그걸로 하시게요? 괜찮으시겠어요?"

"응, 이게 마음에 들어."

엘리제는 하얀 색상의 깔끔한 드레스를 보며 고개를 끄덕였다.

"아가씨는 워낙 예쁘셔서 화려한 드레스가 어울리시는데."

마리가 입술을 삐죽했지만 엘리제는 담담히 웃을 뿐이었다.

"그나저나 마리, 내가 이전에 집사에게 부탁한 것 어떻게 되었니?"

"이제 곧 저택에 도착할 거예요."

"그래, 고맙다. 늦지 않게 도착하도록 다시 한 번 집사에게 확인해 주렴."

"네."

엘리제는 어느새 황혼이 드리운 창밖을 바라보았다.

'앞으로 삼 일 뒤.'

앞으로 그녀의 삶은 이번 황제와의 만남에 달려 있다 해도 과언이 아니었다.

'반드시.'

그녀는 결연한 표정을 지었다.

2장

불공평한 내기

드디어 운명의 날이 다가왔다.

엘리제는 드레스를 입고, 몸단장을 했다. 지나치게 화려한 복장을 피하고 단정하게 입었지만, 그렇다고 치장을 소홀히 한 것은 아니었다. 이런 자리에서 여자의 꾸밈은 검이자 방패다. 중요한 이야기를 해야 하는 만큼 소홀함 없이 최선을 다했다.

"이건 이렇게 해줄래?"

"평소보다 화장이 조금 옅은데 괜찮으세요?"

"응, 이게 더 나은 것 같아."

이전 엘리제는 무조건 화려한 옷에 짙은 화장을 선호했다. 하지만 그녀는 속으로 고개를 저었다.

'쓸데없는 허영을 떠나 나에게 어울리지 않아. 요란하게 꾸민다고 어울리는 게 아니니까.'

21세기 고도로 발달한 지구의 화장술을 경험한 그녀다. 외과의사로 살며 치장을 즐기진 않았지만 어떤 화장이 자신에게 어울리는지 정도는 잘 알고 있었다.

"이 브로치와 저 목걸이, 그리고 진주 귀걸이를 해줄래?"

"네, 아가씨!"

치장을 마친 그녀는 거울을 바라봤다.

'좋아. 나쁘지 않아.'

옆의 마리가 말했다.

"와…… 너무 예뻐요, 아가씨."

"괜찮니?"

"네, 평소처럼 화려하진 않지만 그래도 너무 예뻐요. 기품 있어 보이고. 이전보다 이게 더 잘 어울리는 것 같아요."

엘리제는 살짝 미소를 지었다.

"고마워."

치장을 끝내자 그녀는 미리 준비한 물건을 들고 저택을 나왔다. 먼저 나와 기다리고 있던 엘 후작이 그녀를 맞았다.

"다 준비됐느……."

딸의 모습을 본 엘 후작의 눈이 크게 떠졌다.

"엘리제……?"

"네? 왜 그러세요, 아버지?"

엘리제는 푸른 눈을 깜빡였다. 엘 후작뿐만이 아니었다. 배웅하기 위해 나온 새어머니도, 작은오빠도 모두 눈을 동그랗게 뜨고 그녀를 바라봤다.

"왜 그러세요?"

하지만 다들 선뜻 답을 못 했다.

"너……."

너무도 아름다웠다. 평소에도 예뻤지만 오늘은 마치 그림에 나올 것처럼 아름다웠다. 엘리제가 특별히 고급스럽게 치장을 한 것은 아니었다. 수수하게 공들인 은은한 화장에 진주 목걸이, 수공예 브로치, 단정한 하얀 드레스. 그게 전부였다. 하지만 그런 단정하면서도 기품 있는 차림이 역설적으로 그녀의 아름다움을 극대화시켰다. 과거의 화려한 차림이 오히려 그녀의 매력을 반감시켰다면, 지금의 기품 있는 차림은 그녀의 인형 같은 얼굴에 시선을 집중시키며 아름다움을 더욱 돋보이게 했다.

엘리제는 고개를 갸웃했다.

"뭐 이상해요?"

"아, 아니다."

엘리제가 옆으로 다가가 아버지의 손을 잡았다.

"가요, 아버지."

후작은 화들짝 놀라 고개를 끄덕였다.

"크흠, 그, 그래. 가자."

그렇게 둘은 마차에 오른 후, 황궁으로 향했다.

따각따각.

엘 후작과 엘리제를 태운 마차가 황궁에 들어갔다. 브리티아 제국은 브리티아 섬과 서대륙 본토를 넘어 5개의 대양, 6개의 대륙 전체에 영향력을 떨치고 있는 세계 최강의 강대국이었다. 가히 해가 지지 않는 대국(大國). 그런 만큼 황궁은 크고 화려했다.

엘리제는 잠시 회한이 서린 눈으로 황궁을 바라봤다.

'오랜만이구나.'

과거 유폐되기 전까지 황후로서 6년의 세월을 이곳에서 보냈다. 물론 좋은 기억은 아니었다.

'그때는 이곳이 세상의 모든 것인지 알았는데.'

그녀는 씁쓸히 시선을 돌렸다. 문득 서글픔이 밀려왔다.

'폐하와 이야기가 잘 풀려야 할 텐데.'

그녀는 마음을 가다듬기 위해 눈을 감았다. 그런 그녀를 보며 엘 후작이 입을 열었다.

"어디 몸이 안 좋으냐, 엘리제?"

"아니에요, 아버지."

"혹시 안 좋으면 말하거라. 참지 말고."

아버지의 걱정 담긴 말에 그녀는 미소를 지었다.

"아버지."

"응?"

"혹시 제가 잘못하면 어떻게 하실 거예요?"

"그게 갑자기 무슨 말이냐?"

"그러니까 만약에 제가 사고라도 치면……."

엘 후작은 미간을 찌푸렸다.

"왜? 또 무슨 잘못이라도 저질렀느냐?"

요즘은 잠잠하지만 엘리제는 하루가 멀다 하고 잘못을 저지르는 사고뭉치였다.

후작은 단호히 말했다.

"잘못했으면 벌을 받아야지."

"그렇죠?"

"그래, 혹시 숨기고 있는 것이 있으면 지금 말하거라. 솔직히 말하면 용서해 주마."

"그냥 물어본 거예요. 특별히 잘못한 것은 없어요."

'아직은.'

엘리제는 속으로 한숨을 내쉬었다.

'이제 곧 사고를 칠 거라서요. 죄송해요, 정말로.'

나름 준비를 해오긴 했지만 황제가 어떤 반응을 보일지 걱정이었다.

'폐하의 분노를 사더라도 그래도 부닥쳐야 해. 이번 삶에서 태자 전하와의 인연은 오늘로 끝내자.'

그렇게 다시 한 번 다짐한 그녀는 하늘을 올려다보았다. 문득 외과의사로 살던 지구에서의 삶이 떠올랐다.

차가운 수술실의 공기.

흔들리는 바이탈.

붉은 피.

숨 막힐 듯한 생사의 기로.

고달픈 삶이었지만 수술실에서만큼은 행복했다. 그 긴박한 긴장감이, 죽어가는 사람을 살려냈을 때의 보람이 그리웠다.

'이번 일이 끝나면…….'

이 제국에서 의사의 삶을 살 것이다. 이번 일이 끝나고 황제가 내린 벌을 받고 난 후에 말이다.

“폐하께서는 지금 장미정원에 계십니다.”

황궁의 시종장이 그들을 맞았다.

장미정원은 황궁 내에서도 아름답기로 손꼽히는 곳이다. 엘리제와 엘 후작은 여러 색상의 장미들이 활짝 만개한 정원으로 들어갔다. 잠깐 걸으니 조그만 연못 옆에 대리석으로 만든 정자가 나타났다. 그 단아한 느낌의 정자에서 한 중년 남성이 서류를 읽고 있었다.

“……!”

엘리제는 숨을 깊이 들이마셨다.

인자한 표정, 그러면서도 모든 것을 꿰뚫어 보는 듯한 깊은 눈빛. 브리티아 제국의 11대 황제이자 제국의 산업화를 이끈 희대의 명군, 민체스터 드 로마노프였다!

후작과 그녀는 예를 올렸다.

“황제 폐하께 엘리제 드 클로랜스가 인사 올립니다.”

황제가 서류를 내려놓으며 시선을 돌렸다.

“어서 오게, 후작. 클로랜스 영애도 오랜만이구나. 잘 지냈느냐?”

“네, 폐하.”

“거기 그렇게 서 있지 말고 앉거라. 너희는 차를 좀 더 내오고.”

황제는 부드러운 음색으로 말했다.

엘리제는 가볍게 목례를 하고 다소곳하게 정원의 의자에 앉았다.

“짐이 오랜만에 영애가 보고 싶어서 이렇게 불렀네. 거의 반년 만에 보는 것 같은데, 반갑구나.”

“황공하옵니다, 폐하.”

"그동안 별일 없었지? 잘 지냈는가?"

"네, 폐하 덕분에 잘 지냈습니다."

황제는 잔잔히 웃었다.

그 온화한 미소를 보니 엘리제는 순간 마음이 뭉클했다.

'여전하시구나.'

이전 삶, 모자란 자신임에도 황제는 한결같이 자신에게 잘해 주었었다.

'마음 둘 곳 없는 황궁에서 폐하의 따스함에 위로를 많이 받았었는데…….'

그래서인지 지병이 갑작스레 악화되어 그가 사망할 때, 가슴이 참 많이 아팠었다.

'좋은 황후가 되어 달라 부탁하셨는데, 전혀 그 유언을 들어주지 못했어. 더구나 오늘도 몹쓸 부탁을 하러 왔으니. 얼마나 화내실까?'

엘리제는 씁쓸한 표정을 지었다.

'그런데 요즘 몸은 괜찮으신 걸까? 지금도 지병을 앓고 계실 텐데.'

그녀는 황제의 안색을 살폈다. 황제는 그녀와 인사를 나눈 후, 아버지와 담소를 나누는 중이었다. 황제는 온화하게 웃고 있었지만 눈가에서 짙은 피로가 느껴졌다. 물론 겉으론 전혀 티를 안 내고 있었지만 의사인 그녀가 봤을 때 몸 상태가 좋아 보이지 않았다.

'도대체 무슨 병을 앓고 있으셨던 거지? 당시 황궁 어의는 혈액순환이 안 된다고만 할 뿐, 정확한 진단을 내리지 못했었는데.'

그녀의 눈이 깊어졌다.

'정확히 진단만 내릴 수 있으면 당시의 일을 막을 수 있을 텐데.'

그녀는 황제가 갑작스레 혼수상태에 빠졌던 일을 떠올렸다. 당시

태자의 정치 기반은 완벽하지 못했고 그 틈을 노린 3황자와의 다툼으로 제국은 극심한 혼란에 빠졌었다. 끝내 죽음에 이르게 했던 황제의 병을 치료할 수 있다면 당시의 혼란을 막을 수 있을 것이다.

'당시 혼수상태에 빠졌을 때 폐하의 몸에서 케톤 냄새가 났었지. 호흡은 깊고 빠르고. 분명 산혈증(Acidosis)에 의한 혼수야. 평소 기력이 없으면서 산혈증을 일으킬 만한 질환.'

그녀는 '외과의사 송지현'으로서 단서를 추적했다.

'분명 내가 아는 질환일 거야. 뭘까?'

어렴풋이 답이 잡힐 듯 말 듯했다.

그때였다. 한참 아버지와 대화를 나누던 황제가 빙긋 웃더니 그녀를 바라봤다.

"오늘따라 영애가 이상하군. 분위기가 조금 바뀐 것 같아. 이전보다 조신해진 느낌인데?"

엘리제의 얼굴이 살짝 붉어졌다. 이전 그녀는 철없는 행동을 많이 했었다. 황제야 조카 재롱 보듯 귀엽다고 넘어가 주셨었지만.

엘 후작이 껄껄 웃으며 말했다.

"그렇습니다, 폐하. 갑자기 철이 들었는지, 이 아이가 요즘 참 많이 변했습니다."

"아, 아버지."

"최근 어떤 일이 있었냐면……."

그러면서 후작은 근엄한 얼굴에 어울리지 않게 팔불출처럼 최근 변한 딸의 모습을 자랑하였다. 부모에게 효도하고 오빠들을 다정하게 대하게 된 것, 사려 깊게 아랫사람들을 챙기는 일 등.

"그래서 요즘 저택 내에서 이 아이에 대한 칭찬이 자자합니다."

"허허, 그래?"

황제가 엘리제를 바라봤다. 어릴 때부터 봐왔던 만큼 황제도 그녀의 평소 모습을 잘 알고 있었다. 나이가 들며 차차 나아질 거라 생각하긴 했지만 이렇게 갑자기 변했다고?

"매번 자네에게 차를 끓여 준다고?"

"네, 그렇습니다. 그 맛이 얼마나 깊은지 깜짝 놀랄 정도입니다."

"그래? 궁금하군. 클로랜스 영애, 나한테도 그 차를 맛볼 수 있는 영광을 줄 수 있겠는가?"

그 장난스러운 말에 엘리제의 얼굴이 붉게 물들었다.

"황공하옵니다. 제 미천한 솜씨가 폐하의 입을 어지럽힐까 걱정됩니다."

"무슨 말인가? 영애가 끓여 주는 차라면 그 맛이 더욱 각별할 터. 걱정하지 말고 솜씨를 발휘해 보게."

그 말에 어쩔 수 없이 그녀는 자리에서 일어나 고개를 숙였다.

"그러면 최선을 다해 보겠습니다. 혹시나 부족하더라도 많이 탓하지 말아주십시오."

그리고 그녀는 시종들에게 다가갔다.

"제가 지금 이야기하는 것들을 준비해 주실 수 있을까요?"

"네, 영애."

"일단 동방 청의 흑차와 백차를 준비해 주세요. 그리고 물은 오늘 뜬 약수로 받아주시고……."

똑같은 찻잎을 사용해도 배합, 물의 상태, 끓이는 온도 등에 따라 차 맛은 천차만별로 달라진다.

'폐하께서 선호하시던 차가…….'

그녀는 기억을 더듬어 민체스터 황제가 좋아하던 방식으로 차를 끓였다. 이전 삶에서도 시아버지인 그에게 가끔 차를 끓여 드린 적이 있기에 그의 취향은 잘 알고 있었다.

"여기 차를 내왔습니다."

그녀는 공손하게 차를 올렸고 향을 맡은 황제는 놀란 표정을 지었다.

"향이 참 그윽하군. 내가 예전에 청나라 대신이 직접 끓인 차를 마신 적이 있는데, 그때와 흡사한 향이야."

"과찬이십니다."

한동안 향을 음미하던 그는 차 맛을 보고 더욱 감탄한 표정을 지었다.

"훌륭해. 언제 이렇게 다도를 배운 건가? 이거 황궁 시종들 보고 영애한테 가서 차 끓이는 법을 다시 배우라 해야겠군."

황제가 기특한 얼굴로 엘리제를 바라봤다.

동방의 대국 청에서 차가 전파된 후, 다도는 귀족들의 고아한 취미가 되었다. 어떤 차를 얼마나 훌륭하게 끓여 마시느냐가 귀족가의 품격을 나타내는 중요한 지표가 되어, 제국의 귀부인들 모두 다도에 열중이었다. 따라서 교양 깊은 귀부인일수록 훌륭한 차 맛을 내곤 했는데, 엘리제가 끓인 차는 제국의 어떤 귀부인과 비교해도 손색이 없는 솜씨였다.

"자기 혼자 몰래 공부했다고 합니다. 저도 매일 엘리제가 끓여 준 차를 마시는데, 마실 때마다 머리가 맑아지고 피로가 싹 가시는 느낌입니다."

엘 후작이 또 딸 자랑을 하였다.

"그래, 정말 그대 말대로 머리가 맑아지고 피로가 가시는 느낌이야. 훌륭해. 이런 차를 매일 마실 수 있다니. 부럽군, 후작."

거듭된 칭찬에 그녀는 당황해 고개를 저었다.

"부족한 솜씨인데, 지나친 과찬이십니다."

"아니야. 그나저나 영애."

황제가 흡족한 눈빛으로 물었다.

"앞으로 황궁에 들어오면 짐에게도 종종 차를 끓여줄 수 있겠느냐?"

엘리제의 얼굴이 굳어졌다. 지금 황제는 황태자와 그녀의 결혼을 말하고 있는 것이다.

"그……."

"어쨌든 훌륭한 차를 맛보게 해줬으니 영애에게 상을 줘야겠어. 혹시 원하는 것이 있나? 부담 없이 말해보게. 어차피 곧 한 가족이 될 텐데, 내가 영애를 위해 뭐든 못 해주겠나?"

마치 가족을 바라보는 듯한 인자한 눈빛.

그녀는 침을 꿀꺽 삼켰다.

'늦기 전에 말해야 해.'

그녀는 숨을 크게 들이쉬었다. 그리고 말했다.

"폐하, 사실 드릴 말씀이 있습니다."

"무언가? 말해보게."

"사실은……."

그런데 그때였다. 서늘한 음색의 목소리가 그녀의 심장을 갈랐다.

"늦었습니다, 아바마마."

그 목소리를 듣는 순간, 엘리제의 안색이 딱딱하게 굳었다.

'설마……? 이 목소리는……?'

감정의 결이 전혀 느껴지지 않는, 그래서 영혼 깊숙이 파고드는 차가움. 절대 잊을 수 없는 그 목소리에 그녀의 손이 파르르 떨렸다.

"오, 그래. 어서 오거라."

황제가 고개를 들어 '그'를 바라봤다.

"태자."

린덴 드 로마노프.

이전 삶에서 그녀의 남편이자 엇갈림 끝에 파국으로 치달았던 이. 그녀에게 단두대의 칼날을 내린 자. 황태자가 무심한 금색 눈동자로 그녀를 바라보고 있었다.

황족 특유의 초상(超上) 능력이 담긴 금색 눈동자. 그 투명한 금안은 북풍같이 시린 빛을 띠고 있었다. 신이 빚은 듯한 얼굴은 탄성이 절로 나올 만큼 아름다움과 차가움을 동시에 품고 있었다. 시릴 정도로 차가운, 그러나 지극히 아름다운 남자. 그가 바로 브리티아 제국의 현 황태자이자 차후 희대의 명군이라 불리게 될 린덴 드 로마노프였다.

"엘리제 드 클로랜스가 황태자 전하를 뵙습니다."

생각지도 못 한 재회에 엘리제는 당황했으나 동요를 감추고 예를 올렸다. 황태자는 그저 무심히 그녀를 바라볼 뿐이었다.

'예전에는 저 눈빛을 참 좋아했었는데.'

단두대에서 목이 떨어지는 그 순간까지, 그녀는 황태자를 마음 깊이 사랑했다.

'저 차가운 눈빛도, 아름다운 얼굴도, 무뚝뚝한 말투도.'

그의 모든 것을 사랑했다.

'하지만 엇갈린 사랑이었지.'

불행히도 그는 그녀를 사랑하지 않았다. 그와 엇갈리면 엇갈릴수록 그녀의 마음은 일그러졌다.

'애초에 맺어지지 말았어야 했어.'

이전 삶, 원체 천성이 못돼 먹은 그녀였지만 그렇다고 처음부터 그런 죄악들을 저지를 정도로 악독했던 것은 아니었다.

그녀가 그렇게 파국으로 치달아야 했던 이유는 단 하나. 그와의 엇갈림. 정확히는 보답받지 못하는 사랑과 냉대 때문이었다. 그렇게 그와 엇갈릴수록 그녀는 점차 일그러져 갔고, 사치와 탐욕에 매달렸다. 그리고 집착으로 변한 사랑은 금단의 선을 넘어버렸고, 그 결과 그녀는 가족을 잃고, 단두대에 처형당했다.

'다 내 잘못이지. 어리석었어. 정말로.'

그녀는 그 참담한 기억을 떠올리며 한숨을 내쉬었다.

그래, 정말 어리석었다. 바보 같은 일이었다. 그녀는 마음을 가다듬고 시선을 돌렸다.

'그래도 이전처럼 가슴이 떨리진 않는구나.'

하긴 30년이 넘는 세월이 지났다. 그것은 가족 간의 사랑과는 달랐다. 아무리 타오르는 열정이라도 잿더미 하나 안 남기기에 충분한 시간. 하물며 그런 파국을 맞은 상대가 아니던가. 뜻밖의 재회에 놀랐을 뿐 그 이상의 감정은 생기지 않았다.

황제가 태자에게 말했다.

"늦었구나."

"재정부와 크림원정에 대한 예산안의 논의가 길어져 늦었습니다."

황제는 고개를 끄덕였다.

"그래, 중요한 문제지. 우리 제국민이 크림반도인들에게 학살당한 시점에서 전쟁은 피할 수 없는 일. 피할 수 없는 전쟁이라면 반드시 승리해야 해. 후작, 공화국의 동태는 어떤가?"

"공화국의 주력군이 검은 대륙에 묶여 있는 터라 아직 가시적인 움직임은 없습니다. 하지만 검은 대륙의 전쟁이 거의 마무리되고 있고, 저희가 크림반도를 장악 시 흑해의 재해권이 넘어오게 되므로, 어떤 식으로든 개입할 것으로 보입니다."

그들 셋은 잠시 곧 벌어질 전쟁에 대해 토의를 하였다.

"원정군은 로마노프령(領)의 2군단으로 할 생각이네. 모자라진 않겠나?"

"2군단만 해도 5만이 넘는 대병력이니 공화국의 개입만 없다면 충분합니다. 그 이상의 병력을 동원 시 재정에 부담이 갈 수 있습니다."

엘리제는 말없이 그들의 대화를 들었다.

'역시 전쟁이 벌어지는구나.'

사실 그녀는 이전 삶에서 국제 정세에 대해 잘 몰랐다. 관심이 없었기 때문이다. 다만 이 1차 크림원정에 대해서는 아는 바가 있었다.

'원정은 실패해. 그것도 참담하게.'

그녀는 주먹을 움켜쥐었다. 이 1차 원정에서 2군단이 전멸하고, 2차 원정 때 작은오빠가 참전해서 잘 알고 있었다. 그리고 작은오빠, 크리스는 2차 원정 때 전사했다.

그때였다. 황제가 그녀를 향해 웃어 보였다.

"우리가 영애를 앞에 두고 재미없는 이야기만 했구나."

"아, 아닙니다."

"어떤가? 영애는 혹시 이번 원정에 대해 특별히 하고 싶은 말은 없는가?"

"제가 어찌 감히……."

"그냥 한번 들어보고 싶어서 그러네. 부담 가지지 말고, 혹시 좋은 생각이 있으면 말해보게."

그녀의 부담을 덜어주려는 듯 편안한 목소리였다.

황제는 특별히 그녀의 조언을 구하고자 묻는 것이 아니었다. 그저 자신이 조카처럼 아꼈기 때문에, 곧 가족으로 받아들일 그녀가 어떤 식견을 가졌는지 궁금한 것이리라.

엘리제는 머뭇거렸다.

'말해도 될까?'

그렇지 않아도 그녀는 전황에 획을 그었던 몇 가지 요인을 알고 있었다.

'어떻게 이런 것을 아느냐고 의아하게 생각하지 않을까?'

그렇지 않아도 갑자기 변한 모습을 보인 그녀다. 국제 정세에 전혀 관심 없어 보이던 사람이 혜안을 드러내면 의심의 눈초리를 받을지도 모른다.

'아니야. 어쩌면 사람들의 희생을 줄일 수 있을지도 몰라.'

당시 1차 원정이 실패하며 전쟁이 길어진 탓에 수없이 많은 희생자가 발생했었다. 결국, 전쟁은 제국의 승리로 끝났지만 그때의 상처는 무척 컸다.

'의심 좀 받으면 어때? 가장 좋은 것은 전쟁을 막는 것이겠지만 그건 불가능한 일. 그렇다면 최대한 희생자를 줄여야 해.'

의사인 그녀는 사람이 죽는 전쟁이 싫었다. 전쟁을 막을 수 없다면 희생자라도 가능한 줄이고 싶었다.

"그러면 부족하지만 제 생각을 말씀드려 보겠습니다."
"어서 말해보게."
황제가 딸의 재롱을 바라보는 듯한 시선으로 고개를 끄덕였다.
"이 전쟁은 두 가지를 주의해야 합니다."
"호오, 두 가지?"
구체적인 말에 황제는 흥미로운 표정을 지었다.
"무언가?"
"첫 번째는 대륙 동부의 몽셀 왕국입니다."
"흠?"
황제는 의아한 얼굴을 했다.
"몽셀 왕국? 프랑소엔 공화국이 아니라?"
"네, 몽셀 왕국의 참전을 고려해야 합니다."
그녀의 말에 후작이 가르치듯 말했다.
"엘리제, 몽셀 왕국은 크림반도와 연관이 없단다. 비교적 거리가 가깝긴 하지만 지금 크림반도에서 벌어지는 민족 분쟁과도 상관이 없고, 내륙국이라 흑해와도 연관이 없어. 우리가 걱정해야 하는 상대는 프랑소엔 공화국이다."
엘리제가 고개를 끄덕였다.
"네, 맞아요, 아버지. 지정학적으로 보면 몽셀 왕국은 크림반도의 전쟁에 참전할 이유가 전혀 없죠."
"그런데 왜 그들의 참전을 고려해야 하지?"
"몽셀 왕국의 현 군주가 이그린트 백작이기 때문이에요."
"이그린트 백작 때문이라고?"
반문하던 엘 후작의 얼굴이 일순 굳었다. 그건 황제도 마찬가지였다. 둘 모두 제국을 경영하는 거인. 엘리제의 말에 숨은 뜻을 알아들은 것이다.

"영애, 설마 그 말은?"

"네, 이그린트 백작은 현재 국왕으로 인정받지 못한 불안전한 왕. 그가 왕위의 정통성을 얻으려면 종주국인 프랑소엔 공화국의 승인을 얻어야 합니다."

"……!"

"몽셸 왕국은 프랑소엔 공화국의 전신인 프랑소엔 제국에서 독립한 나라니까요."

황제와 후작의 얼굴이 심각해졌다. 무심한 눈빛의 황태자도 그녀를 바라봤다.

"프랑소엔 공화국은 현재 군을 움직이기 어려운 상태. 이그린트 백작의 정통성을 인정하는 대신, 우리 군의 뒤를 치는 것을 요구할 수 있습니다."

정원에 침묵이 내려앉았다. 어린 소녀의 의견이라고 무시할 내용이 아니었다. 분명 가능성이 있는 이야기였다.

"허어, 몽셸 왕국이라. 생각지도 못 했군. 그래, 가능성이 있어."

"네, 그렇습니다. 공화국이 절대 가만히 있지는 않을 터. 크림반도와 가까운 몽셸 왕국을 움직일 가능성이 충분히 있습니다."

둘은 감탄한 눈으로 엘리제를 바라봤다. 제국을 경영하는 그들도 놓친 것을 어떻게 저 어린 소녀가?

그때, 서늘한 음성이 들렸다.

"몽셸 왕국이 반도에 파병할 수 있는 병력은 2만 남짓. 너는 겨우 그 정도의 병력이 우리 제국군을 위협할 수 있다 생각하는 건가?"

황태자였다. 30년 만에 나누는 남편과의 대화에 엘리제는 알 수 없는 감정이 들었으나 담담히 답했다.

"'정면으로 싸우면' 우리 제국군이 결단코 패하지 않을 거라 봅니다. 브리티아 제국군은 서대륙, 아니, 세계 최고의 강병이니까요. 공화국과 프러시엔 공국군을 제외하면 정면으로 우리 제국군과 싸울 수 있는 병력은 없습니다."

"잘 아는군. 그러면?"

"정면으로 싸우면 말이지요."

황태자는 눈썹을 찌푸렸다.

그가 되묻기 전, 그녀는 두 개의 단어를 말했다.

"도노브강. 그리고 우크라산맥."

"……!"

"몽셸 왕국군이 만약 움직인다면 크림반도로 오는 것이 아닌, 우크라산맥 쪽으로 진격할 것입니다. 도노브강을 건너면 우크라산맥으로 곧바로 향할 수 있으니까요."

"영애, 그 말은……."

"네, 우크라산맥은 제국에서 저희 서대륙 본토의 로마노프령에서 크림반도로 향하는 유일한 입구입니다. 그 우크라산맥을 내준다면 반도에 들어간 저희 제국군은 보급이 끊긴 채 고립될 수 있습니다."

그렇게 되면 결과는 하나였다.

원정군의 전멸!

"허어……."

정원에 다시 한 번 침묵이 내려앉았다. 아까와는 비교도 안 될 정도로 무거운 침묵이었다. 제국을 경영하는 거인인 그들도 놓친 점을 지적한 그녀를 모두가 경악한 얼굴로 바라봤다.

엘 후작이 어두운 얼굴로 생각했다.

'그래, 분명 가능성이 있어. 그리고 그렇게 되면 원정군은 끝이야. 왜 이 생각을 지금까지 못했지?'

황제와 황태자도 모두 같은 생각을 했다. 너무나 무서운, 그러나 충분히 일어날 수 있는 일이다.

한참의 침묵 끝에 황제가 입을 열었다.

"재상."

"네, 폐하."

"내일 바로 군무대신과 함께 이 내용을 상의토록 하게."

"네, 그렇게 하겠습니다."

"몽셀 왕국이 실제 참전할지 안 할지는 모르지만 영애가 말한 내용은 반드시 대비해야겠어. 태자, 너는 정보국에 이야기해 몽셀 왕국의 동태를 빠짐없이 살피라 이르고."

"네, 폐하."

황제는 급히 필요한 조치를 명했다. 그리고 그는 다소곳이 차를 마시고 있는 엘리제를 경악과 감탄이 섞인 눈빛으로 바라봤다.

'정말 대단하구나. 어찌 이런 생각을?'

그저 인형같이 예쁘고 어린 소녀가 이런 생각을 해내다니. 믿을 수가 없었다. 그야말로 국제 정세를 꿰뚫고 크림반도와 연관된 각국의 관계를 파악하는 것은 물론, 그 너머의 것을 바라볼 수 있는 희대의 군략가(軍略家) 정도 돼야 떠올릴 수 있을 법한 생각 아닌가?

'짐이 저 아이를 완전히 잘못 알고 있었던 건가? 정말 대단하구나.'

"후작."

"네, 폐하."

"언제 이렇게 딸을 훌륭하게 교육한 것인가?"

"하하……."

후작은 어색하게 웃었다.

그도 놀라긴 마찬가지였다. 최근 딸이 많이 달라진 모습을 보이고 책도 많이 읽는 것 같긴 했지만 이런 식견이라니?

"영애."

"네, 폐하."

"아까 전, 두 가지를 유의해야 한다지 않았는가? 그러면 나머지 하나는 무엇인가?"

"풍토병입니다."

"풍토병?"

엘리제는 공손히 고개를 끄덕였다. 이게 사실 몽셀 왕국의 참전보다 훨씬 중요한 내용이었다.

'원정군은 결국 전염병으로 전멸하게 돼.'

그녀는 과거를 떠올렸다. 몽셀 왕국군 때문에 반도에 고립된 원정군은 보급이 끊긴 채 고군분투하다 대규모 전염병이 유행해 그대로 무너져 버렸다.

'무슨 전염병이 돈 것인지는 잘 모르지만 대비를 하면 피해를 줄일 수 있을 거야.'

"크림반도는 제국과 환경, 기온이 다릅니다. 특히 전쟁이 벌어질 시기는 한창 고온다습할 시기. 전염병의 창궐에 유의해야 한다 생각합니다."

황제는 고개를 끄덕였다.

"그래, 옳은 말이야. 크림반도는 제국인에게 익숙하지 않은 환경이지. 분명 전염병이 돌 수 있어. 그러면 어떻게 대비하는 것이 좋겠는가?"

"일단 의약품의 보급을 충분히 해야 합니다. 그리고 가장 중요한 것은 위생에 신경을 써야 합니다."

"위생?"

황제는 의아한 표정을 지었다.

엘리제는 황제의 표정을 보고 순간 깨달았다.

'아직 위생의 중요성이 확립되지 않은 시기지.'

물론 이 시기의 제국에도 위생의 중요성을 알고 있는 이들이 있었다. 바로 환자를 직접 치료하는 의사들이었다. 하지만 아직 일반적인 개념은 아니었다.

"네, 그렇습니다. 여러 질병이 비위생적인 환경에서 전염된다는 이야기가 많습니다. 따라서 군 내에서 위생에 조금만 더 신경 쓴다면 전염병이 대규모로 번지는 것은 차단할 수 있을 것입니다."

황제는 다시 한 번 감탄한 표정을 지었다.

"그렇군. 대단해. 그런 내용은 어디서 배운 건가?"

엘리제는 빈약한 변명을 할 수밖에 없었다.

"최근 의학에 관심이 있어서 서적을 읽었습니다. 얕은 지식에 불과해 민망합니다."

"얕은 지식이 아닌 것 같은데."

엘리제는 어색한 표정으로 시선을 피했다. 너무 과하게 나섰나 싶은 마음이 들었지만 의심을 피하려고 희생자가 늘어나는 것을 못 본 척할 수는 없는 노릇 아닌가? 최선은 전쟁을 피하는 것이겠지만 그

것이 불가능한 상황이니 희생자라도 최소로 줄이고 싶었다.

'이걸로 조금이라도 희생자를 줄일 수 있으면.'

황제가 말했다.

"오늘 영애가 한 이야기는 검토 후 적극적으로 반영하도록 하겠네. 만약 영애의 조언이 전황에 도움이 된다면 내 영애에게 브리티아무공훈장을 내리도록 하겠네."

"……!"

엘리제는 깜짝 놀랐다.

브리티아무공훈장!

황실십자훈장이라고도 불리는 그것은 제국 최고의 권위를 가진 훈장이었다. 훈장을 받는 것만으로도 자동으로 명예 기사(Knight) 작위가 수여된다. 즉, 브리티아무공훈장을 받는 것은 제국 귀족으로서 최고의 명예라 할 수 있었다.

"어리석은 의견이었을 뿐입니다. 너무 과하니 거두어 주십시오."

"영애의 의견을 어리석다 하면 그 누가 머리를 들고 다닐 수 있겠는가. 그리고 절대 과하지 않아. 만약 영애의 이야기대로 대비해 참사를 막을 수 있다면 고작 훈장 가지고는 오히려 모자라지."

엘리제는 뭐라고 대답하지 못했다.

그때 황제가 약간 짓궂은 어조로 물었다.

"그나저나 영애."

"네?"

"옆에 가져온 것은 무엇인가? 짐한테 주려고 가져온 것이 아닌가?"

"아……!"

그것은 다름 아닌 가문의 집사를 통해 수소문한 물건으로, 황제께 드릴 선물이었다. 계속 바치려 하고 있었는데, 자꾸 길어진 대화 탓에 마땅히 드릴 타이밍을 찾지 못하고 있었다.

"청나라에서 구한 향초입니다."

"향초?"

"네, 청나라 대인들이 사용한다는 향초로 향이 깊고 맑아 몸의 피로를 풀어주며, 기운을 돋아주는 효과가 있다 하여 폐하께 드리고자 구해 왔습니다."

황제는 크게 기뻐하는 표정을 지었다. 그렇지 않아도 원인 모를 지병 탓에 계속 피로하고 기운이 없었다. 향초의 향을 살짝 맡은 황제는 흡족한 얼굴로 고개를 끄덕였다.

"살짝 맡는 것만으로도 머리가 맑아지는 느낌이군. 훌륭해. 어떻게 이렇게 짐에게 꼭 필요한 것을 구해 왔느냐?"

"기쁘시다니 감사합니다."

"그렇지 않아도 요즘 계속 몸이 피곤하고 기운이 없었는데, 고맙게 잘 쓰겠네."

그 말에 엘리제는 황제의 눈을 바라봤다. 깊숙이 느껴지는 피로감. 그 순간이었다. 한 가지 진단명이 퍼뜩 그녀의 머리를 스쳐 지나갔다.

'설마?'

"폐하, 혹시 최근 잠을 자도 계속 피로하십니까?"

"그렇네."

"물을 자주 마시거나 하지는 않으시고요?"

"그러고 보니 그런 것 같군."

"물을 마셔도 계속 갈증이 일진 않으십니까?"

"그것도 그래. 물을 마셔도 계속 갈증이 일긴 한다네."

"그러면 혹시 요의 때문에 밤에 일어난 적은 없으신지요?"

"그런 적도 있네."

그걸 어떻게 알았냐는 듯 황제가 놀란 표정을 지었다. 엘리제는 속으로 손뼉을 쳤다. 당시 황제가 죽기 전, 상황이 떠올랐다. 혈액의 pH가 정상 이하로 떨어지는 산혈증 때문에 깊고 빠른 숨을 쉬던 게 기억났다.

'그래, 역시 그거였어!'

그녀의 머릿속에 한 가지 진단명이 떠올랐다.

'계속 치료를 못 받았으니, 그때 그런 혼수가 왔던 거야!'

그러면서 그녀는 허탈한 마음이 들었다.

'고작 이런 병을 치료하지 못해, 대(大)브리티아 제국의 황제가 병사하다니.'

어려운 병도 아니었다. 흔한, 치료만 하면 살 수 있는 그런 병이었다.

Diabetes mellitus. 한국어로 당뇨병. 황제의 지병은 당뇨병이 분명했다!

'계속 치료를 못 받으니 혈당 수치가 계속 올라갔을 거고, 혈당 수치가 1,000이 넘어가며 결국 산혈증이 왔겠지.'

당뇨성 혼수, 의학 용어로 당뇨성 케톤 혈증(DKA)이라고 한다. 현대에서도 응급 상황이다. 응급치료를 하면 살릴 수 있지만 지금 브리티아 제국의 의학 수준으론 어려웠을 것이다.

'당뇨를 완치시킬 수는 없지만 조금만 관리하면 혼수상태가 오는 것은 막을 수 있을 텐데. 그런데 뭐라고 말을 꺼내야지?'

그녀는 머뭇거렸다. 현대 지구라면 당뇨 검사를 받아보시는 것이 좋으시겠다고 말하면 끝이지만 이곳은 다르다.

'당뇨란 질환의 개념은 있지만 널리 퍼지지 않았을 때고, 무엇보다 의사도 아닌 내 말을 믿어줄까?'

다른 것보다 그게 가장 큰 문제였다. 의사도 아닌 그녀의 말을 믿어줄까 하는 점.

그때 황제가 의아한 목소리로 물었다.

"그런데 그런 것들은 왜 물어보나, 영애?"

"그게……."

"편히 말해도 괜찮아."

결국, 그녀는 조심스럽게 입을 열었다.

'어떻게 받아들이실지는 모르겠지만.'

그래도 황제의 병이 계속 악화되는 것을 모른 척하고 있을 수만은 없다. 당뇨가 맞다면 간단한 식이요법만으로도 큰 호전을 기대할 수 있으니까.

"제가 최근에 본 서적에서 폐하와 비슷한 증상을 나타내는 질환을 본 적이 있습니다."

"흐음, 의학 서적을 봤다고?"

황제는 놀란 표정을 지었다. 의학 서적은 일반 서적과는 달랐다. 원체 전문적이라 관련 지식이 없으면 아예 내용에 접근할 수조차 없는데, 그걸 읽었다고?

"네, 폐하."

"그래, 그 서적에 무슨 질환이라 나와 있었는가?"

"정확한 진단명은 기억이 나지 않습니다. 다만 혈액 내에 당의 농도가 지나치게 올라가면 폐하와 비슷한 증상이 나타날 수 있다고 보았습니다."
"당? 설탕 같은 것에 들어가는 그것을 말하는 것인가?"
"네, 우리 몸에 꼭 필요한 성분이나 여러 이유로 체내에 농도가 올라가면 폐하와 비슷한 증상이 나타날 수 있다고 서적에 적혀 있었습니다."
"흠……."
황제는 턱을 쓰다듬었다. 그녀의 말을 그대로 믿는 눈치는 아니었다. 일단 당뇨 자체가 당시 널리 알려진 질환이 아니었고, 무엇보다 황제의 지병은 황궁 어의도 감을 못 잡았다. 그런 어려운 병을 의학에 문외한인 소녀가 단번에 진단해 낼 수 있을 리가 없지 않은가?
"한번 밴 자작과 이야기해 보겠네."
그래도 근거 없는 말을 하는 건 아닌 것 같아 황제는 그렇게 말했다.
"네, 감사합니다, 폐하."
엘리제는 고개를 숙였다.
밴 자작은 다름 아닌 황궁 어의였다.
'밴 경은 뛰어난 의사니 분명 이 정도의 단서면 당뇨를 짐작할 수 있을 거야.'
아직 생소한 개념이어서 밴 자작은 황제의 증상을 당뇨와 연결해 생각하지 못했던 것 같다. 그래도 당대 제국 의학계의 거두인 그가 당뇨란 질환을 아예 모르지는 않을 터. 이 정도 단서면 분명 당뇨를 진단해 낼 수 있을 것이다.
'진단을 내려 생활 습관만 어느 정도 고친다면 혼수 같은 최악의 상황은 막을 수 있을 거야.'
그렇게 그녀는 판단했다. 하지만 엘리제가 한 가지 생각하지 못한 것이 있었다. 이번 일로 자신이 어떤 주목을 받게 될지.

"그나저나 오늘 영애가 짐을 많이 놀라게 하는구나. 일반인은 해석하기도 어려운 의학 서적까지 읽어보다니. 정말 대단해."

"과찬이십니다."

"아니야, 오늘 영애의 모습은 참으로 훌륭해. 내 마음을 흡족하게 하는구나."

황제는 흐뭇한 눈빛으로 그녀를 바라봤다.

"오늘 내가 영애를 왜 부른지 아는가?"

"……잘 모르겠습니다."

"영애를 태자의 비로 정하기에 앞서, 다시 한 번 살피기 위해서였어. 영애를 태자의 비로 결정하긴 했지만 한구석 염려되는 점이 없잖아 있었네. 그런데 오늘 그 근심을 다 덜어버리는 듯하군. 이 정도면 태자의 비로 한 점의 부족함도 없을 것 같아. 그렇게 생각하지 않나, 후작?"

엘리제의 얼굴이 하얘졌다.

'안 돼!'

전혀 그런 의도로 한 행동이 아니었다. 오히려 약혼을 파기하러 온 것이었는데, 오히려 황제는 백 점 만점의 평가를 내린 듯하다.

한편 딸의 그런 마음도 모르고 후작이 기쁘게 웃었다.

"좋게 봐주셔서 감사합니다, 폐하."

"아, 아버지……."

엘리제는 곤란한 얼굴로 황제의 안색을 살폈다. 그는 벌써 며느리로 받아들이기라도 한 것처럼 애정 어린 눈빛으로 자신을 바라보고 있었다.

'황태자는?'

그녀는 조심스럽게 황태자의 얼굴을 살폈다. 여전히 태자의 얼굴은 무표정했다. 이전 삶과 마찬가지로. 그 무표정한 얼굴을 보는 순간, 그녀는 마음을 굳혔다. 더는 미뤄서는 안 된다. 자신과 가족을 위해서, 그리고 저 태자를 위해서라도.

'많이 분노하시겠지만.'

그녀는 입을 열었다.

"폐하, 사실 드릴 말씀이 있습니다."

"무언가? 무엇이든 말해도 좋아."

황제는 여전히 부드러운 어조로 물었다. 엘리제는 침을 꿀꺽 삼켰다.

"말씀드리기 정말 송구스럽지만……."

마치 환자의 복부를 메스로 가르는 마음으로, 단도직입적으로 말했다.

"저와 태자 전하와의 약혼을 다시 한 번 생각해 주셨으면 합니다."

그 말에 순간 장내가 조용해졌다. 모두 엘리제를 바라봤다.

"그게 무슨 말이냐, 엘리제?"

엘 후작이 물었다. 놀라기보단 의아한 목소리였다. 너무 뜻밖의 말이라 이해가 되지 않은 듯했다.

"그래, 짐도 영애의 말이 무슨 뜻인지 잘 모르겠군. 태자와의 약혼을 다시 생각해 달라니?"

"말 그대로입니다. 저와 태자 전하와의 약혼을 없던 것으로 해주십시오."

그 뜻밖의 말에 장내 모두가 굳었다.

엘 후작이 파들파들 떨리는 음성으로 입을 열었다.

"너, 너……! 엘리제! 갑자기 그게 무슨 말도 안 되는 이야기냐?!"

경악과 분노가 섞인 목소리였다.

그럴 만도 했다. 간절히 청할 때는 언제고 이제 와서 약혼을 물러달라니. 결혼이 애들 장난도 아니고. 더구나 상대가 무려 황태자다.

"잠깐 후작, 내가 물어보지. 클로랜스 영애, 지금 본인이 무슨 말을 하고 있는지 알고 있는 건가?"

황제가 물었다. 여전히 부드러운 음색이었으나 엘리제는 큰 죄를 고하듯 자리에 무릎을 꿇고 머리를 숙였다.

"알고 있습니다. 정말 죄송합니다, 폐하. 황실의 위엄을 훼손한 죄, 그 어떤 벌이라도 달게 받겠습니다."

"허허."

황제는 헛웃음을 흘렸다.

"어째서인가? 태자와의 약혼을 간절히 원했던 것은 다름 아닌 영애가 아니었던가? 그사이 마음이 변하기라도 한 건가?"

엘리제는 고개를 저었다. 물론 태자를 향한 마음이 변한 것은 맞다. 하지만 단순히 그런 이유로 이러는 것은 절대 아니었다.

"제가 황태자비의 자리에 어울리지 않기 때문입니다."

"응?"

그녀는 더욱더 머리를 숙이며 말했다.

"최근 많은 생각을 했습니다. 저같이 어리석고 부족한 소녀가 이 제국의 어머니가 될 황태자비의 자리에 과연 어울릴지 고민하고 또 고민해 보았지만, 결론은 '아니다'였습니다."

"허어……."

"물론 황태자비가 된다면 제 개인에게는 무한한 영광이고 행복일 것입니다. 하지만 황태자비는 제국의 퍼스트레이디(First lady)가 될 존귀한 이. 저같이 부족한 소녀가 황태자비가 된다면 단순히 어울리지 않는 것을 떠나 위대한 제국의 존엄에 대한 먹칠이고 모독일 것입니다. 그리고 무엇보다 어리석은 제가 황태자비, 나아가 황후가 되면 맡은 바 역할을 제대로 수행하지 못해 오히려 제국의 우환이 될 것이 분명합니다."

단숨에 말을 내뱉은 엘리제는 숨을 내쉬었다.

그녀의 말은 진심이었다. 자격이 되지 않은 자신이 황태자비가 됨으로써 수많은 비극이 탄생했다. 황태자비는 자신 같은 이가 아니라 그 자리에 어울리는 존귀한 여인이 올라야 했다.

'나는 그저 평범하게 수술이나 하면서 사는 것이 어울려.'

머리를 땅에 닿을 듯 조아리며 그녀는 그렇게 생각했다.

"소녀가 감히 바라보면 안 될 것을 잠시 꿈꿨습니다. 소녀의 어리석음을 벌해 주십시오. 자격이 되지 않음에도 황태자비란 과욕을 부린 죄, 그리고 그로 인해 황실과 지고한 폐하의 위엄을 훼손시킨 죄. 그 어떤 벌이라도 달게 받겠습니다."

그녀의 백금발이 스르르 흘러내려 흙바닥에 흩어졌다.

'이걸로 됐어. 끝났어.'

이렇게까지 이야기했으니 황제는 약혼을 거둘 것이다.

'크게 분노하시겠지만.'

그녀는 황제의 분노를 기다렸다. 얼마나 노여워하실지 두려웠지만 피할 생각은 없었다. 어떤 벌을 내리더라도 자신이 감당할 몫이었다.

정원에 무거운 침묵이 내려앉았다. 엘리제는 죄인이 용서를 구하듯 흙바닥에 엎드린 채 황제의 벌을 기다렸고, 엘 후작은 사색이 되어 연신 황제의 눈치를 살폈다.

한편 이 약혼의 또 다른 당사자인 황태자는 아무런 말이 없었다. 다만 내내 냉정하기만 했던 이전과는 달리 약간은 기이한 듯한 시선으로 그녀를 살필 뿐이었다.

그렇게 얼마의 시간이 지났을까?

황제가 입을 열었다.

"영애."

"네, 폐하."

"고개를 들라."

엘리제는 천천히 고개를 들었다. 그러고 황제를 바라본 그녀는 깜짝 놀랐다. 황제가 빙긋 웃고 있었던 것이다. 마치 철든 딸을 보는 아버지처럼 기특한 표정으로.

"폐…… 하?"

"그래, 영애의 말이 틀린 것은 아니지. 짐이 영애를 아끼면서도 마음 한구석 염려를 했던 이유가 그것이니까. 영애가 과연 황태자비의 역할을 잘 수행할 수 있을까, 그런 걱정을 짐도 했었지."

의외로 노여움은 전혀 없었다. 오히려 대견해하는 표정이 아닌가.

엘리제는 다시 머리를 숙였다.

"지당하신 말씀입니다. 저는 황태자비가 되기에 너무나도 부족합니다."

그녀는 황제가 자신과 같은 생각을 해서 다행이라 생각했다. 그런데 황제는 그녀와 같은 생각을 하는 것이 아니었다.

"하지만 오늘 영애의 모습을 보고 그 걱정을 많이 덜었어."

"……네?"

"지금 영애의 모습을 보면 아주 훌륭히 황태자비의 역할을 해낼 것 같거든."

"……!"

그가 흡족한 목소리로 말을 이었다.

"오늘 영애에게 정말 많이 감탄하게 되었네. 그토록 황태자를 바라던 마음을 내려놓고 자신의 부족함을 돌아보다니. 쉽지 않은 일이었을 텐데. 참으로 기특하고 또 기특해!"

엘리제의 얼굴이 흙빛으로 변했다. 뭔가 이야기가 이상하게 흘러가고 있었다.

"그, 그렇지 않습니다. 저는 정말 황태자비가 되기에 한없이 부족합니다. 자신밖에 모르고 성격도 모나고……!"

그녀는 자신의 결함을 최대한 떠올려 말했다.

하지만 황제가 그녀의 말을 끊었다.

"그만. 영애의 말은 충분히 잘 알겠네."

"폐하……."

"영애가 올해 몇 살이지?"

"……16살입니다."

황제는 시선을 돌려 정원을 바라봤다. 다양한 빛깔의 장미들이 아름답게 어우러져 있었다.

"16살, 참으로 아름답고 어린 나이지. 이 꽃처럼 말이야."

그는 그중에서도 이제 막 봉우리가 열리고 있는 장미를 바라봤다. 봉우리 안은 짙은 붉은빛을 띠고 있었는데, 만개하면 무척 아름다울 것이 분명했다.

“영애의 불안감이 무엇인지는 알겠네. 막상 황태자비가 되려니 그 책임감에 부담되는 거겠지. 하지만 부족한 면이 없는 이가 어디 있겠나? 중요한 것은 앞으로 어떻게 해 나가냐 하는 것이야. 난 영애가 오늘 같은 모습만 간직한다면 앞으로 훌륭한 황태자비, 황후로 커 나갈 것으로 생각하네.”

아니야! 그렇지 않아! 그녀는 속이 답답해 터질 것 같았다. 무슨 콩깍지라도 쓰였는지 황제는 그녀에게 무한한 애정을 보내고 있었다.

‘어떻게 하지? 오늘 반드시 약혼을 취소시켜야 하는데.’

오늘 물러가면 언제 다시 황제를 만날 수 있을지 몰랐다. 그리고 이대로 약혼이 공표되면 그때는 무르고 싶어도 무를 수가 없다.

‘뭐라고 해야 하지? 황태자가 싫어졌다고 이야기해?’

입술을 깨물었다. 어떻게든 이 난국을 타개코자 그녀의 머리가 핑핑 돌아갔다. 그 순간이었다. 이 약혼을 취소할 수 있는 한 가지 생각이 그녀의 머리에 떠올랐다.

“폐하, 제가 약혼을 물려 달라 한 것에는 한 가지 이유가 더 있습니다.”

“뭔가?”

그녀는 잠시 머뭇거렸다. 뭐라고 반응할지 걱정이 되었지만 그래도 단번에 내뱉었다.

“사실 저는 하고 싶은 것이 있습니다.”

“무언가?”

“의사(醫師)가 되고 싶습니다.”

장내에 다시 침묵이 내렸다. 오늘 벌써 몇 번째인지 모를 침묵이다. 지금까지의 침묵이 놀람과 경악 때문이라면 이번은 황당함 때문이었다.

"……엘리제, 네가 의사라고?"

아버지가 떠듬떠듬 물었다. 무슨 말도 안 되는 농담이냐는 듯한 목소리다. 하지만 엘리제는 고개를 끄덕였다.

"네, 아버지. 전 의사가 되고 싶어요."

"갑자기 무슨 말도 안 되는……."

엘 후작은 자꾸만 거듭되는 딸의 돌발 행동에 머리가 지끈거렸다. 최근 얌전해진다 싶었더니 폐하 앞에서 이런 대형 사고라니!

"영애, 그 말이 정말인가? 의사가 되고 싶다는 말이?"

"네, 정말입니다."

"내가 아무리 너를 아낀다 해도 거짓말은 용납지 않아."

황제가 그녀의 눈을 똑바로 직시했다. 마치 주시자처럼 속마음을 꿰뚫어 보는 시선. 엘리제는 그 시선을 흔들림 없이 받았다.

'갑자기 이야기를 꺼내긴 했지만 난 정말 의사로서의 삶을 살고 싶어.'

지구에서의 삶이 떠올랐다.

철혈의 메스.

맥동하는 동맥.

죽어가는 생명을 살려낼 때의 그 행복.

두근두근.

외과의사로서의 순간들을 떠올리자 그녀의 가슴이 파르르 떨렸다. 부드럽고 여린 외모를 지녔고 엘리제의 몸으로 돌아왔지만 그녀는 어쩔 수 없는 외과의사였다. 그 긴장을, 삶과 죽음이 교차하는 순간에서 생명을 살리는 그때의 감각과 보람을 이번 삶에서도 다시금 느끼고 싶었다.

"허허, 난데없이 의사라니."

그녀가 진심이란 것을 깨달은 황제는 헛웃음을 지었다.

"후작, 그대는 영애가 이런 꿈을 가지고 있단 것을 알고 있었나?"

"……전혀 몰랐습니다."

"의사. 그래, 좋지. 뜻있는 일이야. 하지만 영애, 영애는 의사가 정확히 어떤 일을 하는지 알고 있나?"

"네, 알고 있습니다."

엘리제는 고개를 끄덕였다. 그녀보다 의사란 직업에 대해 잘 아는 사람이 이 제국에 존재할까?

"영애가 짐작하는 것보다 훨씬 고되고 힘든 직업이야."

"네, 알고 있습니다. 하지만 그만큼 가치 있는 일이라 생각합니다."

황제는 살짝 한숨을 내쉬었다.

"이거 농담이 아닌 것 같군. 그래서 의사가 되고 싶어 여러 의학 서적을 봤던 건가?"

황제는 아까 전 대화할 때 그녀가 의학 지식을 알고 있던 것을 떠올렸다.

"후작가의 금지옥엽인 영애가 의사가 될 수 있을 것이라 생각하나?"

"송구스럽지만 제국법에 여성이 의사가 되면 안 된다는 법률은 없는 것으로 알고 있습니다. 실제로 이전 라온 자작가의 영애가 의사가 된 사례가 있었고요."

"그건 그렇긴 하지. 그러면 영애, 이렇게 묻겠네. 영애는 본인이 의사가 될 수 있을 것으로 생각하나?"

"……!"

엘리제는 황제의 물음의 뜻을 깨달았다.

의사는 법률가, 행정가와 더불어 제국 최고의 전문 직종 중 하나다. 즉, 제국의 의사는 현대 지구와 마찬가지로 상당히 대우받는 계층으로 치열한 경쟁을 뚫어야 될 수 있다.

원래는 그렇게 대우받는 직업이 아니었지만 100년 전부터 선진 의학의 개념이 도입되고 대륙 전체적으로 보건을 중요하게 여기며 위상이 많이 바뀌었다. 제국에서도 의학자들을 잘 대우해 주었다. 그래서 귀족 중에 의사가 되는 사람도 많았고, 최소 신(新) 시민, 부르주아 계층은 되어야 의사가 될 수 있었다.

'내가 그들과의 치열한 경쟁을 뚫고 진짜 의사가 될 수 있겠냐고 물어보는 것이겠지.'

황제가 재차 말했다.

"이 제국에서 의사로 인정받으려면 의학연구원의 시험을 통과해야 해. 아무리 고위 귀족이라도 그 시험에서는 아무런 특혜도 받을 수 없네."

'과연 네가 할 수 있겠냐?'란 물음이었다. 하지만 엘리제는 고민 없이 고개를 끄덕였다.

"네, 할 수 있습니다."

황제는 잠시 말없이 탁자를 손가락으로 두들겼다. 무언가 고민이 있을 때 나타나는 그의 버릇이었다.

"이거 곤란하군. 짐은 오늘 영애를 꼭 태자의 비로 받아들이고 싶어졌는데. 갑자기 의사가 되고 싶다고 하니. 그렇다고 농을 하는 것 같지도 않고…… 곤란해."

엘리제는 뭐라 할 말이 없어 고개만 숙였다.

"왜 갑자기 의사가 되고 싶단 생각을 한 건가?"

그 말에 그녀는 먼 과거를 떠올렸다. 지구에서 의사가 되기로 결정한 이유는 간단했다.

"사람을 살리는 일을 하고 싶어졌습니다."

첫 번째 삶 때 못난 삶을 살았던 그녀는 가치 있는 삶을 살고 싶었고 사람을 살리는 일을 하기로 결심했다. 그리고 의사가 된 후, 그 일에 푹 빠져버렸다. 중독돼 버렸다.

"허허, 사람을 살리고 싶다라……."

황제는 그녀의 답에 말문이 막힌 듯한 표정을 지었다.

"……정말 죄송합니다, 폐하."

"뭐가 죄송하나. 가치 있고 숭고한 일인데. 허허."

황제는 연신 헛웃음만 흘렸다. 만약 다른 귀족 가문의 여식이 이런 말을 했다면 분명 기특하게 바라봤을 것이다. 하지만 하필 태자와 결혼을 생각하던 클로랜스 영애가 그런 생각을 하고 있다니.

결국, 황제는 이렇게 말했다.

"영애."

"네, 폐하."

"짐이 만약 태자와의 약혼을 명하면 싫더라도 따라야 하는 것은 알고 있겠지?"

"……그렇습니다, 폐하."

"하지만 짐은 영애에게 원하지 않는 것을 억지로 시키고 싶진 않아. 왜인지 아나?"

엘리제는 답을 짐작하면서도 답하지 못했다.

"내가 영애를 조카처럼 정말 아끼기 때문이야. 영애를 진심으로 아끼기 때문에 가족으로 맞으려 했었고, 또 원하지 않는 바를 억지로 시키고 싶지도 않아."

그 말에, 그 목소리에 담긴 따스함에 엘리제는 가슴이 울컥했다. 지난 삶 때도 그랬다. 민체스터 황제는 못난 자신을 한결같은 애정으로 바라봐주었다. 마치 조카, 아니, 친딸을 대하듯.

"그러니 이렇게 하지."

"……?"

"우리 내기를 하는 게 어떤가."

'내기?'

"어쩌면 영애에게 조금은 불리한 내기일지도 모르겠네."

엘리제의 의아한 시선에 황제가 빙긋 웃었다. 그는 전혀 뜻밖의 말을 하였다. 들어보니 '조금' 불리한 정도의 내기가 아니었다.

"시간을 줄 테니 증명해 보게. 의사로서의 자신의 가치를. 정확히 말하면 황태자비, 후에 황후가 되는 것보다 의사로서 더 가치 있는 일을 해내면, 그러면 내 영애를 군말 없이 놔주겠네."

엘리제는 놀라 황제를 바라봤다. 민체스터 황제는 짓궂은 표정을 짓고 있었다.

"하지만 만약 못 해낸다면 그땐 내가 원하는 대로 하는 거야. 어떤가?"

"기한은 언제까지입니까?"

"영애가 성년이 될 때까지. 그 이상은 더 기다려 줄 수 없네."

그녀는 황제의 속뜻을 깨달았다. 성년이면 내년 성인식까지다. 즉 6개월 정도밖에 안 남았다.

'6개월 안에 의사로서의 가치를 증명해 보라니…….'

불가능한 조건. 정말 말도 안 되는 내기였다.

'내가 지레 포기하거나 내기에 져서 황태자비가 되길 바라시는구나.'

이 정도면 사실 내기라기보단 그냥 의학의 길에 잠시 발만 담가보고 마음을 정리한 후 다시 돌아오란 뜻이었다. 더구나 황제는 '의사로서의 자신의 가치'라고 말했다. 가능성을 뜻하는 '자질'이 아니라. 정치가인 황제답게 굉장히 여러 의미가 담긴 표현이었는데, '의사로서의 자신의 가치'를 인정받으려면 일단 의사가 먼저 되어야 할 것 아닌가? 6개월 안에 의사가 되어 뜻있는 일을 해내라니.

'일반적으로' 생각할 때 이건 내기를 받아들이는 순간 무조건 그녀가 지는 내기였다. 아니, 너무 말도 안 되게 불공정해 내기라고 할 수도 없었다. 그녀를 반드시 황태자비로 맞아들이겠다는, 대충 체험 학습만 해보고 돌아오라는 황제의 강한 의중이 느껴진다랄까?

"역시 힘들겠지?"

하지만 '일반적'으로 생각할 때 무조건 그녀가 지는 내기였지만 엘리제는 선선히 답했다.

"부족하지만 최선을 다해 보겠습니다. 폐하의 배려에 감사를 드립니다."

그 주저 없는 답에 황제는 눈을 살짝 크게 떴다. 그는 엘리제가 의사가 되는 과정을 잘 몰라 내기에 순순히 응했다 생각했다. 현 제국에서 의사가 되는 방법은 단 하나다. 병원에 도제로 들어가 험한 과정을 통해 일을 배우며 교수들에게 실력을 인정받은 후, 국가 공인 시험을 통과하는 것. 어느 것 하나 쉬운 것이 없었다. 게다가 의술은 책에서 보는 것처럼 고상한 일이 아니었다. 보는 것만으로도 괴로운 온갖 질병도 마주해야 한다. 과연 곱게만 자란 영애가 그 험한 길을 견딜 수 있을까?

'남자도 버티기 힘든 과정이니까 금방 포기하겠지.'

그는 엘리제의 인형 같은 얼굴을 바라봤다. 피는커녕 손에 물 한 번 묻히지 않았을 것 같은 외모. 그 험한 일을 버틸 수 있을 리가 없다. 6개월이란 기한을 두긴 했지만 사실 그렇게까지 오래 기다릴 필요도 없을 것이다.

'그래도 사람을 살리고 싶다라, 참 기특한 마음이지 않은가?'

황제는 사람의 생명을 살리는 일을 하고 싶다고 말한 엘리제를 나쁘게 생각하지 않았다. 오히려 기특하단 생각이 들었다. 제국의 안주인이 될 황태자비는 저런 마음을 가진 이가 되어야 한다.

'만약 태자와의 결혼만 아니었다면 오히려 응원해 주었겠지만.'

이미 황제는 그녀를 황태자비로 결정한 상태였다. 그는 엘리제가 병원 생활을 경험한 후 마음을 정리하는 걸 느긋이 기다리기로 했다. 아마 오래 걸리지 않을 것이다.

'그 험한 일들은 곱게 자란 귀족가의 여식이 버틸 수 있는 것이 아니니까.'

그렇게 황제와 엘리제의 내기가 성립되었다. 겉으로 보기엔 무조건 엘리제가 패할 수밖에 없는 내기였다. 겉으로 보기엔 말이다.

약혼에 대한 길고 긴 대화가 끝난 후, 일상적인 대화로 돌아갔다. 약혼 이야기를 하느라 많은 심력을 소모한 엘리제는 다소곳이 앉아 묻는 말에만 대답하며 시간을 보냈다. 그리고 저택으로 돌아갈 시간이 되었을 때, 황제가 이렇게 말했다.

"이런, 그러고 보니 둘이 만난 지도 오랜만일 텐데 늙은이들이 눈치 없이 잡고만 있었군."

"네?"

무슨 말인지 순간 이해를 못 한 엘리제는 눈을 동그랗게 떴다. 그러다 곧 태자와 자신의 이야기를 한 것이란 걸 깨닫고 급히 고개를 저었다.

"아, 아닙니다, 폐하. 괜찮……."

하지만 황제는 태자에게 입을 열었다.

"태자, 영애와 정원이라도 한 바퀴 걷고 오너라. 그렇지 않아도 후작과 따로 이야기할 것이 있으니."

엘리제는 곤란한 마음이 들었으나 태자는 묵묵히 고개를 끄덕였다.

"네, 알겠습니다."

그렇게 그녀는 원치 않게 황태자와 둘만의 시간을 보내게 되었다.

"이쪽으로 오도록."

"네, 전하."

황태자의 무뚝뚝한 에스코트를 받으며 그녀는 속으로 한숨을 내쉬었다.

'……불편해.'

이전 삶, 그녀는 그를 사랑했다. 그것도 열렬히. 세상 그 무엇과도 바꿀 수 없을 만큼 격정적으로.

조각 같은 외모부터 무뚝뚝한 성격까지, 그의 털끝 하나도 사랑하지 않은 것이 없었고 그의 모든 것을 열망했다. 세상에서 오로지 그밖에 보이지 않았었다.

'다 옛날 일이지.'

엘리제는 그의 옆얼굴을 힐끗 바라봤다. 이전 삶에선 그와 같이 있는 것만으로도 가슴이 터질 듯이 두근거렸는데…… 지금은 신기할 정도로 덤덤했다. 마치 이혼한 전 남편을 보는 듯한 느낌이다.

'하긴 지난 세월이 몇 년인데. 좋게 헤어졌던 것도 아니고.'

그녀는 마지막 순간을 떠올렸다. 당시 그는 자신을 경멸하듯 내려다보고 있었고 곧 단두대의 칼날이 떨어졌었다. 두 번의 삶이 지났음에도 잊히지 않는 그 섬뜩함에 엘리제는 목덜미를 어루만졌다.

그때였다. 황태자가 입을 열었다.

"무슨 생각을 하고 있지?"

"아…… 아닙니다."

그가 힐끗 바라보자 엘리제는 어색한 미소를 지었다.

'불편해. 이제 시간도 많이 지났으니 빨리 저택으로 돌아갔으면.'

자신을 사형시킨 그에게 특별한 유감은 없다. 모두 자신의 잘못으로 비롯된 일이었으니까.

'오히려 그는 피해자지. 원하지 않는 나와 결혼해 불행한 시간을 보내야 했으니까.'

그래서일까? 그의 얼굴을 보고 있으니 뭔가 복잡한 기분이 들었다. 불편하면서도 미안했다.

'어차피 이제 개인적으로 다시 만날 일은 거의 없겠지.'

그녀는 황제와의 내기를 떠올렸다. 반년 안에 의사로서의 가치를 증명하라는 조건.

'폐하는 내가 지레 포기할 것으로 생각하고 그런 조건을 걸었겠지

만…….'

속으로 고개를 저었다. 자신이 포기하는 일은 없을 것이다. 절대로. 아니, 포기는커녕…….

'이 내기는 내가 이길 거야. 무조건.'

그녀는 그렇게 다짐했다. 물론 그녀에게도 6개월 만에 의사로서의 자신의 가치를 증명하라는 것은 쉬운 조건은 아니었다. 더구나 이곳은 현대 지구가 아니니까. 연약한 귀족 여식의 몸으로 의사가 되는 것에 제약이 있을 것이 분명했다.

'그래도 상관없어.'

그녀는 자신의 지식과 실력을 믿었다. 어떤 난관이 나타난다 해도 뚫고 나갈 것이다.

그때, 황태자가 다시 고개를 돌렸다.

"엘리제."

"네?"

"나한테 무슨 할 말이 있나?"

"아, 아닙니다."

엘리제는 급히 고개를 저었다. 너무 빤히 쳐다보며 생각했나 보다.

"할 말이 있으면 해도 좋다."

그가 딱딱한 목소리로 말했다.

"아닙니다. 그냥 옛날 생각을 조금 했습니다."

"옛날 생각?"

"네."

엘리제는 그렇게만 답했다.

그는 살짝 눈썹을 찌푸린 후 앞으로 시선을 돌렸다. 왠지 익숙한 그 무뚝뚝한 모습에 그녀는 문득 한 가지 충동이 들었다. 이전부터 그가 가끔 생각날 때마다 하고 싶었던 이야기. 그 이야기를 하고 싶었다.

'해도 괜찮을까?'

그녀는 머뭇거렸다. 하지만 오래 고민하진 않았다. 어차피 오늘이 지나면 다시 이렇게 개인적으로 마주할 기회도 없을 테니까.

"저…… 전하."

"왜 그러지?"

"제가 한 가지만 말씀드려도 되겠습니까?"

"말해도 좋다."

그 답에 엘리제는 걸음을 멈추었다. 그리고 잠시 그를 바라보더니 고개를 숙였다.

"죄송했습니다."

"……?"

"정말 죄송했습니다. 정말로."

지구에서 살며 가끔, 정말 가끔 그가 떠오른 적이 있었다. 자신이 그토록 사랑했지만 결국 자신에게 죽음을 내린 그를 떠올릴 때마다 수없이 많은 감정이 들었지만 가장 큰 감정은 미안함이었다.

'나 때문에 그도 불행했을 테니까.'

그래, 그를 사랑해서 자신도 불행했지만 그도 불행했을 것이다. 원치 않은 여인과 살아야 했으니까. 그래서 불행한 시간을 보내야 했으니까.

'내가 아니라 다른 사랑하는 여인과 결혼했다면 그도 다르지 않았을까?'

그래서 한번쯤 진심으로 그에게 사과하고 싶었다.

"뭐가 그렇게 죄송하지?"

"지금까지 모두 다요."

그는 알 수 없다는 듯 미묘한 표정을 지었다.

엘리제는 급히 둘러댔다.

"어릴 때부터 지금까지 전하를 매우 귀찮게 했었잖아요. 제 철없는 고집 때문에 원치 않은 약혼 이야기도 나오고."

'약혼'이란 단어에 그가 인상을 찌푸렸다.

"정말 죄송했습니다."

그런데 그가 그녀의 눈을 똑바로 바라보았다.

"누가 그랬지?"

"네?"

"누가 원치 않는 약혼이라고 너한테 그랬지?"

엘리제는 의아한 표정을 지었다. 이게 무슨 말이지?

"전하께서는 저를 싫어하시잖아요."

"……."

"어쨌든 이 약혼은 제가 책임지고 전하께 피해가 되지 않게 처리하겠습니다. 전하의 마음도 헤아리지 않고 철없이 고집 피운 점 다시 한 번 사죄드립니다."

황태자는 대답하지 않고 등을 돌렸다. 그리고 한 마디의 말도 하지 않고 걸음을 옮겼다. 왠지 기분이 나빠 보였지만 엘리제는 눈치채지 못했다.

그를 좇으며 엘리제는 생각했다.

'내가 아니었으면 그도 더 좋은 여인과 결혼해 행복한 시간을 보낼

수 있었을 거야.'

그녀는 그의 등을 바라보며 축복을 빌어주었다.

'이번에는 지난번과 다를 거예요. 우리 이번 삶에는 서로 각자 행복하게 살아요.'

같은 하늘 아래지만 이제 그와 자신은 겹치지 않은 삶을 살아갈 것이다. 그가 걸을 곳엔 자신이 없을 것이고, 자신의 옆엔 그가 없을 것이다.

'축복받길. 과거에 정말 많이 사랑했던 분이여.'

3장
도제

한편 그때 황제와 엘 후작은 대화를 나누고 있었다. 시종이 와서 그들에게 새로운 차를 내왔다.

"차일드 후작의 움직임이 심상치 않습니다."

차일드 후작은 황제에 대립하는 귀족파의 수장이었다.

"어떤가?"

"3황자 전하와의 회동이 잦아지고 있습니다."

"나라에 도움 안 되는 밥벌레 같은 놈들."

황제는 혀를 찼다. 엘 후작이 말했다.

"일단 동태를 살피겠습니다."

"그래, 하지만 너무 깊이 건드리진 말고. 그렇지 않아도 그자들이 가장 눈엣가시로 여기는 게 자네 클로랜스 가문이니."

엘 후작은 미소를 지었다.

"걱정하지 마십시오. 저희 클로랜스 가문은 그렇게 나약하지 않습니다."

엘 후작은 친(親) 황제파의 수장이었다. 아무리 귀족파라도 미치지 않는 한 클로랜스 가문을 직접 건드릴 수는 없다.

"폐하."

"응, 왜 그러나?"

"아까 전, 엘리제의 일은 정말 죄송합니다. 모두 저의 잘못입니다. 제가 따끔히 혼내도록 하겠습니다."

하지만 황제는 고개를 저었다.

"뭘 혼내나? 예쁘지 않은가? 곱게 자란 그 아이가 그런 기특한 생각을 한다는 것이. 그리고 난 깜짝 놀랐어. 테레사가 떠올라서."

"……!"

엘 후작은 눈을 크게 떴다.

"그 아이의 어미인 테레사도 예전에 저랬던 적이 있지 않았나? 가문을 나가 간호사가 되겠다고 해서 발칵 뒤집어진 적이 있었지."

황제의 눈이 먼 허공, 추억을 더듬었다.

"그러고 보니 그랬었지요."

엘 후작이 씁쓸히 답했다.

테레사. 엘 후작의 전(前) 부인이자 엘리제의 생모로 과거 젊은 시절 황제와 그는 동시에 그녀를 연모했었다. 황제가 엘리제를 많이 아끼는 것도 이전 자신이 사랑했던 테레사에 대한 그리움 때문이기도 했다.

"일단 내기를 했으니 엘리제 그 아이에게 병원에서 일해 볼 기회를 주려고. 며칠 고생하다 보면 금방 포기하겠지."

황제는 그녀가 일주일도 못 버틸 것이라 예상했다. 그 험한 일을 어떻게 버티겠는가?

“그러면 교육 병원은 어디로 할지요? 황실십자병원으로 알아볼까요?”

후작의 말에 황제는 고개를 저었다.

“황실십자병원은 황족과 최고위 귀족들만을 상대로 하는 제국 최고의 의료 기관이네. 아무리 클로랜스 가문의 여식이라도 아무런 자격 없이 그런 곳에서 교육받게 할 수는 없지.”

후작이 물었다.

“그러면……?”

“뭘 고민하나? 클로랜스 가문도 병원을 하나 가지고 있잖아.”

후작의 얼굴이 굳었다. 황제의 말처럼 병원을 하나 가지고 있긴 했다. 그것도 커다란.

“테레사병원. 그곳에서 교육받게 하게.”

테레사병원!

엘 후작이 남몰래 지은 제국 최대 규모의 의료 기관이다.

“하, 하지만 그곳은…….”

“왜? 테레사병원이면 훌륭한 교육 장소가 될 것 같은데?”

황제가 짓궂은 표정으로 말했다. 후작은 입을 다물었다. 확실히 온갖 환자가 모이는 테레사병원은 최고의 교육 장소긴 하다. 하지만 문제가 있었다.

엘 후작은 속으로 한숨을 내쉬었다.

‘테레사병원은 빈민 구제 병원인데…….’

엘 후작이 은밀히 후원해 건립한 테레사병원은 부유층을 대상으로 하는 것이 아닌, 가난한 이들을 대상으로 하는 병원이었다. 그런 만큼 건강을 관리받지 못해 험한 질환을 지닌 환자가 많았고 일이 힘들었다. 평생 손에 물 한 번 묻혀본 적 없는 엘리제는 일주일, 아니, 반나절도 못 버티리라.

'그걸 노리신 거군.'

엘 후작은 황제의 의중을 깨달았다.

"영애에게 좋은 경험이 될 걸세."

황제가 미소를 지었다. 왠지 악동 같은 미소였다.

그렇게 엘리제의 병원 교육이 전격적으로 결정되었다.

"엘리제, 네가 의사가 되겠다고?"

그 이야기를 전해 들은 가족들의 반응은 좋지 않았다.

"이젠 집에서 말썽 피우는 것도 모자라 병원에서까지 난리를 피우겠다고? 적당히 좀 해."

큰오라버니는 작작 좀 하라는 얼굴로 짜증을 냈고,

"음…… 리제, 의사가 되고 싶으면 우리 병원 놀이 할까? 오빠가 환자 해줄게."

작은오라버니는 달랬으며,

"……."

새어머니는 뭐라 할 말을 찾지 못했다. 엘리제가 의사가 되려고 하는 것을 진지하게 받아들이는 가족은 아무도 없었다. 그저 황당해할 뿐이었다.

'잠시 저러다 말겠지.'

모두 그녀가 한때의 변덕을 부리는 것이라 여겼다. 하지만 엘리제는 그들이 어떻게 생각하든 크게 개의치 않았다. 아니, 정확히는 신경 쓸 정신이 없었다. 너무 두근거려서!

그녀는 생각했다.

'드디어 병원에 가는구나!'

지구에서 처음 병원 실습을 나갔을 때가 떠올랐다. 흰 가운을 입고 얼마나 가슴이 설렜었는지. 그녀가 지구에서 의사의 길을 선택한 것은 이전의 삶에 대해 속죄하기 위해서였다. 하지만 수술실에서 사람을 살리는 감각을 느낀 순간, 의술은 그녀의 운명이 되었다. 아니, 정확히 말하면 '중독'이었다. 화가가 그림에 중독되듯, 작곡가가 음악에 중독되듯, 그녀는 환자를 살리는 감각에, 수술과 환자에 중독됐다.

엘리제가 크리스에게 말했다.

"작은오라버니."

"응?"

"출근할 때 저 브리티아 도서관에 데려다 주시면 안 돼요?"

작은오빠는 제국 행정부의 관료였는데, 제국 최대 규모의 브리티아 도서관은 행정부 바로 옆에 있었다.

"그래, 우리 리제 부탁인데 얼마든지. 그런데 오빠가 요즘 바빠서 일이 늦게 끝나 같이는 못 올 것 같아."

"괜찮아요. 저도 늦게까지 있을 거니 일 끝나고 오세요."

그리고 그녀가 도서관에 도착해서 한 일은 의학 공부를 하는 것이었다.

'병원에 나가기 전까지 일주일 정도 시간이 있으니 최대한 의학 서적을 봐놔야지.'

물론 그녀가 의학 지식이 없어서 그러는 것은 아니었다. 그녀의 머릿속에는 제국의 수준과는 비교도 안 되는 최첨단의 의학 지식이 들어 있었다. 그럼에도 그녀가 공부하려는 이유는 단 하나. 제국의 의학 수준을 파악하기 위해서였다.

'현재 제국의 의학 수준이 어느 정도인지 알아야 그에 맞춰 치료할 수 있어.'

그녀가 알고 있는 지식은 모두 현대 지구에 맞춰져 있었다.

'지구와 제국은 사용 가능한 의약품, 수술 도구, 의료 기술이 완전히 다르니까. 현시점에서 밝혀지지 않은 질환들도 있고.'

그녀는 도서관 구석에 자리를 잡고 산더미처럼 책을 쌓아놓고 정독하기 시작했다. 한 치의 미동도 없이 집중하여. 그렇게 밥도 안 먹고 반나절 정도 공부한 그녀는 생각했다.

'그래도 생각보다 의학 수준이 높구나. 의약품도 있을 건 웬만큼 다 있고.'

이제 막 기차가 다니기 시작하는 대륙의 발전 수준을 생각하면 깜짝 놀랄 만한 일이었다.

'특히 의약품 쪽이 놀라워. 벌써 항생제도 있고, 마취제도 있다니!'

지구에서 처음 항생제가 발명된 것은 1929년인데, 제국에선 벌써 항생제가 널리 사용되고 있었다. 대단한 일이 아닐 수 없었다.

그뿐이 아니었다.

'X-ray 검사도 가능하고, 분자유전학을 제외한 간단한 화학 검사도 가능해. 수술을 위한 마취약도 개발되어 있잖아?'

엘리제는 생각지도 못 한 의학 수준에 감탄했다. 제국이 이런 의학 수준을 갖게 된 것은 한 명의 인물 덕분이었다.

대연금술사(Great alchemist) 프레밍!

미치광이 연금술사라 불리는 프레밍은 희대의 천재였다.

'말이 연금술사지, 사실은 과학자나 화학자에 가깝지.'

고도의 연금술, 정확히는 화학 지식을 이용해 평생을 의약품 개발에 매진한 그는 의학사에 획을 그을 만한 약품을 수도 없이 개발했다.

'혹시 프레밍도 나처럼 지구에서 살았던 사람은 아니겠지?'

그런 생각이 들 정도로 그의 업적은 대단했다.

'만약 지구였으면 노벨의학상을 20번은 받았을 거야.'

다만 안타까운 점은 제국의 의사들이 그의 업적을 잘 이용하지 못하고 있다는 것이다. 약이 있는데, 그 약을 어디에 써야 하는지 잘 모르고 있다고나 할까?

'저 약은 부정맥에 사용하면 될 텐데 전혀 생각도 못 하고 있구나. 이 약도 그렇고. 저 약은 부종 제거에 사용하면 효과적일 텐데. 저건 염증을 가라앉히는 데 좋을 거고.'

프레밍이 개발한 약이 어떤 효능을 가졌는지, 어떤 질환에 사용되어야 하는지 모르고 있는 것 같았다.

'하긴 질환에 대한 이해도가 떨어지니 어쩔 수 없겠구나.'

병에 대해 알아야 적절한 약을 사용할 수 있는 법이니까.

엘리제는 커다란 노트와 펜을 꺼냈다. 그리고 어떤 질환에 어떤 약을 써야 할지를 정리하기 시작했다.

'이 심장 질환에는 저 약을. 저 발열성 질환에는 이 약을. 저 병에는 이걸…….'

그렇게 한 시간, 두 시간, 반나절, 한나절이 지나갔다. 해가 중천에 떠오른 후, 서서히 떨어지고 어둠이 깊어갔지만 시간이 흘러가는 것을 눈치조차 채지 못했다. 그만큼 공부에 빠져들었다.

브리티아 제국 행정부.

"뭐? 엘리제가?"

재상인 엘 후작의 작은아들이자 고위 관료인 크리스는 깜짝 놀라 물었다.

"아직도 도서관에 있다고?"

"네."

도서관 사서가 곤란한 얼굴로 말했다.

"아침에 오셔서는 미동도 않고 책을 읽고 계십니다. 식사도 한 끼도 안 하셨는데…… 저희가 불러도 도통 일어날 생각을 안 하셔서……."

"아니, 지금 시간이 몇 시인데?"

크리스는 시계를 보고 깜짝 놀랐다. 벌써 자정에 가까웠다.

'밥도 한 끼도 안 먹었다고? 그 아이가? 정말로?'

얼마 전 변한 뒤부터 밥은 꼭 잘 챙겨 먹는 엘리제였다. 그런데 밥도 안 먹고 이 시간까지 공부라니? 급히 일어나 옆 건물에 위치한 도서관으로 향했다. 커다란 도서관은 텅텅 비어 있었는데, 구석에 익숙한 인영이 보였다.

인형 같은 얼굴, 조그맣고 한 손에 안으면 으스러질 듯 여린 몸.

엘리제였다.

"리제!"

크리스가 불렀으나 엘리제는 골똘히 책에 집중할 뿐 반응이 없었다. 그는 다시 엘리제의 어깨를 짚으며 크게 불렀다.

"엘리제!"

"꺄악!"

화들짝 놀란 그녀가 비명을 질렀다.

"오, 오라버니? 무, 무슨 일이세요?"

그녀는 얼마나 놀랐는지 눈물까지 글썽거렸다.

"무슨 일이라니. 지금 몇 시인지 아니?"

"아…… 벌써……."

그녀는 시계를 보고 놀란 표정을 지었다. 크리스는 고개를 절레절레 저었다.

'도대체…….'

그는 엘리제 앞에 놓인 산더미 같은 책들을 바라보았다.

의약학 각론(Medicine and Pharmacy).

생리학(Physiology).

가우톤 해부학(Gauton anatomy).

그라함 질병 총론(General disease of Graham).

'저 책들을 공부했다고? 정말로?'

딱 봐도 어려워 보이는 의학 전공 서적들이다. 책이라곤 로맨스 소설도 잘 안 읽던 동생이 저 서적들을 공부했다니 믿기지가 않았다.

"리제."

"네?"

"이 책들…… 잘 이해되니?"

"아……."

왜 그런 질문을 하는지 깨달은 그녀는 어색한 표정을 지었다. 지나친 오해를 피하려고 둘러대듯 답했다.

"어렵긴 한데, 그냥 열심히 봤어요."

'그냥 봤다고?'

크리스는 고개를 갸웃하고 그녀가 노트에 한 필기를 힐끗 바라봤다.

'그냥 본 수준의 필기가 아닌데?'

의학 지식이 없으므로 자세한 내용은 알아볼 수 없지만 그냥 쓴 필기가 아니란 것은 알 수 있었다.

'다른 사람이 해놓은 필기인가?'

하지만 저 삐뚤삐뚤 못난 글씨는 엘리제의 필체가 분명했다. 예쁜 외모와 다르게 지렁이 기어가는 듯한 글씨는 어릴 적부터 엘리제의 전매특허였으니까.

'이전부터 남몰래 의학을 공부했던 건가? 그랬을 리가 없는데? 아니면 내 동생이 알고 보니 천재?'

크리스는 얼떨떨했다. 원래 클로랜스 가문은 우수한 혈통으로 유명했다. 자신만 해도 아카데미 문과부 수석 졸업자에, 아버지는 제국의 명재상, 큰형은 총기사단의 부단장이자 제국의 수위를 다투는 오러 나이츠였으니까. 그러니 엘리제에게도 숨겨진 재능이 있을 수도 있겠으나 이건 너무 급작스럽지 않은가?

"왜 그렇게 빤히 보세요?"

"아니, 엘리제."

크리스는 당황을 감추며 장난스레 말했다.

"여전히 글씨를 잘 못 쓰는구나. 모르는 사람이 보면 엄청 못난 여자가 쓴 줄 알겠는걸?"

"오, 오라버니!"

엘리제는 살짝 얼굴을 붉혔다. 첫 번째 삶도, 두 번째 삶도, 그리고 이번에도 그녀는 지독한 악필이었다.

"어쨌든 리제, 이제 늦었으니 그만 돌아가자."

"아……."

그런데 그녀가 의외의 답을 하였다.

"저…… 오라버니. 조금만 더 공부하다가 가면 안 될까요?"

"조금 더? 지금 자정인데?"

"그렇긴 한데 어차피 24시간 개방 도서관이고…… 더 보고 싶은 내용이 남아 있어서."

엘리제가 우물쭈물 부탁했다. 마치 '좀 더 놀다 가고 싶어요'라고 말하는 듯했다.

"안 돼."

"안 돼요?"

"안 돼. 너무 늦었어."

"응? 응? 정말 안 돼요? 응? 오라버니."

엘리제가 그의 팔에 매달리며 애교를 부렸다.

'귀, 귀엽잖아!'

간만에 보는 동생의 애교에 크리스는 심장이 내려앉을 것 같았지만 고개를 저었다.

“정말 안 돼. 밥도 안 먹고. 이러다 몸 상해.”

“괜찮은데…….”

엘리제는 불만스러운 얼굴로 볼을 부풀렸다. 그 모습도 심히 귀여워 크리스는 그녀의 머리를 손으로 헝클어뜨렸다.

“안 된다면 안 돼. 내일 다시 오자.”

그렇게 엘리제는 공부에 매진했다. 아침 일찍 도서관에 나가 자정까지 책을 보고, 집에 돌아와서도 대출한 서적을 공부했다. 거의 잠도 자지 않고 집중하는 모습에 가족은 모두 깜짝 놀랐다.

“리제, 좀 쉬엄쉬엄하렴. 그러다 몸 상한다니까.”

가족들이 걱정했으나 엘리제는 고개를 저었다.

“괜찮아요.”

‘병원에 나가기 전 필요한 지식은 다 정리해야 해.’

그녀도 피곤하지 않은 것은 아니었으나 환자를 보는 일이다. 한 치의 소홀함도 있어선 안 된다.

‘그리고 이런 식의 벼락치기 공부는 지구에서 질리도록 했었으니 익숙해.’

서울대 의대 재학 시절엔 매일이 시험 전쟁이었다. 하루 밤샘은 예사였고, 심할 때는 72시간 동안 딱 2시간만 자고 공부한 적도 있었으니, 이 정도야 특별할 것도 없었다. 하지만 그건 그녀의 기준이었고, 가족들의 생각은 달랐다.

“크흠. 엘리제, 너무 무리하는 것 아니냐?”

엘 후작이 헛기침을 하며 그녀를 찾아왔다.

"괜찮아요, 아버지."

"뭐가 괜찮아? 몸도 약하면서."

특별히 앓는 병은 없었지만 여린 체구의 그녀는 어릴 때부터 잔병치레가 많은 편이었다.

엘 후작은 복잡한 눈으로 그녀를 바라봤다.

"엘리제."

"네, 아버지."

"정말 할 수 있겠느냐?"

그는 걱정스레 물었다. 이제 그도 딸이 의사가 되려는 게 한순간의 변덕이 아닌 진심인 것을 알았다. 진심이 아니라면 이렇게 열심히 할 리가 없을 테니까.

'의사라. 좋은 직업이지. 가치 있는 일이고. 하지만…….'

의사가 되는 것은 쉬운 일이 아니다. 건장한 남자들도 못 버티는데, 손에 물 한 번 안 묻혀본 그녀가 견딜 수 있을까? 더구나 여자라서 받게 되는 차별도 많을 것이다.

'게다가 황실십자병원도 아닌 테레사병원이라니.'

솔직히 후작은 딸을 테레사병원으로 보내고 싶지 않았다. 자신의 후원으로 운영되고 있긴 하지만 환경이 열악해 고생할 것이 뻔하기 때문이다.

"잘할 수 있어요, 아버지. 최선을 다해 볼게요. 걱정하지 마세요."

후작은 한숨을 크게 내쉬었다.

"엘리제, 혹시 태자 전하와의 약혼을 피하려고 무리하는 것은 아니지? 만약 그런 거면 이야기하렴. 네가 정말로 전하와의 결혼을 피하고 싶다면 이번 일과 상관없이 내가 폐하께 잘 이야기해 보마."

그녀는 흠칫 놀라 후작을 바라봤다. 아버지의 눈빛에는 걱정이 가득했다.

'아버지…….'

자신을 향한 걱정과 사랑에 그녀의 가슴이 일렁였다.

"그래서 그런 것은 아니에요. 전 정말로 이 일이 하고 싶어요."

딸의 의지가 확고함을 다시 확인한 후작은 씁쓸한 미소를 지으며 생각했다.

'이렇게 된 이상, 폐하의 생각처럼 엘리제가 빨리 포기하기만을 바랄 수밖에 없겠군.'

딸을 사랑하지만 그녀가 정말로 의사가 될 수 있을 거라곤 생각하지 않았다. 딸을 무시하는 것은 아니었다. 다만 현실적으로 생각하는 것일 뿐. 후작은 그녀가 너무 고생하지 않기만을 바랐다.

"일단 병원 측에 네가 이틀 후부터 나간다고 이야기해 두었다."

"제 부탁대로 해주신 거죠?"

"그래, 그런데 꼭 그렇게 해야겠니?"

"네, 제가 클로랜스 가문의 딸인 것은 숨겨주셨으면 해요."

그녀의 부탁, 그것은 자신의 신분을 숨겨 달라는 것이었다.

"일단 그렇게 하긴 했다만 왜 이런 부탁을 하는 것이냐? 훨씬 힘들고 불편할 텐데."

"제가 아버지 딸인 걸 알면 제대로 교육이 안 될 테니까요."

엘리제는 이전 서울대학교 병원에서 교수로 일할 때를 떠올렸다. VIP의 자식이 학생으로 오면 어찌나 눈치가 보이며 짜증이 나던지.

'더구나 아버지는 그냥 VIP 정도가 아니잖아.'

황제에게 신임받는 재상에, 명실상부한 제국의 이인자. 또한, 최고 명문가 클로랜스 가문의 가주이며, 테레사병원의 소유자이기도 하다.

'한국으로 따지면 재벌가 총수에 국무총리 겸업, 병원 이사장인 거잖아.'

그런 신분을 알면 병원의 의사들이 과연 자신을 어떻게 대할까? 편히 말이나 붙일 수 있을까?

"일단 케이트 자작의 후원으로 들어가는 것으로 말해두었다."

케이트 자작은 클로랜스 후작가의 가신(家臣)이었다.

"네, 감사해요."

"엘리제, 다시 한 번 말하지만 절대 무리하지 말아라."

그 깊은 걱정에 엘리제는 감사의 미소를 지었다.

그로부터 이틀이 지나 엘리제가 처음 병원에 가는 날이 되었다.

제국력 283년 5월 28일.

훗날, 세계 의학사(醫學史)에 기념비적으로 남을 날이었다.

테레사병원은 기다란 사각형 형태의 4층 건물로 무려 300명의 환자 수용이 가능한 제국 최대 규모의 의료 기관이다. 물론 제국 최대란 것은 규모적인 측면으로, 가난한 사람들을 대상으로 하는 만큼 여러 환경에서 열악한 점이 많았다.

바로 그 병원 4층 구석의 교수실.

'젠장.'

이십 대 중반의 젊은 남자가 속으로 욕설을 내뱉고 있었다.

'이 그레이엄에게 16살 철부지 꼬맹이를 맡으라고?'

남자의 이름은 그레이엄. 몰락한 팰론 남작가의 장자이자 테레사 병원의 최연소 정식 교수인 천재 의사였다.

그가 불쾌해하는 이유는 하나. 며칠 전 떨어진 병원장의 명령 때문이었다.

'케이트 자작이 후견하는 영애를 맡으라니. 영애는 무슨 놈의 영애야. 병원이 무슨 무도회장인 줄 아나?'

그는 신경질적으로 머리를 쓸어 올렸다.

'그렇지 않아도 여러 연구로 바쁜데 쓸데없는 짐까지 떠맡으라니.'

몰락 가문 출신인 그는 의학에 자신의 모든 삶을 걸었다. 의학의 기초를 다진 그라함 백작을 능가하는 의사가 되고 싶건만 현실은 답답하기 그지없다.

'이게 다 내 배경이 보잘것없어서 그래.'

아무리 능력이 있으면 뭐하는가? 좋은 자리와 일거리는 배경 좋은 놈들이 다 가져가고 자신에게는 쓰레기 같은 부스러기밖에 안 떨어지는데.

'이제 곧 온다고?'

그는 시계를 바라봤다. 오전 10시에 오기로 했는데 9시 57분이었다.

'1분이라도 늦기만 해봐라. 바로 쫓아내 주마.'

그는 시계를 뚫어지라 바라봤다. 자신의 새로운 '제자'가 제발 늦기를 바라면서. 하지만 불행히도 시침이 10시를 가리킬 때 노크 소리가 들렸다. 마치 밖에서 회중시계를 보며 기다리기라도 한 듯 정확한 시간이었다.

똑똑.

노크 소리에 그레이엄은 짜증 섞인 목소리로 말했다.

"들어오세요."

끼익.

낡은 소음과 함께 그녀가 들어왔다.

"……!"

그 순간 그레이엄은 흠칫 놀라 눈을 크게 떴다. 전혀 생각지도 못한 인상의 소녀가 들어온 것이다.

"처음 뵙겠습니다. 로제라고 합니다."

작고 여렸다. 그러면서도 마치 인형처럼 아름다웠다. 수수한 생활복을 입고 있었지만 연회장의 수많은 보석 중에서도 가장 반짝이는 듯한 외모였다. 그녀가 들어오는 것만으로도 방의 분위기가 변한 듯했다.

"네가…… 케이트 자작께서 추천한 로제라고?"

"네, 그레이엄 선생님이신가요?"

차분하면서도 호감이 가는 음색. 그레이엄은 얼른 정신을 차려 그녀의 미색에서 빠져나왔다.

"그래, 내가 그레이엄이다. 의사가 되려고 한다고?"

"네, 많은 지도 부탁합니다. 부족하지만 최선을 다하겠습니다."

그레이엄은 인상을 찌푸렸다.

'예쁘게 생기긴 했다만 전형적인 귀족 가문 아가씨잖아.'

그는 저런 유의 영애들을 잘 알고 있었다. 한눈에 봐도 험한 일은 전혀 안 해본 듯한 인상. 하얀 손은 물집 하나 없이 깨끗하다. 치장을 하고 연회장에 나서면 무수히 많은 남자가 따르겠지만, 저 보호 본능을 자극하는 여린 몸으로 의사가 되겠다고?

그레이엄은 속으로 혀를 찼다.

'기가 차는군.'

확 짜증이 치밀어 올랐다.

'생명을 다루는 일이 그리 우스워 보이나?'

각고의 노력 끝에 의사가 된 그는 사람을 살리는 의업에 깊은 자긍심을 가지고 있었다. 그런데 그런 자신과 달리 곱게 자란 아가씨가 흥미로 병원에 나왔다고 생각하니 짜증을 참기 어려웠다.

"아카데미를 졸업할 나이는 아닌데, 아카데미는 다녔나?"

"아카데미는 다니지 않았습니다."

"그러면 지금까지 무슨 공부를 했지? 설마 아무런 공부도 안 하고 무턱대고 찾아온 것은 아니겠지?"

병원에 들어오기 전, 보통은 아카데미 등에서 기초를 쌓는다. 그 과정이 끝나면 유력자의 추천을 통해 병원에 제자로 들어오는 게 일반적인 방식이다.

"독학으로 공부했습니다."

"독학? 하!"

그레이엄은 어이가 없어 웃음을 터뜨렸다. 아무리 의술이 우스워 보여도 그렇지, 16살짜리 소녀가 독학으로 깨작깨작 책을 본 후, 병원에 들어와?

'아무리 제국 제일의 명문 클로랜스 후작가의 봉신인 케이트 자작이라도 그렇지. 너무하는군.'

그는 당장 병원에서 나가라고 소리 지르고 싶은 충동을 참았다.

'케이트 자작께서 추천한 것만 아니면 당장 쫓아낼 텐데. 제길.'

케이트 자작은 제국의 유력자로 척을 지면 곤란하다. 자신 같은 힘없는 의사는 당장 쫓겨날지도 몰랐다.

"의술이 뭔지는 아나?"

"네, 환자를 치료하는 것입니다."

"그러면 한 가지만 묻지."

그레이엄은 딱딱한 목소리로 물었다.

"사람이 죽는 것을 본 적이 있나?"

소녀가 눈을 들어 그를 바라봤다. 16살 소녀와 어울리지 않는, 깊은 무거움이 담긴 눈빛.

소녀는 가만히 답했다.

"네, 본 적 있습니다."

그레이엄은 소녀의 알 수 없는 눈빛에 흠칫 놀랐다. 뭐야, 저 눈빛은?

"의술을 배우다 보면 많은 상황을 만난다. 만약 치료하던 중 환자가 죽으면 어떻게 할 것이지?"

소녀는 고민 없이 담담히 답했다.

"가슴에 묻을 것입니다."

"……!"

그레이엄은 입을 다물었다.

'가슴에 묻는다고? 무슨 뜻인지 알고 하는 이야기인가?'

의사들 사이에서 '환자를 가슴에 묻는다'라는 이야기가 있다. 불의의 일로 환자를 잃었을 때, 다시 그 일을 반복하지 않기 위해 환자를 가슴속에 묻는 것이다.

'설마.'

그는 이 소녀가 그 의미를 알고 그렇게 답했다고는 생각하지 않았다. 비슷한 아픔을 경험하지 않은 의사라면 가슴에 묻는다는 말뜻을 알 리가 없으니까.

'일단 케이트 자작께서 추천했으니 일거리를 주긴 줘야겠는데.'

그는 고민했다. 원래는 일일이 데리고 다니며 제자처럼 가르쳐야겠지만 그럴 생각은 없었다. 진짜 키울 만한 제자도 아니고.

'어차피 못 버티고 금방 나갈 테니까.'

그는 그렇게 생각했다. 그러니 쓸데없는 심력을 쏟고 싶지 않았다. 고민하던 그는 곧 한 가지 좋은 방안이 떠올랐다.

'그래, 그곳이면 되겠군.'

저 여린 소녀에게 너무한 거 아닌가 싶은 생각이 들었으나 고개를 저었다.

'어차피 그만둘 거면 빨리 그만두게 하는 것이 저 아이를 위한 것일 테니까.'

그는 자리에서 일어나며 말했다.

"따라와라. 할 일을 알려주마."

그가 그녀를 데려간 곳은 테레사병원 3층 깊숙한 곳, 메케한 냄새가 나는 병실이었다.

"여기가 이제부터 네가 일할 곳이다."

병실 문을 열자 드러난 광경은 그야말로 가관이었다.

"……!"

영양부족으로 비쩍 마르고 관리 안 된 환자들. 지독한 악취와 더러운 몰골. 모두 부랑자 같은 행색들이었는데, 하나같이 거동이 불가능한 중환자들이었다.

"이 환자들은?"

그레이엄이 답했다.

"유리걸식하는 부랑자들이다. 부랑자 중 중한 질환에 걸려 도저히 살아날 가망이 없는 자들을 이곳에서 치료하고 있다."

"……."

"사실 저런 자들을 치료할 필요는 없지만 클로랜스 가문의 전 후작 부인, 테레사 여사의 유언에 따라 돌보고 있지. 치료비는 모두 클로랜스 후작가의 후원으로 감당하고 있고."

그레이엄은 클로랜스 후작가에 대해 존경이 담긴 말투로 설명했다.

"이 테레사병원의 운영은 대부분 클로랜스 후작가의 지원으로 이루어지고 있다. 너도 이곳에서 일하는 동안에는 클로랜스 가문에 대한 존경을 담고 일하도록."

그 존경받는 클로랜스 가문의 딸은 얌전히 고개를 끄덕였다.

"네."

"어쨌든 네가 이제부터 할 일은 이 환자들을 돌보는 거다."

그러면서 그는 그녀가 부랑자들의 몰골을 보고 질색할 것으로 생각했다.

"네, 알겠습니다. 그런데 제가 정확히 어떤 부분을 케어해야 하는 것인가요?"

하지만 소녀의 안색은 일말의 변화도 없었다. 오히려 안쓰러움이 담긴 표정을 짓고 있지 않은가.

놀란 그레이엄에게 소녀가 물었다.

"환자들의 기저 질환을 모두 치료해야 하는지, 아니면 그저 환자가 불편하지 않게 보존적 치료를 하면 되는 건가요?"

보존적 치료. 환자의 불편을 살피는 치료를 뜻하는 의학 용어다. 마치 동료 의사가 묻듯 핵심을 꿰뚫는 질문에 그레이엄은 흠칫했다.

"……보존적 치료만 하면 된다. 기저 질환을 치료하는 게 의미가 없는 환자들이니까. 그러니까 욕창 같은 것들을 관리해 주면 된다."

그는 그녀가 욕창이란 단어를 알아들었을까 고민했다. 하지만 들려오는 답변은 더 가관이었다.

"네, 알겠습니다. 그런데 만약 욕창의 정도가 심하거나 괴사 징후를 보이면 제가 관리를 해도 될까요?"

그레이엄은 놀란 눈으로 그녀를 바라봤다.

'관리? 설마 변연절제술(괴사 조직 제거술)을 알고 말하는 것은 아니겠지?'

상처가 죽었을 때의 치료 원칙은 간단한 수술로 조직을 잘라내는 것이다. 잘라내지 않으면 감염이 악화해 패혈증으로 사망할 수도 있다.

'설마, 아니겠지.'

속으로 고개를 저은 그는 답했다.

"할 수 있는 만큼 관리를 해도 좋다. 하지만 잘 모르는데 섣불리 건들진 말도록."

"네, 알겠습니다."

그는 몇 가지 더 지시 사항을 알려주었다. 그리고 자신의 연구실로 돌아가기 전 말했다.

"로제라고 했나?"

"네, 선생님."

"만약 중간에라도 일이 힘들면 곧바로 이야기해라. 억지로 시킬 생각은 전혀 없으니까."

그녀는 그의 말에 담긴 속뜻을 곧바로 알아들었다.

힘들면 바로 그만두라는 뜻이다.

"최선을 다하겠습니다."

그런 그녀에게 그레이엄은 묘한 표정을 지었다.

'얼마나 버틸까?'

이곳에 오고 나서 그녀가 보인 태도는 의외긴 했다. 환자들의 몰골을 보고 하얗게 질려 당장 그만둔다고 할 줄 알았는데, 제법 의연했으니까. 그래도 오래 버틸 것이라고는 생각지 않았다. 이 병실은 남자인 그도 처음에 왔을 때 적응하지 못하고 도망칠 뻔했던 곳이니까.

'며칠 안 걸리겠지.'

그는 그렇게 짐작했다.

하지만 그의 예상과 다르게 그녀는 전혀 동요하지 않고 있었다.

'이런 환자들은 오랜만에 보는구나.'

다소곳이 아무 말 안 하고 있었지만 그녀는 그레이엄의 속마음을 눈치채고 있었다.

'갑자기 튀어나온 내가 귀찮겠지.'

그녀는 바보가 아니다. 두 번의 죽음을 경험했고, 두 번 다 평탄치 않은 삶을 살았다. 그런 그녀의 눈엔 그레이엄의 속마음이 훤히 드러나 보였다.

'이런 곳에 방치해서 제풀에 내가 포기하도록 하려는 걸 거야.'

하지만 그녀는 포기할 마음이 없었다. 아니, 고작 이런 걸로 왜 포기한단 말인가?

'이런 부랑 환자들은 익숙한걸.'

태연히 환자들을 살폈다. 물론 그녀도 악취와 더러운 모습이 좋은 것은 아니었다. 하지만 이들은 환자가 아닌가? 결정적으로 그녀는 지구에서도 이런 부랑 환자를 많이 돌봤었다. 모교인 서울대 의대가 국립대학교인지라 부랑 환자를 돌보는 시립 병원에서도 순환 근무를 해야 했기 때문이다.

'그리고 환자를 보다 보면 별의별 험한 모습을 다 봐야 하는데…… 이 정도면 양호한 편이지.'

사람은 적응의 동물이다. 처음엔 피만 봐도 벌벌 떨다가 나중엔 두 조각 난 내장을 수술하고도 태연히 순대를 먹으러 간다.

'최대한 열심히 해서 일단 빨리 의사 자격증을 취득하자.'

그녀의 첫 번째 목적은 정식 의사가 되는 것!

제국에서 의사 자격증을 취득하는 방법은 한 가지다. 의학연구원의 시험을 통과해야 하는데, 시험에 응시하려면 먼저 병원에서 추천을 받아야 한다. 보통은 수년씩 병원에서 도제로 일하며 실력을 인정받아야 하지만 그녀는 그렇게까지 오래 시간을 끌 생각이 전혀 없었다. 무엇보다 황제 폐하와의 내기에 이기려면 빠른 시간 안에 의사 자격증을 따는 것이 필수였다.

그녀는 최대한 단기간에 의사 자격증을 따기로 마음먹었다.

'일단 시작하자.'

그녀는 소매를 걷어 올렸다.

엘리제는 먼저 주변 위생을 개선했다.

'이런 환경에선 없는 질병도 생길 거야.'

수북한 먼지들을 쓸고, 오물들을 정리하고, 환자의 몸을 씻겼다. 후작가의 금지옥엽이 하기엔 너무나 궂은일. 아니, 비단 후작가가 아니더라도 이런 일들을 기꺼이 할 수 있는 소녀가 몇 명이나 될까? 하지만 그녀는 눈 하나 깜짝 않고 일했다.

'더 힘든 일도 많이 해봤는걸.'

처음 해부학 실습을 할 때를 떠올렸다. 포르말린에 딱딱하게 굳은 수십 구의 시체. 첫날, 그 시체들의 피부를 메스로 벗겨 내고 노란 지방을 긁은 후 근육을 박리했다. 얼마나 끔찍하던지. 집에 와서 펑펑 울었다. 의대에 온 것을 그때 처음으로 후회했다. 그날뿐만이 아니었다. 의사가 될 때까지, 그리고 의사가 되고 나서도 험한 경험을 얼마나 많이 했는지 모른다.

'그때의 일들에 비하면 이런 일은 차라리 나은 편이니까.'

물론 그 일들을 혼자 하지는 않았다. 혼자서 할 수 있는 양이 아니었으니까. 굳이 혼자서 할 필요도 없고. 그녀는 이 병실을 담당하는 보조원들을 찾았다.

"청소와 환자 목욕을 도와달라고요?"

"네."

"하지만…… 어째서?"

"병실 위생이 너무 안 좋아 환자들에게 안 좋을 것 같아서요."

보조원은 중년 여성 두 명이었다. 그녀들은 엘리제의 요청에 머뭇거렸다. 분명 청소와 환자를 목욕시키는 일은 보조원의 몫이긴 했으나 아무도 이 부랑자들을 신경 쓰지 않아 대충 넘어가고 있었던 것이다.

"그런데…… 아가씨는?"

"로제입니다. 그레이엄 선생님의 도제로 들어왔습니다."

제국의 병원에서 도제면 보통 견습생의 대우를 받으니 보조원들보다는 확실히 윗사람이다.

보조원들은 엘리제를 살폈다. 수수한 옷을 입고 있지만 한눈에 보아도 있는 집안의 영애 같아 보였다. 그녀들은 마지못해 고개를 끄덕였다.

"네…… 알겠어요."

그렇게 엘리제는 그녀들과 남은 일을 처리했다. 더러운 걸 치우고, 열심히 쓸고, 닦고, 환자들을 목욕시키고. 병실이 깨끗해지면 깨끗해질수록 엘리제의 몸은 더러워졌으나 크게 신경 쓰지 않았다.

'나야 끝나고 씻으면 되니까.'

지구의 지식이 있는 그녀는 위생의 중요성을 너무나도 잘 알고 있었다. 위인 나이팅게일의 연구 결과에 따르면 위생을 개선하는 것만으로도 사망률을 획기적으로 줄일 수 있었다 한다.

'어쩌면 약물치료나 수술보다도 훨씬 손쉽게 사망률을 낮출 수 있는 게 위생 관리야.'

청소만으로 사망률을 낮출 수 있다니! 어찌 공을 안 들일 수 있겠는가? 그녀가 그렇게 한참 일에 열심일 때였다. 소극적으로 뭉그적거리던 보조원이 말했다.

"저…… 아가씨. 그건 저희가 할게요."

"네?"

"이건 원래 저희 일이니까……."

그녀들은 민망한 표정이었다. 처음엔 억지로 따라온 그녀들이었지만 엘리제가 옷을 더럽혀가며 청소하는 것을 보자 양심의 가책을 느낀 것이다. 저렇게 어리고 가냘파 보이는 소녀가 자신의 몸도 돌보지 않고 부랑자들을 위해 궂은일을 하다니. 절로 부끄러운 마음이 들었다.

엘리제는 기쁘게 웃으며 답했다.

"네, 감사해요. 같이해요."

그렇게 3명이 함께 일하니, 끝나지 않을 것 같은 일도 끝이 났다. 부랑자들의 병실이 조금 전과는 비교할 수 없을 정도로 깨끗해진 것이다.

"가, 감사합니다."

"정말 감사합니다."

부랑자들이 엘리제에게 감사를 표했다. 병원이지만 회복되기 어려운 중한 질환을 앓는 부랑자들이다 보니 거의 방치되고 있었다. 그런데 한눈에 봐도 귀한 집안의 아가씨로 보이는 그녀가 아무도 거들떠보지 않던 자신들을 위해 이런 일들을 해주다니! 다들 크게 감동했다.

하지만 엘리제는 친절히 웃으며 고개를 저을 뿐이었다.

'이제 진짜 시작이야.'

위생 관리는 기초적인 조처일 뿐이다. 그녀는 본격적으로 환자 진료를 보기 시작했다.

"환자분 어디가 불편하세요?"

"나는 허리가……."

그녀는 병실을 돌아다니며 모든 부랑자의 상태를 한 명 한 명씩 꼼꼼히 체크했다.

'이 환자는 추락 사고로 인한 허리 골절 환자. 골절은 이미 치료할 수 없어. 그러면 지금 환자에게 도움을 줄 수 있는 요인은 영양 상태 개선, 욕창 소독.'

그녀는 개선이 가능한 요인과 불가능한 요인을 구분하여 체크했다. 그리고 도움을 줄 수 있는 요인들은 최선을 다해 조처했다.

"욕창 소독을 해야 하니 약제부에서 소독약을 가져와 주세요."

"네, 아가씨."

"상태가 안 좋은 분이 많아 넉넉히 가져와 주세요. 마취약과 소독된 칼도 가져와 주시고요."

"칼은 왜요?"

작은 소녀가 칼을 가져와 달라 하자 보조원이 놀라 물었다. 하지만 엘리제는 태연히 말했다.

"죽은 조직을 쳐 내려고요. 피가 많이 날 수도 있으니 거즈도 넉넉히 가져와 주세요."

"아, 아가씨가 하시게요? 직접? 칼로요?"

칼로 살을 잘라낸다고? 상상만 해도 끔찍하다는 듯 보조원이 핼쑥한 표정을 지었다.

"네, 제가 할 거예요."

엘리제는 고개를 끄덕였다. 이전 삶에서 이식 수술도 집도하던 그녀다. 그녀 기준에 죽은 조직을 제거하는 것은 너무 간단해 수술에 포함되지도 못 했다.

보조원은 질린 표정을 지으며 소독약과 마취약, 소독된 칼을 가져왔다.

"여, 여기요."

"환자 자세 좀 잡아주세요."

"지, 지금 여기서 하시게요?"

"네, 상처가 너무 안 좋아 지금 바로 해야 해요."

엘리제는 허리가 마비된 부랑자의 욕창 상처를 살피며 말했다. 그녀는 장갑을 끼었다.

'그런데 내가 이런 처치를 했다고 뭐라고 하진 않겠지?'

'외과의사 송지현'의 기준에선 간단한 수술이지만 자신은 오늘 처음 병원에 들어온 견습생이다. 주제넘은 치료를 했다고 문책을 당할지도 몰랐다. 하지만 그녀는 고개를 저었다.

'위험한 수술도 아니고. 그리고 이대로 두면 상태가 너무 나빠질 거야.'

관리받지 못해 감염의 정도가 심했다. 상처 안으로 누런 염증이 차오른 것이, 이대로 며칠 두면 균이 전신을 떠도는 패혈증이 올지도 몰랐다. 빨리 손을 써야 했다.

"환자분, 여기 안 좋은 상처를 소독하고 곪은 부분을 잴 거예요. 마취하고 할 테니 아프진 않을 거예요."

"네, 네."

그녀는 먼저 환자를 부드러운 말로 안심시켰다. 그리고 환자를 엎드리게 한 후 '변연절제술'을 시작했다.

"마취약 먼저 주세요."

그런데 소독 장갑을 낀 손으로 마취하는 그녀의 머리에 한 가지 의문이 떠올랐다.

'대연금술사 프레밍은 어떻게 이런 약들을 다 개발했을까?'

지금 그녀가 사용하는 마취약도, 소독약도 모두 프레밍이 개발해 낸 것이다. 그것 외에도 그가 개발한 약은 무수히 많았다.

'아무리 천재라도 어떻게 이럴 수가 있지? 그리고 마취약, 소독약만 개발한 것이 아니잖아. 정말 프레밍도 나처럼 지구의 삶을 경험한 이는 아니겠지?'

그런 의심까지 들었다. 그만큼 프레밍의 업적은 대단했다. 물론 지구의 현대 약들에 비하면 그가 발명한 약품들은 매우 조악했다. 그래도 거의 모든 분야에 걸쳐 기초적인 약들을 다 개발해 냈다. 아무리 연금술의 힘을 빌렸다지만, 한 사람의 업적이라곤 도저히 믿을 수 없는 일이다.

'한번 만나 보고 싶지만 이미 사망한 지 5년이나 됐으니.'

아쉬운 마음이 들었다.

"환자분, 혹시 아프세요?"

"아…… 아, 안 아픕니다."

그녀는 완전히 마취된 것을 확인 후 절제술을 척척 진행했다.

"소독약 주세요."

먼저 진물이 흐르는 상처를 약으로 철저히 소독했다. 그냥 단순히 소독약을 묻히는 수준이 아닌, 상처 사이사이로 약이 스며들 수 있도록 꼼꼼히 처리했다. 그다음 그녀는 망설이지 않고 손을 내밀었다.

"칼 주세요."

"지, 진짜 직접 하시게요?"

보조원이 깜짝 놀라며 그녀에게 물었다.

엘리제는 고개를 끄덕였다.

"네."

짧지만 단호한 대답.

보조원은 하얗게 변한 얼굴로 소독 칼을 건넸다.

엘리제는 잠시 말없이 소독 칼을 바라봤다.

'메스.'

두근.

원시적 형태의 메스(수술칼)였다. 오랜만에 잡는 메스의 감촉에 가슴이 진동했다.

'외과의사가 된 후, 이 메스를 놓았던 적이 거의 없었는데.'

그녀의 얼굴이 아련해졌다. 그리웠었나 보다, 이 메스의 감촉이. 이렇게나 가슴이 떨리는 것을 보니.

'황태자비 따위 절대 되지 않아. 이게 내 운명이야. 평생 의사의 삶을 살겠어.'

그녀는 수술칼을 쭉 내리그었다. 죽은 살들이 정확한 경계를 이루며 떨어져 나갔고 그 순간 피가 울컥 새어 나왔다.

"앗!"

지켜보던 보조원들이 비명을 삼켰다. 하지만 엘리제는 털끝 하나의 동요도 없이 손을 움직였다. 피가 나오는 혈관을 거즈로 지혈하며, 감염된 부분을 칼로 쳐 냈다. 그런 그녀의 눈은 '후작가의 공녀 엘리제'가 아닌 '외과의사'의 것이었다.

강인하고 흔들림 없는 철혈의 눈빛! 여리디여린 인형 같은 얼굴에 깃든 철혈의 눈빛은 지극히 부조화스러우면서도, 동시에 모순적인 아름다움을 뿜어냈다.

"어떻게 저렇게……?"

보조원들이 놀란 표정으로 엘리제를 바라봤다. 의료인은 아니지만 병원에서 오래 일한 덕에 수술 장면을 여러 번 본 적이 있는 그녀들은 지금 엘리제의 솜씨가 보통이 아님을 알아봤다.

'정식 의사 선생님들도 저렇게 수술칼을 잘 다루진 못하던데?'

그녀들은 테레사병원의 어떤 의사도 저 소녀처럼 수술칼을 능숙하게 다루는 것을 본 적이 없었다. 마치 장인과도 같은 솜씨였다.

뚝!

마지막 죽은 조직이 잘려 나갔다. 수술이 끝난 환부는 이전과는 비교도 할 수 없을 정도로 깨끗해진 상태였다.

"다 끝났어요, 환자분."

거즈로 마무리하며 엘리제가 말했다.

"가, 감사합니다. 이, 이전보다 훨씬 나은 것 같아요."

환자는 감격해 말했다. 그녀는 웃으며 친절히 답했다.

"앞으로도 잘 관리해야 해요. 불편한 것 있으며 말씀해 주세요."

"네, 정말 감사합니다."

그녀는 멍하니 자신을 보고 있는 보조원들에게 말했다.

"죄송한데, 다음 환자 상처 처치도 도와주실 수 있으시겠어요?"

"아…… 네, 네!"

그녀들은 화들짝 엘리제의 말에 따랐다.

그렇게 엘리제는 부랑자 병실의 환자들을 한 명 한 명 치료해 나갔다.

일주일간의 시간이 지났다.

테레사병원의 젊은 교수 그레이엄 남작은 한창 자신의 연구에 몰두하던 중에 갑자기 병원장의 호출을 받았다.

“무슨 일이십니까?”

“케이트 자작이 추천한 영애는 어떻게, 잘하고 있나?”

그레이엄은 일순 말문이 막혔다.

‘……어떻게 하고 있지?’

부랑자 병실에 배치한 후, 신경 쓰지 않고 있었다. 아니, 정확히는 까먹고 있었다.

‘그러고 보니 왜 아무런 이야기가 없지? 그냥 말없이 그만둔 건가?’

당연히 하루나 이틀 안에 자신을 찾아와 그만둔다고 할 줄 알았는데, 감감무소식이다. 부랑자들에게 놀라 인사도 못 하고 도망갔을지도 모르겠다.

“왜 대답이 없나? 자네를 안 찾아왔나?”

병원장 고트 자작이 눈살을 찌푸렸다.

“아, 아닙니다. 그…….”

그레이엄은 말을 더듬었다.

“……자율 학습 중입니다.”

“자율 학습?”

“……네. 분위기도 익힐 겸 병원에서 자율 학습을 하도록 했습니다.”

그의 어설픈 둘러댐에 대충 상황을 눈치챈 병원장은 언성을 높였다.

“그레이엄! 자네 그런 식으로 할 건가? 다른 사람도 아닌, 케이트 자작이 추천한 영애야!”

“죄, 죄송합니다.”

“가서 똑바로 해!”

"네, 죄송합니다."

그레이엄은 한참을 머리를 조아린 후에 병원장실에서 나왔다. 그는 크게 한숨을 내쉬었다.

'젠장, 그렇지 않아도 바쁜데 그 아가씨까지 데리고 다니며 교육해야 한다고? 그렇게 중요한 아가씨면 본인이 직접 가르치든가!'

그렇게 속으로 생각했으나, 그는 몰락 가문 출신의 힘없는 말단 의사일 뿐이다. 시키면 해야 한다.

'아직 있을지나 모르겠네. 벌써 도망갔을 것 같은데.'

그는 부랑자 병실로 내키지 않은 발걸음을 옮겼다. 그런데 부랑자 병실에 도착한 그는 변한 병실의 모습에 자신의 눈을 의심했다.

'뭐지, 이게? 내가 병실을 잘못 온 건가?'

그는 문의 명패를 살폈다. 분명 제대로 온 것이 맞다.

하지만 이 모습은?

'어떻게 이렇게 변한 거지?'

일단 병실이 깨끗해졌다. 이전 비교할 수 없을 정도로! 마치 제국 최고의 의료 기관이라는 황실십자병원의 병실의 위생 상태를 보는 듯했다. 그리고 환자들의 상태! 단순히 깔끔해진 것만이 아니다.

분명 일주일 전에 봤을 때만 해도 다들 희망 없이 시커멓게 죽어가고 있었는데, 지금은 조금씩 눈가에 생기가 돌고 있었다.

'도대체 뭐지?'

혼란스러워하는 그의 눈에 익숙한 얼굴이 보였다.

로제, 형식상 그의 제자로 들어온 그 어린 소녀가 병실 구석의 의자에 앉아 꾸벅꾸벅 졸고 있었다.

'용케 여태까지 안 도망갔었군. 그런데 왜 여기서 졸고 있지?'

그는 왜 병실이 변한 건지 그녀에게 물어보려 했다.
“너…….”
그때 딱딱한 음성이 그의 말을 가로막았다.
“이봐, 의사 양반. 뭐 하려고?”
병실의 부랑자 중 한 명이었다.
“저 소녀를 깨우려고? 관두시지.”
“뭐……?”
“어제 저 소녀는 우리를 돌보느라 한잠도 못 잤어. 이제 겨우 잠시 눈을 붙인 것이니, 나중에 다시 와.”
그레이엄은 황당함에 입을 벌렸다. 이 무슨?
하지만 다른 부랑자도 나서서 말했다.
“그래, 무슨 중요한 용무인지는 몰라도 다음에 와. 저 아가씨는 좀 쉬어야 해.”
그레이엄은 상황이 파악되지 않았다. 원래 부랑자들은 예의가 없고 의료진에게 적대적이다. 그러니 자신에게 무례하게 말하는 것이야 당연하다 해도 왜 저 소녀를 감싸는 거지? 어쩔 수 없이 병실 밖으로 나온 그레이엄은 병실을 담당하는 보조원들을 찾았다.
“어떻게 된 거지?”
그는 보조원들에게 병실의 변화를 물어봤다. 그리고 들려온 대답은 도저히 믿을 수 없는 것이었다.
“모두 저 소녀가 한 일이라고?”
“네, 선생님. 레이디 로제는 정말 대단한 분이세요.”
보조원들은 소녀가 한 일들을 빠짐없이 말했다. 저 조그만 몸으로 더러운 병실을 정리하고, 환자들의 위생을 개선하고, 욕창을 소독하고…….

"죽은 조직도 메스로 수술했다고?"

"네, 그뿐 아니라 어제는 안 좋은 환자까지 치료하셨어요. 한숨도 안 자고 옆에서 밤새도록요."

보조원들의 목소리에는 심지어 존경마저 담겨 있었다. 일주일의 시간 동안 엘리제의 헌신과 노력에 깊이 감동한 것이다. 그것은 보조원들만이 아니었다. 병실의 부랑자들은 자신들을 위해 주는 그녀를 거의 성녀 바라보듯 하고 있었다.

하지만 그레이엄은 다른 반응을 보였다.

'내가 너무 내버려 뒀구나.'

그는 기분 나쁜 표정으로 인상을 찌푸렸다.

'환자를 제대로 본 적도 없으면서 책만 보고 조직 절제술을 혼자서 했다고? 겁도 없이. 그러다 잘못되면 어떻게 하려고.'

그는 보조원들의 말을 다 믿지 않았다. 믿기에는 너무 황당했기 때문이다. 병원에 처음 교육 나온 소녀가 조직 절제술을 멋지게 시행하고, 상태가 안 좋은 환자를 치료해 냈다니, 그게 말이 되는가?

'분명 어설프게 잘못 건드려 놨겠지. 안 건드느니만 못하게. 잘못 치료하면 오히려 환자의 상태가 악화하는데.'

그는 소녀를 방치한 것을 후회했다. 학을 떼고 도망갈 줄 알았지, 아무것도 모르면서 이렇게 사고를 쳐놨을 줄은 몰랐다.

'다시는 겁 없이 이런 짓을 저지르지 못하게 단단히 혼내야겠군.'

환자는 실험 대상이 아니다. 어설픈 지식으로 접근하는 것은 절대 금해야 할 일이다.

'한번 어떻게 해놨는지 가서 정확히 보자.'

다시 병실 안으로 들어갔다. 그는 소녀가 해놓은 어설픈 처치들을 확인 후, 조목조목 따지며 혼내기로 마음먹었다.

엘리제는 누군가 다가오는 발걸음 소리에 힘겹게 눈을 떴다.

'깜빡 졸았나? 피곤해.'

머리가 무거웠다. 그녀는 흐릿한 시선을 고정하려 애쓰며 생각했다.

'확실히 엘리제의 몸은 체력이 약하구나.'

이전 삶 외과의사 송지현으로 살 때는 체구가 작아도 체력은 강했다. 몇 날을 밤새며 수술을 해도 거뜬했으니까. 하지만 엘리제의 몸은 원체 잔병치레가 많아서 그런지 체력이 형편없었다. 조금 무리했다고 이렇게 피곤하고 머리가 아프다니. 한숨이 나왔다.

'정신 차리자.'

그때였다.

"환자들에게 대체 무슨 짓을 한 거냐?"

불쾌함이 가득한 목소리. 명목상 그녀의 선생, 그레이엄 남작이었다. 엘리제는 눈을 깜빡거리며 답했다.

"환자들의 불편한 점을 돌봤습니다."

"그러니까 환자를 진료했다고? 아무것도 모르는 네가? 변연절제술까지 하면서? 그러다 잘못되면 어떻게 하려고?"

엘리제는 그레이엄이 왜 화를 내는지 깨달았다. 확실히 아무것도 모르는 견습생이 하기엔 자신의 처치들은 위험한 감이 있었다. 물론 그렇다고 죄송함을 느낀 것은 아니었다.

'애초에 도제로 들어온 견습생을 이렇게 팽개쳐 둔 분이 할 말은 아닌 것 같은데.'

그래도 그녀는 자신의 생각을 숨기고 공손한 목소리로 답했다.

"죄송합니다. 상처가 너무 안 좋은 것 같아 급하게 처치를 했습니다."

그레이엄은 인상을 찌푸렸다.

"어디 한번 어떻게 해놨는지 보지."

그러고는 그녀가 변연절제술을 시행한 두 번째 침상 환자의 욕창을 확인했다.

"……!"

그레이엄은 흠칫 놀랐다.

'뭐지? 왜 이렇게 상처가 좋아졌지?'

원체 욕창 감염이 심한 환자라 이전 상태를 알고 있었다.

'거의 손도 못 댈 정도였는데? 어떻게?'

진물이나 농은 말끔히 없어지고, 심지어 깨끗한 새살이 차오르고 있었다.

"바롯 경께서 왔다 가셨나?"

바롯 준남작은 테레사병원에서 손꼽히는 수술 실력의 의사였다. 바롯 준남작 정도의 실력이면 이렇게 깔끔히 변연절제술을 해낼 수 있다.

하지만 보조원이 옆에서 말했다.

"레이디 로제께서 하신 거예요."

그레이엄은 믿을 수 없다는 표정을 지었다. 이걸? 저 소녀가?

'그럴 리가?!'

하지만 놀람은 그게 끝이 아니었다.

"이 상처는 왜 이렇게 드레싱한 거지?"

깊은 욕창 상처 안에 소독약이 흠뻑 젖은 거즈가 들어가 있었다.

“중등도의 감염 상처라 소독약을 적셔 상처에 패킹하는 소킹 드레싱을 적용해 보았습니다.”

거즈를 빼내 보니 확연히 호전된 상처가 나타났다.

“……그러면 이 환자의 수액은?”

“최근 설사가 심했습니다. 탈수를 막기 위해 수액을 주었습니다.”

다른 환자들도 모두 확인해 보았지만 전부 마찬가지였다.

‘아니?’

그레이엄은 믿을 수 없다는 표정을 지었다.

‘어떻게 이럴 수가 있지?’

이 어린 소녀가 한 처치는 모두 한 치의 틀림도 없었다. 아니, 틀림이 없는 정도가 아니라 완벽했다. 각각의 환자들에게 필요한 치료가 빠짐없이, 그리고 정확하게 적용되고 있었던 것이다.

“누구지?”

“네?”

“너 혼자 이렇게 해낼 수 있었을 리가 없다. 분명 누군가 가르침을 주었을 터. 병원의 어떤 선생님이 도와주신 거냐?”

그래, 이 소녀가 혼자 한 것이 아닐 거다. 분명 누군가 와서 도움을…….

“레이디 로제께서 전부 하신 거예요. 지난 일주일간 이 병실에는 레이디 로제 말고 아무도 오지 않았어요.”

옆에서 듣고 있던 보조원이 말했다.

그레이엄은 도저히 믿을 수가 없었다.

“네가 이런 치료들을 혼자 했다고? 어떻게?”

“…….”

엘리제는 주저했다. 환자들이 안 좋아 이리저리 치료하긴 했으나, 확실히 병원에 처음 나온 견습생이 할 수 없는 처치들이었다.

'뭐라고 대답하지?'

하지만 딱히 설명할 말이 없어 조악한 거짓말을 했다.

"책에서 공부하고 했습니다."

"이걸 책에서 보고 했다고?"

믿지 못하겠단 얼굴. 엘리제는 어쩔 수 없이 뻔뻔해지기로 했다.

"네."

그레이엄은 혼란스러운 얼굴을 했다.

'아니, 아무리 열심히 책을 봤다고 해도 이런 치료를 할 수 있을 리가 없는데?'

모든 분야가 그렇지만, 특히 의술은 경험이 중요하다. 책으로 아무리 열심히 공부해 봤자, 실제 임상 경험이 뒷받침되지 않으면 아무런 소용이 없다. 그래서 제국 의사 시험 응시 자격을 병원에서 수련 후, 실력을 인정받은 이로 한정하는 것이다. 죽은 지식이 아닌, 임상 경험을 통해 진정한 의술을 갖춘 자만 의사가 될 수 있도록.

'도대체 어떻게 된 거지?'

그는 소녀를 바라봤다. 다과회에서 우아하게 차 마시는 것 외엔 아무것도 못할 것 같은 저 소녀가 이런 치료를 해냈다고?

"혹시 잘못 치료한 점이 있을까요, 선생님?"

"어, 없다."

"그러면 오늘 오신 것은 환자들의 상태를 살피러 오신 건가요?"

그 말에 그레이엄은 자신이 온 이유를 떠올렸다.

'케이트 자작께서 추천한 영애니 잘 챙기라고 해서 온 거였지.'

병원장의 당부가 생각났다.

"로…… 제라고 했나?"

"네, 선생님."

"그래, 로제. 이 병실을 담당하는 것은 오늘까지로 됐다."

"그러면?"

"내일부터는 나를 따라다녀라."

그레이엄은 설명을 덧붙였다.

"내일부터는 같이 다니며 직접 너를 가르치마."

둘의 관계는 스승과 도제(徒弟). 이제 그녀를 제자로 인정하고 제대로 된 가르침을 주겠다고 말하는 것이다.

엘리제는 고개를 숙였다.

"네, 감사합니다, 선생님!"

한편 그레이엄은 복잡한 눈으로 소녀를 바라봤다.

'한번 옆에서 잘 살펴봐야겠군. 같이 다녀보면 알겠지. 진짜인지, 아닌지.'

하지만 그때 그레이엄은 상상도 못 하고 있었다. 아직 진정한 놀람은 시작도 하지 않았다는 것을.

며칠 뒤 브리티아 황실의 황궁.

황제가 머무는 대궁에서 2명의 남자가 대화를 주고받고 있었다. 현 황제 민체스터와 그의 주치의 밴 자작이었다.

"폐하, 피로는 조금 어떠십니까?"

"아직 그리 좋아지진 않았어. 자도 계속 피로해."

그 말에 황궁 어의인 밴 자작은 고개를 숙였다.

"죄송합니다, 폐하. 신이 부족하여."

"아니네. 내가 몹쓸 병에 걸린 것이지, 어찌 자네가 부족한 탓이겠나. 자네가 부족하면 이 제국의 모든 의사는 청진기를 내려놓아야겠지."

황제는 부드럽게 말했다.

황궁 어의이자 황실십자병원의 병원장인 밴 자작은 명실상부한 제국 최고의 의사 중 한 명이었다. 그가 모르면 제국의 그 어떤 의사도 모를 것이다.

'의사라고 모든 질환을 치료할 수 있는 것은 아니니.'

민체스터는 생각했다.

'아무리 요즘 의학 수준이 비약적으로 발전했다 해도 말이야.'

근래의 의학은 과거와는 비교도 안 될 정도로 발전한 상태지만 한계는 있었다. 너그러운 군주인 그는 의학의 한계를 주치의의 무능으로 돌리고 싶진 않았다.

'그저 지난 잘못에 대한 내 업보겠지.'

황제는 씁쓸한 표정을 지었다. 어쩌면 난치병에 걸린 게 하늘의 뜻일지도 모르겠단 생각이 들었다.

그때였다. 말없이 대화를 듣고 있던 한 인영이 입을 열었다.

황태자 린덴 드 로마노프였다.

"정말 모르겠나?"

"죄송합니다, 전하. 최선을 다하고 있으나……."

황태자는 인상을 찌푸렸다가 문득 지난번 엘리제와의 대화가 떠올라 물었다.

"그러면 혹시 이런 병은 들어본 적 있나?"

"어떤 질환 말씀이십니까?"

"지난번 누군가 아바마마의 증상을 듣고 혈액 속에 당이란 물질의 농도가 올라가면 비슷한 증상이 생길 수 있다고 했는데, 혹시 들은 바 있나?"

밴 자작의 눈이 찢어질 듯 커졌다.

"혈액 속의 당의 농도? 탄수화물의 대사체를 말씀하시는 것입니까?"

"그런 것 같더군. 그대는 잘 모르는 질환인가?"

어의는 마치 몽둥이로 머리를 얻어맞은 것 같은 표정을 지었다. 그런 어의의 반응에 황제와 황태자는 어리둥절했다.

"왜 그러나?"

하지만 밴은 황태자의 물음에 답하지 못했다. 그럴 정신이 없었다.

'그러고 보니 얼마 전 프랑소엔 공화국의 의학계에서 태자 전하가 말한 것과 같은 질환을 논문으로 발표한 적이 있었어. 증상도 폐하와 유사한……! 맙소사!'

그는 황제의 증상을 주르륵 떠올려봤다.

피로감, 다음, 다뇨, 다갈! 논문에 나온 증상과 일치했다.

'내가 어째서 이걸 생각하지 못하고 있었지?'

아마 지나가다 힐끗 읽은, 그것도 타국의 논문이어서 그랬던 것 같다. 그의 입에서 논문에 명시된 진단명이 흘러나왔다.

"당뇨(Diabetes mellitus)."

황제와 황태자는 더욱 의아한 표정을 지었다.

"왜 그러나, 밴?"

밴은 벌떡 자리에서 일어났다.

"무례를 용서해 주시옵소서, 폐하! 지금 당장 태자 전하가 말한 질환을 검토해 봐야 할 것 같습니다!"

그러면서 당장 방을 뛰쳐나가려다가 태자에게 물었다.

"태자 전하! 혹시 전하께 방금 언급한 질환을 말해준 의사가 도대체 누구옵니까? 분명 이름난 명의(名醫)일 터! 그분과도 상의를 해봐야 할 것 같습니다."

황제와 황태자는 황당한 얼굴을 했다. 명의? 그 아이가?

"내가 말한 질환이 아바마마의 증상과 연관이 있을 가능성이 있는가?"

"네, 확인을 해봐야겠지만 분명 가능성이 있습니다. 그런데 어떤 분께서 말씀해 준 것입니까? 이 병은 이전까지는 실체도 모르고 있다가, 최근에야 프랑소엔 공화국에서 처음 발표된 것이라, 제국 내에서 이 질환의 존재를 아는 의사는 저를 포함해 스무 명도 되지 않을 텐데."

제국에서 스무 명도 모르는 어려운 질환이라고?

황태자는 눈살을 찌푸리며 입을 열었다.

"명의가 아니다. 그 병을 말해준 사람이 누구냐면……."

그때였다. 황제가 웃으며 말을 끊었다.

"누가 말해주었느냐가 뭐가 중요하겠는가? 가서 열심히 연구해 짐의 병을 치료해 주게."

뭔가 숨기려는 듯한 말투에 밴 자작은 의아한 마음이 들었으나 고개를 숙였다.

"알겠습니다, 폐하! 조금만 기다려 주십시오!"

그러고 물러나 자신의 연구실로 돌아온 밴은 고개를 갸웃했다.

'왜 숨기려는 것이지? 이 질환의 존재를 아는 분이면 분명 제국의 의학뿐 아니라 공화국의 최신 의학 지견까지 꿰뚫고 있는 대가(大家)일 터. 향후 폐하의 치료에 큰 도움을 받을 수 있을 텐데.'

그는 공화국의 논문을 꺼내며 생각했다.

'어차피 수도에 그 정도 수준의 의사는 몇 명 없으니. 내가 아는 의사 중 한 명일 거야.'

머릿속에 가능한 명단이 쭉 떠올랐다. 일단 자신이 병원장으로 있는 황실십자병원의 교수들. 제국에서 가장 뛰어난 의사들이 모여 있으니 가능성이 있었다.

'아니야. 폐하의 증상을 두고 몇 번이나 회의를 열었지만 이 질환을 언급한 의사는 한 명도 없었어. 그러면 로즈데일병원의 의사인가?'

로즈데일병원은 귀족들을 대상으로 하는 고급 병원이다. 하지만 그는 곧 고개를 저었다.

'아니야. 그치들은 돈만 밝히지, 실제로 의학에 관심 있는 이들은 거의 없어.'

그의 머리에 마지막 후보가 떠올랐다.

'테레사병원에 실력 있는 의사가 몇몇 있었지.'

테레사병원은 클로랜스 가문이 구휼을 목적으로 만든 병원으로 의료진의 전반적인 수준은 다른 병원들에 비해 떨어진다. 하지만 워낙 많은 환자를 보기 때문일까? 간혹 뛰어난 의사들이 있었다.

'고트 병원장도 이 질환을 알고 있을 거고. 그때 잠깐 만난 젊은 천재 그레이엄도 이 질환을 알고 있을 거야. 나중에 한번 넌지시 확인

해 봐야겠군.'

그는 본인의 능력을 잘 알고 있었다. 당뇨는 아직 미지의 영역에 속한 질환으로, 그 혼자만으로 황제를 치료하기에는 무리가 있었다. 따라서 황제를 치료하기에 앞서, 증상만으로 당뇨란 질환을 추측해 낸 의사와 상의를 하고 싶었다.

'분명 대단한 실력의 대가일 거야. 도대체 누굴까?'

"밴 경이 단서를 잡은 듯하군."

"네, 정말 다행입니다. 이번엔 꼭 아바마마의 병이 완쾌되었으면 좋겠습니다."

"그러게 말이야."

황제와 황태자 부자는 대화를 나누었다.

"그런데 밴 자작의 반응을 보니 엘리제 그 아이가 한 이야기가 정말이었나 보구나."

"네."

"프랑소엔 공화국에서 최근에야 발표한 질병이라고? 그 아이는 어떻게 그런 사실을 알고 있는 거지?"

황제는 신기하다는 듯 중얼거렸다.

"아바마마."

"왜 그러느냐?"

"밴 경에게 그 질환을 언급한 이가 클로랜스 영애란 사실을 어째서 숨기셨습니까?"

민체스터 황제는 말했다.

"어차피 황태자비가 될 아이니 의학계와 자꾸 엮일 필요는 없지 않으냐? 지금 병원에 나가 있는 것도 그만두게 하고 당장 돌아오라고 하고 싶거늘."

황제는 엘리제가 황태자비가 되길 원하지 의사가 되는 것을 원하지 않았다.

'황태자비, 그리고 후에 황후가 될 아이에게 의사는 어울리지 않지.'

의사가 나쁜 직업은 아니다. 아니, 가치 있고 존중할 만한 직업인 것은 황제도 안다. 하지만 황태자비가 될 아이가 의사 일을 할 수는 없는 법이다.

"너는 어떤 마음이냐?"

"무슨 말씀이십니까?"

"엘리제와의 결혼 말이다."

"저는 그저 아바마마의 명에 따를 뿐입니다."

"그래? 싫든지, 좋든지 너도 생각이 있을 것 아니냐? 어떻느냐?"

그러나 황태자는 무감정하게 답할 뿐이었다.

"저는 제국 황실의 일원. 제 개인적인 감정은 중요하지 않다고 생각합니다."

그 말에 민체스터 황제는 고개를 저었다.

'저리 딱딱해서.'

그의 아들, 린덴 드 로마노프는 그 누구보다도 유능한 황태자지만 마치 감정이 메마른 듯 너무 차가웠다.

'안타깝구나.'

그는 자신의 아들이 가슴속에 어떤 마음을 품고 사는지 알고 있었다. 그래서 안타까웠다.

민체스터는 화제를 돌렸다.

"그나저나 크림원정은 어떻게 진행되고 있느냐?"

"2군단이 크림반도로 진군 중입니다. 며칠 안에 반도에 진입할 것으로 보입니다."

"지난번 엘리제 그 아이가 말한 몽셀 왕국의 동태는?"

황태자는 목소리를 낮추어 답했다.

"그렇지 않아도 그것 때문에 보고드릴 것이 있습니다."

"무어냐?"

"프랑소엔 공화국의 비공식 사절이 최근 몽셀 왕국에 드나들었다고 합니다."

황제의 얼굴이 굳었다.

"그 말이 사실이냐?"

"네, 첩보국에서 확인한 정확한 정보입니다."

"허어, 그러면 그 아이가 추측한 대로 몽셀 왕국이 참전할 가능성이 높겠구나."

"네, 사절이 다녀간 후, 몽셀 왕국군이 은밀히 움직이고 있다고 합니다. 결정적인 순간에 저희 군의 뒤를 칠 가능성이 있어 보입니다."

"허어……."

황제는 탄식을 터뜨렸다.

"이걸 모르고 있었으면 어떻게 되었을꼬. 내가, 아니, 우리 제국이 엘리제, 그 아이에게 큰 도움을 받았구나."

그는 엘리제에게 거듭 감탄했다. 만약 그녀의 조언이 아니었다면 반도로 진입한 제국군은 속수무책으로 뒤통수를 얻어맞았을 것이다. 아니, 뒤통수 정도가 아니다. 허리가 끊기고 목이 날아갈 치명타였다.

'참 대단해.'

황제는 지난번 엘리제를 만났을 때를 떠올렸다. 과거 철없는 모습을 완전히 버린 정숙한 태도. 그리고 현명한 식견, 착한 마음까지. 이전에도 조카처럼 아끼는 아이였지만 그날은 욕심이 날 정도로 마음에 들었다.

'반드시 황태자비로 맞아야겠어. 병원에선 빨리 나오도록 하고.'

그 뒤로 황제와 황태자는 이런저런 정국에 대한 이야기를 나누었다.

황제가 의자에 몸을 묻으며 말했다.

"린덴."

"네, 아바마마."

"다음 암행은 언제 할 예정이더냐?"

"조만간 나가볼까 합니다."

암행은 변장을 통해 신분을 숨긴 후 시민들의 생활을 살피는 것으로, 제국을 다스리는 이들의 비밀스러운 전통이자 의무였다.

"이번엔 어디를 살필 것이냐?"

"헤란로를 가볼까 합니다."

헤란로는 봉건제가 몰락 후, 산업화의 바람을 타고 제국의 새로운 주축으로 떠오른 신 시민 계급, 부르주아들이 모여 사는 곳이었다.

하지만 황제가 고개를 저었다.

"헤란로 말고 피에르 구역을 가는 것은 어떠냐?"

"피에르 구역 말입니까?"

피에르 구역은 비교적 가난한 서민들이 모여 사는 지역이었다.

"알겠습니다. 그렇게 하겠습니다. 그런데 혹시 특별한 이유라도?"

"그곳에 테레사병원이 있지 않으냐?"

황제가 빙긋 웃었다.

"영 소식이 없는데…… 엘리제, 그 아이가 잘하고 있는지 네가 한 번 직접 보고 오너라."

엘리제는 정식 도제로 그레이엄 남작의 뒤를 따라다니며 교육을 받기 시작했다. 물론 말이 교육이지 그레이엄이 일일이 그녀에게 지식을 알려주는 것은 아니었다. 정확히 말하면 참관. 그녀는 그림자처럼 그의 뒤를 따르며 그가 환자를 진료하는 것을 바라봤다. 그레이엄은 그저 가끔 생각났다는 듯 그녀를 바라보며 질문을 던졌다.

"이 환자의 병이 무엇인지 알겠나?"

엘리제는 스승에게 하듯 공손한 목소리로 답했다.

"세균성 폐렴입니다."

"어째서지? 물이 찬 것은 아니고?"

"화농성 가래, 검사에서 보이는 경화 소견을 고려할 때 물이 찬 것보단 폐렴의 가능성이 높아 보입니다."

정확한 답변이었다.

그렇게 짧은 문답이 끝나면 그레이엄은 다시 그녀에게서 신경을 끄고 진료에 열중했다. 엘리제는 말없이 뒤에서 그 모습을 참관했다.

'의대 시절 학생으로 돌아온 것 같네.'

그녀는 속으로 생각했다. 서울대 의대 재학 시절, 병원 실습을 나갔을 때도 이렇게 교수님들 뒤를 쫄래쫄래 따라다녔다. 그때는 처음 마주하는 환자들에 긴장도 많이 하고 놀라기도 많이 했는데……. 당시 추억이 생각나서 슬쩍 미소가 나왔다.

'빨리 의사 자격증을 취득해 나도 내 진료를 할 수 있으면.'

이렇게 보고 있는 것도 좋지만 역시 직접 환자를 보고 싶었다. 수술도 하고 싶고.

'기회가 있겠지.'

한편 그녀의 스승, 그레이엄은 내심 경악하고 있었다.

'도대체 이 애는 뭐지?'

관심 없는 듯 보여도 그는 꼼꼼히 소녀를 관찰하고 있었다.

'어떻게 이럴 수가 있지?'

처음엔 의학 지식을 묻는 질문으로 시작했다. 쉬운 질문들은 아니었다. 해당 사항을 정확히 알아야 답할 수 있는 내용이었으니까. 하지만 이 소녀는 모든 질문에 정답을 말했다. 마치 교과서를 보고 답하듯 정확하게.

그래서 난이도를 높여 환자의 진단을 질문했는데……. 결과는 더 가관이었다. 환자의 증상을 뒤에서 듣고 답을 하는데, 마치 노련한 의사처럼 정확했다. 그가 고민되는 질환도 척척 답을 했고, 심지어 둘의 의견이 엇갈릴 때도 있었는데, 후에 검사 결과를 확인해 보니 소녀의 진단이 맞았다.

'어떻게 이럴 수가 있지?'

그레이엄은 혼란에 빠졌다.

'이전에 환자를 진료해 본 적이 있는 건가?'

하지만 저 어린 소녀가 환자를 진료한 경험이 있을 리가 없지 않은가?

'아니면…… 천재?'

세상엔 가끔 그런 존재가 나타난다. 나이와 경험을 뛰어넘는 희대의 천재가 말이다. 대연금술사 프레밍이 그러했고, 80년 전 의학의 기초를 새롭게 다진 그라함 백작이 그러했다.

'모르겠군. 모르겠어. 저 소녀가 그런 천재라고?'

그레이엄은 한숨을 내쉬었다. 귀족가 아가씨가 흥미 삼아 병원에 나왔다는 편견은 이미 사라진 지 오래였다. 그저 상식을 뛰어넘는 소녀의 모습에 혼란스러울 뿐이었다.

"저, 선생님. 이제 뭘 하면 될까요?"

진료가 끝나자 엘리제가 물었다.

"오늘은 더 특별한 일정은 없다. 집으로 돌아가도록."

"네, 수고하셨습니다. 내일 뵙겠습니다."

그녀는 인사하고 돌아섰다.

그때였다.

"잠깐, 로제."

"네?"

"……."

그레이엄은 바로 이야기를 하지 않고 한참을 머뭇거렸다.

"선생님?"

엘리제가 의아한 표정을 짓는 순간, 그가 머쓱한 목소리로 말했다.

"……미안했다."

"네?"

"지금까지 널 편견을 가지고 귀찮게만 생각했어."

생각지도 못 한 뜻밖의 사과에 그녀는 당황했다.

"아, 아닙니다, 선생님."
"아니야. 겉모습만 보고 너를 오해한 것 같아. 미안하다."
처음의 인상과 다르게 소녀는 깍쟁이 귀족 아가씨가 아니었다.
'오히려…….'
그는 그녀가 부랑자 병실에서 했던 일들을 떠올렸다. 테레사병원에서조차도 거의 방치되다시피 했던 부랑자들이다. 세상에 어떤 의사가 부랑자들을 위해 그녀처럼 할 수 있을까?
"하여튼 앞으로 잘해 보자."
진심이 느껴지는 그의 사과에 그녀는 미소를 지었다.
"아닙니다, 선생님. 앞으로 열심히 할 테니 더 잘 부탁합니다."
그레이엄은 민망한지 헛기침을 하였다.
"내일은 이곳 진료실이 아닌 구호소로 나와라."
엘리제는 눈을 크게 떴다.
"구호소 말입니까?"
"그래."
구호소는 현대 지구로 따지면 응급실 같은 곳으로 외상 환자나 응급 환자를 진료하는 곳이었다. 한마디로 중환자들이 모이는 곳. 그녀가 놀란 이유는 보통 구호소에는 도제 생활을 오래해 실력을 인정받은 견습생들이 나가기 때문이다.
그레이엄도 잠시 고민했다.
'이 아이를 구호소에 보내기에는 조금 빠르려나?'
하지만 그는 곧 고개를 저었다.
'아니야.'
왠지 이 소녀라면 구호소로 보내도 아무런 문제가 없을 것 같았다.

'어차피 여기서 더 가르칠 것도 없을 것 같고. 구호소에서 같이 환자를 보며 가르치는 게 낫겠어.'

그리고…….

'중환 환자들이 응급하게 오는 구호소에서 어떤 모습을 보여줄지 궁금하기도 하고.'

까칠한 성격을 가졌지만 의학을 자신의 모든 것으로 여기고 있는 그레이엄. 이 상식 밖의 재능을 가진 소녀가 구호소에서 어떤 모습을 보여줄지 궁금했다.

그날 저녁, 클로랜스 후작가.

"엘리제."

"네, 아버지."

"병원에서는 지낼 만하느냐?"

엘리제는 웃으며 답했다.

"네, 즐거워요."

사실 그녀는 조금 더 적극적으로 환자를 보고 싶었으나 견습생 신분이니 당장은 어쩔 수 없는 일이었다.

"그래? 힘들진 않고?"

"네, 괜찮아요."

엘 후작은 한숨을 내쉬었다. 딸이 고생하는 것을 원하지 않아 빨리 포기하길 바랐으나, 그럴 기미가 보이지 않았다. 오히려 병원에 갈 때마다 즐거워하는 것이 눈에 보였다.

'그나저나 테레사병원, 이놈들을 그냥!'

그는 남몰래 엘리제의 병원 생활을 알아보고 깜짝 놀랐다.

'눈에 넣어도 안 아플 딸을 부랑자 병실에 넣어놓고 방치해?!'

클로랜스 가문의 딸인 것을 숨겼기에 일어난 일이었지만 분노를 참기 어려웠다.

'엘리제가 말리지만 않았어도 다 잘라 버리는 거였는데.'

테레사병원의 의사들은 모를 것이다. 딸의 만류가 아니었으면 병원에 해고의 피바람이 몰아쳤을 것이란 사실을. 특히 그레이엄인가 하는 젊은 놈팽이는 무조건 모가지였다.

'저 여린 애에게 부랑자를 보게 하다니!'

병원에 나간 지 이제 10일째. 그렇지 않아도 여린 아이가 살이 더 빠졌다.

'당장에라도 그만두게 하고 싶은데, 저리 좋아하니. 하아.'

답답한 마음이 들었다.

"그래, 내일부터는 어디로 교육을 나간다고?"

"구호소요."

"뭐? 구호소?"

엘 후작의 눈썹이 꿈틀거렸다. 그도 구호소가 어떤 곳인지 알고 있었다. 외상 환자와 중증 환자를 보는 험악한 곳이 아닌가!

'저 약한 애를 구호소로 보낸다고? 이놈들을 진짜!'

병원장인 고트 자작을 불러 호통치고 싶었다.

도대체 도제 교육을 어떻게 하는 거냐고! 그레이엄이란 놈은 당장 해고하라고!

딸이 웃으며 이렇게 말하지만 않았어도 당장 그랬을 것이다.

"가서 열심히 배우고 올게요, 아버지. 저 잘할 수 있으니까, 너무 걱정하지 마세요."

걱정하지 말고 믿어달라는 목소리에 엘 후작은 다시 한숨을 내쉬었다.

"……엘리제."

"네, 아버지."

"누가 괴롭히거나 힘들게 하면 이야기해라. 내 가만두지 않으마!"

만약 누군가 그녀를 괴롭히면 병원에 폭풍이 몰아닥칠 것 같은 목소리였다. 그런 아버지의 사랑에 엘리제는 그저 어색한 미소를 지을 수밖에 없었다.

어쨌든 그렇게 엘리제는 아버지의 걱정을 뒤로하고 테레사병원의 구호소로 나가기 시작했다.

"로제라고 합니다. 오늘부터 견습생으로 일하게 되었습니다. 잘 부탁합니다."

구호소의 모두가 놀라 그녀를 바라봤다.

'누구지?'

'귀족가의 아가씨 같은데, 견습생이라고? 구호소에는 왜?'

구호소는 환자의 상태가 중하기 때문에 병원에서 오랜 시간 도제 수련을 거쳐 실력이 무르익은 후 오게 되는 곳이다. 따라서 지금 구호소에서 일하는 도제들은 모두 최소 3년 이상의 도제 생활을 거친, 의사가 되기 직전 단계의 숙련자였다.

그런데 저런 소녀가 오다니?

"레이디, 잘못 오신 것 같습니다. 이곳은 다치거나 중한 환자들이

오는 구호소입니다.”

도제 중 우두머리 격인 청년이 말했다. 인형 같은, 그러면서도 기품이 느껴지는 소녀의 아름다운 외모 때문에 말투가 조심스러웠다.

하지만 소녀는 고개를 끄덕였다.

“네, 알고 있습니다. 선생님께서 저 보고 오늘부터 구호소에서 일하라고 말씀하셔서 나오게 되었어요.”

“레이디의 선생님이?”

청년은 의아한 목소리로 물었다.

그때 뒤에서 젊은 남자의 목소리가 들렸다.

“나다. 내가 이 아이의 스승이다.”

모두 놀라 나타난 이를 바라봤다.

“팰론 교수님!”

까칠한 인상, 잘생긴 얼굴. 그레이엄 드 팰론 남작이었다.

“한슨.”

“네, 교수님!”

도제들의 우두머리인 한슨이 긴장해 답했다. 병원의 교수들 사이에서야 이리저리 치이는 그레이엄이지만 도제들에겐 하늘 같은 위치의 교수였다. 특히 젊은 천재라 불리는 그의 뛰어난 실력을 모두 존경하고 있었다.

“이 아이는 오늘부터 구호소에서 교육을 받을 거다. 내가 주로 가르칠 거긴 하지만 내가 자리에 없거나 바쁠 때는 네가 대신 좀 챙겨주도록.”

그 말에 한슨은 의문이 들었다.

‘저 소녀가 구호소에서 교육을 받는다고? 할 수 있을까?’

구호소에서의 도제 교육은 단순한 교육이 아니었다. 응급실의 역할을 하는 곳답게 도제들도 의사들의 처치를 도우며, 실제로 진료에 참여하게 된다. 가슴이 철렁할 응급 환자도 많이 봐야 하는데 저렇게 여려 보이는 소녀가 버틸 수 있을까?

'중환자는커녕 피 한 방울만 봐도 기절할 것 같은데?'

어쨌든 존경하는 교수의 지시니 고개를 끄덕였다.

"네, 알겠습니다!"

"그래. 난 회의에 갔다 올 테니, 구호소의 물품들이나 알아야 할 사항들을 가르쳐 주고 있도록."

"네!"

그레이엄이 떠난 후, 한슨이 엘리제에게 다가갔다.

"레이디 로제?"

"네, 선배님. 그냥 편하게 로제라고 불러도 됩니다."

"그, 그래."

차분한 음색. 그러면서도 인형 같은 얼굴. 한창 혈기 왕성한 나이의 한슨은 자신도 모르게 얼굴을 살짝 붉혔다. 너무 예쁘게 생겼다. 태어나서 이렇게 예쁜 소녀는 처음이었다.

'당연히 귀족이겠지?'

그녀의 기품 있는 태도에 그렇게 생각했다. 산업화, 봉건제의 몰락, 시민 계급의 대두 등, 시대의 변화에 따라 귀족의 위치가 변하며 작위를 잇지 못하거나, 특별히 재산을 축적하지 못한 귀족들이 사회적으로 인정받는 전문직인 의사가 되려고 하는 것은 흔한 일이었다. 한슨의 아버지만 해도 단승 귀족 출신이었다.

"이쪽으로 올래?"

"네."

"이곳이 외상 환자를 보는 구역이고, 여기가 수액을 모아놓은 곳이야. 수액은 어떨 때 쓰는지 아니?"

한슨은 친절히 이것저것 설명해 주었다.

"교수님들이 24시간 구호소에 상주하고 있을 수 없기 때문에 환자가 오면 우리 견습생들이 먼저 간단히 보고, 선생님들께 보고를 드려. 그러면 각 담당 선생님이 와서 진료를 보는 식으로 구호소가 운영되고 있어."

지구의 응급실과 비슷한 운영체제였다. 한국의 대학 병원에서도 응급실에 처음 환자가 오면 인턴이나 레지던트가 진료 후 각 전문 분야의 의사에게 노티(Notify)를 하니까.

"여기는 수술 도구들. 급한 외상 환자가 왔을 때 이곳에서 바로 수술을 하기도 해."

"네."

"이거는 나중에 환자가 오면 어떻게 사용하는지 직접 보여줄게."

자신의 설명에 다소곳이 답하는 소녀를 보며 한슨은 가슴이 설렜다. 맨날 시키먼 남자들 사이에서만 지내다가 이런 귀여운 소녀라니! 점점 그의 목소리에 다부진 힘이 들어갔다.

"이 도구는……."

그런데 그때, 날카로운 목소리가 구호소에 울렸다!

"선생님, 여기 환자 왔어요!"

한슨이 엘리제를 돌아보며 믿음직스러운 말투로 말했다.

"가자, 로제. 어떻게 진료하는지 알려줄게."

그런데 구역을 옮겨 환자를 본 한슨의 얼굴이 굳었다.

"하아, 하아. 숨이!"

키 크고 마른 젊은 남자가 헐떡이며 숨을 몰아쉬고 있었다. 가슴이 들썩거리는 게 상태가 심각해 보였다.

"가, 가슴이……! 하아, 하아!"

얼마나 숨이 차는지 환자는 제대로 말도 잇지 못했다.

한슨이 다급히 외쳤다.

"흉통 환자니 심장 전류 측정 기계 가져와 주세요! 그리고 그레이엄 선생님 불러주세요!"

고작 견습생인 자신들이 볼 환자가 아니었다. 간호사가 당직인 그레이엄을 부르러 달려간 사이, 한슨은 급히 검사를 하려 했다.

"환자분, 조금만 참으세요! 금방 검사하고 조치해 드릴게요!"

옆에 서 있던 엘리제가 입술을 지그시 깨물었다.

'심장을 보는 전류 검사를 할 때가 아닌데! 이 환자의 병은 심장의 문제가 아니야!'

이 환자를 보자마자 그녀는 머릿속에 한 가지 진단을 떠올렸다. 양상을 봤을 때 이 환자의 병은 '그것'이 분명했다.

'상태를 봤을 때 그레이엄 선생님이 오실 때까지 버틸 수 없을 것 같은데, 어떻게 하지?'

그녀는 오늘 구호소에 처음 온 교육생이다. 그리고 이 자리에서 환자에 대한 의사 결정권을 가진 의료진은 한슨으로, 그녀에겐 결정 권한이 없었다. 하지만 고민은 길지 않았다.

"커억……."

환자가 외마디 비명과 함께 눈을 뒤집고 넘어갔던 것이다!

"환자분! 환자분! 정신 차리세요! 여기요! 빨리 그레이엄 선생님

모셔와 주세요! 빨리요!"

한슨이 당황해 외쳤다. 그 순간, 엘리제가 나섰다.

"선배님."

"응?"

"죄송한데 청진기 좀 빌려주세요."

"뭐라고?"

"청진기 빌려주세요. 급합니다. 빨리요!"

한슨이 당황하는 사이, 그녀는 그의 목에 걸린 청진기를 낚아챘다.

"죄송합니다! 설명은 나중에 드릴게요!"

자세한 설명을 할 시간이 없었다. 곧바로 환자의 흉부에 가져가 폐음을 청진한 그녀의 안색이 굳었다.

'역시……!'

폐 소리가 전혀 들리지 않았다. 그리고 그 소견과 마른 체형, 큰 키, 급작스러운 가슴의 통증, 심한 호흡곤란이 종합되자 한 가지 진단이 내려졌다.

'기흉(흉강에 공기가 터져 나와 폐를 짜부라뜨리는 질환)이 분명해!'

그녀는 정도를 파악했다.

'이 정도면 왼쪽 폐의 70% 이상은 구겨졌을 거야. 아니, 단순히 폐만 찌그러진 게 아니라……!'

그녀는 급히 경동맥을 만졌다. 그리고 안색이 하얘졌다. 경동맥의 맥이 거의 느껴지지 않았다.

'단순한 기흉이 아니라…… 긴장성 기흉!'

긴장성 기흉! 공기가 너무 심하게 터져 나와 옆에 위치한 심장까지 압박해 쇼크가 온 상태를 말한다.

'지금 당장 처치하지 않으면 사망해!'

"주사기 주세요."

"뭐?"

하지만 한슨은 정신을 차리지 못했다. 그녀는 평소의 얌전한 태도와 다르게 강한 목소리로 외쳤다. 그만큼 환자의 상태가 급했다.

"빨리 주사기 주세요! 가장 굵은 바늘로요!"

그래도 다행히 옆의 간호사가 말을 알아듣고 구호소에서 가장 큰 주삿바늘을 가져왔다.

"여기요!"

거의 대못만 한 크기의 철제 주사 심.

한슨이 놀라 물었다.

"그, 그걸로 뭐 하려고?"

그녀는 대답하지 않았다. 아니, 대답할 시간이 없었다. 주삿바늘을 들고 마치 칼을 찔러 넣듯, 그대로 가슴에 꽂았다.

푸욱!

흉벽이 뚫리며 피가 튀어 올라 그녀의 얼굴에 튀었다. 그러나 그녀는 눈 하나 깜짝하지 않았다.

'아직이야. 좀 더!'

더 충분한 깊이로 바늘을 밀어 넣었다.

"꺄악!"

그 과감한 처치에 옆의 누군가 비명을 질렀다. 한슨의 얼굴도 하얗게 질렸다. 심장, 대동맥, 폐 등 위험한 장기가 잔뜩 모여 있는 곳에 저렇게 바늘을 집어넣다니! 잘못 건드리면 곧바로 사망인데!

"너, 너……! 이게 무슨……?"

그런데 그 순간이었다.

푸슈욱-

주삿바늘을 통해 바람 빠지는 소리가 요란하게 울렸다. 폐에서 터져 나와 장기를 누르고 있던 공기가 주삿바늘을 통해 외부로 빠져나오는 것이었다.

그 순간 놀라운 일이 벌어졌다.

"커억. 쿨럭, 쿨럭!"

환자가 의식을 차리고 격하게 기침을 하였다. 심장을 누르고 있던 공기가 빠져나와 쇼크가 회복된 것이다.

"하아."

엘리제는 안도의 한숨을 내쉬었다. 경동맥을 짚으니 다시 맥이 돌아와 있는 것이 고비를 넘긴 듯싶다. 천만다행이었다. 그녀는 손수건을 꺼내 뺨에 튄 피를 차분히 닦은 후, 경악한 얼굴로 자신을 바라보는 한슨에게 고개를 숙였다.

"죄송합니다, 선배님. 급박한 상황이어서 저도 모르게……."

"어, 어……."

한슨은 얼떨떨하게 답했다.

그때, 구호소 밖에서 외침이 들렸다!

"환자는 어디에 있나?!"

그레이엄 남작이었다. 그 혼자만 온 것이 아니었다. 환자 상태가 중하다고 전해 들어서인지, 2명의 교수가 같이 뛰어왔다.

"이 환자인가?"

모두가 모여 있는 걸 본 그레이엄이 다급히 다가왔다.

"어떻게 된 것이지?"

교수들이 한슨에게 물었다.

"그……."

하지만 한슨은 답할 수가 없었다. 진단을 내리기도 전에 환자가 쇼크로 넘어갔고, 엘리제가 번개처럼 달려들어 살려냈으니까. 그는 무슨 일이 어떻게 일어난 것인지 제대로 파악도 되지 않았다.

"주삿바늘이?"

그레이엄이 환자의 가슴에 꽂힌 커다란 주삿바늘을 보고 놀라 물었다. 바늘의 구멍에선 아직도 공기가 새어 나오고 있었다.

"누가 이렇게 했지?"

그 말에 구호소 사람들의 시선이 엘리제에게 모였다.

"로제, 네가 한 거냐?"

엘리제는 사람들의 주목에 난처한 표정을 지었다. 또 일개 교육생으로 지나친 처치를 해버린 것이다. 하지만 자신이 나서지 않으면 환자가 사망할 상황이었기에 어쩔 수가 없었다.

"네, 제가 했습니다."

"어째서 이렇게 한 거지?"

"흉강으로 공기가 터져 나와 폐와 심장을 누르는 상태로 판단되어서 급하게 공기를 밖으로 빼주기 위해 바늘을 넣었습니다."

그 말에 그레이엄을 비롯한 교수들은 놀란 표정을 지었다.

"기흉……. 그것도 긴장성 기흉이었나 보군. 잘했다."

그 칭찬에 한슨은 눈을 크게 떴다. 그레이엄 교수는 칭찬을 거의 안 하기로 유명한데?

"긴장성 기흉은 곧바로 처치하지 않으면 환자가 사망하는 응급 질환이다. 로제, 네 덕분에 환자가 살았구나."

다른 교수도 감탄의 말을 하였다.

"그러게 말이오, 팰론 남작. 조금이라도 늦으면 큰일 나는 질환인데, 이 소녀가 환자를 살렸군. 그런데 긴장성 기흉인지는 어떻게 알았느냐?"

그 물음에 그녀가 공손한 목소리로 답했다.

"갑작스러운 호흡곤란의 양상이 기흉이 의심되는 소견이었고, 무엇보다 청진상 폐 소리가 전혀 들리지 않았습니다. 이는 공기가 음파의 전달을 차단하여 생긴 현상. 경동맥의 맥도 거의 느껴지지 않아 심장까지 눌린 긴장성 기흉에 합당하다 판단했습니다."

"……허어! 정말 대단하구나."

교수들이 놀란 표정을 지었다. 80년 전, 긴장성 기흉을 처음으로 기술한 그라함 백작의 저서를 읽는 듯한 완벽한 답변이었던 것이다.

그녀의 스승, 그레이엄도 경악을 숨기지 못했다.

'이 아이는 도대체?'

뛰어난 지식에 놀라서가 아니었다. 이 소녀가 말도 안 되는 재능을 가지고 있음은 이미 잘 알고 있었으니까. 하지만 이건 너무하지 않은가?

'어떻게 응급 상황에서 이런 판단과 처치를?'

머릿속으로 아는 것과 실제 임상에 적용하는 것은 완전히 다른 문제이다.

'나이에 어울리지 않게 뛰어난 지식을 가질 수는 있어. 하지만 이런 응급 처치는 아무리 재능이 있어도 경험이 없으면 불가능한데? 도대체?'

조금만 판단을 잘못해도 환자가 죽을 수 있는 위급한 상황이었다.

누구라도 긴장에 몸이 굳을 상황이었는데, 이제 병원에 나온 지 보름도 안 된 소녀가 긴장성 기흉을 태연히 진단하고 바늘로 가슴을 찔러 환자를 살렸다고? 조금만 잘못해도 환자가 죽을 상황이었는데?

'도대체 어떻게 이럴 수가 있는 거지?'

그는 이 소녀를 만난 후, 몇 번이고 한 생각을 다시 떠올렸다.

천재.

그냥 천재도 아니었다. 희대의 진정한 천재.

'갑자기 내 재능이 초라해지는군.'

그레이엄은 속으로 씁쓸한 표정을 지었다. 몰락 가문의 장자로 태어나, 피나는 노력을 거쳐 이 자리에까지 올라왔다. 이전 의학의 기초를 다진 그라함 백작이나 프레밍을 뛰어넘는 의학자가 되어 가문을 빛나게 하겠다는 열망으로 노력하고 또 노력했다. 하지만 알고 있었다. 자신은 그런 뛰어난 재능의 소유자가 아니란 것을. 그저 자신은 노력하는 범재일 뿐이었다.

'진정한 천재는…… 이런 아이겠지.'

그레이엄은 소녀를 바라보며 생각했다. 아니, 천재라는 말도 부족할지 모른다. 지금 이 소녀가 보여주고 있는 능력과 재능은 천재라는 단어로도 다 설명하기 어려울 정도로 대단했으니까.

'갑자기 와인이나 한잔 마시고 싶군.'

제국 의학계의 촉망받는 젊은 교수 그레이엄은 작은 소녀를 보며 쓴 감정을 느꼈다. 하지만 그러면서도 동시에 드는 생각.

'지금도 이렇게 뛰어난데…… 앞으로 이 소녀는 또 얼마나 놀라운 모습을 보여줄까?'

그건 의학에 삶을 바친 의학자로서의 기대감이었다. 이 소녀는 어쩌면 의학의 기초를 다진 그라함 백작, 아니면 대연금술사 프레밍을 뛰어넘는 업적을 남기는 의사가 될 수 있지 않을까? 자신이 꿈에서 바라던, 자신 같은 범재는 도저히 도달하지 못할 영역에 닿을 수 있지 않을까? 물론 이제 막 의학의 길에 접어든 소녀에게 하기에는 지나친 생각이긴 하다. 하지만 왜일까? 자꾸만 그런 생각이 들었다.

그날 이후, 엘리제는 테레사병원의 유명인이 되었다.

이제 갓 병원에 교육 나온 16살 어린 소녀가 긴장성 기흉 환자를 살렸다. 목격자가 워낙 많았던 탓에 소문은 순식간에 퍼졌다.

"재야."

"정말? 저렇게 여린 소녀가? 에이, 거짓말. 주삿바늘도 무서워 못 잡을 것 같이 생겼는데?"

"거짓말 아니야. 내가 똑똑히 봤다니까."

"하…… 말도 안 돼. 완전 곱게 자란 귀족 가문 영애 같은데, 주삿바늘로 흉강을 뚫어 환자를 살렸다고?"

"그래, 나도 깜짝 놀랐어. 얼굴에 피가 튀었는데, 눈 한 번 깜짝 안 하더라니까?"

그렇지 않아도 눈에 띄는 외모를 지닌 엘리제다. 사람들은 저렇게 예쁘게 생긴 소녀가 그런 급박한 처치를 해냈다는 것에 놀라 서로 떠들어댔다. 하지만 엘리제가 친 사고(?)는 그것으로 끝이 아니었다.

"그쪽 팔 지혈해 주세요! 그리고 수액 부탁합니다!"

구호소에서 일하다 보니 응급 환자가 수도 없이 들이닥쳤고, 그녀의 진면목이 계속해서 드러났다.

'이렇게까지 해도 될까? 난 이제 교육을 나온 지 한 달도 안 되는 견습생인데.'

그녀도 자신이 해내는 일들이 견습생의 수준을 한참 벗어난 것이란 것은 알고 있었다.

'하지만 의심받아도 어쩔 수 없잖아.'

그녀는 한숨을 내쉬었다. 너무 이상하게 생각할까 걱정이 되긴 했지만, 그렇다고 눈앞의 환자를 외면할 수는 없는 노릇이다. 덕분에 그녀는 테레사병원에서 급속도로 유명해지는 중이었다.

상식을 벗어난 천재로.

물론 그렇다고 병원의 사람들이 그녀를 질투하거나 나쁘게 생각하는 것은 절대 아니었다. 오히려 모두 그녀를 좋아했다.

"로제? 그 귀족 가문 영애? 최고지. 예쁘고, 착하고, 예의 바르고……."

환자 앞에선 물불 안 가리지만 평소 그녀의 태도는 곱게 자란 귀족 가문 아가씨로 생각하기 어려울 정도로 깍듯하고 친절했다. 인형처럼 예쁜 외모, 믿을 수 없을 정도로 뛰어난 실력, 그러면서도 남을 배려하는 호감 가는 성격. 모두 소녀를 좋아하지 않을 수가 없었다. 젊은 남자 중에는 그녀에게 호감 이상의 감정을 가지는 이들도 생겼다.

"한슨, 레이디 로제 좋아하지?"

"아, 아니야!"

친구의 물음에 한슨이 강하게 고개를 저었다.

"정말 아니야? 리차드가 네 눈치 보고 있던데. 먼저 고백하려고."

"뭐?! 리차드, 그놈이? 어디 있어, 그놈?"

한슨이 펄쩍 뛰었다.

친구가 재밌다는 듯 쿡쿡 웃었다.

"거봐. 좋아하잖아."

한슨의 얼굴이 빨개졌다.

"좋아하면 고백해. 괜히 나중에 후회하지 말고."

"……될 리가 없잖아."

"응?"

"차일 거야. 나 같은 건 무조건."

평소 자신만만한 그답지 않은 말이었다. 하지만 친구는 아니라고 말해주지 못했다. 레이디 로제와 한슨이라. 그가 생각해도 무조건 차일 것 같긴 하다.

한슨은 한숨을 내쉬었다. 어쩌다 이렇게 좋아하게 되었을까?

'처음엔 예쁜 외모 때문에 호감이 갔었지.'

그래, 소녀는 예뻤다. 그것도 매우. 예쁘고, 또 예뻤다. 하지만 소녀의 가장 큰 매력은 외모가 아니었다.

'구호소에서 그 모습…….'

한슨은 응급 환자를 볼 때의 그녀를 떠올렸다. 평소의 부드러움은 온데간데없는 모습. 오로지 환자만을 바라보며, 생명을 살리는 압도적인 처치는 마치 전장의 여인과도 같았다.

'도저히 반하지 않을 수가 없잖아.'

안쓰러울 정도로 여린 몸에서 나오는 그 모순적인 카리스마는 치명적 매력을 품고 있었다.

'더구나…….'

그는 환자를 살린 후의 그녀의 얼굴을 떠올렸다. 그린 듯한 평소의 웃음과는 전혀 다른 생기가 빛나는 미소. 그 환한 미소를 볼 때마다 한손은 설렘을 참을 수가 없었다.

'하아, 괴롭구나.'

그는 다시 한숨을 내쉬었다.

엘리제는 자신이 불쌍한 남자들을 가슴 아프게 하고 있다는 사실은 상상도 못 한 채 보람찬 나날들을 보내고 있었다.

그러던 어느 날이었다.

생각지도 못 한 손님이 테레사병원으로 찾아왔다. 그것도 어마어마한 폭탄 같은 선물(?)을 들고. 이전 삶, 엘리제와 황태자와의 약혼 발표가 있었던 탄신연회를 정확히 3주 앞둔 저녁이었다.

4장
불가능한 수술

세계 최강의 대브리티아 제국의 수도 론도는 프랑소엔 공화국의 수도, 빛의 도시 파리스와 더불어 서대륙 최고의 도시로 인구가 무려 250만이 넘는다. 250만이란 어마어마한 인구는 봉건제의 몰락, 산업화로 도시화가 가속된 결과였는데, 급격한 팽창에 따라 빈민들이 사는 거주지가 여럿 생겼다. 테레사병원이 위치한 피에르 지구도 그중 하나였다.

늦은 밤 두 남자가 으슥한 골목을 걷고 있었다.

"좀 더 둘러보실 겁니까, 전하?"

중년 남자가 젊은 청년에게 말했다. 젊은 청년은 흔하게 볼 수 있는 검은 신사 정장을 입고 있었다.

젊은 청년이 눈살을 찌푸렸다.

"암행 중이다. 말을 조심하도록."

"아, 죄송합니다. 저도 모르게."

그들의 정체는 다름 아닌 암행을 나선 황태자와 시종이었다.

그런데 무언가 이상했다. 황태자의 얼굴이 평소와 전혀 달랐다. 흑발에 초상 능력이 담긴 황족 특유의 금안이 아닌, 금발에 푸른 눈. 얼굴선도 전혀 달랐다. 변장을 한 수준이 아닌 완전히 다른 사람의 얼굴. 시종이 황태자의 얼굴을 보며 감탄의 목소리로 말했다.

"그나저나…… 볼 때마다 느끼는 것이지만 전하의 초상 능력은 참으로 신묘한 것 같습니다. 이렇게 외모를 완전히 변화시키다니."

"또."

"아, 또. 죄송합니다, 공자님."

황태자의 얼굴이 변한 이유는 바로, 로마노프 황가에만 이어져 내려오는 초상 능력 때문이었다. 브리티아 제국의 황족들은 세상에 마지막 남은 신비한 힘, 초상 능력의 소유자다.

시종 란돌 준남작은 속으로 생각했다.

'저 초상 능력이야말로 로마노프 황가의 진정한 상징성.'

전 대륙에서 오로지 로마노프 황족만이 초상 능력을 사용할 수 있다. 거기서 오는 상징성은 어마어마했다. 수많은 왕가가 무너지는 이 격변의 시대에도 로마노프 황실이 굳건한 이유를 초상 능력 때문이라 생각하는 이도 있었을 정도니까. 물론 로마노프 황가의 번영은 대대로 신민들을 생각하는 황제들의 선정 때문이지, 초상 능력 때문은 아니었다. 산업의 발달로 총과 대포의 시대가 된 지금은 초상 능력의 의미도 많이 퇴색되었고. 그래도 상징성만큼은 결코 무시하지 못했다. 브리티아 제국의 시민들은 자신들을 지배하는 황족들이 초상 능력의 주인이란 것을 자랑스러워했다.

"전, 아니, 공자님. 몸은 괜찮으십니까? 근래 계속 기력이 없으시지 않으셨습니까?"

"그렇긴 했지."

"잠을 계속 못 주무시는 것 아니십니까?"

잠? 황태자는 그 물음에 피식 웃었다. 15년 전 '그날' 이후 그는 잠을 편하게 자 본 적이 단 한 번도 없다. 언제나 반복되는 악몽. 그러나 최근 몸이 안 좋은 것은 잠을 못 자서 그런 것은 아니었다.

"어의의 진료는 받으셨습니까?"

"오래전에 받았다. 어의가 지어준 약을 먹고 있으니 곧 좋아지겠지."

시종은 걱정스레 말했다.

"제가 보기엔 약을 먹어도 큰 효과가 없는 것 같습니다. 계속 피로해하시고요. 환궁하신 후에 다시 한 번 진료를 받아보시는 것이 어떻습니까?"

확실히 단순한 과로라 하기엔 피로감이 오래가고 있었다. 하지만 황태자는 고개를 저었다.

"뭐, 특별한 것 있겠나. 조금 더 기다려 보지."

"전하 하지만……."

"내가 알아서 하겠네."

어쩔 수 없이 시종은 입을 다물었다.

"그러면 이만 돌아가시죠. 몸이 더 안 좋아질까 걱정입니다. 혹시 더 둘러볼 것이 있습니까?"

황태자는 대답하지 않았다. 사실 한 군데 가볼 곳이 있긴 했다. 바로 테레사병원. 그의 약혼녀가 될 엘리제가 일하고 있는 곳이다. 얼마 전 황제의 당부가 떠올랐다.

"엘리제, 그 아이가 잘하고 있는지 네가 한번 직접 보고 오너라."

'엘리제…….'

그는 살짝 인상을 찌푸렸다. 그녀와 만났던 날이 떠올랐다. 완전히 이전과는 다른 사람 같아 그는 몇 번이고 눈을 의심해야 했다. 그는 소녀가 그날 한 말을 떠올렸다.

"저 때문에 원치 않은 약혼 이야기도 나오고. 정말 죄송했습니다."

"전하께서는 저를 싫어하시잖아요."

그 말이 이상하게 거슬렸다. 사실 거슬릴 이유가 없는 말인데.

"전하?"

시종이 또 전하란 호칭으로 그를 불렀다. 참, 말 안 듣는 시종이란 생각을 하며 황태자는 말했다.

"돌아가자, 황궁으로."

부황의 명을 받았으니 가보긴 해야겠지만 이상하게 내키지 않았다.

'약혼이라.'

그는 그 단어를 속으로 중얼거렸다. 내기의 승패가 남아 있긴 했지만 그녀는 분명 자신의 약혼녀가 될 것이다. 그녀가 그 말도 안 되는 내기에 승리할 가능성도 없었고, 무엇보다 황제가 그녀를 원하고 있으니까. 온화한 인상을 지녔다고 유할 것이라 생각하면 크나큰 착각이다. 황제는 전 세계를 아우르는 제국을 지배하는 철혈의 거인. 그가 원하는 순간, 이미 약혼은 결정된 것이다. 다만 그녀를 배려하는 마음에 시간적 유예를 둔 것이지.

'뭐, 상관없지. 약혼녀가 누가 되든.'

그날 이후 그에게는 단 한 가지의 염원만이 남게 되었으니까. 그러니 어차피 약혼녀 따위 누가 되든 중요하지 않았다.

"네, 이쪽으로 오십시오. 마차를 대기시켜 두었습니다. 거리가 있어 조금 걸어야 합니다."

시종이 그를 안내했다. 그런데 걷다 보니 으스스한 골목에 들어가게 되었다.

"꼭 이런 길로 가야 하는가?"

"이 길을 통하지 않으면 한참 돌아가야 합니다. 걱정하지 마십시오, 전하. 혹 강도가 나타나도 제가 다 해결하겠습니다, 하하."

지금은 실없는 중년으로 보이는 시종이지만 왕년에는 로열 나이츠에 속해 있던 뛰어난 기사였다. 이런 골목에 나오는 강도 따위는 한 손으로도 상대할 수 있었다.

'그리고 초상 능력자이자 2년 전, 앙젤리의 전쟁 영웅이신 전하께서는 나 같은 것 따위는 비교도 안 되는 강자이시고. 군대라도 오지 않는 한 전하를 해할 수 없지.'

그런데 말이 씨가 된 것일까?

골목 깊숙한 곳에서 누군가 나타났다.

"거…… 거기 서라."

"……!"

"가, 가진 것 다 내, 내놔……."

덥수룩한 수염의 강도가 녹슨 칼을 들고 그들을 위협했다.

황태자는 인상을 찌푸렸다.

"아편 중독자군."

"그런 것 같습니다."

칼을 든 손이 부들부들 떨리고 있었다. 눈빛도 흐릿한 게 아편 중독자의 전형적인 모습이었다.

"국법으로 아편을 다스린 지 오래되었거늘, 수도에서 버젓이 아편이라니."

"치안총감 하슬 경에게 조사를 명하겠습니다."

"그래, 일단 저 중독자 먼저 치안대에 넘겨야겠군."

칼을 든 강도를 만났건만 대화를 나누는 그들의 얼굴에는 긴장의 기색이 전혀 없었다.

'저런 강도 따위 10명이고 상대할 수 있지.'

그렇게 생각한 시종은 허리춤에 찬 검을 뽑아 강도에게 겨누었다.

차앙!

"다치기 싫으면 칼을 내려놓아라."

"다, 다가오지 마!"

심상치 않은 시종의 기세에 강도는 뒷걸음질을 쳤다. 시종은 단숨에 제압할 생각으로 천천히 강도에게 다가갔다. 한편 황태자는 그 모습을 무심하게 바라보며 담배를 꺼내 물었다.

'무료하군.'

생명을 위협하는 강도를 만난 상황에 어울리는 감정은 아니지만 무료했다.

'그래, 무료해.'

그는 어두운 밤하늘을 올려다보았다. 방금 든 감정은 아니었다. '그날'의 일 다음부터일까? 이 나라를 물려받을 가장 존귀한 그였지만 그의 마음은 항상 무료하고 삭막했다.

'쓸데없는 생각.'

그는 고개를 저었다.

"히엑! 저리 가!"

결국, 아편 중독자는 칼을 버리고 줄행랑을 쳤다.

"거기 서라!"

"쫓아오지 마! 죽일 거야!"

시종이 단숨에 뒤를 따랐고 그의 손이 강도의 목덜미를 낚아챘다. 시종 란돌 준남작은 잡았다는 생각에 씨익 미소를 지었다.

"요놈! 가만히 있어라!"

그런데 그 순간이었다! 생각지도 못 했던 소리가 울렸다.

탕!

"어?"

란돌은 신음을 내뱉었다. 메케한 화약 냄새와 더불어 왼쪽 배가 타오르듯이 쓰라렸고, 급작스레 시야가 어두워졌다.

'무, 무슨……?'

"란돌!"

흐릿한 의식 속 황태자의 외침이 들렸고, 눈앞에 권총을 들고 있는 아편 중독자가 보였다. 귀족들이 호신용으로 사용하는 2연발의 데린저 권총이었다.

'어떻게 권총을?'

"히익, 힉! 내, 내가 죽인다고 했잖아! 히익!"

아편 중독자가 이성을 잃고 횡설수설하더니 달려오는 황태자를 향해 권총을 겨누었다.

"너, 너도 죽인다!"

시종 란돌은 꺼지려는 의식을 붙들려 이를 악물었다.

'전하……!'

저런 총알 따위로 초상 능력의 소유자인 전하를 해할 수 있을 리가 없지만 강도가 방아쇠를 당기기 전 마지막 힘을 다해 검을 내질렀다.

푹!

"컥!"

검극이 아편 중독자의 목을 정확히 파고들었고, 그는 외마디 비명과 함께 즉사했다. 그리고 그 순간, 황태자가 시종에게 도착했다.

"란돌!"

"저, 전하…… 죄, 죄송합니다. 설마 총을 가지고 있을 것이라고는……. 바보같이 방심하여……."

시종은 울컥 피를 토했다.

"그만! 그만 이야기하거라!"

"저, 전하……."

시종의 눈에 빛이 사라져 갔다.

'이런……!'

황태자가 입술을 깨물었다.

'왼쪽 상복부. 하필 급소에 정확히 맞았어!'

작은 충격에도 위험할 수 있는 부위가 급소다. 하필 그런 곳에 총을 맞다니!

"저, 전하……."

시종이 마지막 말을 하기 위해서 힘겹게 입을 열었다.

"지금껏…… 감사했습니다…… 강녕하시길……."

그 말을 마지막으로 시종은 고개를 떨구었다.

"란돌! 정신 차리지 못할까!"

황태자는 급히 시종의 맥을 짚었다. 다행히 아직 맥이 잡혔다. 의식을 잃었을 뿐 아직 사망한 것은 아니었다.

'하지만 약해.'

이대로라면 얼마 지나지 않아 생명을 잃을 것이 분명했다.

'죽게 놔둘까 보냐.'

특별히 개인적인 정을 쌓은 시종은 아니었다. 하지만 그래도 자신에게 충성을 바치는 '내 사람'이다. 절대 이대로 죽게 내버려 둘 수 없다.

'가장 가까운 병원이?'

최고의 시설을 갖춘 황실십자병원은 너무 멀었다. 도착할 때까지 버티지 못할 것이 분명했다.

'로즈데일병원도 안 돼. 멀어.'

그때 한 병원이 떠올랐다. 테레사병원! 시설은 열악하지만 바로 옆에 위치한 론도 최대 규모의 병원이었다. 운명의 장난일까? 마침 그날 저녁 당직은 그레이엄 남작과 그의 제자 엘리제였다.

늦은 밤임에도 테레사병원의 구호소는 환자들로 북적북적했다. 피 흘리는 중년 남자, 고통에 신음을 삼키는 여성. 그 복잡한 아비규환 속에서 한 소녀가 의사에게 다가갔다.

"어깨 탈구 환자 처치했습니다, 선생님."

젊은 교수, 그레이엄은 고개를 돌렸다. 작고 여린, 그러면서도 기품 있는. 이 어지러운 구호소와 세상에서 가장 어울리지 않는 외모를 지닌 소녀가 눈에 들어왔다.

"어떻게 처치했지?"

"탈구의 방향에 따라 손을 들어 올린 후 외측으로 회전시키며 탈구를 교정했습니다."

그 말에 그레이엄은 다시 속으로 경악할 수밖에 없었다. 이제는 익숙해진 놀람이다.

'이제 병원에 나온 지 한 달도 안 된 소녀가 Kocher's methods로 어깨 탈구를 교정해 내다니. 누가 이 사실을 믿을까?'

혹시나 해서 환자의 상태를 살폈지만 역시나였다. 그레이엄 본인이 한 것보다 더 완벽한 교정이었다.

'도대체…… 어떻게 이럴 수 있는 거지?'

그는 몇 번째일지 모를 질문을 하였다. 소녀는 천재였다. 자신 같은 어설픈 천재가 아닌, 세상의 흐름을 바꿀지도 모르는 진정한 천재. 하지만 이제는 그 생각도 의문이 들었다. 아무리 천재라도 이럴 수 있을까? 단지 재능이 뛰어난 것이 아니라, 그녀의 의술은 이미 완성돼 있는 느낌이었다. 마치 의술을 몸에 새기고 태어난 것처럼 말이다.

'말도 안 되는 생각.'

그레이엄은 고개를 저었다. 의술의 요정도 아닌데, 그런 사람이 어디 있겠는가? 하지만 그런 어이없는 생각이 들 정도로 소녀는 대단했다.

'솔직히 지금도 가르쳐 준다기보단 동료 의사와 같이 일하고 있는 듯한 느낌이니까.'

오늘 특별히 환자가 많았는데, 이 소녀와 같이 일하니 거뜬했다.

소녀가 웬만한 의사 못지않은 역할을 해냈기 때문이다.

"로제."

"네, 선생님."

"피곤하지는 않으냐?"

그 말에 엘리제는 눈을 살짝 크게 떴다. 까칠한 그가 이런 말을 하는 것은 처음이었다.

"괜찮습니다."

"그래, 피곤하면 잠깐 들어가 눈이라도 붙이거라. 환자들도 대충 정리된 것 같으니."

그답지 않게 부드러운 말에 엘리제는 미소를 지었다.

"신경 써주셔서 감사합니다."

그 미소를 본 그레이엄의 얼굴이 살짝 굳었다. 너무 예쁜 미소였다. 자신도 모르게 가슴이 설렐 정도로. 그레이엄은 속으로 자신에게 욕설을 내뱉었다.

'정신 차려, 그레이엄. 제자에게 가슴이 설레다니.'

소녀에게 특별한 감정이 있는 것은 절대 아니었다. 그저 미소가 너무 예뻐 잠시 가슴이 설렜을 뿐이다. 그래, 그랬을 뿐이다. 그랬던 것이 분명하다.

"선생님? 왜 그러세요?"

소녀가 의아한 표정을 지었다. 그레이엄이 인상을 찌푸리며 고개를 저었다.

"아니, 아니다."

"네? 혹시 무슨 불편하신 점이라도?"

엘리제가 재차 물었으나 그레이엄은 굳게 입을 다물 뿐이었다. 제자를 보며 가슴이 설렜다는 이야기를 어떻게 하겠는가! 물론 '젊은 천재'인 그는 굉장히 빠른 나이에 교수가 되어 이제 고작 이십 대 중후반일 뿐이니, 그녀와 나이 차이가 어마어마하게 나는 것은 아니다. 그래도 이건 아니지 않은가.

"신경 쓰지 마라. 아무것도 아니니."

그런데 그 순간이었다!

"그레이엄 선생님! 빨리 이쪽으로 와주세요! 환자예요!"

다급한 외침! 무언가 심상치 않은 환자인 것 같았다.

"가자."

"네, 선생님."

급히 이동해 환자를 본 그들의 얼굴이 굳어졌다.

"이런……."

총상을 입은 중년 남자였는데, 상태가 심각했다. 이미 시체와도 같은 안색. 의식은 전혀 없었고 동공도 열리기 직전이었다. 아직 살아 있긴 했지만 지금 당장 사망해도 이상하지 않을 중환.

"하필 총알의 위치가……."

그레이엄은 신음을 삼켰다. 그 마음은 엘리제도 동감이었다.

'좌상복부. 정확히 비장이 있을 위치야.'

그때, 딱딱하게 굳은 목소리가 그들을 불렀다.

"상태가 어떤가? 반드시 살려야 한다."

금발에 푸른 눈. 차가운 인상의 대단한 미남이었다. 평범한 정장을 입고 있었는데, 이상하게도 강렬한 위엄이 느껴졌다.

그런데 그를 본 엘리제의 몸이 굳었다.

'뭐지, 이 느낌은……?'

처음 보는 남자인데 이상하게 익숙한 느낌이 들었다. 이전에 만난 적이 있나 생각해 봤으나 확실히 처음 보는 사람이다. 하지만 그러면서도 강렬히 느껴지는 익숙함에 그녀는 고개를 갸웃했다.

'엘리제?'

한편 남자, 황태자 린덴도 그녀를 보고 놀랐다. 병원에 오자마자 그녀를 만날 줄은 몰랐다.

'조금 말랐군.'

그녀는 늘 입던 드레스가 아닌, 의사들이 입는 수술복을 입고 있었다. 그녀와 수술복은 전혀 안 어울릴 것 같았는데 묘하게 어울렸다. 황제의 의도대로 테레사병원에서 제대로 고생했는지 수척해진 모습이지만 얼굴은 밝았다. 아니, 정확히 말하면 생기가 흐르고 있었다.

'저런 표정도 지을 수 있는 아이였나?'

어린 시절부터 엘리제를 봐온 황태자였지만 그녀의 저런 얼굴은 처음이었다.

"란돌의 상태는 어떤가? 살릴 수 있겠는가?"

엘리제에 대한 황태자의 생각은 거기에서 멎었다. 지금 중요한 것은 충성스러운 시종의 생사지, 엘리제가 아니었다. 황태자는 엘리제가 아닌, 의사로 보이는 그레이엄을 바라보며 물었다. 이제 갓 병원에 나온 그녀가 뭘 알겠는가? 그런 마음이었다.

그레이엄은 잠시 가만히 있다 입을 열었다.

"……어렵습니다."

린덴의 안색이 굳었다. 그의 기세가 사나워졌다.

"그게 무슨 말이지? 똑바로 말해라, 의사."

"총알이 비장을 관통했습니다. 비장은 혈관이 무수히 많은 장기. 지혈하는 게 불가능해, 안타깝지만 손쓸 방법이 없습니다."

린덴은 입술을 깨물었다. 죽는다고? 어쩔 수 없다고?

"확실한가? 정말 치료할 방법이 없는 건가?"

"네, 죄송하지만…… 부위가 너무 안 좋습니다. 이런 상처는 손쓸 방법이 없습니다."

그 말에 린덴은 가슴 속에 손을 집어넣어 무언가를 꺼내었다. 그리고 그 '무언가'를 본 순간, 그레이엄과 엘리제는 경악해 눈을 부릅떴다.

십자가. 그 옆에 뒷발로 선 두 마리의 동물. 거기에 쓰여 있는 문구들.

Honi soit qui mal y pense.

Dieu et mon droit.

사악한 마음을 가진 자에게 치욕이 있어라.

신과 나의 권리.

그건 바로 로마노프 황가의 문장이었다!

"아, 아니……?"

그레이엄이 당황해 말을 더듬었다. 엘리제도 놀라긴 마찬가지였다.

'누구지? 황족은 아닌데? 어떻게 된 거지?'

로마노프 황가의 인물들은 모두 초상 능력이 담긴 특징적인 금안을 가지고 있다. 따라서 푸른 눈의 저 남자는 황족은 아닐 것이다. 황가의 인척일 수도 있었다. 하지만 웬만한 고위 귀족의 얼굴을 전부 아는 엘리제도 저 남자의 정체는 알 수가 없었다.

남자는 낮은 목소리로 말했다.

"어떤 수를 써도 좋다. 얼마만큼의 돈이 들어도 좋다. 무슨 수를 써서라도 살려내라. 살려만 낸다면 어떤 대가라도 치르겠다."

그레이엄은 곤란한 마음에 입술을 깨물었다.

'어떻게 하지? 제길. 비장이 관통된 상처를 치료할 방법은 없는데.'

너무 큰 거물, 무려 황가와 연관이 있는 인물이지만 안 되는 것을 가능하게 할 수는 없었다. 그건 자신이 아니라 그 누구라도 마찬가지였다. 황실십자병원이든, 황궁 어의든 제국의 그 어떤 의사라도 이런 상처를 치료할 수 있는 이는 없을 것이다.

"죄송……."

그 순간이었다. 옆에서 전혀 생각지도 못 한 말이 들려왔다.

"알겠습니다. 최선을 다해 보겠습니다."

"……로제?!"

그레이엄이 깜짝 놀라 제자를 돌아보았다. 그의 제자는 굳은 얼굴로 환자를 살피고 있었다.

"선생님, 할 수 있어요."

무슨 말도 안 되는!

"그게 무슨 말도 안 되는 소리냐, 로제? 총알이 비장을 뚫었어! 불가능해!"

그러면서 그는 치료가 불가한 이유를 설명했다.

"비장은 혈관이 무수히 많아! 총알이 그 혈관들을 다 꿰뚫었을 텐데, 지혈하는 것은 불가능한 일이야!"

"알고 있어요. 비장의 찢긴 혈관들을 일일이 지혈하는 것은 불가능합니다."

"알고 있으면서 치료라니?"

그레이엄은 소녀가 환자를 안타깝게 생각하는 마음에 무턱대고 이야기했다 생각했다.

그런데 그 순간, 소녀가 말했다.

"비장을 잘라내면 돼요."

"……뭐?"

"비장 내에서 혈관을 치료하는 것이 불가능하다면 아예 비장을 잘라내고 그쪽으로 향하는 혈관을 묶어주면 돼요. 그러면 출혈을 멈추게 할 수 있습니다."

그 말에 그레이엄은 경악을 금치 못했다. 그는 뛰어난 의사. 소녀가 하는 말의 의미를 깨달은 것이다.

'그래, 그러고 보니…….'

그는 침을 꿀꺽 삼켰다.

'꼭 비장 안에서 지혈할 필요는 없어. 비장을 잘라내고 그쪽으로 향하는 동맥을 묶으면 완벽하게 지혈이 가능하니까! 그런데 어떻게 이런 생각을?'

요컨대 물주머니를 수선하는 것이 불가하니, 물주머니를 없애 버리고 주머니로 향하는 호수를 막자는 것이다. 확실히 그렇게 하면 완벽한 지혈이 가능하다. 간단하지만 이전까지 아무도 생각하지 못한 가히 혁명에 가까운 발상이었다. 선진 의학의 기초를 세운 그라함 백작도 이런 생각은 하지 못했다.

'도대체 이 아이는?!'

하지만 그 발상에 문제가 없는 것은 아니었다. 그레이엄은 날카롭게 물었다.

"비장은 복강 가장 깊숙이 위치해 있다. 비장 주위에 있는 위, 췌장, 장, 대망은 어떻게 할 거지?"

하지만 소녀는 이번에도 막힘없이 답했다.

"먼저 비장을 지탱하는 인대를 절제한 후, 비장의 위치를 회전시키면 됩니다."

이해가 안 가는 설명이었다. 이 소녀의 머릿속엔 뭔가 방법이 있는 듯한데, 그 같은 범인은 따라가기가 힘들었다.

"……그러면 누가 그 수술을 할 거냐? 난 네가 이야기한 수술을 할 능력이 없다."

그 말에 소녀가 강한 눈빛으로 그를 바라봤다.

"제가 하겠습니다."

"……뭐?"

"제가 하겠습니다. 제가 할 수 있습니다."

그레이엄은 황당한 표정을 지었다. 이제 병원에 들어온 지 한 달도 안 된 견습생이 그런 대수술을 집도를 하겠다고? 물론 그녀가 말도 안 되는 능력을 가진 천재임은 안다. 하지만 이건 아니지 않은가?

그녀가 간절한 목소리로 말했다.

"선생님, 말도 안 된다고 생각하시는 것 이해해요. 하지만 이번 한 번만 저를 믿어주세요. 반드시 살려낼게요. 살려낼 수 있습니다."

그레이엄의 눈빛이 흔들렸다.

"이대로 놔두면 이 환자는 무조건 죽어요. 하지만 제가 말한 방법대로 하면 살릴 수 있을지도 몰라요. 아니, 반드시 살려낼 테니 한 번만 저를 믿어주세요."

그때였다. 황태자의 묵직한 저음이 그녀를 향했다.

"정말 살릴 수 있나?"

엘리제가 그를 바라보았다.

"가능합니다. 아니, 반드시 살리겠습니다."

황태자도 그녀를 마주 바라보았다. 그녀의 푸른 눈동자는 굳게 빛나고 있었다. 환자를 살리겠다는 의지로!

아찔할 만큼 강렬한 그 의지에 황태자의 눈동자가 흔들렸다. 이런 아이였나? 하지만 그는 놀란 감정을 숨기며 차갑게 말했다.

"정말 할 수 있나? 무책임한 만용은 용서치 않아."

그는 엘리제에 대해 잘 알고 있었다. 이제 갓 의사가 되겠다고 선언한 교육생. 정식 의사도 불가능하다 말하는 판국에 그녀가 수술을 해낸다고?

한편 엘리제는 입술을 깨물었다.

'시간이 없어. 지금 당장 수술 들어가야 하는데.'

지금 이 순간에도 환자는 비장에서 끝없이 피를 흘리고 있을 것이다. 일분일초가 지나갈 때마다 생존율이 뚝뚝 떨어질 거라 초조했다.

"전 이 환자를 살리고 싶습니다. 믿어주십시오. 최선을 다하겠습니다. 반드시 살리겠습니다."

간절함과 초조함이 담긴 목소리. 그 목소리에 담긴 환자를 향한 마음에 황태자의 눈이 다시 한 번 흔들렸다. 그리고 결국 말했다.

"좋다. 대신 반드시 살려내라. 할 수 있겠나?"

그는 말을 내뱉으며 스스로 놀랐다. 정말 저 아이에게 란돌의 수술을 맡긴다고? 하지만 사실 딱히 다른 방법이 없었다. 이대로 시간이 조금이라도 더 흐르면 란돌은 무조건 사망할 것이니, 썩은 지푸라기라도 잡는 수밖에 없지 않겠는가?

'그리고…….'

자신의 약혼녀로 내정된 그녀의 그 눈빛. 그 눈빛에 담긴 강렬한 의지가, 환자를 향하는 마음이 그의 마음을 흔들었다. 제국의 황태자로 적지 않은 명의들을 만나본 그이지만 지금까지 저렇게 간절한 눈빛을 가지고 환자를 대하는 의사는 본 적이 없었다.

"네, 최선을 다하겠습니다."

그렇게 수술이 결정되었다.

수술은 곧바로 진행되었다. 원체 상태가 중하기 때문에 일분일초가 아까웠다. 마취 가스로 마취를 시작하고 수술을 시작하려는데 한 가지 문제가 생겼다.

"또 누가 수술에 들어가지?"

엘리제와 그레이엄 2명만으로는 부족했다. 최소 세컨드 어시스트 역할을 할 사람이 한 명 더 필요했다. 문제는 워낙 늦은 시간인데다, 구호소도 다른 환자들로 바빠 수술에 들어올 의료진이 마땅치 않았다. 엘리제는 생각지도 않은 문제에 난감한 표정을 지었다. 그렇다고 그레이엄과 자신 둘만으로 수술을 할 수는 없었다.

'반드시 한 명이 더 필요한데…….'

그런데 의외의 인물이 문제를 해결해 주었다.

"사람이 모자라나? 그러면 내가 도와주겠다."

황태자였다. 엘리제와 그레이엄은 놀라 그를 바라봤다.

"하지만……."

"어쩔 수 없지 않나? 난 2년 전, 앙젤리 전쟁에 참전했을 때 여러 의료 처치를 해본 경험이 있다. 괜한 어중이떠중이보단 도움이 될 거다."

엘리제는 그 말에 고민했다.

'어떻게 하지? 괜찮을까?'

비의료인의 수술 참가라니. 의료 체계가 잘 잡혀 있고 의료법이 엄정한 현대 지구라면 상상도 못 할 일이었다.

'하지만 비장 파열 수술에선 세컨드 어시스트는 워낙 간단한 일만 하니, 꼭 숙련된 의료진이 들어오지 않아도 도움이 되긴 할 텐데.'

세컨드 어시스트의 역할은 간단히 수술 기구를 잡고 있는 등, 의학적 지식이 거의 필요 없는 단순한 것이었다.

"빨리 결정해라. 시간이 없지 않은가?"

그 말에 엘리제는 결정했다. 남자의 말처럼 시간이 없었다. 다른 의료진의 손이 빌 때까지 기다리기보단 누구라도 빨리 들어가 수술을 하는 것이 중요했다.

'내가 잘 이끌어주면 어느 정도 역할은 할 수 있겠지.'

"하지만 괜찮으시겠습니까? 수술하는 모습이 다소 거북하실 수도 있습니다."

고귀한 남자의 신분을 배려한 물음이었다. 하지만 그의 대답은 간단했다.

"내 사람을 살리는 일이다."

물론 피가 튀는 험궂은 수술을 직접 돕는 것은 존귀한 황태자가 하기에 적합한 일은 아니다. 그리고 이 시종 란돌이 그의 최측근인 것도 아니었고. 하지만 란돌은 분명 자신을 섬기는 자신의 사람이었다. 그런 '자신의 사람'을 구하는 일인데 고작 이런 일 하나 못 하겠는가?

린덴은 그런 마음으로 답했다.

내 사람.

엘리제는 그 대답을 들으며, 남자가 딱딱한 말투와 다르게 어쩌면 좋은 사람이 아닐까란 생각을 잠시 했다.

"저기 그러면……."

남자는 말했다.

"론이라 부르도록."

"알겠습니다, 론 님. 그러면 바로 시작하겠습니다."

먼저 마취하고 소독 장갑을 낀 후, 프레밍이 개발한 소독약으로 수술 부위를 소독했다.

'총상. 비장 파열…….'

사실 그녀는 처음에 고민했었다. 과연 자신이 나서도 될지. 그리고 이런 대수술을 해도 될지. 그렇지 않아도 비상식적인 능력으로 과도한 주목을 받고 있는 그녀다. 만약 이 수술까지 해내면 사람들에게 어떤 시선을 받을지 상상도 되지 않았다. 하지만 그 고민은 길지 않았다. 눈앞에서 환자가 죽어가고 있었다. 그 환자를 살리는 것보다 중요한 게 뭐가 있겠는가?

'쓸데없는 생각은 그만. 이제 시작이야. 잘하자, 엘리제.'

그녀의 눈빛이 가라앉았다.

'양상을 봤을 때 최소 5등급의 비장 손상이야. 아차 하는 순간 환자를 잃어. 잘하자.'

이 환자는 '외과의사 송지현'으로서도 쉽지 않은 중환이었다. 치료하지 않았을 때의 사망률 100%. 수술을 시도해도 사망률은 높았다. 현대 지구에서도 그러니, 이곳에서는 더욱 심할 것이다. 하지만 상관없었다. 아무리 어려운 상황이라도 최선을 다할 것이다. 그래서 반드시 살려내고 말 것이다.

두근.

그 생(生)과 사(死)의 갈림길에, 그 긴장감에 가슴이 떨렸다. 익숙한 긴장감이다. 그리고 그리운 긴장감이었다. 이 순간을, 메스를 다시 잡는 이 시간을 그리워했었다.

"메스 주세요."

로제는 보조원에게 수술칼을 건네받았다.

한편 그녀의 스승 그레이엄은 혼란스러운 얼굴을 하고 있었다.

'도대체…….'

지금 자신이 무슨 일을 하는 것인지 모르겠다. 얼떨결에 여기까지 따라오긴 했지만 정말 이 수술을 진행한다고? 물론 알고 있다. 어차피 이 환자는 가만히 놔두면 죽을 운명이니, 뭐라도 해보는 게 낫다는 것을. 소녀가 이야기한 대로 진행하면 어쩌면 정말로 환자를 살릴 수 있을지도 모른다는 것을. 하지만 정말로 할 수 있다고? 아무리 천재라도 누구도 시도해 보지 못한 이런 대수술을? 말도 안 되는 이야기라고! 미친 짓 당장 멈추라고 외치고 싶었다. 그러나 이 순간, 소녀를 바라본 그는 입을 다물 수밖에 없었다. 수술 필드를 마주한 소녀는 이전과 달랐다. 평소에 흐르던 부드러움은 없었다.

오로지 느껴지는 것은 철혈의 의지! 저 작은 몸에서 나오는 것이라곤 상상도 할 수 없는, 마치 전장의 여인 같은 위압감이었다.

그 순간 황태자 린덴은 자신의 약혼녀로 내정된 그녀를 알 수 없는 눈빛으로 바라봤다.

"오픈합니다."

그 말과 함께 그녀의 손이 위아래로 움직였다.

정중 절개(Midline incision)! 메스가 명치에서부터 배꼽까지 일직선으로 살을 베었고, 배가 좌우로 갈라졌다.

파앗!

그리고 안에 고여 있던 혈액이 사방으로 튀어 올랐다!

"……!"

"……!"

사방으로 비산하는 그 엄청난 혈액량에 그레이엄과 린덴은 흠칫 놀랐다. 놀라지 않은 것은 오로지 한 명, 엘리제뿐. 그녀는 곧바로 처치했다.

"어서 출혈 부위를 막아야 해요! 거즈! 일단 론 님께서 거즈로 압박해 주세요! 그리고 선생님께서는 대장과 위를 이쪽으로 젖혀 주세요!"

둘은 정신없이 그녀의 지시에 따랐다.

'출혈이 너무 심해. 최대한 빨리 끝내야 해!'

엘리제는 입술을 깨물었다. 이미 쇼크가 온 지 오래였다. 당장에라도 심장마비가 올 수 있는 상황. 무슨 수를 써서라도 신속히 지혈을 해내야 했다.

'일단 시야를 확보해야 해.'

낭자한 피로 내부 장기가 하나도 보이지 않았다.

"거즈 최대한 많이 주세요. 론 님, 피를 닦아주세요."

현대 지구에서라면 흡입기로 피를 빨아들여 시야를 확보했겠지만 이곳은 제국이다. 일일이 피를 제거하는 수밖에 없다.

"그레이엄 선생님, 이 철제 도구로 위장을 이 방향으로 조금 더 젖혀 주세요. 아래 갈비뼈도 들어 올려주시고요."

그녀의 지시대로 하자 놀라운 일이 일어났다. 복강 깊숙이 숨어 있던 비장이 모습을 드러낸 것이다.

그레이엄은 그녀의 지시에 따르면서도 정신을 차릴 수가 없었다.

'이 아이는 도대체……?!'

너무나 능숙했다. 마치 이 수술을 수십 번이고 해본 사람처럼. 어떻게 이럴 수가 있단 말인가?! 하지만 소녀에게 놀라고 있을 때가 아니었다.

"상처가…… 이걸 어떻게……."

그레이엄은 신음을 흘렸다. 비장의 상처가 너무 심했다. 총알이 비장 내부를 완전히 찢어놔 피가 울컥울컥 솟구치고 있었다. 도저히 손댈 수가 없는 상황. 그레이엄은 어쩌면 이대로 포기하는 것이 환자를 편하게 해주는 것일지도 모르겠단 생각을 하였다. 하지만 이 순간, 엘리제는 다른 판단을 하고 있었다.

'오히려 다행이야. 총알이 다른 장기는 크게 건드리지 않고 비장만 꿰뚫었어. 할 수 있어.'

"이제 어떻게 할 거냐, 로제?"

엘리제는 답했다.

"비장을 잘라낼 거예요."

그레이엄의 눈이 흔들렸다.

"어떻게? 비장은 주변 장기들과 얽혀 있다. 그냥 가위로 톡 잘라낼 수 있는 게 아니야."

"박리해 내면 돼요. 주변 장기, 특히 비장과 연결된 췌장 끝 부분만 박리하면 비장을 분리해 따로 절제해 낼 수 있어요."

"……!"

그레이엄은 주먹을 움켜쥐었다. 그래, 소녀의 말대로 할 수 있다면 비장을 절제하는 게 가능했다. 소녀의 말대로 '할 수 있다면' 말이다.

'하지만 어떻게? 그렇게 할 수 있다고? 정말로?'

그레이엄으로선 도저히 상상이 가지 않았다. 어떻게 해야 그렇게 할 수 있는 건지, 정말 가능은 한 건지.

엘리제가 그에게 말했다.

"선생님, 저를 믿어주세요. 할 수 있어요. 선생님만 도와주신다면, 그러면 이 환자를 살릴 수 있어요."

그레이엄은 이를 깨물었다.

"……알겠다."

이성적으로는 도저히 받아들이기 어렵지만 이미 상식의 범주를 까마득히 초월한 상황이다. 지금은 약에 취한 듯 믿을 도리밖에 없다.

엘리제는 살짝 미소를 지은 후, 남자에게 말했다.

"론 님께서는 이 부분을 잡아 고정해 주고 거즈로 비장을 압박해 최대한 출혈을 막아주세요."

그러면서 그녀는 당부했다.

"압박은 간단하면서도 가장 효과적인 지혈 방법이에요. 론 님의 역할이 이분의 생사를 가를 수도 있어요. 잘 부탁할게요."

그 말에 남자는 그녀를 바라봤다.

"알겠다."

뭔가 알 수 없는 눈빛과 낮은 저음. 어쩐지 익숙한 느낌이 드는 남자의 모습에 엘리제는 속으로 고개를 갸웃했으나 곧바로 수술에 집중했다.

"박리 들어갑니다."

그 말과 함께 기적이 시작되었다.

"……!"

그레이엄은 부릅뜬 눈을 감을 수가 없었다. 눈앞에서 일어나고 있는 일을 도저히 믿을 수가 없었다.

'이, 이건 도대체……!'

곱디고운 손가락에 들린 철제 수술 도구가 허공을 갈랐다. 그리고 도구가 지나갈 때마다 열리는 길들. 비장을 고정하는 인대가 간단하게 끊겼고, 단단히 붙어 있는 췌장 꼬리가 입을 벌리며 떨어져 나가기 시작했다. 그레이엄은 도저히 불가능할 것이라 여겼던 일들. 하지만 소녀의 손은 기적을 만들어내고 있었다.

'어떻게 이런……? 완벽해.'

그레이엄은 무의식중에 생각했다. 소녀의 수술은 그가 꿈에서 바라던, 언젠가 이루길 바랐던 그런 경지의 수술이었다. 어떻게 저런 움직임이 가능한지, 어떻게 저런 접근을 할 수 있는 것인지는 모른다.

'그런 건…… 상관없어.'

그래, 그런 게 뭐가 중요하겠는가? 이 완벽함 앞에서. 그저 아름다웠다. 소녀의 손이 움직이는 모습이, 그 손이 자아내는 결과가 너무 아름다워 경외감마저 들었다.

'나도 언젠가 저런 수술을 하고 싶었는데.'

그는 꿈이 있었다. 의학의 기초를 마련한 그라함 백작을 뛰어넘는 최고의 의학자가 되자고. 그래서 의학에 새로운 지평을 열자고. 그 꿈을 이루기 위해 끝없이 노력했고, 어느 정도 성과도 있었다. 사람들은 그를 젊은 천재라 부르며 인정해 주었다.

'하지만 알고 있었지.'

그는 씁쓸히 생각했다. 그래, 알고 있었다. 자신은 절대 그 꿈을 이루지 못한다는 것을. 자신은 그저 노력할 뿐, 평범한 범재에 불과했으니까. 그 사실을 깨닫고 얼마나 좌절했는지 모른다. 자존심 강한 척, 잘난 척하고 있지만 속은 문드러져 내렸다.

'그런데…… 그랬는데…….'

지금 그의 눈앞에 그토록 바라던 지경이 펼쳐지고 있었다. 평생을 바랐던 꿈에서 원했던 지평의 수술이 눈앞에서 진행되고 있었다.

소녀가 말했다.

"박리 마무리합니다."

툭.

마지막 동작과 함께 비장이 완전히 분리되었다. 이어 움직이는 손가락.

"타이(Tie)."

수술용 실을 든 그녀의 손가락이 움직였다. 짧고 절제된, 그리고 부드러운 움직임. 원 핸드 타이(One handed tie)였다. 그에 맞춰 검은 수술용 실이 춤을 추었고……!

콰악!

비장으로 향하는 비장 동맥이 완벽하게 묶였다.

"계속 실 주세요."

그녀는 멈추지 않았다. 실로 혈관을 지혈하는 기술, 타이가 계속해서 펼쳐졌다. 비장 정맥이 묶였고, 이어 위장에서 비장으로 향하는 동맥도 지혈됐다. 그리고 그녀의 손이 멈추는 순간.

드디어 비장의 피가 멈췄다! 피를 공급하는 혈관이 모조리 막힌 탓이었다.

"끄, 끝난 건가?"

그레이엄이 떨리는 목소리로 물었다. 엘리제가 고개를 끄덕였다.

"네, 선생님. 이제 고비는 넘겼어요. 비장만 잘라내면 돼요."

"로, 로제…… 너는…… 도대체……."

그레이엄은 자신이 꿈을 꾼 건가 싶었다. 마치 이룩할 수 없는 경이를 마주한 예술가처럼 전율을 멈출 수가 없었다. 소녀는 메스로 수술의 막바지를 마무리 지었다.

툭.

칼끝 아래서 비장이 떨어져 내렸다.

"하아."

그 순간, 엘리제는 긴 한숨을 토해냈다. 환자의 맥을 살핀 후 안도의 목소리로 말했다.

"끝났습니다. 모두 수고하셨습니다."

그렇게 아무도 모르는 밤, 작은 소녀의 손에 의해 전 세계 최초의 비장 절제술이 마무리되었다.

의학사에 한 획을 긋는 사건이었다.

수술이 끝났다 해서 환자 처치가 마무리된 것은 아니다. 배를 닫고, 드레싱을 하고, 모자란 혈액을 수액으로 보충하고, 여러 처리를 하니 시간이 훌쩍 흘렀다.

그레이엄은 무언가에 충격을 받은 듯 정신을 차리지 못해 엘리제가 치료했다. 대충 마무리된 후, 말없이 병실 밖에서 기다리는 남자, 론에게 다가갔다.

"이제 괜찮은 건가?"

"네, 아직 상태가 안 좋긴 하지만 수술이 잘 끝나 시간이 지나면 회복할 겁니다. 다만 비장을 절제한 뒤라 앞으로 감염증에 취약할 수 있어요. 앞으로 주의가 필요합니다."

황태자는 기이한 눈으로 그녀를 바라보았다. 이 소녀가 자신의 약혼녀로 내정된 엘리제가 정말 맞는 건가? 의술에 문외한이지만 조금 전 소녀가 보인 수술 솜씨가 보통이 아닌 것은 안다. 뛰어난 정도가 아닌 신기에 가까운 솜씨였다.

'그리고 무엇보다.'

환자를 향한 눈빛. 그녀의 눈에는 절박함과 간절함, 그리고 빛나는 생기가 담겨 있었고, 그 눈빛은 마치 전장의 여인같이 강렬하면서도 아름다웠다.

'거짓이라 생각했는데.'

이전 부황께 의사가 되고 싶다고 그녀가 말했을 때 솔직히 비웃어 넘겼었다. 곱게 자란 그녀가 웬 의사란 말인가? 하지만 오늘 그녀의 모습을 보니 거짓이 아니었다. 거짓은커녕 상상도 못 할 모습을 보이고 있었다.

"고맙다."

짧은 감사의 말에 무뚝뚝한 목소리였지만 진심이 느껴지는 인사였다.

엘리제는 기분 좋게 미소 짓고 말했다.

"론 님도 오늘 많이 고생하셨습니다. 수술도 도와주시고."

그러면서 그녀는 속으로 살짝 부끄러운 마음이 들었다. 인력이 없어 응급수술에 보호자가 들어오게 하다니. 지구라면 상상도 할 수 없는 일이다.

하지만 남자는 고개를 저었다.

“내 사람을 치료한 일이다. 신경 쓰지 마라. 그나저나 란돌을 치료해 줬으니, 아까 이야기한 대로 보상을 하마. 원하는 것이 있느냐? 무엇이든지 말해보아라.”

무엇이든지. 그 말은 빈말이 아니었다. 그는 대브리티아 제국의 황태자. 소녀가 무엇을 원하든 들어줄 능력이 있었다.

“보상은.”

소녀가 살짝 웃으며 입을 열었다.

“저한테 말고, 병원 정산부에 가서 해주세요. 저는 이 병원의 의료진으로 당연히 해야 할 일을 했을 뿐이니까요.”

그러면서 한마디 말을 덧붙였다.

“비쌀 거예요. 테레사병원은 신분에 따라 금액을 차등해서 받거든요. 빈민은 무료, 서민은 소액, 일반 시민은 평균, 부르주아나 귀족은 고액. 이런 식으로요.”

그건 엘 후작의 뜻으로 ‘잘사는 놈에게 뜯어서 못사는 사람들을 돕자!’란 취지였다. 물론 뜻대로는 잘 안 되고 있었다. 병원에 못사는 사람들만 바글바글 몰렸기 때문이다.

“음…… 계산서 보시고 놀랄지도 몰라요. 나중에 바가지라고 화내시면 안 돼요.”

그 말에 황태자는 입꼬리를 비틀었다. 자신이 병원비 때문에 놀란다라. 웃기려는 농담이면 하나도 안 웃겼다.

'이번 빚은 달아놓고 나중에 갚아야겠군.'

그렇게 생각한 그는 말했다.

"알겠다. 사람을 보내도록 하지. 아, 그리고 란돌은 내일 황실십자 병원으로 옮기도록 하겠다. 괜찮겠나?"

"네, 상태가 안정적이어서 큰 문제는 없을 것 같습니다. 수술 과정에 대한 소견서를 써놓을게요."

병원을 옮겨 환자를 치료하려면 수술을 어떻게 해놨는지 알아야 한다. 따라서 수술 과정을 적은 소견서가 필수였다.

'비장절제술은 낯선 수술일 테니 치료에 혼란이 있을 수 있어. 수술 과정을 최대한 자세히 써야지.'

하지만 그녀는 그때만 해도 모르고 있었다. 그 소견서가 어떤 파란을 불러일으킬지.

"이제 그만 가보겠다."

몇 마디 대화를 나눈 후, 황태자는 자리에서 일어났다. 너무 늦었다. 암행 중에는 며칠 궁에 안 들어갈 때도 있으니 큰 걱정은 안 하고 있겠지만 슬슬 들어가는 게 나을 듯싶었다. 황태자가 막 자리에서 일어날 때였다. 핑하고 머리가 돌아 그는 순간 비틀거렸다.

"론 님?"

엘리제가 놀라 그의 손을 잡았다.

"……!"

의사로서 환자에게 하는 일상적 부축. 하지만 황태자는 손에 갑작스레 닿은 따뜻한 감촉에 흠칫 놀랐다. 소녀의 손은 아까 그 대단한 수술을 해낸 손이라고는 상상할 수 없을 정도로 부드러웠다.

"……괜찮다. 신경 쓰지 마라."

황태자는 손을 빼며 말했다. 하지만 엘리제는 그의 상태가 정상이 아님을 간파했다. 자세히 보지 않으면 알아볼 수 없지만 안색이 희미하게 파리했다.

"얼굴색이 좋지 않아요. 혹시 열 기운이? 체온을 확인해 봐도 될까요?"

그러면서 그녀는 손등으로 이마를 만져 체온을 확인하기 위해 황태자에게 다가갔다.

"……!"

황태자는 더욱 흠칫 놀랐다. 그녀의 몸이 가까워지며 우윳빛 향기가 느껴졌던 것이다.

"괜찮다. 신경 쓰지 말도록."

그는 몸을 뒤로 뺐다. 자신을 피하는 그의 모습에 엘리제는 고개를 갸웃했다. 이곳은 병원, 그리고 그녀는 의료인. 상태가 안 좋아 보여 진찰하려 했을 뿐인 그녀는 남자의 반응을 이해하지 못했다.

"그러시지 말고 제대로 진찰을 받는 것이 좋을 것 같은데……."

"괜찮아. 어지럼증은 이전부터 그랬다."

황태자는 강한 어조로 거부했다. 하지만 철혈 의사 엘리제는 끈질겼다. 젊고 건강한 남자가 반복적인 어지럼증이라니? 뭔가 이상했다. 병이 있을지도 모르지 않는가?

"잠깐이면 돼요. 이쪽으로……."

그녀가 다시 다가오자 그는 더욱 강하게 거부했다.

"정말 괜찮다!"

그는 성큼성큼 발걸음을 옮겨 그녀에게서 멀어졌다.

엘리제는 멍하니 그런 그의 뒷모습을 바라봤다.

'왜 저러지?'

엘리제는 모르고 있었지만 지금 그는 몇 년 만에 가장 당황하고 있었다. 당황하는 이유는 그 자신도 몰랐다.

"론 님!"

결국, 엘리제는 그의 뒤에 대고 말했다. 환자가 진료를 거부하는데 강제할 수는 없었다.

"만약 증상이 지속되면 꼭 다시 오세요. 진찰해 드릴 테니까."

하지만 그는 대답 없이 병원을 빠져나갔다.

엘리제는 걱정스레 중얼거렸다.

"왜 저러지? 왜 어지럼증이 있는지 진료를 받아봐야 할 것 같은데……."

어쨌든 그렇게 그날 밤이 지나갔다. 힘들고 파란만장한 밤이었다.

그리고 다음 날.

황실십자병원에서 환자를 데려갔고, 황실십자병원은 발칵 뒤집어졌다. 수술 경과를 기록한 엘리제의 소견서와 기적과도 같은 환자의 상태 때문이었다. 소견서에 집도의의 이름이 적혀 있지 않았기에, 황실십자병원의 의사들은 이 믿을 수 없는 수술을 누가 집도한 것인지 알아보기 시작했다.

"이건 도대체?"

황실십자병원의 원장이자 황궁 어의인 밴 자작은 믿을 수 없다는 표정을 지었다.

"어떻게 이런 수술을 해냈단 말인가?"

그는 소견서를 바라봤다. 몇 번을 읽었는지 종이가 꼬깃꼬깃해진 지 오래였다.

'말도 안 돼.'

소견서의 글씨는 지독한 악필이었다. 마치 애들이 장난치듯 쓴 글씨. 하지만 그 안에 담긴 내용은 경악을 넘어 경이에 가까운 것이었다.

'정말로 이런 수술을 해냈다고?'

믿을 수 없었지만 산증인이 있었다. 비장에 정통으로 총알을 맞았는데도 멀쩡히 회복하고 있는 시종 란돌이었다.

'황태자 전하께 비장을 총알로 맞았다는 이야기를 들었을 때 흘려들었는데.'

황태자는 무뚝뚝한 성격답게 간단한 설명만 하였다. 비장에 총을 맞았고, 테레사병원에서 수술했으니 데려와 치료하라고. 비장에 제대로 총을 맞았으면 지금껏 살아 있을 리가 없기에 스쳤거나 다른 부위를 맞은 것이라 생각했는데 아니었다.

'특별한 치료 없이도 저절로 피가 멈추는 가벼운 비장 손상과 총알이 정통으로 관통한 심각한 비장 손상은 이야기가 완전히 다른데. 그라함 백작의 저서에도 심각한 비장 손상은 손을 쓸 수가 없다고 되어 있고.'

의학의 기초를 마련한 그라함 백작의 저서는 현시대 의사들에게 진리나 다름없었다.

'그래, 이 소견서의 내용대로 수술하면 분명 심각한 비장 손상이라도 출혈을 멈추게 할 수 있어. 추후 면역 기능에 문제가 생길 수 있지만 그건 일단 살아남은 다음의 이야기니까.'

제국 의학계의 거성(巨星)인 그는 소견서의 가치를 단번에 알아봤다. 이건 단순한 소견서가 아니라 논문으로 발표해 제국의 의사들이 모두 공유해야 할 내용이었다.

'물론 알고 있다 해서 직접 수술을 하는 것은 별개의 문제지만.'

다방면의 수술 경험이 많은 그는 이 소견서의 내용대로 하기가 결단코 쉽지 않음을 간파했다. 상처 부위에 대한 정확한 해부학적 지식과 주위 장기와 비장을 박리해 내는 섬세한 손기술이 없으면 시도도 못 해볼 것이다. 제국, 아니, 전 대륙에서 이런 수술을 능숙히 해낼 수 있는 의사가 몇 명이나 될까? 황궁 어의인 자신만 해도 해낼 수 있단 확신이 안 들었다.

'차근차근 해보려면 해볼 수 있겠지만 이건 시간을 다투는 응급수술이다. 환자가 과다 출혈로 죽기 전에 마무리할 수 있었을까?'

그는 고개를 저었다. 솔직히 자신 없었다.

'도대체 누굴까, 이 의사는?'

그는 혹시 황제의 병을 추측해 낸 의사와 이 의사가 동일인이 아닐까 하는 생각이 들었다.

'당장 알아봐야겠군.'

밴 자작은 테레사병원의 원장인 고트 자작을 찾아갔다.

황궁 어의인 밴 자작과 테레사병원의 원장인 고트 자작은 아카데미를 동문수학한 사이로 막역한 지기였다.

"밴? 바쁜 자네가 이 누추한 병원에 웬일인가?"

밴 자작은 모자를 벗으며 고개를 저었다.

"누추하긴. 제국에서 가장 아름다운 일을 하는 곳을 누추하다 하면 어떻게 하나? 잘 지냈나?"

"나야 자네도 알다시피 항상 잘 못 지내고 있지. 맨날 병원이 파산 직전이어서 스트레스받는 것을 모르나? 여기 머리 빠진 것 보라고."

"엄살은. 어차피 필요한 돈은 클로랜스 가문에서 다 지원해 주고 있지 않나? 하여튼 재상께서는 참 대단하시지. 가문의 재산으로 병원을 세워 빈민들을 치료해 주시다니."

밴 자작의 목소리에는 존경이 가득 담겨 있었다. 그렇다. 이 테레사병원의 설립자는 엘리제의 아버지인 엘 후작. 누구의 손도 빌리지 않고 오직 가문의 재산만으로 이 막대한 규모의 구휼 사업을 하고 있는 것이다.

병원장인 고트 자작도 고개를 끄덕였다.

"맞네. 참으로 존경할 만한 분이시지. 노블레스 오블리주의 표상이나 다름없는 분이랄까?"

사실 병원장인 고트 자작은 엘 후작을 직접 만난 적이 거의 없었다. 엘 후작이 병원에 모습을 거의 비추질 않기 때문이었다. 오른손이 하는 일을 왼손이 모르게 하라는 마음일까? 그는 자신이 테레사병원을 후원한다는 사실을 크게 드러내고 싶지 않아 했다. 그저 필요한 바를 대리인을 통해 파악해 지원해 줄 뿐이었다.

'정말 존경할 만한 분.'

그런 엘 후작을 존경하는 이는 테레사병원의 의사들만이 아니었다. 가깝게는 의료 혜택을 받는 황도 론도의 시민들부터, 멀게는 뜻있는 지식인들까지. 제국의 시민들치고 엘 후작, 자신들의 재상을 존경하지 않는 이가 없었다.

'이게 다 재산이 많아서 할 수 있는 일이라고 떠들며 폄훼하는 이

들도 일부 있지만.'

물론 엘 후작이 이런 사업을 할 수 있는 것은 모두 그가 부자이기 때문이다. 클로랜스 가문은 브리티아 제국 내에서도 손꼽히는 부를 축적하고 있었다. 하지만 모두 알고 있다. 돈이 많다고 남을 위해 베풀 수 있는 것은 아니란 것을. 오히려 돈이 많을수록 못난 욕심만 채우려 드는 이가 얼마나 많은가? 따라서 명재상이자, 노블레스 오블리주를 몸소 실천하고 있는 엘 후작과 클로랜스 가문은 제국에서 가장 존경받는 귀족 가문이었다.

"여기 커피나 한잔 마시게. 그나저나 무슨 일로 왔는가?"

고트 자작이 건넨 잔에서는 짙은 아라비카 품종의 커피 향이 올라오고 있었다. 하지만 밴은 커피에 손도 대지 않고 들뜬 얼굴로 물었다.

"자네에게 한 가지 물어볼 일이 있어서 왔네."

"무슨?"

"도대체 누구인가?! '그 수술'을 해낸 의사 말이야! 설마 자네는 아니겠지?"

"갑자기 그게 무슨 말이야? 웬 수술? 알아듣게 설명해 보게."

"그 수술 말이야! 비장절제술!"

하지만 고트 자작은 눈썹을 찌푸릴 뿐이었다.

"비장절제술? 비장을 잘라냈단 말인가? 그게 무슨……?"

"뭐야? 자네…… 설마 모르는 건가?"

"그러니까 뭘?"

밴은 입을 벌렸다. 아니, 이런 기적 같은 수술이 자신의 병원에서 이루어졌는데 모르고 있다니!

"이것 보게!"

그가 내민 것은 한 장의 소견서였다.

"이게 뭔가?"

"빨리 읽어 보기나 해봐!"

고트는 친우의 닦달에 안경을 꺼내 썼다.

"이게 도대체 뭐길래 그래? 글씨는 왜 이렇게 못 썼고? 애들이 낙서한 필체도 아니고……."

투덜거리던 그는 어느 순간 입을 다물었다. 그도 의학의 조예가 깊은 명의. 이 못난 글씨에 어떤 내용이 담겨 있는지 깨달은 것이다.

"어떤가? 정말 기적이지 않은가?"

"잘 봤으니 가져가게."

"뭐야, 그 반응은? 놀랍지 않은가?"

하지만 고트는 굳은 표정을 지을 뿐이었다.

"거짓말이잖아."

"뭐?"

"자네는 지금 저 종이에 써진 말도 안 되는 내용을 믿는 건가?"

고트는 혀를 찼다.

"물론 발상은 좋아. 비장 출혈 환자가 오면 시도해 볼 수도 있겠지. 하지만 저런 수술이 가능할 리가 없잖아. 누군지 모르지만 공상을 그럴싸하게 잘도 써놨군."

밴이 단호히 답했다.

"거짓말이 아니야."

"뭐?"

"진짜라고, 이 친구야. 우리 병원에 환자가 있어! 비장에 정면으로 총을 맞고도 멀쩡히 살아나고 있는!"

"무슨…… 말도 안 되는?"

고트는 믿지 못하겠단 반응이었다.

밴은 답답하다는 듯 말했다.

"정말이라니까! 그것도 자네 테레사병원에서 수술했네! 내가 확인한 사실이야. 도대체 누군가? 이 기적 같은 수술을 해낸 의사가?"

그 말에 고트는 며칠 전 보고 받았던 내용을 떠올렸다.

'그러고 보니 좌상복부에 총상을 입은 환자가 왔었다고 했었지? 같이 온 인물이 황실의 문장을 가지고 있어 응급수술 후, 황실십자병원으로 옮겼다고.'

워낙 거물과 동행한 환자라 기억하고 있다.

"혹시…… 환자의 이름이 란돌인가?"

"그래, 란돌 경! 란돌 경은 비장에 정통으로 총상을 입어 도저히 살아날 수 있는 상황이 아니었는데, 자네 병원에서 살렸어."

고트는 입을 벌렸다. 저 종이에 쓰여 있는 말도 안 되는 공상이 정말이라고?

"도대체 그 수술을 집도한 의사가 누구인가?"

고트는 보고받은 내용을 떠올렸다.

'그 수술에 참가한 의사가…….'

"……그레이엄. 그레이엄 교수가 그 수술을 집도했네."

도제인 로제도 그 수술에 참가했었지만 고트는 그녀가 당연히 조수로 참가했다고 생각했다. 당연한 생각이었다. 로제는 이제 병원에 나온 지 얼마 되지도 않은 어린 소녀였으니까.

"허어! 그레이엄! 그 젊은 천재라 불리는 그 의사 말인가? 정말 대단하군! 대단해!"

밴은 감탄을 터뜨렸다. 그렇지 않아도 젊은 의사들 사이에서 두각을 드러내고 있는 그레이엄을 눈여겨보고 있던 그였다. 조금 더 경험이 쌓이면 황실십자병원으로 데려가려고 생각하고 있었는데, 이런 대단한 수술을 해내다니?

'당장 황실십자병원에 자리를 마련해야겠군. 이런 대수술을 해냈으니 그를 데려오는 것을 아무도 뭐라고 못 하겠지.'

그만큼 그레이엄이 해낸(?) 비장절제술은 대단했다.

"이러고 있을 게 아니라, 그레이엄 교수를 불러주게. 한번 직접 들어봐야겠어. 어떻게 이런 수술을 생각해 내고 해낼 수 있었던 것인지!"

밴은 어린애처럼 흥분해 말했다. 그런데 고트 병원장의 반응이 이상했다.

"그게…… 조금 문제가 있네."

"응? 무슨 말인가?"

고트는 인상을 찌푸리더니 말했다.

"그레이엄은…… 그날 이후 무단결근 중이네."

"……!"

"집에서 틀어박혀 나오질 않고 있어. 마치 뭔가 충격이라도 받은 사람처럼 말이야."

도통 알 수가 없다는 목소리였다.

그레이엄 교수는 정말 무단결근 중이었다. 제자인 엘리제에게도 아무런 말도 없이.

'도대체 어떻게 된 일이지?'

그녀는 생각했다.

'혹시…… 그때의 수술 때문에?'

설마 하는 마음이 들었지만 딱히 다른 이유가 없었다.

'그날, 수술 후에도 뭔가 이상하긴 하셨는데.'

당시 수술이 끝난 새벽, 그레이엄은 평소와 달랐다. 뭔가 충격을 받은 듯한 모습이었다. 덕분에 수술 후 처치는 모두 그녀가 해야 했다.

'금방 다시 나오시겠지.'

그렇게 생각한 그녀는 그레이엄 없이 병원에서 본인의 일에 열중했다. 하지만 하루, 이틀…… 시간이 지나도 감감무소식이었다.

'혹시 무슨 다른 일이 생기신 건가?'

결국, 그녀는 다음 날 팰론 남작가를 방문했다.

팰론 남작가는 서민들이 모여 사는 론도의 트라스 지구에 있었다.

"조심하십시오, 아가씨."

"고마워요, 벤톨 경."

클로랜스 가문 소속의 젊은 기사인 벤톨이 그녀를 호위했다.

벤톨은 뭔가 마음에 안 든다는 듯 투덜거렸다.

"아가씨가 이런 곳까지 직접 오실 필요가 있으십니까? 용무가 있으면 그자를 저택으로 부르면 될 것을."

"벤톨 경, 팰론 남작님은 제 선생님이세요. 저는 제자이고요."

엘리제는 답했다. 그 짧지만 단호한 말에 벤톨은 머쓱한 표정을 지었다.

"죄송합니다. 그냥 저는 아가씨께서 고생하시는 게 싫어서…… 이

동네는 길이 안 좋아 마차도 다니기 어렵고, 한참 걸어야 하고……."

엘리제는 살짝 미소 지었다.

"뭘, 그런 걸 가지고 그래요. 좀 걸으면 어떻다고. 저 튼튼해요."

"……그리고 조금 위험할 수도 있고."

"벤톨 경이 지켜주실 거잖아요."

그 부드러운 말에 벤톨의 얼굴이 살짝 빨개졌다.

"무, 물론 그렇습니다! 제가 반드시 지켜드리겠습니다!"

엘리제는 쿡쿡 웃었다.

"네, 믿을게요."

"네! 믿어주십시오!"

사실 벤톨은 이전엔 엘리제를 싫어했었다. 이기적이고 못됐었기 때문이다. 그건 벤톨뿐 아니라, 클로랜스 가문 고용인들의 공통된 마음이었다. 모두 못된 아가씨를 싫어했다. 하지만 어느 날 소녀는 완전히 변했다. 남을 가득 배려하는 성격으로 바뀐 것이다. 처음 고용인들은 그녀의 변화를 일시적인 변덕으로 여기고 믿지 않았다. 소녀가 직접 찾아와 이전 일을 사과해도 한 귀로 흘렸다.

'하지만 일시적인 변덕이 아니었지.'

시간이 흘러도 소녀는 한결같이 고용인들에게 친절히 대했고 따뜻한 모습을 보였다. 그런 소녀에게 그들은 점차 마음을 열었고 이제 완전히 소녀를 좋아하고 따랐다. 더구나 가끔 보이는 깊은 마음, 도저히 16살의 어린 소녀라 보기 어려운 깊은 행동들에 감탄하게 되었다.

'역시 클로랜스 가문의 영애랄까?'

이제 소녀는 못된 아가씨가 아닌 모두에게 사랑받고 아낌받는 가문의 보물이었다.

'다만 의사가 되신다는 게 걱정이 되긴 하지만…….'

벤톨은 속으로 생각했다. 타인의 생명을 살리려는 마음은 대단하지만 저 여린 몸으로 의사라니? 건강이라도 상할까 걱정이었다.

"아직 멀었을까요?"

"트라스가(街) 68번지이니, 거의 다 온 것 같습니다. 아, 거기 더러우니 조심하십시오!"

그렇게 조금 더 걸으니 허름한 2층의 건물이 나타났다.

"여기…… 인 것 같습니다."

벤톨은 확신이 안 가는 얼굴로 말했다. 주소는 맞는데 이곳이 남작가라고 하기엔 너무나 누추했기 때문이다. 엘리제는 고개를 들어 명패를 봤다.

팰론 가문.

흐릿한 글씨로 그레이엄의 성이 적혀 있었다. 맞게 찾아오긴 한 것 같다.

"들어가 선생님을 뵙고 올게요. 정말 죄송하지만 밖에서 잠시 기다려 주시겠어요?"

"알겠습니다. 기다리고 있겠습니다."

엘리제는 고맙다는 듯 살짝 웃고는 노크를 했다.

"계신가요?"

똑. 똑.

노크 후 기다리니, 삐그덕 낡은 소리를 내며 문이 열렸다. 하지만 나타난 이는 그레이엄이 아닌 부드러운 인상의 노파였다.
"누구시죠?"
"아…… 그레이엄 선생님의 제자인 로제라고 합니다. 혹시 이곳이 선생님의 댁이 맞는가요?"
"네, 맞아요. 그런데…… 지금 만나시긴 어려울 것 같은데……."
노파는 고민하더니 말했다.
"그래도 일단 들어오시겠어요?"

밖에서 본 것처럼 그레이엄의 집은 허름했다. 누추함을 넘어 빈궁해 보이는 모습. 그래도 노파가 정리한 것인지, 나름 깔끔하게 정돈되어 있었는데, 빈곤한 와중에도 무척 책이 많았다.
'전부 의학 서적…….'
엘리제는 책들의 내용을 살피며 속으로 감탄했다. 그라함 백작의 교과서는 물론, 고대의 의학사, 최신의 외국 논문들까지, 의학에 관련된 거의 모든 문서가 있는 듯했다. 그리고 손때가 자욱한 것이 이 모든 책을 몇 번이고 정독한 듯했다. 의학을 향한 그의 어마어마한 노력이 엿보였다.
"많이 누추하죠? 대접해 드릴 게 없어서…… 도련님이 즐겨 마시는 커피예요."
"아, 감사합니다."
엘리제는 노파가 내준 커피를 마셨다.
"그런데 어떻게 하죠? 오늘은 도련님을 뵙기 어려울 것 같은데……."
"혹시 무슨 일이 있으신가요? 어디 아프시기라도?"
"그런 건 아니세요."

"그러면……?"

"하아……."

노파는 곤란하다는 듯 한숨을 내쉬었다.

엘리제가 의아한 얼굴을 하는 순간.

"연구에 푹 빠졌어요."

"네?"

그녀는 자신이 잘못 들었나 했다. 연구? 웬 연구?

"며칠 전, 당직을 서고 오시더니 어마어마한 수술을 봤다고, 그걸 연구하겠다고 방에 올라가셔서는 안 내려오고 계세요."

"……."

엘리제는 입을 벌렸다. 설마? 그 수술이란 게?

"이전부터 뭔가에 빠지면 가끔 저러긴 하셨는데 이번엔 정말 푹 빠지신 것 같더라고요. 정말 기적 같은 수술을 봤다고 하시면서."

노파는 미안하다는 듯 웃었다.

"이해해 주세요. 어릴 적 가족분들이 론도에 돈 전염병으로 모두 사망하시고 난 후, 의학밖에 모르는 분이시거든요."

그 뜻밖의 말에 그녀는 방 한구석에 걸린 그림을 바라봤다.

아버지, 어머니, 형, 누나, 동생. 행복이 넘치는 가정의 그림이었는데, 거기서 그레이엄은 10살도 안돼 보이는 어린애였다. 까칠한 지금과 다르게 귀여운 얼굴이 미소 짓고 있다.

"20년 전, 론도 대역병 사건으로 유모인 저와 도련님만 빼고 모두 돌아가셨거든요."

1차 론도 대역병 사건. 머지않은 시기에 일어날 2차 론도 대역병과 동일한 전염병 사건으로 론도에서만 15만 명의 사망자를 낸 대전염병이었다.

"가족분들을 그렇게 잃으신 도련님은 질병을 정복하는 의사가 되시겠다는 꿈을 가지고 지금까지 노력하고 계세요."

그렇게 말하는 노파의 목소리에는 그레이엄에 대한 안쓰러움과 사랑이 가득했다.

엘리제는 왠지 모를 뭉클한 마음이 들었다. 10살도 안되는 어린 시절, 가족들을 모두 잃은 어린아이는 과연 무슨 생각을 하며 의학의 길을 택했을까? 어려운 형편의 고아가 걷기에 쉬운 길도 아니었을 것이다.

"어쨌든 연구도 거의 끝난 것 같으니, 너무 걱정하지 마세요. 내일쯤 병원에 다시 나간다 하셨어요."

"아…… 네."

엘리제는 고개를 끄덕였다. 그래도 특별한 일이 없어서 다행이었다.

"그러면 이만 가보겠습니다. 선생님께 안부 전해 주세요."

"네, 조심히 살펴가세요."

그렇게 그녀는 다소 안도 후, 벤톨과 함께 집으로 돌아갔다.

그런데 그녀가 모르는 것이 있었다. 그녀가 팰론 가문을 나와 걸어갈 때, 2층의 창문에서 그녀의 등 뒤를 바라보고 있는 인물이 있었었다는 것을.

그레이엄이었다. 그는 시야에서 사라질 때까지 굳은 듯 그녀의 모습을 바라봤다.

"로제."

소녀의 이름을 중얼거렸다. 그런 그의 눈동자에는 혼란과 알 수 없는 열망이 일렁이고 있었다.

정말로 그레이엄은 다음 날 병원에 출근했다. 무단결근한 게 거짓말이었다는 듯 평소와 다름없는 멀쩡한 모습이었다.

“선생님, 오셨어요?”

“그래.”

엘리제의 인사에 그레이엄은 무뚝뚝하게 고개를 끄덕였다. 마음을 정리한 것일까, 아니면 숨긴 것일까? 전날 그녀의 뒷모습을 보며 눈동자에 일렁이던 감정의 소용돌이는 없었다.

“병원장님께서 출근하시면 바로 뵈러 오라고 하셨어요. 지난밤 수술했던 것 때문에…….”

“알겠다. 로제, 너도 같이 가자.”

“저도요?”

“그래.”

“저는 어째서……?”

병원장과 황궁 어의가 부른 것은 그레이엄이지, 그녀가 아니었다.

“같이 가자. 할 말이 있으니.”

할 말? 무슨 할 말이 있길래 자신을? 엘리제는 순간 의아한 표정을 지었으나, 그레이엄은 더 설명해 주지 않았다. 그렇게 둘은 병원장실로 찾아갔다. 병원장실은 테레사병원의 교수실 가운데에 위치해 있었다. 도대체 왜 자신을 데려가는지 몰라 엘리제는 고개를 갸웃하며 그를 따라갔다.

방 앞에 도착한 그레이엄은 노크 후 말했다.

“그레이엄입니다.”

"들어오게."

불편한 목소리가 안에서 들렸다. 그레이엄과 함께 안으로 들어간 엘리제는 깜짝 놀랐다. 고트 병원장과 함께한 인물을 본 탓이었다.

'저분은 황궁 어의인 밴 자작?'

과거 황후였던 그녀는 당연히 황궁 어의인 밴 자작을 알고 있었다. 이번 삶도 그렇지만, 이전 삶 때도 잔병치레가 많았던 그녀를 매번 밴 자작이 치료해 줬었다.

'잠깐? 밴 자작과는 이전 삶이 아니라, 이번 삶의 어릴 적에도 안면이 있잖아?'

어릴 적부터 곧잘 병을 앓았던 그녀는 병원 신세를 자주 졌었고, 보통은 귀족 전문 병원인 로즈데일병원을 이용했지만 황실십자병원에서도 치료받은 적이 있었다. 그래서 원장인 밴 자작과도 몇 번 안면이 있었다.

'날 알아보면 어떻게 하지?'

과연 밴은 그녀를 보며 놀란 표정을 짓고 있었다.

"저 소녀는?"

"이번에 새로 들어온 도제인데, 왜 그러나, 밴?"

"아니…… 내가 아는 어떤 영애와 너무 닮아서……."

"그래?"

"응, 너무 닮았군. 깜짝 놀랐네."

"어떤 가문의 영애이길래?"

하지만 밴은 고개를 저었다.

"아닐세. 뭐, 그냥 닮은 거겠지. 그 영애가 병원의 도제를 할 리가 없으니."

벤이 떠올린 것은 연회의 꽃이라 불릴 정도로 화려한 클로랜스 영애였다.

'아니겠지. 그 영애가 빈민 구제 병원인 테레사병원에서 도제를 하고 있을 리가 없으니.'

무엇보다 눈빛과 인상이 다르다. 못된 심술이 가득하던 클로랜스 영애와 차분하면서 부드러운 분위기의 저 소녀 도제는 아예 느낌이 달랐다.

'그래도 참 닮았군그래. 모르는 사람이 보면 쌍둥이인 줄 알겠어. 내가 그 영애를 마지막으로 본 게 몇 년 전이었더라? 만약 착하게 자랐으면 저렇게 변했을 것 같기도 하지만.'

아름다운 외모긴 하지만 일체의 꾸밈없이 수수한 진료복의 도제 소녀가 그 심술궂기로 소문난 클로랜스 영애와 동일 인물일 리가 없다. 그는 그렇게 생각했다.

"그나저나 그레이엄. 무단결근이라니, 어떻게 된 일인가?"

고트 병원장은 불쾌한 얼굴로 탓했다.

그레이엄은 고개를 숙였다. 무슨 이유가 있었든 무단결근은 명백히 그의 잘못이었으니까.

"죄송합니다."

"내가 자네를 아끼긴 하지만 이런 식이면 곤란해. 응? 병원 일이 장난도 아니고. 짐 싸서 나가고 싶나?"

"죄송합니다."

이후 고트 병원장은 한참을 그를 혼냈다. 옆에서 벤 자작이 웃으며 말릴 때까지.

"하하, 이제 그만하게, 친구. 충분히 반성하고 있는 것 같으니. 그리고 '그런 대수술'도 해냈는데 잠시 쉴 수도 있지 않겠나?"

그 만류에 고트는 입술을 씰룩거렸다. 또 다른 방식으로 의학에 미친 자신의 친구는 '기적 같은 대수술'을 해낸 집도의와 빨리 대화해 보고 싶은 눈치였다.

"그레이엄 교수? 오랜만이군. 나 밴이네. 기억하지?"

"네, 자작님."

제국 의학계의 대부인 밴과 신진 의사인 그레이엄은 당연히 안면이 있었다. 밴이 말했다.

"자네를 정말 보고 싶었네. 도대체 어떻게 그런 일을 해낸 것인가?"

"어떤 것 말씀이십니까?"

"뭐긴? 비장절제술 말이야! 자네가 집도한 것 맞지?"

밴이 상기된 얼굴로 그를 바라봤다.

"정말 대단해! 깜짝 놀랐네. 내 자네를 익히 눈여겨보고 있긴 했지만, 이런 일을 해내다니! 이건 정말 의학사에 길이 남을 수술이야!"

"……."

밴은 흥분해 떠들었다. 그런데 그레이엄의 반응이 이상했다. 뭐라 답을 해야 하는데, 한 마디의 말도 없었던 것이다.

"어떻게 그런 수술을 생각해 낸 것인가?"

"……."

하지만 역시 답이 없었다. 밴과 고트가 의아한 표정을 짓는 순간, 그가 말했다.

"그건…… 제가 아닌, 이 아이에게 물어보는 것이 좋겠습니다."

"서, 선생님?"

엘리제는 당황해 그를 돌아보았다. 밴도 이해가 안 간다는 듯 물었다.

"그게 무슨 말인가? 자네가 아닌 이 소녀에게 물어보라니?"

그레이엄은 대답 대신 엘리제를 바라보았다. 그리고 미소를 지었다. 평소의 까칠함과는 다른 부드러운 미소였다. 그는 당연하다는 어조로 말했다.

"그 수술을 집도한 사람은 제가 아니라 이 아이이니까요. 이 아이에게 물어봐야지요."

갑작스러운 폭탄선언. 모두가 황당함에 입을 벌렸다.

"그게 무슨 말도 안 되는 말인가?"

고트가 불쾌하단 어조로 물었다.

"농담할 때가 있고, 안 할 때가 있지. 이 친구가 이래 보여도 황궁 어의야. 그런데 이런 말도 안 되는 농담이라니. 그레이엄, 자네 의학계를 떠나고 싶나?"

전혀 믿지 않는 눈치였다. 그럴 만했다. 이 조그만 소녀가 비장절제술이란 대수술을 해냈다고? 농담도 이렇게 안 웃긴 농담이 없었다. 하지만 그레이엄은 진중한 얼굴로 다시 말했다.

"정말입니다. 제가 왜 이런 일로 거짓을 말하겠습니까? 저는 어시스트만 섰을 뿐, 집도는 모두 이 아이가 했습니다."

하지만 그들은 도저히 믿을 수 없다는 표정이었다. 밴이 너털웃음을 터뜨리며 말했다.

"그레이엄, 솔직히 말해보게. 정말로 자네가 아닌 이 소녀가 비장절제술을 해냈다고?"

그레이엄은 흔들림 없는 표정으로 밴과 고트를 바라봤다.

"네, 한 치의 거짓도 없는 사실입니다. 만약 거짓이면 주님께서 저를 저주해도 좋습니다. 정 못 믿겠으면 당시 수술에 참가했던 보조원에게 물어봐도 좋습니다."

그들의 얼굴이 굳어졌다. 그레이엄이 거짓을 말하고 있는 게 아니란 것을 깨달은 것이다.

"이 소녀가 비장절제술을 해냈다고?"

그들의 시선이 옆에 가만히 서 있는 소녀에게 향했다. 인형처럼 예쁘지만 작고 여린, 수술은커녕 피 한 방울만 봐도 기절할 것 같은 소녀가?

"레이디……."

엘리제는 공손히 답했다.

"로제라고 합니다. 편하게 로제라고 불러주십시오."

"그래, 로제. 정말이냐? 네가 비장절제술을 집도했다고?"

밴의 물음에 그녀는 그레이엄을 돌아봤다. 하지만 그는 평소와 같이 까칠한 얼굴이었다. 속을 알 수가 없었다. 결국, 그녀는 작게 한숨을 내쉬고 밴과 고트를 바라봤다. 둘 모두 제국 의학계의 하늘 같은 거성.

'뭐라고 하지?'

엘리제는 잠시 고민했다. 이제 병원에 나온 지 한 달도 안 된 소녀가 비장절제술이라니. 그녀 스스로 생각해도 지나치긴 했다.

'어쩔 수 없었어. 내가 나서지 않으면 환자가 생명을 잃었을 상황이었으니까.'

짧은 순간, 그녀는 고심했다. 뭐라고 해야 할까? 그녀는 금방 마음을 정했다.

'엘리제, 뭘 고민하는 거야? 언젠가 이런 일이 일어날 것이라고 예

상하고 있었잖아?'

그래, 알고 있었다. 언젠가 이런 상황을 마주할 것이란 사실을. 그녀가 환자들의 위급 앞에서 실력을 숨기지 않았을 때부터 예정된 일이었다. 정 이상한 눈초리를 피하고 싶었으면 실력을 숨겼으면 될 일이지만 그녀의 성격상 그건 있을 수 없는 일이었다.

'그리고 황제 폐하와의 내기에 이기려면 차라리 이게 나을 수도 있어.'

6개월 안에 의사로서 가치를 증명하라는 말도 안 되는 내기. 그 내기에서 이겨 황태자와의 결혼을 피하고, 의사로서 삶을 살려면 압도적으로 뛰어난 실력을 보이는 것은 필수였다.

마음을 정리한 그녀는 입을 열었다.

"네, 제가 비장절제술을 집도했습니다."

그 대답에 그들은 말도 안 된다는 듯 눈을 크게 떴다.

"자, 자네가 비장절제술을 집도했다고? 정말로?"

"네, 자작님."

엘리제는 공손히 답했다.

"그러면 수술 소견서를 썼던 것도?"

"네, 제가 썼습니다. 혹시 소견서에 부족한 부분이 있었다면 사과를 드립니다."

"아니, 부족하지 않아. 전혀. 허허…… 허허……."

밴 자작은 도저히 현실을 받아들이기 어려운지 연신 헛웃음을 흘렸다.

한편 고트는 딱딱한 어조로 물었다.

"난 솔직히 믿어지지가 않는군. 이제 병원에 도제로 들어온 지 한 달도 안 되는 것으로 아는데 이런 대수술을 해냈다고? 말이 안 되지 않나? 자네가 정말로 수술을 해냈다면 어떤 식으로 수술을 진행했는지 설명해 보게."

엘리제는 답했다.

"비장의 해부학적 위치상 정중절개를 먼저 했습니다."

"왜 중간 복부를 절개하는 정중절개지? 비장은 좌측에 위치해 있는데?"

"비장은 좌측에 있지만 먼저 가운데 복부에 있는 췌장을 박리하는 것이 중요하기 때문입니다. 비장의 위치를 드러내기 위해 다른 장기를 고정하는 데도 더 유리하고요."

복부 장기들의 해부학적 위치를 정확히 꿰뚫는 답변이었다. 엘리제는 말을 이었다.

"이후 거즈로 피를 닦아 시야를 확보 후, 위장과 아래 갈비뼈를 위쪽으로 들어 올렸습니다. 이후 췌장 꼬리를 철제 도구로 박리해 시야를 확보한 후 비장의 위치를 회전시켜 수술 진행을 용이하게 하기 위해서, 비장을 고정하는 인대를 잘라내었습니다. 이후 비장 동맥과 정맥을……."

그녀는 비장절제술의 진행 과정에 대해 차분히 설명하였다. 현대 지구에서는 표준으로 사용하는 수술 방식이었다. 그 설명을 듣는 고트와 밴의 얼굴이 경악으로 물들어갔다.

'허허! 어떻게 이럴 수가?'

소견서에 적힌 글을 읽었을 때와는 또 달랐다. 마치 아카데미 시절, 대가(大家)의 강의를 듣듯 머릿속에 그려지는 듯한 설명이었다.

'정말 이 아이가 비장절제술을 해낸 게 맞다고? 무슨 말도 안 되

는…….'

직접 해보지 않았다면 단지 상상이나 목격만으로는 절대 이런 세밀한 설명을 할 수 없다.

"정말, 정말…… 네가 그 수술을 해냈다고?"

소녀는 가만히 입을 다물었다. 하지만 흔들림 없는 그 눈빛은 한 가지 사실을 나타내고 있었다.

정말이다. 정말 이 소녀가 그 수술을 해낸 것이다. 도저히 믿을 수 없는 이야기. 하지만 옆에 서 있던 그레이엄도 고개를 끄덕였다.

"정말입니다. 이 아이가 한 말은 한 치의 거짓도 없습니다. 제 모든 것을 걸고 보증할 수 있습니다."

결국, 그렇게까지 이야기를 들은 밴과 고트는 믿을 수 없다는 듯 신음을 흘렸다.

"허허, 이걸 도대체 어떻게 받아들여야 할지……."

밴은 소녀를 살폈다. 작은 체구에 수술은커녕 피 한 방울만 봐도 기절할 것 같은 여린 인상의 소녀. 도제를 하는 것도 믿기지 않는데, 이런 대수술까지 해냈다고?

'저 젊은 천재가 이렇게까지 이야기하는데 안 믿을 수도 없고.'

젊은 천재라 불리는 그레이엄이 자신의 의사 인생을 걸고 황궁 어의인 자신에게 농을 치지는 않을 것이다. 그러니 이건 거짓이 아닌 진실일 것이다. 도저히 받아들이긴 어려웠지만 말이다.

'수술에 참여했던 다른 보조원에게도 확인해 보는 방법이 있긴 하겠지만.'

확인을 해봐도 왠지 똑같은 대답이 돌아올 것 같았다. 저 그레이엄의 눈동자는 거짓을 말하는 눈빛이 아니었으니까.

결국, 황궁 어의는 한숨을 내쉬며 물었다.

"너는 도대체…… 어떻게 이런 수술을 해낼 수 있었던 거지? 이제 병원에 온 지 한 달도 안 된 것 아니었나?"

도저히 이해가 안 간다는 물음.

"……."

엘리제는 그 물음에 말문이 막혔다. 뭐라고 해야지? 이전에 다른 세계에서 외과의사의 삶을 살았다고? 씨알도 안 먹힐 설명이다. 결국 그녀는 이렇게 말했다.

"사실…… 비장절제술에 대한 것은 이번이 처음이 아닙니다."

모두가 놀라 그녀를 바라봤다.

"처음이 아니라고? 그러면?"

"아, 예전에 직접 집도를 해봤단 뜻은 아닙니다. 이전부터 여러 번 생각해 봤던 치료법이란 뜻입니다."

그러면서 엘리제는 말을 이었다.

"저는 이전부터 의사가 되길 바라며 여러 의학 서적을 읽었습니다. 현 의학의 기본이 되는 그라함 총론, 각론부터 여러 책을 공부했습니다."

물론 새빨간 거짓말이었다. 외과의사 송지현이 아닌 엘리제는 의학 서적은커녕 로맨스 소설도 잘 안 읽는 소녀였으니까. 제국의 의학 서적을 읽은 것은 병원에 나오기 일주일 전, 벼락치기로 공부한 것이 전부였다.

"그러면서 생각했습니다. 몇몇 질환은 책의 내용보다 이런 방법으로 치료하면 더 좋지 않을까? 이렇게 하면 치료할 수도 있을 텐데. 이런 공상들을 했습니다."

믿기 어려운 이야기였다. 16살, 아니, 지금보다 이전이니 그보다 어린 소녀가 의학 서적을 읽고, 이해하는 것도 모자라 새로운 치료 방법을 모색했다고?

'……역시 잘 안 믿는 눈치구나.'

엘리제는 속으로 한숨을 내쉬었다. 그녀도 자신의 거짓말이 궁색한 것을 안다. 하지만 딱히 더 그럴싸한 거짓말이 떠오르지 않았다. 그녀는 애초에 거짓말에 영 소질이 없었다. 그래서 어쩔 수 없이 더 밀어붙였다.

"비장절제술은 그런 치료법 중 하나입니다. 아무리 심한 손상이라도 비장 자체를 절제하고 혈관을 묶으면 살릴 수 있지 않을까 생각했었죠. 면역 기능에 문제가 생길 수 있지만 일단은 살려야 하니까요."

"그래, 무척 좋은 발상이다. 그런데 생각을 하는 것과 직접 수술을 하는 것은 전혀 달라. 너는 어떻게 이 고난도의 수술을 할 수 있었던 거지?"

고트의 물음에 엘리제는 답했다. 이번에도 역시 궁색한 거짓말이다.

"머릿속으로 계속 생각해 봤습니다. 해부학적 구조를 떠올리며 실제로 비장을 절제해 내려면 어떻게 접근을 해야 할지. 계속 고민해 봤고, 이번에 그 접근법대로 수술했습니다."

설명을 마친 엘리제는 입을 다물었다.

방 안에 불편한 침묵이 흘렀다. 그들은 모두 경악한 눈으로 그녀를 바라볼 뿐 입을 열지 못했다.

'말도 안 돼. 있을 수 없는 일이야.'

고트 병원장은 속으로 중얼거렸다. 도저히 믿을 수 없는 이야기였다. 어떻게 책만 보고 그런 비장절제술을 발상하고, 구체적인 수술

법까지 고안해 낸단 말인가? 하지만…….

그는 다소곳이 서 있는 소녀를 바라봤다. 수술해 낸 본인이 그렇게 이야기하는데, 뭐라고 하겠는가?

'하아, 이 소녀가 그라함 백작이나 프레밍에 맞먹는 천재란 말인가? 정말로?'

방금 이야기의 의미는 단 하나.

천재.

소녀가 단순히 재능이 뛰어난 수준이 아닌 상상을 초월하는, 일반인의 지각으론 가늠하기 어려운 천재란 뜻이었다. 그리고 의학의 역사상 그런 천재가 없었던 것은 아니었다.

의학의 기초를 마련한 '선구자' 그라함 백작.

약학과 진단 검사의 혁명을 이룩한 '대연금술사' 프레밍.

그들도 책 하나를 보면 열을 꿰뚫는 문일지십의 천재였다고 한다. 특히 대연금술사 프레밍은 마치 날 때부터 약학을 통달하고 태어난 듯했다고.

그때 가만히 듣고 있던 그레이엄이 입을 열었다.

"이 아이의 말은 진짜일 것입니다. 짧은 시간이지만 제가 선생으로 지켜본 바로는 거짓말할 아이가 아닙니다. 그리고 무엇보다…… 이 아이의 능력이라면 충분히 그럴 수 있다고 생각합니다. 이 아이는 제가 지금까지 만나 본 그 어떤 의사보다도 뛰어난 재능과 실력을 가지고 있으니까요."

고트의 눈이 흔들렸다. 자존심 강한 그레이엄은 절대 누군가를 칭찬하는 이가 아니다. 그런데 이런 극찬이라니?

"도제로 들어오긴 했지만 사실 이 아이는 저에게 배울 게 없습니다."

그러면서 그레이엄은 일순 말을 멈추었다. 그의 입가에 아무도 못 알아볼 씁쓸함이 잠시 스쳐 지나갔다. 그는 다시 입을 열었다.

"이미 저를 능가하는 실력을 가지고 있으니까요."

밴과 고트는 오늘 몇 번째일지 모를 경악을 또다시 할 수밖에 없었다. 그레이엄은 제국 의학계에서 촉망받는 뛰어난 젊은 의사였다. 그런데 이 소녀가 그를 능가한다고?

"허허, 허어……."

밴 자작은 연신 헛웃음을 흘렸다. 그렇게 몇 분 정도의 시간이 지났을까? 그는 웃음을 멈추고 테이블에 놓인 차를 한 모금 마셨다. 이미 차갑게 식은 홍차가 혼란스러운 기분을 진정시켜 주었다.

황궁 어의는 소녀를 살폈다. 저 소녀가 그런 천재라고? 저렇게 어리고 작은데?

'대단하군. 대단해.'

그레이엄이 저렇게까지 이야기하는데, 거짓은 아닐 거다. 저 소녀는 정말 천재인 것이다. 그것도 상상을 초월하는!

"레이디 로제라고 했나?"

"네, 편히 불러주십시오."

"그래, 로제."

어의는 잠시 푸근히 웃더니 뜻밖의 말을 하였다.

"이곳 테레사병원이 아닌, 우리 황실십자병원에 와서 일할 생각은 없나?"

엘리제는 놀란 눈으로 밴 자작을 바라봤다.

황실십자병원! 명실상부 제국 최상위의 의료 기관으로 최고라 인정받은 의사만이 발을 들일 수 있었다. 그런 곳에 자신을 오라고?

"밴, 진심인가? 저 소녀를 황실십자병원으로 데려가겠다고?"

"응, 진심이네."

"하지만 황실십자병원은……."

"비장절제술을 집도한 의사라면 충분히 우리 병원에 들어올 자격이 되지."

그 말에 고트는 입을 다물었다. 어의는 웃으며 말을 이었다.

"그리고 한번 옆에서 지켜보고 싶어서 말이야. 이 소녀가 어느 정도의 재능을 가지고 있는지, 앞으로 얼마나 놀라운 모습을 보여줄지 궁금해."

기대심이 담긴 목소리였다. 그런 친우를 보며 고트는 고개를 저었다. 나이가 오십을 넘어 환갑에 가깝건만 새로운 의학 지식이나 뛰어난 의사들을 보면 늘 애처럼 흥분했다.

"그런데 어떻게 저 아이를 황실십자병원에 받을 건가?"

"그야 당연히 내 추천으로……."

"아니, 저 아이는 의사 자격증이 없어. 황실십자병원은 도제를 받지 않는 걸로 알고 있었는데, 아닌가?"

밴은 허를 찔린 표정을 지었다.

"의사…… 자격증이 없나?"

"의사 자격증은 무슨 의사 자격증이야. 저 아이는 이제 병원에 도제로 나온 지 한 달도 안 됐다니까?"

고트는 혀를 찼다. 하지만 어의는 곧바로 해답을 냈다.

"그러면 자격증을 따면 되지."

"뭐?"

"그렇지 않아도 탄신연회 후 올해의 의사 자격시험이 치러질 예정이니까, 그 시험을 봐서 자격증을 따면 될 것 같은데?"

고트는 입을 벌렸다.

"시험 자격은? 연구원에 인증받은 교수 3인의 추천이 있어야 하는데?"

병원에 나온 지 한 달도 안 된 도제가 곧바로 의사 자격시험이라니! 전례가 없던 일이다. 하지만 어의는 전례 따위는 신경도 쓰지 않았다.

"나랑 자네, 그리고 그레이엄 교수가 추천하면 되겠네. 뭐가 문제인가?"

"그, 그렇긴 하지만……."

고트는 얌전히 대화를 듣고 있는 소녀를 바라봤다.

"저 소녀가 정말 의사 시험을 통과할 수 있겠는가? 그리고 올해 의사 시험은 황제 폐하께서 특별히……."

그는 말끝을 흐렸다. 얼마 전 전해졌던 의사 자격시험에 대한 이해하지 못할 황명이 떠올라서였다.

'왜 황제 폐하께서 이런 황명을……?'

평소 의사 자격시험은 물론, 의학연구원의 활동에 아무런 간섭도 없으시던 황제가 특별한 황명을 내린 것이다. 이리저리 내용이 길었는데, 요약하면 이랬다.

반드시 자격이 되는 도제만 시험에 응시하게 할 것.

금년에 한해 시험 난이도를 높일 것.

실력이 되지 않는 이가 합격하는 일이 없도록!

'왜 폐하께서 이런 황명을 내리셨을까?'

어째서 이런 황명이 내려온 것인지는 알 수 없었다. 어쨌든 지엄한 황명이기에 관계자들은 시험 난이도를 높이기 위해 골머리를 앓는 중이었다. 하지만 이번에도 밴은 명쾌했다.

"이 정도면 자격이 충분하지 않나? 비장절제술을 해냈는데! 폐하께서도 이런 인재를 뽑으라고 황명을 내린 것일 걸세."

글쎄, 황제의 의도가 정말 그런 것일지는 모를 일이지만 밴의 말이 틀린 것은 아니었다. 이런 대수술을 성공한 천재가 응시 자격이 없다면 이번 연도 자격시험은 아무도 응시하지 못할 것이니까.

'황명 때문에 이번 시험은 특히 어려울 것인데, 이 소녀가 합격할 수 있을까?'

무려 황명으로 난이도를 높이라고 한지라, 이번 시험은 곡소리 나는 문제들로 가득할 것이다. 이러다 합격자가 한 명도 안 나올까 봐 출제자들이 걱정하고 있을 정도였다. 아무리 천재라도 이렇게 어린 소녀가 합격할 수 있을지 고트 병원장은 의문이 들었다.

"너는 어떠냐? 이번에 시험을 봐도 자신이 있느냐?"

로제는 가만히 고개를 숙였다.

"부족하지만 기회를 주신다면 최선을 다하겠습니다."

예의 바르지만 흔들림 없는 목소리에 밴은 눈에 이채를 띠었다.

'과연 이 아이가 초고난도 문제로 구성된 금년 자격시험에서 어떤 성적을 받을지 궁금하구나.'

자격시험까지는 시간이 얼마 남지 않았다. 벼락치기 같은 집중 공부로 합격하기란 불가능한 시간. 거의 기본 실력만으로 합격해야 하는데, 기이하게도 소녀의 눈에선 긴장이나 주저가 보이지 않았다. 오히려 은은한 자신감?

'허허, 재미있구나. 앞으로가 기대돼.'

환갑에 가까운 밴은 이제 은퇴를 바라볼 나이였다. 얼마 남지 않은 의사로서의 시간이 왠지 저 소녀와 함께라면 지루하지 않을 것 같다는 예감이 들었다.

한바탕 소동이 마무리되고 엘리제는 올해 의사 자격시험을 응시하기로 하였다.

'예상치 못하긴 했지만 잘됐어.'

그녀는 병원 앞을 홀로 걸으며 그렇게 생각했다. 어차피 황제와의 내기에서 승리하려면 의사 자격증을 따는 것은 필수였다.

'만약 이렇게 응시 자격을 얻지 못했으면 다른 방법을 모색해야 했을 텐데.'

그러면서 그녀는 고개를 갸웃했다.

'그런데 아까 그 말이 뭐지? 황제 폐하께서 자격시험에 황명을 내렸다니? 폐하께서 어째서?'

쉽사리 이해하기 어려운 일이었다. 황제는 이 제국의 정상에서 군림하는 이. 그런 그가 의사 자격시험 같은 사소한 일에 관심을 가지고 황명을 내려?

'설마…… 나 때문에?'

순간 그런 생각이 들었지만 그녀는 고개를 저었다. 아닐 거다. 설마 그럴 리가.

'그나저나 시험이 정말 얼마 안 남긴 했구나. 따로 공부할 시간은 거의 없겠네. 탄신연회도 코앞이고.'

그녀는 잠깐 자리에 멈추어 하늘을 바라보았다.

'그러고 보니 탄신연회.'

이전 삶, 16살의 탄신연회는 참으로 특별했다. 무수히 많은 일이 있었고, 자신과 황태자와의 약혼이 발표됐었으니까. 그때 그녀는 행복에 정신을 차리지 못했었다. 그 약혼이 비극의 시작임은 상상도 못 하고.

'됐어. 이번 탄신연회는 아무 일도 없이 지나갈 거야. 폐하께 그렇게 이야기했으니 나와 약혼 발표를 할 일도 없을 거고. 그냥 얼굴만 비치고 바로 돌아오자.'

고위 귀족으로서 탄신연회를 아예 참석하지 않을 수는 없다. 그녀는 대충 밥만 먹은 후, 저택으로 돌아와 시험 준비나 하기로 마음먹었다.

'잠깐?'

그런데 그때 한 가지 잊고 있었던 사실이 떠올랐다.

'이번 탄신연회 때 태자 전하의 약혼녀를 발표한다고 지난번 공표하셨잖아? 그건 어떻게 하실까?'

그녀는 눈썹을 찌푸렸다. 황제는 그녀와의 약혼과는 별개로, 탄신연회 때 누가 황태자의 약혼녀가 될지 발표하기로 했었다.

'대전회의 때 언급하신 내용이라 아무리 폐하라도 무르진 못할 텐데. 다들 궁금해하고 있을 테고.'

황태자의 약혼 상대는 모든 귀족의 관심사였다. 모든 귀족이 기대하고 있을 테니, 뭐라고 발표는 하긴 해야 할 텐데?

'설마 내 이름을 약혼녀로 발표하진 않겠지?'

그녀는 고개를 저었다. 설마 지난번에 그렇게 이야기를 마무리했는데, 자신을 약혼녀로 발표하진 않을 것이다.

'모르겠다. 어차피 나랑은 상관없는 일. 폐하께서 현명히 처리하시겠지.'

그녀는 그렇게 생각했다.

'하늘이 맑네. 날씨가 좋구나.'

선선히 바람이 불어와 머리를 살랑였다. 그렇게 시원히 바람을 맞으니, 왠지 좋은 기분이 들었다.

'인제 그만 들어가자. 일해야지.'

그렇게 그녀는 다시 병원으로 걸음을 돌렸다.

그런데 병원에 도착한 순간이었다. 그녀는 발걸음을 우뚝 멈췄다. 생각지도 못 한 인물이 병원 앞에 서 있었던 것이다.

"당신은……?"

깊은 금발, 푸른 눈동자, 지독히도 아름다우면서도 차가운 외모.

"론 님?"

며칠 전 비장에 총상을 입은 환자의 수술을 시행할 때 보호자로 왔던 젊은 사내, 론이었다. 론은 고개를 들어 푸른 눈동자를 그녀에게 향했다. 분명 모르는 사이임에도 이상하게 익숙한 느낌이 드는 시린 눈동자였다.

"왔군. 로제라고 했나?"

"아…… 네."

엘리제는 의아한 표정을 지었다. 나를 보러 왔어? 왜?

"무슨…… 일로?"

평범한 신사복 차림이지만 저 남자는 무려 황실의 문장을 가진 고위 귀족이다. 어쩌면 황실의 인척일 수도 있는.

'설마 내가 클로랜스 영애인 것을 알고 온 건가?'

황실의 문장을 가지고 있던 고위 귀족.

'클로랜스 가문의 엘리제'면 몰라도, '견습 의사 로제'와는 전혀 어울리지 않았다. 하지만 남자는 별다른 설명 없이 그녀를 바라보고만 있을 뿐이었다. 그 불편한 시선에 엘리제는 어색한 표정을 지었다.

"저…… 혹시 하실 말씀이라도?"

"없다."

"그러면…… 왜?"

그 물음에 남자는 잠시 입을 다물었다가 말했다.

"그냥 보러 왔다."

엘리제는 그 말에 의아한 얼굴을 했다.

그냥 보러 왔다고? 왜?

5장

그와 그녀의 진료

그때, 남자가 스쳐 지나가듯 말했다.

"한 가지 확인할 것도 있고."

엘리제는 더욱 알 수 없다는 표정을 지었다. 하지만 남자는 차가운 외모만큼이나 불친절했다. 전혀 부연 설명을 할 마음이 없는 듯했다.

"이제 됐다. 그러면 가보마."

그런 모호한 말만 남기고 남자는 그녀에게서 등을 돌려 멀어지기 시작했다. 당황한 엘리제는 멍하니 남자의 뒤를 바라봤다. 도대체 뭐지?

'잠깐. 그러고 보니?'

그러다 문득 떠오른 한 가지 생각.

"잠깐만요! 론 님!"

그녀가 크게 불렀으나 못 들은 것인지, 못 들은 척하는 것인지 남자는 돌아보지 않았다. 결국 엘리제는 뛰다시피 하며 남자의 뒤를 쫓아가 손을 잡았다.

"잠깐만요!"

남자는 그녀의 손에서 느껴지는 부드러운 감촉에 흠칫 놀라며 인상을 찌푸렸다.

"뭐냐?"

"하아, 하아."

소녀는 급히 뛰어온 게 힘든지 빨개진 얼굴로 숨을 몰아쉬었다.

"무슨 일이지?"

그런 소녀의 입에서 나온 말은 전혀 뜻밖의 것이었다.

"진료받고 가세요."

"뭐?"

"진료받고 가세요. 계속 어지럽고 기력이 없으시잖아요. 안 그래요?"

엘리제는 남자의 창백한 얼굴을 바라봤다.

"치료해 드릴게요."

"이쪽으로 와서 앉으세요."

작은 진료실에 들어서자 엘리제는 남자에게 의자를 권했다.

"뭐 하려는 거지?"

"뭐 하긴요. 진료하려고 그러죠."

론, 아니, 황태자 린덴은 속으로 한숨을 내쉬었다.

'내가 여기서 뭘 하고 있는 거지.'

사실 그는 그녀를 만나러 올 예정이 전혀 없었다. 그런 그가 발걸음을 옮긴 것은 충동, 그러니까 도저히 이해할 수 없는 충동 때문이었다. 왜 그런 충동이 생긴 것인지는 자신도 알 수 없었다.

'더구나 저 아이에게 진료라니.'

물론 소녀의 말대로 계속 피로감과 무기력감을 느끼고 있긴 하다. 하지만 황궁 어의인 밴도 자신의 상태를 정확히 짚지 못하고 있는데 하물며 저 소녀가 자신의 병을 진단해 줄 리가 없지 않은가. 의미 없는 시간 낭비일 뿐이다.

'그냥 뿌리치고 가면 될 일을. 한심하군.'

처음엔 그냥 무시하고 환궁하려 했다. 하지만 꼭 진료를 받아야 한다고 어찌나 집요하게 권하던지, 그는 자신도 모르게 여기까지 끌려 들어와 버렸다.

'이런 아이였나.'

그는 자신의 약혼자로 내정된 소녀를 바라봤다. 이 소녀가 자신이 알고 있던 엘리제가 맞기는 한 건지 혼란스러웠다.

"이쪽으로 좀 더 가까이 오세요."

청진기를 목에 걸며 그녀가 말했다. 황태자는 내키지 않았지만 그녀를 향해 의자를 당겼다.

"안색이 계속 창백해요. 피로감과 무기력감을 느낀 게 언제부터죠?"

"……두 달쯤 되었다."

"식사는 잘하시나요? 체중이 빠지거나 그런 것은 없나요?"

"그렇지는 않다. 입맛은 조금 없긴 하지만."

"어지럼증 양상은 어떻죠? 혹시 천장이 빙글빙글 돌거나 사물이 흐릿하게 보이거나 그렇지는 않나요?"

소녀는 차분한 어조로 증상을 체크했다. 마치 오랫동안 환자를 진료한 경험이 있는 것처럼 꼼꼼하고 사려 깊은 의사가 할 법한 물음들에 황태자는 눈에 이채를 띠었다.

'밴 자작이 했던 물음들과 비슷하군.'

소녀는 종이에 뭔가를 적어 내려가며 문답을 이어나갔다. 평소와 달리 이지적인 느낌. 그러다 문득 소녀의 눈빛이 깊어졌다.

"왜 그러지?"

"잠깐만요. 진찰하겠습니다."

그리고 소녀가 그의 손을 잡았다. 황태자는 소녀의 손에서 느껴지는 부드러운 감촉에 다시 한 번 놀라 손을 뒤로 뺐다.

"뭐 하는 거지?"

하지만 엘리제는 환자를 대하듯 대수롭지 않게 말했다.

"촉진하려고요. 체온과 발한 정도를 확인하기 위해서요. 혹시 불편하신가요?"

"……아니다."

진찰을 위해 필요하다는데, 뭐라고 하겠는가? 린덴은 어쩔 수 없이 손을 다시 내밀었다.

"잠시만요."

엘리제는 손등과 손바닥을 만지며 여러 정보를 체크했다.

'체온이 약간 낮아. 기본적으로 손바닥의 수분도 적은 편이고.'

그녀의 머릿속에 한 가지 진단이 떠오르려 했다.

'조금 더 확인해 봐야겠어.'

한편 황태자는 그녀가 좀처럼 손을 놓지 않자 불편한 마음이 들었다.

'왜 이렇게 오래 만지는 거지?'

사실 그가 손을 내준 시간은 몇 초 되지 않지만 엄청 오래 만지고 있는 듯한 느낌이었다.

'다른 환자를 볼 때도 이렇게 신체 접촉을 하는 건가?'

황태자는 갑자기 기분이 가라앉았다. 왜 그런지는 몰랐다. 그저 이유 없이 그냥 그랬다. 물론 의사가 환자를 진찰하려면 접촉이 필수인 것은 알고 있었다. 기본적인 진찰법인 시진, 청진, 타진, 촉진 중 시진을 제외하면 모두 신체 접촉을 기반으로 정보를 얻는 것이었으니까.

'그래도 뭔가 마음에 안 드는군.'

그때였다. 린덴은 깜짝 놀라 숨을 들이켰다.

"잠시만 실례할게요. 목 쪽 진찰을 하겠습니다."

소녀가 조금 더 다가오더니 그의 목덜미를 어루만진 것이다.

"무슨?!"

"증상을 봤을 때 목 쪽 진찰이 필요해서 그렇습니다. 금방 끝나니 잠시만 기다려 주세요."

소녀가 차분하게 설명했지만 린덴은 극히 곤란한 기분이 들었다. 작은 손가락이 그의 목덜미를 만지며 내려갔다. 부드러우면서도 간지러운 느낌. 그러면서 소녀의 우윳빛 체향이 그의 후각을 자극해 오자 황태자는 입술을 깨물었다.

'도대체 이게……!'

슬쩍 만지는 것도 아니었다. 뭘 찾기라도 하는 듯 소녀의 손가락은 그의 목덜미를 샅샅이 훑었다. 불편함을 느끼게 하지 않으려는 듯 부드러운 손길이었지만 그게 더 그를 당혹스럽게 하고 있었다. 그렇게 한참의 시간이 지난 후, 소녀의 손가락이 그에게서 떨어졌고 황태자는 자신도 모르게 짧은 숨을 토했다.

"너……!"

하지만 소녀는 의사의 목소리로 말할 뿐이었다.

"잠시만요. 곧 종합해서 설명해 드리겠습니다."

'도대체 이 아이는……! 남자에게……!'

린덴은 당장에라도 자리를 박차고 일어나고 싶었지만 소녀의 눈이 너무 진지해 그러지도 못 했다. 그저 환자를 생각하는 의사의 진중한 눈빛만 있을 뿐이었다. 결국 그는 이러지도 저러지도 못 하고 앉아 있을 수밖에 없었다.

"……이제 더할 건 없는 건가?"

"네, 잠시만 기다리세요."

린덴은 한숨을 내쉬었다.

"왜 그러세요? 어디 불편하세요?"

"……아니다. 그냥 피곤해서 그렇다."

소녀는 고개를 갸웃하고 넘어갔다.

"잠깐만요. 금방 진단 결과를 설명해 드릴게요."

그녀는 종이 위에 진찰한 내용을 빼곡히 기록했다. 그리고 신중하게 증상을 분석했다.

'이 진찰 소견으로 봤을 때…… '그 질환'일 가능성이 가장 높아.'

그녀는 다시 한 번 확인하기 위한 질문을 몇 가지 더했다.

"두 달 전, 감기 기운이 있지 않으셨나요?"

"그래, 감기에 걸렸었다."

"당시 목덜미가 아프셨지요? 제가 아까 만진 목 뒤쪽 부위가요."

"……그랬던 것 같군. 어떻게 알았지?"

황태자는 놀라 그녀를 바라봤다. 분명 그랬다. 하지만 그것을 저 아이가 어떻게 알 수 있지? 당시 그를 옆에서 지켜보기라도 한 듯 정확한 물음이었다.

한편 그의 대답을 듣자 엘리제는 자신의 추측이 사실임을 확신할 수 있었다.

"론 님의 피로감과 무기력증은 아마 이 질환 때문으로 보입니다."

"뭐지?"

엘리제는 진단명을 말했다. 황궁 어의도, 당대 최고라 불리는 황실십자병원의 교수들도 놓친 진단명이었다.

"드 퀘르벵 갑상선염(De Quervain's thyroiditis)입니다."

"드…… 퀴벵?"

황태자는 눈썹을 찌푸렸다. 그로서는 처음 듣는 병명이었다. 그럴 수밖에 없었다. 드 퀘르벵 갑상선염은 일반인들에게 전혀 알려지지 않은, 뛰어난 의사들도 쉽게 진단해 내지 못하는 특이 질환이었으니까.

"네, 드 퀘르벵 갑상선염에 의한 증상으로 보입니다."

"그게 뭐지?"

"갑상선에 급성으로 염증이 생기고 그 염증의 후유증으로 호르몬 기관인 갑상선에 기능 저하가 오는 것입니다."

부연 설명이 이어졌다.

"갑상선은 우리 몸의 연료 같은 갑상선 호르몬을 만드는 기관이에요. 연료와 다름없는 호르몬 생성에 문제가 생기면서 론 님과 같이 어지럼증, 무기력증 같은 증상이 오는 것입니다."

그러면서 그녀는 드 퀘르벵 갑상선염의 증상을 차분히 설명했다.

드 퀘르벵 갑상선염. 현대 지구에서는 아급성 갑상선염으로 불리는 질환으로, 그녀의 설명처럼 염증이 생긴 후 갑상선 기능 저하증이 오는 특징을 가지고 있다.

황태자는 놀라 그녀를 바라봤다. 드 퀘르벵 갑상선염과 자신이 지난 두 달간 경험한 증상은 완벽히 일치했다. 놀랍게도 이 어린 소녀가 자신의 병을 정확히 진단해 낸 것이다. 황궁 어의도 갈피를 못 잡았던 병을!

'대단하군.'

그는 솔직히 감탄할 수밖에 없었다. 따지고 보면 이번이 처음도 아니었다. 부황의 지병을 추측해 낸 일과 지난밤의 믿지 못할 수술까지. 벌써 세 번이나 놀라운 능력을 보여주었다.

그의 놀람을 알 리 없는 소녀는 해결책도 명쾌히 내놓았다.

"제가 약을 처방해 드릴게요."

"무슨 약이지?"

"갑상선 기능을 회복시켜 주는 약제로, 이 약을 먹으면 증상이 금방 좋아질 것입니다."

그녀는 일말의 망설임도 없이 신속히 처방전을 적어 주었다.

"이 처방전을 약제과에 보여주면 약을 지어줄 테니 받아가세요."

"……그래."

황태자는 다시 한 번 알 수 없다는 눈으로 소녀를 바라봤다. 이 소녀가 정말 자신이 알던 그 소녀가 맞는 건지.

엘리제는 진료가 끝났음에도 그가 자리에서 일어나지 않고 자신을 멍하니 쳐다보자 의아한 표정을 지었다.

"왜 그러세요?"

"……아니다."

엘리제는 웃으며 말했다.

"그럼, 수고하셨습니다. 약은 꼭 복용하세요."

"더 용건은 없는 건가?"

"네, 없어요. 진료 끝났으니 이만 나가셔도 돼요. 조심히 들어가세요."

"……그래."

자리에서 일어나 진료실에서 나가려는 그에게 엘리제가 말했다.

"아! 론 님, 3일 뒤에 다시 오세요."

"왜지?"

"증상의 호전 정도를 봐서 약의 용량을 조절해야 하거든요. 완전히 좋아질 때까지 한두 달 더 걸리는데, 그때까지 규칙적으로 와서 진료를 받아야 해요."

그러면서 엘리제는 남자의 신분을 배려해 말했다.

"만약 이곳에 자주 오기 어려우시면 제가 소견서를 써드릴 테니 황실십자병원으로 가도 괜찮아요."

정확한 신분은 알 수 없지만 남자는 고위 귀족일 것이다. 어쩌다 자신의 진료를 받았어도 귀족이 빈민들이 주로 이용하는 테레사병원에 오는 것이 불편할 수도 있다.

"어쨌든 어느 병원이든 정기적으로 가서 진찰을 받으세요."

그런데 그때 그가 의외의 답을 하였다.

"3일 뒤에 오마."

그는 여전히 소녀의 얼굴에서 시선을 떼지 않고 물었다.

"너를 찾아오면 되는 건가?"

엘리제는 답했다.
“만약 원하시면 다른 선생님께 진료받으셔도 돼요. 어차피 증상을 보고 약의 용량만 조절하는 것이라서……. 만약 이곳이 불편하시면 다른 병원에 가셔도 되고요.”
그는 고개를 저었다.
“아니.”
그는 그녀의 푸른 눈동자를 바라보며 말했다.
“너한테 오마.”
“……!”
“3일 뒤에 보자.”
그렇게 그와 그녀의 진료가 시작되었다.

며칠 뒤, 론도 귀족 거리에 위치한 클로랜스 후작가의 저택.
반백에 가까운 중년 남자가 엘 후작에게 인사를 올리고 있었다.
“후작 각하를 뵙습니다.”
“오랜만이오, 고트 자작. 병원 운영에 힘써줘서 항상 고마워하고 있소.”
테레사병원의 원장 고트 자작은 고개를 흔들고는 평소와 다르게 극진하고 공손한 목소리로 말했다.
“아닙니다. 테레사병원의 모든 것은 각하의 은혜 덕에 운영되는 것. 저는 아무것도 하는 것이 없습니다.”
그의 말은 사실이었다. 테레사병원은 전적으로 클로랜스 가문, 엘 후작의 후원하에 운영되고 있었으니까.

'그런데 갑자기 왜 날 부르신 거지?'

엘 후작은 대리인을 통해 조용히 후원만 할 뿐, 이렇게 따로 자신을 저택으로 부른 적이 없었다.

'혹시 병원에 내가 모르는 문제라도 있는 건가?'

고트 병원장은 긴장한 표정을 지었다. 분명 사소한 일로 자신을 부른 것은 아닐 거라 생각했다.

"앉아서 차 한잔 들도록 하시오."

"네, 각하."

하녀가 와서 그에게 동방에서 수입한 홍차를 따라주었다. 클로랜스 가문답게 극상품의 찻잎으로 끓인 귀한 차였지만 고트는 후작이 무슨 용건으로 자신을 부른 건지 긴장돼 향을 음미할 수 없었다.

"병원을 운영하며 특별히 어려운 점은 없소?"

"네, 각하의 후원 덕에 큰 문제없습니다."

"그래, 고생이 많구려."

후작은 바로 용건을 꺼내지 않고 이런저런 이야기를 하며 시간을 한참 보냈다. 결국 고트 자작이 조바심을 견디지 못하고 먼저 물었다.

"저…… 각하, 혹시 무슨 일 때문에 저를……."

"아…… 그게……."

하지만 엘 후작은 머뭇거리다가 이내 입을 다물었다.

고트는 더욱 긴장했다. 도대체 얼마나 중대한 일이기에 제국의 명재상 엘 후작이 저리 어려워한단 말인가!

"말씀해 주십시오. 병원에 제가 모르는 문제라도 있는 것입니까?"

"그건 아니오. 그게……."

한참을 망설인 끝에 후작은 천천히 입을 열었다.

"혹시 로제라는 아이를 아시오?"

"네?"

고트는 자신이 잘못 들었나 싶어 반문했다.

"모르오? 최근에 테레사병원에 도제로 들어간 아이인데……."

"아, 압니다. 그런데 어째서?"

로제. 그 소녀를 모를 리가 없었다. 최근 테레사병원에서 가장 유명한 이름이었으니까. 그런데 엘 후작이 왜 그 아이에 대해 묻는 것일까?

"크흠, 그 아이는 잘 지내고 있소?"

왠지 겸연쩍어 하는 듯한 후작의 은근한 물음에 고트 병원장은 혼란스러운 마음으로 답했다.

"네, 잘 지냅니다. 그냥 잘 지내는 정도가 아니라……."

"정도가 아니라?"

"엄청나게 잘하고 있습니다."

"그렇소? 어떤지 자세히 설명해 줄 수 있겠소?"

잘하고 있다는 말에 후작이 반색하며 물었다. 고트는 그 모습에 얼떨떨한 표정을 지었다. 설마 그 아이의 안부를 물으려고 부른 것인가? 도대체 왜?

'혹시?'

순간 고트의 머릿속에 엘 후작의 하나 있다는 딸이 떠올랐지만 곧 고개를 저었다.

'그럴 리가 없잖아. 후작가의 공녀가 우리 병원에 도제로 들어올 리가…….'

그가 소문으로 들은 후작가의 '못된' 공녀 클로랜스 영애와 로제는 너무나 달랐다. 결코 동일인일 리가 없었다.

'그러면 왜?'

어쨌든 후작의 물음이니 답했다. 로제, 그녀를 표현할 수 있는 말은 단 한 단어면 충분했다.

"레이디 로제는 천재입니다."

그 뜻밖의 말에 후작은 놀라 반문했다.

"천재? 엘리…… 아니, 로제가 말이오?"

"네, 그것도 보통 천재가 아닌, 하늘이 내린 희대의 천재입니다."

후작은 입을 벌렸다. 그냥 천재도 아닌 희대의 천재라고? 그 아이가?

"그 말이 정말이오?"

후작은 고트 자작이 농담을 하나 싶어 유심히 살폈다. 하지만 완고한 병원장의 얼굴엔 한 치의 거짓도 들어 있지 않았다. 오히려 고트의 얼굴은 어떤 확신에 가득 차 있었다.

"네, 사실 그 소녀에게는 천재란 표현도 부족합니다."

로제를 떠올리며 고트는 생각했다.

'나도 깜짝 놀랐지.'

고트는 처음에 그녀가 비장절제술을 해냈단 이야기를 듣고 믿지 않았다. 상식적으로 너무 말이 안 되지 않은가? 그래서 그녀가 병원에 들어오고서부터 한 일을 샅샅이 조사했다. 첫날부터 그날 있었던 일까지, 모조리. 그렇게 하나하나 사실을 모두 파악하고 나서 고트는 그야말로 경악했다.

비장절제술만이 아니었다. 부랑자 병실을 돌본 것부터, 구호소에서 해냈던 수많은 응급조치까지. 어느 것 하나 대단하지 않은 것이 없었다. 고트는 소녀가 정말로 하늘이 내린 놀라운 천재란 것을 인정할 수밖에 없었다.

"레이디 로제는 천재…… 정말 천재입니다."

"도대체 그 아이가 어찌 하였기에 그렇게 말하는 것이오?"

"병원에서 어떤 일이 있었냐면……."

고트는 로제가 한 일들을 하나하나 다 알려주었다. 그 설명을 듣는 후작의 얼굴이 경악으로 물들어갔다.

'우리 딸 리제가? 정말로?'

후작은 의사가 아니기에 의학 용어를 모두 알아들을 수는 없었지만 확실히 알 수 있는 것은 있었다. 엘리제가 병원에서 상식을 벗어난 일들을 해내고 있다는 것을!

후작은 믿을 수 없다는 듯 물었다.

"그게 정말이오? 내가 알기로 로제란 아이는 이제 16살에 불과한 것으로 알고 있는데……."

"저희도 처음엔 믿을 수 없었습니다. 상식적으로 말이 안 되니까요. 이제 갓 병원에 나온 16살 소녀가 그런 일들을 해내다니. 하아."

고트는 헛웃음을 흘렸다.

"하지만 제가 말씀드린 이야기는 모두 한 치의 과장도 없는 사실입니다."

"……."

"어쩌면 레이디 로제가 이대로 성장한다면 의학의 선구자인 그라함 백작이나 대연금술사 프레밍을 뛰어넘는 위대한 의학자가 될지도 모릅니다."

"……!"

후작은 입을 벌렸다. 그도 그라함과 프레밍을 알고 있었다. 의학의 개념을 통째로 새로 세운 위대한 인물들이 아닌가? 엘리제, 그 아이가 그런 인물들과 비견될 만하다고?

"혹시 사람을 잘못 알고 계신 것 아니오? 이름이 헷갈렸다거나……."

"우리 병원의 도제 중 로제란 아이는 단 한 명뿐입니다."

후작은 놀란 정신을 수습하기 어려웠다. 사실 그가 고트 병원장을 부른 것은 엘리제가 얼마나 잘하고 있는지 확인하기 위해서가 아니었다. 처음 병원에 나가는 아이가 잘해 봤자 얼마나 잘하겠는가? 매번 혼나지나 않으면 다행이지. 황제 폐하와의 내기는 애초에 이길 수 없는 거였고. 그저 매일 피로한 얼굴로 들어오기에 아비 된 마음으로 안쓰러워 어떻게 지내는지 확인하려 한 것이었다.

'내 딸이 천재라고? 그것도 상식을 뛰어넘는?'

"그 아이가…… 혹시 사람들에게 잘못하는 것은 없소? 버릇없게 군다거나?"

"전혀 없습니다. 오히려 칭찬이 자자합니다. 실력도 탁월하고 얼굴도 예쁜데 성격도 친절하다고. 병원에서 그 아이를 좋아하지 않는 이가 아무도 없습니다."

"그러면 일하는 것을 힘들어하진 않소?"

"아무래도 어린 소녀이다 보니 피로해하긴 합니다. 병원 도제 일이 쉽진 않으니까요. 하지만 환자를 돌보는 것을 아주 좋아합니다."

고트는 며칠 전 구호소에서 본 소녀의 모습을 떠올렸다. 작은 몸에 피로가 느껴졌지만 얼굴에는 행복과 생기가 흘렀다. 그것은 바로 환자를 아끼는 의사의 얼굴이었다.

"아직 어린 소녀에게 이런 말이 어울릴까 싶지만 제가 보기에 레이디 로제는 천생 의사로 보입니다."

천생 의사. 환자를 돌보는 의사에게나 할 수 있는 극찬 중 하나. 고트는 속으로 고개를 저었다.

'정말 이해할 수가 없지. 그렇게 작고 여린 소녀가.'

정말 불가해했다. 하지만 어떻게 하겠나? 믿지 않는다 해서 현실이 바뀌는 것도 아니고. 그저 받아들일 수밖에.

"……그래, 알겠소. 바쁠 텐데 이렇게 와주셔서 고맙소."

"아닙니다. 혹시라도 더 여쭤볼 것이 있으면 언제든 불러주십시오."

인사를 한 후, 고트는 저택에서 물러났다.

후작은 잠시 말없이 창밖을 바라봤다. 딸이 있는 테레사병원 쪽이었다.

"허허, 이것 참. 그 아이가 그렇다고?"

후작은 헛웃음을 지었다. 상상도 못 했다. 딸이 병원에서 그렇게 헌신적으로 환자들을 돌보고 있다는 것을. 당황스럽지만 기분이 나쁘진 않았다. 아니, 좋았다. 어떤 아비가 딸에 대한 칭찬을 듣고 기분이 좋지 않을까?

"엘리제……."

딸의 이름을 불렀다. 당연한 이야기지만 그는 딸을 사랑한다. 세상 그 무엇보다도. 어떤 것과도 바꿀 수 없을 정도로 엘리제를 사랑했다. 그래서 그녀가 테레사병원에 나간다 했을 때 많이 속상했었다. 황제와의 내기는 둘째 치고 고생할까 봐, 힘든 일 때문에 고생할까 봐, 여린 몸이 아프기라도 할까 봐 걱정했다. 하지만 그것은 기우에 불과했다.

‘내가 괜한 걱정을 한 것 같소, 테레사.’

그는 엘리제가 어릴 때 죽은 아내 테레사를 떠올렸다.

‘엘리제, 그 아이가 당신을 닮았나 보오. 언제나 철들까 걱정만 했는데 말이오.’

테레사. 그의 전 부인이었던 그녀는 어릴 때부터 의학에 관심이 많았다. 간호사가 되겠다고 가출해 가문을 뒤집은 적도 있었으니까.

‘당신의 유언에 따라 지은 테레사병원에서 우리 엘리제가 일하고 있다오. 신기하지 않소? 당신이 못다 이룬 꿈을 대신 이루기라도 할 것처럼.’

후작의 입가에 옅은 미소가 걸렸다.

‘그곳에서 잘 지내고 있소? 아이들은 모두 다 잘 자랐다오. 큰아이 렌도, 작은아이 크리스도 말이오. 엘리제가 가장 걱정이었지만…….’

그는 테이블 위에 놓인 쿠키를 집어 들었다. 어제 저녁, 딸이 병원에서 돌아와 아버지를 위한다고 직접 구워준 쿠키였다.

‘난 요즘 엘리제가 너무 사랑스럽다오. 아무에게도 주기 싫을 만큼. 주책없이 말이오.’

문득 그의 얼굴에 수심이 깃들었다.

‘그래서 걱정이구려.’

후작은 답답한 음색으로 중얼거렸다.

“앞으로 어떻게 해야 할지 잘 모르겠소.”

그는 천천히 고개를 돌렸다. 창밖, 그의 시선이 닿은 곳에는 브리티아 제국의 황궁이 자리하고 있었다. 그가 답답해하는 원인은 거기에 있었다. 후작은 한숨을 내쉬었다. 깊고 깊은 한숨이었다.

‘후작 각하께서 왜 로제에 대해 물어봤을까?’

고트는 고민했다.

‘혹시 정말로……? 레이디 로제가?’

그는 소문으로 들은 클로랜스 영애에 대해 떠올렸다. 못되고 이기적인 성격. 어린 나이임에도 안 좋은 소문이 파다했다.

‘아니야. 전혀 다르잖아.’

레이디 로제는 천재적인 실력도 실력이지만 배려 깊고 남들에게 항상 친절했다. 소문의 클로랜스 영애와는 너무 달랐다.

‘왜일까?’

그런데 그는 고민을 이어갈 수가 없었다. 제국 최고의 귀족이라는 엘 후작보다도 높은, 그야말로 지고한 이가 그를 부른 것이다.

“미, 미천한 이가 폐, 폐하를 뵙습니다! 고트라고 하옵니다.”

얼마나 놀랐는지 고트는 벌벌 떨며 인사를 올렸다. 그런 그의 앞에서 온화한 인상의 중년인이 미소를 지었다. 남자의 정체는 민체스터 드 로마노프. 제국의 황제가 그를 부른 것이다.

‘어, 어째서 폐하가 나를?’

고트는 머리를 바닥에 숙인 상태로 눈을 굴렸다. 내가 지금 꿈을 꾸고 있는 건가? 아침에는 엘 후작이, 오후에는 황제가 자신을 부르다니!

‘도대체 왜?’

친우인 밴이야 어의로서 황제를 질리도록 알현하겠지만 자신은 아니었다.

'내가 무슨 잘못을 했나?'

의사로서 훈장을 받을 만큼 대단한 업적을 남긴 것도 없는데 황제에게 소환당하니, 덜컥 걱정부터 들었다.

"일어나게. 테레사병원에서 환자를 돌보느라 고생이 많다고 들었네."

"아, 아닙니다, 폐하."

"평소 밴 경이 자네 이야기를 많이 하네. 빈민들을 돌보는데 어려운 점은 없나?"

"송구스럽습니다. 다행히 폐하의 성은으로 특별한 어려움은 없습니다."

"내 성은은 무슨. 다 클로랜스 후작의 덕이겠지."

황제는 바로 용건을 꺼내지 않고, 고트에게 이런저런 이야기를 하였다. 마치 오전의 엘 후작이 자신에게 그랬던 것처럼. 편안한 목소리였지만 고트는 긴장을 늦출 수가 없었다.

도대체 지고한 황제가 자신에게 무슨 볼일이 있는 건지 속이 바싹 타들어 갔다. 그런 고트의 마음은 아랑곳하지 않고 민체스터는 편안히 차를 한 모금 마시더니 시중을 드는 시종장에게 말했다.

"여전히 차 맛이 그 아이처럼은 안 되는구나."

"죄송합니다, 폐하."

"클로랜스 영애가 일러준 대로 끓인 거지?"

"네, 한 치도 틀림없이 그대로 끓였습니다."

하지만 황제는 영 마음에 안 찬다는 표정을 지었다.

"그때의 맛이 안 살아. 그 아이가 끓여 준 차는 깊으면서도 머리가 맑아지는 청량한 맛이었는데."

시종장 밴트 남작은 민망한 표정을 지었다.

"죄송합니다. 신이 부족하여……."

"아닐세. 어쩔 수 없지. 레시피대로 해도 손맛을 살릴 수는 없으니까. 그냥 나중에 직접 끓여 달라 해야겠어. 빨리 그 아이가 끓여 주는 차 맛을 매일 볼 수 있는 날이 오면 좋겠군."

그 말을 하며 민체스터의 입가에 미소가 지어졌다. 푸근한 느낌이 드는 미소. 황제의 그런 웃음을 보며 고트는 속으로 놀랐다. 한 손으로 제국을 지배하는 지고한 황제가 저런 편안한 웃음이라니?

'아까 언급한 클로랜스 영애를 생각하고 그런 건가? 하지만 내가 소문으로 들은 클로랜스 영애는……?'

그가 혼자만의 생각에 잠겨 있을 때였다. 드디어 황제가 용건을 꺼냈다.

"내가 자네를 부른 이유가 궁금하지?"

"말씀하시옵소서, 폐하."

고개를 숙인 고트는 침을 꿀꺽 삼켰다. 도대체 무슨 일일까? 그런데 막상 황제의 입에서 나온 용건은 그로선 전혀 상상도 못 하던 것이었다.

"로제란 아이에 대해서 아나?"

고트는 눈을 크게 떴다.

'로제? 그 아이?'

"모르나? 자네 병원에 도제로 들어갔다던데."

"아, 압니다!"

고트는 당황해 멍하니 있다가 순간 자신의 실수를 깨닫고는 서둘러 답했다. 당연히 안다. 하지만 황제가 그 아이를 왜? 엘 후작도 그 아이를 궁금해하질 않았던가.

'도, 도대체 뭐지? 그 아이의 정체가?'

황제가 말했다.

"그 아이에 대해 말해주겠나?"

"어, 어떤 것을 말입니까?"

"그냥 전부 다. 어떻게 지내는지, 자질은 어떤지, 힘들어하진 않는지. 자네가 보기엔 어떤지. 전부 다 이야기해 보게."

고트는 황제의 말이 이해가 되지 않았지만 무려 지엄한 황명인지라 정신없이 로제에 대해 그동안 자신이 보고 느낀 대로 설명했다.

"흐음, 그런가? 그 아이가 그렇게 뛰어나다고?"

"네, 폐하. 신이 지금까지 만난 어떤 의사보다도 뛰어난 자질을 가지고 있습니다. 향후 제국 의학계의 미래를 밝힐 인재로 보입니다."

"아직 어린데 지나친 평가가 아닌가?"

반문하는 황제는 왠지 뚱해 보였다. 하지만 고트는 눈치도 없이 극찬하였다.

"아닙니다. 제가 비록 부족하지만 35년이 넘게 의사 일을 하였는데, 그 소녀 같은 이는 처음입니다. 가히 그라함 백작, 프레밍에 맞먹는 자질입니다."

"크흠. 여린 소녀라 들었는데 환자를 보는 것을 어려워하진 않고?"

"전혀 아닙니다. 그 어린 나이로 어떻게 환자를 그렇게 보는지 저도 깜짝 놀랐습니다. 천생 의사라 할 수 있겠습니다."

황제는 잠시 입을 다물었다. 그러다 어딘지 불편한 목소리로 말했다.

"알겠네, 고트 자작."

"네, 폐하."

"바쁠 텐데 내가 시간을 많이 뺐었군. 이만 돌아가 봐도 좋네."

"네, 소신 이만 물러가 보겠습니다."

고트는 허리를 깊이 숙여 인사를 하고 어전에서 물러났다. 황제가 왜 로제에 대해 물은 걸까 궁금해하며. 그런데 그가 막 몸을 돌리려 할 때 황제가 그에게 물었다.

"참, 자작."

"네, 폐하?"

"이번 의사 자격시험은 잘 준비하고 있는가?"

테레사병원의 원장이자 자격시험 출제 임원인 고트는 얼마 전 받은 이해 못 할 황명을 떠올렸다. 의사 시험을 어렵게 내라는.

"네, 폐하. 자격이 되는 인재만이 합격할 수 있도록 문제를 엄선하고 있습니다."

"그래, 반드시 어렵게 문제를 내주게. 의사는 환자의 생명을 다루는 직업. 자격이 안 되는 사람이 합격하는 일이 없도록."

"네, 명심하겠습니다."

답을 하면서도 고트는 이해할 수 없는 얼굴이었다. 기존의 의사 자격시험도 충분히 어려워 자격이 안 되는 이가 뽑히는 경우는 거의 없었다. 그 어려운 의사 시험을 통과했기에 의사가 제국의 전문직으로 존경받는 것이다.

'왜 폐하께서 의사 시험에 관심을 가지는 것이지? 어쨌든 난이도를 다시 한 번 더 올려야겠구나.'

그는 그렇게 생각하며 어전에서 물러났다. 돌아가서 다시 한 번 자격시험 난이도를 올릴 것이니 이번 시험은 정말로 곡소리 나는 문제만 가득하게 될 것이다.

"흐음……."

민체스터는 턱을 쓰다듬었다.

"엘리제, 그 아이가 그렇다고?"

전혀 생각지도 못 한 평이었다.

'며칠 버티지도 못 하고 도망칠 줄 알았는데, 놀랍군.'

그냥 잘하는 것도 아니었다. 천재란다. 그것도 역사의 획을 그을 재능의 천재.

'설마.'

황제는 고개를 저었다. 엘리제를 무시하는 것은 아니었다. 아니, 오히려 황제는 그녀를 무척이나 아꼈다. 하지만 곧이곧대로 받아들이기엔 너무 말도 안 되는 이야기들 아닌가?

'의술을 전혀 접해 본 적도 없는 아이가 그런 일들을 해냈다고? 글쎄, 뭔가 착오가 있겠지.'

눈으로 직접 본 것도 아니니 믿어지지가 않았다. 그래도 한 가지 확실한 것은 있다.

'생각보다 잘하고 있나 보군. 저렇게 인정받고 있는 걸 보니, 역시 똑똑한 아이야.'

그는 이전 엘리제를 만났을 때를 떠올렸다. 철없음을 벗어던진 소녀는 누구보다도 현명해 보였다.

'얼마 전 정말로 몽셀 왕국이 움직이고 있다는 정보를 보고받았지. 그 아이가 아니었으면 크림원정이 큰 곤란에 빠질 뻔했어.'

곤란할 정도가 아니었다. 엘리제는 최악에는 전멸할 수도 있는 함정에서 제국군을 구해낸 것이다. 그런 똑똑한 아이니 병원에서의 일도 저렇게 잘하는 거겠지, 황제는 그렇게 생각했다.

'그래도 너무 빠지면 안 되는데. 후에 황후가 될 아이가 말이야.'

환자를 위하고 여린 몸으로 병원에서 열심히 하는 모습이 기특하단 생각이 들기도 하지만 어차피 황실의 일원이 될 아이였다. 병원 일을 하다 몸이라도 상할까 걱정이 되었다.

"밴트 경."

"네, 폐하."

"탄신연회 준비는 잘하고 있지?"

시종장은 공손히 답했다.

"네, 분부한 대로 준비하고 있습니다. 그런데 황태자 전하의 약혼녀에 대한 발표는 어떻게 하실 것입니까?"

최측근인 밴트 시종장은 엘리제와 황제의 내기를 알고 있었다. 클로랜스 영애가 내기에서 이기는 일은 절대 일어나지 않겠지만, 아직 성인식 전까진 내기가 끝난 것이 아니다. 그러니 이번에 그녀를 약혼녀로 발표하면 내기를 어기는 것이다.

"내기를 어길 생각은 없네. 가볍게 한 내기라도 짐이 직접 제안한 내기가 아닌가? 그리고 어차피 내가 이길 내기니까."

그는 그렇게 말했다. 황제인 그가 직접 제안한 내기이다. 그러니 엘리제를 아무리 황태자비로 바란다 해도 내기의 조건을 충족하면 그녀를 놓아줄 것이다. 그건 거짓 없는 진심이었다. 다만 내기의 조건이 '황후가 되는 것보다 의사로서 더 가치 있는 일을 해내면'이었다.

대브리티아 제국의 황후가 되는 것보다 의사로서 더 가치 있는 일을 해내려면 도대체 얼마나 어마어마한 일을 해내야 할까? 그것도 6개월 안에. 아마도 불가능한 일일 것이다. 그러니 민체스터는 자신이 내기에서 질 일은 절대 없다고 생각했다.
"그러면 혹시 황태자 전하의 약혼녀에 대한 발표를 미루실 것입니까? 내기가 끝날 때까지?"
"아니, 미루지 않아."
"그러면……?"
시종장은 황제의 의중을 짐작하기 어려웠다. 내기를 어기지도 않으면서 발표를 미루지도 않겠다니? 하지만 민체스터는 대답 대신 웃음을 지었다. 어딘지 짓궂은 미소였다.
"그 아이도 탄신연회에 참석하겠지?"
"네, 당연합니다. 백작 가문 이상의 고위 귀족들은 불가피한 사유가 없는 한, 모두 탄신연회에 의무적으로 참석해야 하니까요."
"그래."
황제는 고개를 끄덕였다.
"좋은 연회가 되겠군."

론도의 거리가 점차 들뜬 분위기로 물들어갔다. 탄신연회는 온 제국의 축제. 평민, 귀족 할 것 없이 모두 기쁜 얼굴로 축제를 준비했다.
"이번 탄신연회는 폐하께서 특별히 더 성대하게 준비할 거라는데?"
"그래?"
"응, 빈민가의 시민들에게도 무료로 음식과 술이 제공될 거라더군."
"캬, 역시 황제 폐하! 만수무강하시길!"
시민들은 여기저기 삼삼오오 모여 탄신연회에 대해 떠들었다. 당금의 브리티아 제국의 힘은 서대륙, 아니, 전 세계를 아우르고 있었다. 서대륙을 넘어 검은 대륙, 신대륙, 동방까지. 황실 십자가기가 꽂히지 않은 곳이 없었고, 가히 해가 지지 않을 정도의 막대한 영향력을 행사하고 있었다.

그런 브리티아 제국에 비견될 만한 열강은 전통적 적대국인 서대륙 본토의 프랑소엔 공화국 정도였다. 서대륙의 또 다른 군사 강국은 프러시엔 공국, 해양 왕국 스파냐, 신대륙의 신연방도 있었지만, 브리티아 제국과 프랑소엔 공화국엔 미치지 못했다. 동방의 대국 청은 이미 기울어가는 달이었고.

어쨌든 그런 국력을 소유한 제국이니만큼 국가적 행사인 탄신연회의 규모도 보통이 아니었다.

"그런데 이번 탄신연회 때 중요한 발표가 있을 거라는데?"

"아, 들었어. 황태자 전하의 약혼녀 발표를 한다더군."

"그렇구먼! 황태자 전하도 민체스터 폐하를 이을 명군이 될 인재라는 소문이 자자하지?"

"그렇지. 이미 여러 분야에 전권을 위임받아 국정에 참여 중이신데, 그 능력이 대단하시다더군. 성격은 차갑지만 능력은 황실의 핏줄 중에서도 역대 최고에 가깝다고."

"하? 그런가? 정말 대단하군. 역시 로마노프 황가야! 그런데 자네는 그런 이야기는 다 어디서 들었나?"

"이 친구야, 맨날 술만 먹지 말고 신문 좀 읽게. 신문에 다 나와 있어. 바람둥이 3황자, 검제 전하의 새로운 애인이 누군지도 보도됐던데?"

남자의 말처럼 브리티아 제국은 언론이 굉장히 발달해 있었다. 경제, 정치부터 유명 인사들의 가십까지. 언론의 자유도 비교적 높았다.

"크흠, 그나저나 황태자 전하의 약혼녀는 누가 될까?"

"글쎄, 나도 궁금하네. 어질고 아랫사람을 아낄 줄 아는 현숙한 사람이 약혼녀가 됐으면 좋겠는데 말이야. 황태자 전하의 성격이 다소 차갑다니 그런 여인이면 잘 어울릴 것 같아."

"그러게 말이야. 제발 좋은 사람이 약혼녀가 되었으면 좋겠군."

그러면서 둘은 한참을 황태자와 곧 발표될 약혼녀에 대해 떠들었다.

그 시간, 테레사병원.

제국 시민들의 화제의 중심인 황태자와 엘리제는 진료를 보고 있었다.

"피로감은 좀 어떠신가요?"

"많이 좋아졌다."

"몸이 무거운 느낌이나 기력이 없는 증상은요?"

"그것도 이제는 없어졌다."

"가슴이 초조하거나 두근거리는 느낌이 새로 생기지는 않았나요?"

몇 번이고 반복된 진료. 엘리제는 늘 비슷한 질문을 반복했다. 증상은 어떠하냐? 혹시 불편한 느낌이나 부작용이 생긴 것은 없느냐? 그리고 이런 문답이 끝난 후 뭔가를 종이에 적어 내리고 약용량을 결정하였다.

"네, 약은 지금의 수준을 유지하면 될 것 같아요. 처방전 드릴 테니 약 받아가세요."

진료가 끝났음을 알리는 말.

"……다 끝난 건가?"

"네, 조심히 들어가세요."

엘리제는 친절한 얼굴로 말했다. 하지만 황태자는 자리에서 일어나지 않고 가만히 그녀를 바라보았다. 엘리제는 고개를 갸웃했다.

"론 님?"

"……아니다."

그와 그녀의 진료는 항상 이런 식이었다. 소녀는 딱 필요한 문답만 하고 진료가 끝나면 친절히 인사를 했다. 말이 인사지 축객령이었다. 진료 끝났으니 나가보라고. 린덴은 그 사실이 마음에 들지 않았다. 진료 시간도 엄청 짧았다. 느낌상 다른 환자 진료 시간의 반도 안 되는 것 같았다.

'꼭 이렇게 빨리 나가라고 해야 하는 건가?'

자신도 모르게 그렇게 생각한 그는 스스로 깜짝 놀랐다. 의사와 환자가 필요한 진료만 보고 헤어지면 되지, 무슨 시간을 더 보내겠는가? 물론 진료 시간이 짧긴 했으나, 그건 소녀가 정확히 필요한 진찰만 하기 때문이다. 그건 그도 잘 알고 있었다. 하지만 이렇게 헤어질 때마다 가슴속에서 기이한 느낌이 들었다. 정체를 알 수 없는 느낌이었다.

'마음에 안 들어.'

그래, 왜인지는 모르지만 마음에 들지 않았다.

그때, 소녀가 의아스럽다는 듯 물었다.

"론 님? 혹시 하실 말씀이라도? 병에 대해 물어볼 게 있나요?"

린덴은 쓴웃음을 지으며 자리에서 일어났다.

"아니다. 3일 뒤에 보지."

"네, 수고하셨습니다. 조심히 들어가세요."

여전히 친절한 인사. 그 친절한 인사가 괜히 눈에 거슬린다는 느낌을 받을 때, 소녀가 의외의 말을 하였다.

"다음에 한 번만 더 오시면 이제 더 오지 않으셔도 돼요."

황태자는 인상을 찌푸렸다.

"그게 무슨 말이지? 안 와도 된다니? 이제는 더 오지 말라는 건가?"

갑자기 낮아진 목소리! 그 음성에 섞인 불쾌감에 놀란 엘리제는 답했다.

"아…… 이제 좋아져서요. 한 번만 더 오시면 될 것 같아요. 혹시 무슨 문제라도……?"

병원에 안 와도 된다는데 왜 저런 반응이지? 좋아해야 하는 것 아닌가? 아직 병이 안 나은 것 같아 불안해서 그런가?

엘리제는 환자를 안심시키려고 부드러운 미소를 지었다.

"많이 좋아지셨어요. 그러니 너무 걱정하지 마시고요. 병원은 안 올 수 있으면 안 오는 게 좋아요. 그런 말도 있잖아요. 의사 얼굴은 자주 안 볼수록 좋다고. 걱정하지 마시고 처방한 약만 꾸준히 먹으면 다 좋아질 거예요."

그렇게 설명하는데 더 할 말이 있을 턱이 없었다.

"……그래."

그렇게 그날의 진료가 끝났다.

린덴은 초상 능력을 해제해 원래의 모습으로 돌아온 뒤 곧바로 황궁에 복귀해 업무를 보았다. 많은 분야의 국정을 보는 그인지라, 해야 할 일이 산더미 같았다. 사실 진료 때문에 3일에 한 번씩 테레사 병원에 가는 것은 굉장히 무리한 것이다. 병원에 갈 여유를 만들기 위해 그는 나머지 시간을 무척 바쁘게 보내야 했다.

'그런데 이제 오지 말라니.'

그는 인상을 찌푸렸다. 생각해 보면 기분 나빠할 일은 아니었다. 몸이 좋아져 병원에 오지 않아도 되는 거니 오히려 기뻐해야 한다는 건 그도 알았다. 알지만 영 기분이 좋지 않았다.

"전하."

그때 익숙한 목소리가 들려 린덴은 고개를 돌렸다.

"혹시 안 좋은 일이 있으십니까?"

날카로우면서도 조각을 다듬은 듯 잘생긴 얼굴. 차갑지만 아름다운 그 외모는 잘 벼려진 보검(寶劍)을 연상시켰다. 엘리제와 닮은 백금발을 보며 황태자는 그의 이름을 불렀다.

"렌."

렌 드 클로랜스 남작. 엘리제의 큰오빠이자 클로랜스 후작가의 후계자였다. 그리고 로열나이츠인 총기사단의 부단장, 제국에서 손꼽히는 오러 나이츠, 군부의 차기 실권자. 동시에 황태자의 가장 믿음직스러운 측근이자 유일한 친우였다.

"전하, 얼굴이 좋지 않습니다. 혹시 다시 몸이 안 좋아지신 건 아닙니까?"

"아니다. 괜찮아. 몸은 좋아."

황태자는 고개를 저었다. 몸은 좋았다. 어의가 준 약을 복용할 땐 아무런 효과도 없었는데, 엘리제, 그녀가 처방한 약을 먹으니 몸이 정말 좋아졌다. 신기할 정도로. 이젠 전혀 아무렇지 않았다. 그런데 황태자는 그 사실도 썩 마음에 들지 않았다.

'왜 이렇게 빨리 나은 거야? 무슨 약을 처방했기에?'

빨리 나은 것은 분명 다행스럽긴 했지만 그냥 마음에 안 들었다. 다 나았으니 이제 오지 말라고 해서 그러는 것은 절대 아니다.

"그러면 혹시 3황자 측에서 무슨 일이라도?"

"아니야. 별것 아니니 신경 쓰지 말게."

"그러지 말고 말씀해 주십시오. 혹시 곤란한 일이면 제가 해결하겠습니다."

'자네 막냇동생 때문에 그렇지 않나'라고 말할 수도 없어, 황태자는 속으로 한숨을 내쉬었다.

"남작."

"네, 전하."

"자네 동생은 뭘 좋아하나?"

"……예?"

렌의 눈에 의문이 떠올랐다.

"그건 어째서……?"

"그냥. 사례할 일이 생겨서. 특별한 감정이 있어서 그런 것은 아니니 신경 쓰지 말게."

황태자는 누가 물어보지도 않았는데 변명하듯 말했다.

'고마움을 갚긴 해야 하니까. 란돌 경도 살려주고, 내 병도 치료해 주고.'

그래, 이건 감사의 표시이지, 특별한 감정이 담긴 선물을 하는 것은 절대 아니다. 황실의 일원으로서 은혜를 그냥 넘길 수는 없는 노릇이니까. 황태자는 그렇게 생각했다.

"뭘 좋아하나, 자네 동생은?"

렌은 그 물음에 고민에 잠겼다.

'뭘 좋아하지?'

생각해 봤으나 별로 떠오르는 것이 없었다. 천상 군인인지라 동생이 뭘 좋아하는지 따위에 관심을 두는 성격이 아니었기 때문이다. 또 맨날 동생을 혼내기만 했지 다정하게 이야기를 나눈 적도 없었다. 그는 그나마 머릿속에 떠오른 것을 답했다.

"먹을 것을 좋아합니다."

"뭐?"

"특히 딸기 케이크를 좋아했던 것 같습니다."

"……."

전혀 도움이 안 되는 답변이었다. 감사의 표시로 딸기 케이크를 덥석 사갈 수는 없는 노릇 아닌가!

"다른 것은 없나?"

"망고 푸딩이랑 바나나 타르트도…… 우유는 싫어하고……."

"아니, 그런 것 말고. 뭐, 선물할 만한 것으로!"

"……."

꿀 먹은 벙어리가 된 친우를 보며 황태자는 혀를 찼다. 이 일밖에 모르는 사람 같으니라고! 전혀 도움이 되지가 않았다.

"뭔가 선물을 하려는데…… 뭐, 좋은 생각 없나? 자네는 영애들한테 고백할 때 어떤 선물을 했나?"

"……."

역시 꿀 먹은 벙어리.

'내가 누굴 데리고 이런 질문을.'

황태자는 상대를 잘못 선택한 자신을 탓했다. 평소 3황자 패거리를 비롯한 정적들에게 막힘없는 독설을 내뱉는 렌 남작이지만 한 가지 지독히 못하는 것이 있었다.

바로 여성을 상대하는 것! 무드 없고, 무뚝뚝하고, 재미없고, 독설가인 렌 남작은 여자에는 완전히 젬병이었다. 지금까지 여자 손 한 번 제대로 잡아본 적 없을 정도였다.

뭐, 그렇다고 친우를 탓할 수도 없는 게, 황태자 본인의 성격도 그다지 다르지 않기 때문이다. 일에만 빠져 산 그도 아직 여자 손 한 번 제대로 잡아본 적 없는 것은 마찬가지였다.

'그렇다고 셋째에게 물어볼 수도 없고.'

그는 이 황궁, 아니, 론도 전체에서 최고로 손꼽히는 바람둥이를 떠올렸다. 미하일 드 로마노프. 계승 서열 2위의 황자이면서도 검제(劍帝)란 광오한 별명으로 불리는 이. 바로 그의 셋째 동생이자 정적인 3황자였다.

'미하일.'

린덴의 얼굴이 차가워졌다. 정적이라도 동생에게 특별한 유감은 없다. 하지만 '그날'의 사건을 일으킨, 그래서 자신의 모든 것을 앗아갔던, 자신의 삶을 무채색의 지옥으로 만든 '그들'은 절대로 용서할 수 없다.

그때, 총기사단의 부단장이자 독설가인 렌 남작이 어울리지 않게 소심한 목소리로 말했다.

"전하, 보석은 어떻습니까?"

"보석?"

"네, 생각해 보면 엘리제 그 아이는 어릴 때부터 반짝이는 것을 좋아했던 것 같습니다. 드레스도 항상 보석 달린 것을 좋아했고요."

"보석. 그렇군."

황태자는 고개를 끄덕였다. 확실히 성의를 표시하기 좋은 선물이란 생각이 들었다. 모든 여자가 좋아하는 것이기도 하고.

'그런데 그 아이도 좋아할까?'

그는 테레사병원에서 일하던 그녀를 떠올렸다. 허름한 진료복에 보석은커녕 간단한 장신구도 하지 않고 있던, 그러면서도 아름답게 빛나던 모습. 그런 그녀와 보석은 왠지 어울리지 않았으나 신뢰하는 수하이자 그녀의 오빠가 하는 말이니 믿어보기로 했다.

그는 시종에게 일러 선물용 보석을 마련했다. 영롱한 붉은빛을 내는 루비 목걸이였다. 그리고 3일 뒤 마지막 진료가 끝난 후 엘리제에게 감사의 선물을 내밀었다.

"사양하겠어요."

소녀는 1초도 머뭇거리지 않았다.

"……."

그 칼같이 단호한 거절에 린덴은 잠시 말을 잃었다.

"어째서지?"

"이런 걸 바라고 란돌 경이나 론 님을 치료한 것은 아니에요."

"그저 감사의 표시다."

"알고 있어요. 하지만 전 의사예요. 의사가 환자를 치료하는 것은 당연한 일이에요. 당연한 일을 한 것뿐인데 이런 과분한 선물을 받을 수는 없습니다."

그러면서 그녀는 상대가 기분 상하지 않게 친절히 미소 지었다.

"좋은 마음으로 주신 것은 알고 있어요. 그러니 마음만 받겠습니다."

그가 만약 간단한, 그러니까 과일이나 과자 같은 성의만 담긴 선물을 주었다면 기쁘게 받았을 것이다. 그러나 한눈에 봐도 어마어마하게 비싸 보이는 루비 목걸이를 어떻게 받겠는가? 그건 그녀의 직업윤리가 허락지 않았다. 한국에서 가난하게 의사 생활을 할 때도 이런 촌지(?)는 절대 받지 않았었다.

"알겠다. 미안하군, 괜한 선물을 주어서."

"기분 상하셨으면 정말 죄송해요. 마음은 감사히 받겠습니다."

하지만 황태자는 고개를 저었다.

"아니다. 기분이 나쁘진 않아. 다만."

그래, 기분이 나쁘진 않았다. 오히려 약간은 예상한 대로랄까? 연애 바보 렌 남작의 조언을 따를 때부터 왠지 느낌이 안 좋긴 했다. 다만 자신이 알던 철없고 사치와 허영만 밝히던 어린 엘리제가 이렇게 변한 게 놀라울 따름이었다. 솔직히 조금은 감탄스러웠다.

"그런데 어떻게 하지?"

"뭘요?"

"난 절대 빚을 지지 않는다. 너한테 받은 도움을 어떻게 갚지?"

"아, 그건 진료비를 내는 것으로 됐습니다. 귀족이니 분명 과다 청구되었을 테니……."

린덴은 입꼬리를 비틀었다.

"그 알량한 진료비를 말하는 건가? 그런 걸 말하는 게 아니라는 걸 알지 않나?"

"괜찮은데……."

"원하는 걸 말해. 난 빚지고는 절대 넘어가지 않는다."

누가 보면 도움을 받은 사람이 아닌, 빚 독촉하는 사람처럼 권위적인 목소리였다. 결국, 엘리제는 말했다.

"그럼 딸기 케이크요."

"뭐?"

"저 딸기 케이크 좋아해요. 혹시나 나중에 우연히 만날 일이 있으면 딸기 케이크나 사주세요. 이왕이면 파이크 거리의 비아 제과점 걸로요. 거기 케이크가 엄청 달면서도 상큼하거든요."

"……."

남자가 입을 다물자 엘리제가 진심이라는 듯 말했다.

"정말이에요. 저 딸기 케이크 엄청 엄청 좋아해요. 그런데 집에선 어머니가 몸에 안 좋다고 잘 못 먹게 한단 말이에요."

작은오빠인 크리스가 보면 가슴을 부여잡을 만큼 귀여운 목소리였다. 항상 어른보다 더 어른스러운 태도를 보이던 그녀가 순간 또래의 어린 소녀처럼 보였다.

"망고 푸딩은?"

"네?"

"망고 푸딩은 안 좋아하나?"

"아, 네! 그것도 좋아해요. 그런데 그건 어떻게?"

"바나나 타르트도 좋아하지? 우유는 싫어하고."

엘리제의 눈동자가 동그래졌다. 어떻게 이렇게 잘 알지?

그 순간이었다. 그녀는 눈을 도저히 믿을 수 없는 장면을 보았다. 남자가, 평생 절대 안 웃을 것 같은 남자가 옅게 미소를 지은 것이다.

"알겠다. 그렇게 하지. 파이크 거리의 비아 제과점, 딸기 케이크. 그것뿐 아니라 망고 푸딩, 바나나 타르트까지."

그 미소에 왠지 모르게 그녀의 가슴이 떨렸다. 두 번의 삶. 그녀는 모르고 있었지만 지난 삶을 포함해 처음으로 마주하는 남자의 진실된 미소였다. 과거 그토록 바라던 그 미소.

"모두 실컷 먹게 해주지. 앞으로 말이야."

6장

탄신연회

드디어 탄신연회가 다음 날로 다가왔다. 론도 전체가 일주일 동안 진행되는 탄신연회를 준비하느라 들썩였다. 테레사병원도 탄신연회 기간에는 휴진이라 구호소만 열어 응급 환자만 받았고, 도제인 엘리제도 휴가를 받았다.

"여보, 이 옷은 어때요? 괜찮나요?"

"당신이 입는 옷은 다 잘 어울린다오."

"그러지 말고 자세히 좀 봐주세요."

"크흠, 정말 다 괜찮은데 뭘 고른다는 건지."

"봐주기 귀찮아서 그렇게 말하는 거잖아요! 빨리 잘 봐줘요."

"저, 정말 다 예쁘단 말이오."

평소 연회에 관심이 없던 새어머니도 들떠 연회에 입을 드레스를 미리 준비했다. 그 모습을 보며 엘리제는 푸근한 미소를 지었다. 두

분은 이전부터 항상 사이가 좋았다.

'이번엔 꼭 지켜드려야지.'

지난 삶에서 새어머니는 병으로 사망했다. 하지만 이번엔 그런 일이 일어나지 않을 것이다. 왜냐하면 자신이 있으니까!

'아직은 발병할 시기가 되지 않았어. 절대 놓치지 않을 거야.'

그녀는 과거의 기억을 더듬었다. 새어머니가 병에 걸리는 것은 앞으로 몇 년 뒤였다.

그때, 작은오빠 크리스가 그녀를 불렀다.

"리제, 너는 준비 안 하니?"

"했어요. 이전에 봐 놨던 드레스 입고 가려고요."

"그래?"

크리스는 고개를 갸웃했다. 탄신연회 때마다 신이 나 저택을 누비던 동생이었다. 하지만 이번엔 시큰둥한 얼굴이었다. 실제로 엘리제는 탄신연회에 관심이 없었다. 아니, 관심이 없는 정도가 아니라 가고 싶지 않았다.

'가서 뭐 해. 좋은 일도 없었는데.'

좋은 일은커녕 16살 탄신연회는 끔찍했다. 황태자와 자신의 약혼이 발표되었으니까.

'그때는 그게 비극의 시작인지도 몰랐지.'

탄신연회에 가기 싫은 이유가 하나 더 있었다.

'시험공부 해야 해.'

의사 자격시험이 코앞이었다. 탄신연회 끝나고 보름 뒤였으니까. 아무리 지구의 의학 지식을 가지고 있는 그녀이지만 공부를 소홀히 할 수는 없었다.

'현대 지구와 이곳 의학 수준의 차이에 대한 것은 공부해야 해. 지구의 의학 수준으로 답하다가 오답 처리될 수도 있으니까.'

마음 같아선 충분히 공부하고 싶었지만 시간이 너무 부족했다.

'탄신연회는 얼굴만 비치고 바로 돌아와야겠어. 집에 돌아와서 공부해야지.'

그녀는 그렇게 공부 벌레 같은 생각을 했다.

"리제, 무슨 생각하니?"

"아, 아니에요."

"흐음?"

크리스가 어깨를 으쓱했다.

"그런데 얼굴이 조금 창백한데, 괜찮니?"

그러면서 그는 동생의 이마를 살짝 만졌다.

"어? 열이 있는 것 같은데?"

엘리제는 고개를 갸웃했다. 열이 있다고?

"괜찮아요. 신경 쓰지 마세요."

"아니야. 얼굴도 창백한 게 이상한데? 열심히 하는 것은 좋지만 너무 무리하고 있는 것 아니니?"

"아니에요. 정말 아무렇지도 않아요."

크리스의 걱정에 엘리제는 괜찮다는 듯 힘차게 고개를 저었다.

"봐요. 멀쩡하잖아요."

"아니야. 좀 쉬어야겠다. 책은 그만 보고 침실에 들어가서 누워 있어."

그는 엘리제가 읽고 있던 의학 서적을 강제로 덮었다.

"오라버니, 괜찮아요. 조금만 더 보고 들어갈게요."

"안 돼!"

"오라버니. 응? 부탁이에요. 응?"

그녀는 작은오빠의 팔에 매달리며 애교를 부렸으나 이런 면에서 크리스는 단호했다.

"절대 안 돼! 오늘은 푹 쉬어. 그렇지 않아도 몸도 약하면서 병이라도 걸리면 어떻게 하려고 그래?"

어쩔 수 없이 그녀는 침대로 끌려갔다.

"괜찮은데……."

"우리 리제 착하지? 책은 오빠가 가져갈 테니 오늘은 꼭 푹 쉬렴. 알았지?"

크리스는 크림처럼 부드럽게 웃으며 그녀의 방에 수북이 쌓여 있는 책을 전부 가져가 버렸다. 행정부에서 일 처리가 칼 같다는 작은 오라버니다운 단호한 행동이었다. 결국, 강제로 휴식을 취하게 된 엘리제는 한숨을 내쉬었다.

'사실 좀 무리하긴 했지.'

저녁까지 병원에서 일한 후, 집에 온 후에는 새벽까지 공부했다. 웬만한 남자도 버티지 못할 일정. 피곤하지 않다면 거짓말이었다. 사실 며칠 전부터 어지럽기도 했다.

'그래도 지구에선 이것보다 훨씬 더 무리했었는데.'

두 번째 삶, 인턴, 레지던트 시절에는 말도 안 되는 강도로 일했다. 3일을 합쳐 딱 3시간만 잔 적도 있고, 이틀 동안 한 끼도 못 먹고 일한 적도 있다. 그녀만 그런 게 아니라 한국의 모든 의사는 인턴, 레지던트 시절 그렇게 일한다.

'그래도 잘 버텼었는데. 확실히 송지현 때에 비해 지금의 몸은 약하구나. 잔병치레도 많고.'

그녀는 눈을 감았다.

'자고 일어나면 괜찮아지겠지. 자자.'

더 안 좋아졌다.

"아……."

눈을 뜬 엘리제는 신음을 흘렸다.

'아파, 열이…….'

온몸이 뜨거우면서도 추웠다. 전형적인 발열의 증상이다. 머리도 아프고, 띵하니 어지러웠다.

'뭐지? 단순 감기? 상기도 감염?'

아무래도 최근 너무 무리해 몸살이 온 것 같았다.

'아, 오늘 탄신연회에 가야 하는데. 하필.'

그녀는 한숨을 내쉬었다. 오늘은 탄신연회 첫날, 축일이었다. 수도에 머무는 고위 귀족으로서 무슨 일이 있어도 빠지면 안 된다. 마침 그때, 노크 후 방문이 열리며 작은오빠가 들어왔다.

"리제! 일어났니? 몸은 괜찮아? 이제 준비해야지?"

부드럽게 말하던 크리스의 얼굴이 굳었다. 동생의 창백한 안색을 본 것이다.

"리제?"

"아…… 네."

크리스가 급히 동생의 이마를 만져 보고 깜짝 놀랐다. 열이 펄펄 끓고 있었던 것이다.

“이런! 잠깐만 기다리고 있어봐!”

그는 급히 밖으로 나갔고 엘리제는 몽롱한 눈으로 침대에 누웠다.

‘아파…….’

잠시 후, 크리스가 가문의 주치의를 데리고 다시 돌아왔다. 아버지인 엘 후작도 함께였다.

“엘리제!”

딸의 모습을 본 엘 후작의 얼굴이 굳어졌다. 엘리제는 걱정하지 말라는 듯 살짝 미소 지었다.

“괘, 괜찮아요.”

하지만 그 모습이 더 아파 보여 후작의 마음에 불을 지폈다.

‘테레사병원 놈들! 도대체 아이를 얼마나 부려 먹었기에! 탄신연회만 끝나기만 해봐라! 다 감봉이야! 특히 그레이엄 그놈은 무조건 모가지고!’

밖에선 명재상이자 노블레스 오블리주를 실천하는 명예로운 귀족으로 칭송받는 후작이지만 알고 보면 가족을 끔찍이 여기는 팔불출인 후작이 이를 갈았다.

“잠깐 진료하겠습니다.”

함께 들어온 가문의 주치의가 엘리제에게 다가갔다. 엘리제가 먼저 추정 진단을 알려주었다.

“증상을 봤을 때 상기도 감염 같아요.”

그 말에 주치의는 눈에 이채를 띠었다. 정확한 의학 용어였기 때문이다.

“한번 보겠습니다.”

그리고 간단한 진찰을 했다. 열은 무려 38.7도. 그는 고개를 끄덕였다.

"네, 아가씨의 말씀대로 상기도 감염으로 보이는군요."

"괜찮은 건가?!"

"괜찮은 건가요?"

아버지와 작은오빠가 동시에 물어봤다. 걱정 가득한 그들의 얼굴에 주치의는 미소 지으며 말했다.

"네, 상기도 감염은 감기와 같은 거니 푹 쉬면 괜찮아지실 겁니다. 다만 열이 높아 당분간 괴로울 테니 약을 처방하겠습니다. 잘 챙겨 드십시오."

처방약을 건네고 주치의가 나갔다. 엘리제가 약을 먹으며 보니 진통제와 해열제였다.

'열이 더 오르진 않겠지? 먹고 좀 괜찮아야 할 텐데.'

엘 후작이 딱딱한 어투로 입을 열었다.

"엘리제."

"네?"

"이제부터 병원에 나가는 것은 금지다."

"네?!"

'갑자기 그게 무슨?!'

"병원에 나가 이렇게 아픈 거잖아. 몸도 약한 애가! 내 언제고 이럴 줄 알았다. 절대 안 돼!"

얼마 전 병원장에게 듣고 딸의 칭찬에 기뻐하던 것은 새까맣게 까먹고 그는 그렇게 화를 내었다.

"아, 아니에요, 아버지. 이거 제가 공부하느라 무리해서 그런 거예요. 병원에서는 전혀 무리하지 않고 있어요. 다시는 아프지 않을게요."

"하여튼 안 돼!"

근엄한 얼굴과 어울리지 않게 팔불출 모습을 보이는 아버지를 엘리제는 땀을 삘삘 흘리며 달래야 했다.

"앞으로 절대 무리 안 할게요. 아프지도 않고요. 그러니 화 푸세요, 아버지. 네? 네? 아버지, 아빠. 응?"

그렇게 애교 섞인 노력을 한 다음에야 간신히 아버지를 진정시킬 수 있었다. 옆에서 작은오빠가 걱정스레 말했다.

"탄신연회는 갈 수 있겠니, 엘리제?"

"가야죠."

"무리일 것 같은데……."

"괜찮아요. 안 괜찮아도 무조건 가야죠."

다른 날도 아니고, 첫날 축일이다. 그리고 그녀는 일반 귀족도 아니고 현 제국의 최고 명문 클로랜스가의 영애다. 쓰러져 병원에 입원이라도 하지 않는 한 무조건 가야 한다. 하지만 아버지가 단호히 말했다.

"안 가도 된다. 누가 뭐라 한다고? 나, 엘 후작의 딸이 아프다는데."

"아버지……."

"폐하가 뭐라 해도 내가 책임지마."

사랑과 걱정이 담긴 장담. 엘리제는 웃음을 지었다. 행복이 담긴 미소였다.

'이전 삶에선 항상 엄한 모습만 보이셨는데.'

과거엔 이런 행복을 경험할 수가 없었다. 그래서 현재 느끼는 이 행복이, 가족이 너무나 소중했다. 절대 놓치지 않을 것이다.

"괜찮아요. 그냥 얌전히 앉아만 있다가 폐하가 축일 기념문만 낭독하면 바로 돌아올게요. 어차피 전 어려서 연회 때 따로 할 일도 없으니까요."

재상인 아버지와 행정부의 고위 관료인 작은오빠는 연회 때도 많은 정치적인 일을 해야겠지만 자신이야 할 일이 없었다.

'지난 삶 때는 약혼녀로 발표돼 정신이 없었지만 이번엔 아니니까.'

어차피 지난 삶과 다르게 이번 탄신연회의 주인공은 자신이 아니었다. 그냥 조용히 있다 돌아오면 된다. 그녀는 그렇게 생각했다.

하지만 엘리제가 모르는 것이 있었다. 이번 탄신연회 때 자신에게 어떤 일이 일어날지. 그리고 자신이 어떤 일을 해낼지. 전혀 상상도 못 하고 있었다. 전혀. 그녀가 해낼 일, 그건 이 순간 아무도 짐작 못 한 대형 사고(?)였다.

"브리티아 만세!"

"로마노프 만세! 민체스터 황제 만세!"

온 거리가 축제로 물들어 있었다. 론도의 시민들은 황실에서 제공한 공짜 고기와 맥주, 와인에 환호성을 질렀다. 황궁의 탄신연회와 별개로 시민들은 각자 자신들만의 축제를 즐겼다.

"다들 좋아하는군요."

"기쁜 날이니까. 그나저나 크리스, 이번 준비에 많이 힘썼다 들었다. 수고 많았다."

"별말씀을요. 아버지가 더 고생하셨죠. 요즘 크림원정 때문에 재정부에서 한창 팍팍하게 굴던데."

재상과 행정부 관료는 그렇게 덕담을 나눴다.

"렌은?"

"형은 기사단에서 바로 연회장으로 온데요. 요즘 2차 크림원정군 논의가 있어서 한창 바쁜 것 같더라고요. 검은 대륙 서북부를 프랑소엔 공화국이 평정함에 따라 상황에 변동이 있어서."

"그래."

황궁으로 가는 마차 안에서 그들 부자는 국정을 논의했다. 그리고 새어머니는 딸을 보며 걱정스러운 표정을 지었다.

"괜찮니, 엘리제?"

"네, 어머니."

"폐하께서 축일 기념문만 낭독하면 바로 돌아오렴. 나랑 같이 오자구나."

"어머니는 조금 더 연회를 즐기다 오세요. 많이 기대하셨잖아요."

"아니야. 네가 이렇게 아픈데 연회는 무슨 연회니."

"저 정말 괜찮아요. 그냥 감기니까 걱정하지 마세요."

그렇게 시간이 지난 후, 마차는 황궁 연회장에 도착했다. 엘리제는 작은오빠의 에스코트를 받으며 마차에서 내렸다. 땅에 발을 대니 핑그르르 어지러운 느낌이 들었으나 애써 내색하지 않았다.

"리제, 절대 무리하면 안 돼?"

"네, 알겠어요. 저 신경 쓰지 말고 오라버니 일이나 잘하세요."

"일? 무슨 일?"

엘리제는 웃으며 말했다.

"맨날 혼자시잖아요. 이번 연회 때는 꼭 좋은 영애를 만나도록 하세요. 어머니, 아버지가 말은 없으셔도 얼마나 기다리시는지 몰라요."

"엘리제, 너!"

동생의 당부에 크리스가 얼굴을 붉혔다. 옆에서 오누이의 대화를 듣고 있던 새어머니가 끼어들었다.

"그래, 엘리제 말이 맞다. 너와 렌 모두 여자에게 관심이 없어. 남들은 너희보다 훨씬 어릴 때부터 연애다 로맨스다 말이 많은데 말이야. 일도 좋지만 너무 일만 하지는 마렴."

"어, 어머니."

"크흠, 그래. 이 아비도 그 말에는 동의한다. 이 아비가 너희 나이 때는 말이야, 그렇게나 인기가 많았는데."

엘 후작의 말에 새어머니가 눈을 흘겼다.

"여보!"

지금의 모습에선 상상하기 어렵지만 엘 후작은 젊은 시절 나름 바람둥이였다고 한다. 물론 사실 여부는 알 수 없다.

"크흠, 어쨌든 너나 네 형이나 다들 연애에 관심이 없어서…… 도대체 언제나 손주를 보여줄는지."

"……네."

크리스는 풀이 죽어 답했다. 그런 크리스를 보고 다들 쿡쿡 웃은 후, 연회장에 입장했다.

"클로랜스 후작가 입장이오!"

시종이 큰 소리로 그들의 입장을 알렸고, 제국 최고 명문가의 등장에 거대한 연회장에 있던 사람들의 시선이 한 번에 몰렸다.

"재상께서 오셨네."

"옆에 청년은 차기 행정부의 부부장으로 꼽히는 크리스 경이군. 그런데 옆에 저 아름다운 레이디는 누구지?"

"누구긴. 레이디 엘리제 아닌가."

"아! 차후 브리티아 제일의 미녀가 될 거라 기대된다는? 역시 듣던 대로 아름답군."

사람들이 엘리제를 바라보았다. 그들이 감탄할 만큼 엘리제는 아름다웠다. 부드러운 백금발, 하얀 피부, 보석 같은 푸른 눈동자. 절제되면서도 기품을 더하는 옅은 색상의 드레스. 평소 꾸미지 않고 있을 때에도 인형처럼 예뻤지만 깔끔히 단장한 지금은 마치 그림 속 요정 같았다. 아파서 안색이 창백하긴 했지만 오히려 작은 몸과 더불어 여린 매력을 더해 주었다.

사람들은 잠시 넋을 잃고 그녀를 바라봤다. 엘리제는 그 시선에 답하듯 살짝 미소를 지었다. 수줍은 듯한 아름다움을 더하는 미소였다. 그렇게 사람들의 시선을 한 몸에 받으며 그녀는 생각했다.

'빨리 돌아가고 싶다. 연회는 싫어. 차라리 수술실이 낫지.'

첫 번째 삶에서 연회는 지긋지긋하게 경험했다. 음식, 술, 수다, 남자, 춤! 돌이켜보면 참 덧없었다. 차라리 수술실에서 수술하는 것이 보람차고 즐거웠다. 삶과 죽음이 교차하는 긴장감! 꺼져 가는 생명을 살리는 보람! 그녀의 삶에서 절대 놓을 수 없는 것이었다.

그때 한 중년 귀족이 그들에게 다가와 엘 후작에게 말을 걸었다.

"오랜만이오, 후작. 웨일에서 늘 이야기 많이 듣고 있소."

"아, 공작 전하."

푸근한 인상의 중년인. 그는 브리티아 섬 중 론도의 서쪽 지방, 웨일의 대귀족인 하버 공작이었다.

"공작 전하를 뵙습니다. 클로랜스가의 차남, 크리스라고 합니다."

"경의 이야기도 많이 들었소. 촉망받는 인재라던데? 고생이 많소."

그러면서 잠시 이야기를 나누던 둘은 공작의 눈치를 받고, 따로 자리를 마련했다. 아마 웨일 지방의 일로 논의할 게 있는 듯했다.

새어머니도 오랜만에 만난 친우에게 이끌려 어딘가로 사라졌다. 덕분에 엘리제는 자연스레 홀로 연회장에 남겨졌다. 그녀는 지끈거리는 머리를 잡고 연회장을 둘러보았다.

'어디 구석에 쉴 만한 곳 없나?'

예전이라면 몸이 아파도 어떻게든 연회를 즐기려 했겠지만 지금은 별 관심 없었다. 아예 밖에 나가서 앉아 있고 싶었지만 오자마자 그럴 수는 없는 노릇이었다.

'저기, 저 구석이면 쉴 수 있겠다.'

그녀는 사람들의 눈에 띄지 않는 구석진 자리가 보이자 걸음을 옮겼다.

"하아……."

엘리제는 한숨을 내쉬었다. 조금 걸었다고 머리가 어지럽고 아팠다. 온몸이 때린 듯 아파 아무 데나 눕고 싶었다.

'빨리 돌아갈 수 있으면…….'

하지만 황제가 축일 기념문을 낭독할 때까지는 아직 한참 시간이 남아 있었다. 그때까지 어떻게 버틸지 막막했다.

그 순간이었다. 요란한 나팔 소리가 울렸다.

"황태자 전하 납시오!"

엘리제는 놀란 얼굴로 고개를 돌렸다.

'황태자가 벌써?'

황태자면 린덴 드 로마노프. 이전 삶에서 그녀의 남편이었던지라 그의 성격을 알고 있었다. 그는 연회를 지독히 싫어해, 항상 끝나기 직전에나 모습을 드러내곤 했다. 그런데 벌써 나타났다고 하니 너무 뜻밖이었다.

"황태자 전하를 뵙습니다!"

평소와 다른 모습은 그뿐만이 아니었다. 많은 이의 인사를 받으며 황족의 자리에 올라간 그가 주변에 기립한 이들을 놔두고 고개를 두리번거리기 시작한 것이다. 마치 누군가를 찾기라도 하는 모습.

"누구 찾는 사람이라도 있습니까, 전하?"

주변의 대신들은 의아한 표정을 지었다. 저 멀리 구석에서 그 모습을 지켜보던 엘리제도 고개를 갸웃했다.

'정말 누구 찾는 사람이라도 있나?'

그런데 그 순간, 그의 시선이 인파의 장벽을 뚫고 정확히 그녀가 자리한 구석으로 꽂혔다.

그 시선과 마주한 엘리제는 순간 흠칫했다.

'날 보는 건가?'

엘리제는 의아한 마음이 들었다.

'설마.'

하지만 그녀는 고개를 저었다. 서로를 식별하기도 어려운 먼 거리였다. 그녀를 알아보기도 어려울 것이고, 알아본다 해도 자신을 저렇게 빤히 볼 이유가 없지 않은가?

옆을 둘러보았으나 그녀 외에는 몇몇 시종밖에 없었다. 어쨌든 자신을 보는 것은 아니라 생각한 그녀는 시선을 돌렸다.

'그러고 보니 그도 연회에 오겠구나. 언제쯤 올까?'

황태자를 보니 문득 '그'가 생각이 났다.

'바람둥이라서 맨날 연회에 일찍 도착해 영애들을 꼬셨는데, 오늘

은 안 보이네?'

그렇게 생각하는 그녀의 입가에 미소가 걸렸다. 황태자와 더불어 또 다른 황자, 론도 최고의 바람둥이. 그는 과거의 삶에서 그녀의 유일한 친구이기도 했다.

'참 신기하지. 가까워야 할 사람들과는 그렇게 파국을 맞고, 가장 멀리 했어야 할 그와는 친구로 지냈고.'

어차피 자신은 황실과 상관없는 의사의 삶을 살 것이기에 황태자는 물론 '그'와도 인연이 없겠지만 한 번쯤 다시 보고 싶었다. 자신 혼자만 기억하는 추억이겠지만 '그'와의 인연은 나름 소중했으니까.

"어머, 이게 누군가요? 오랜만이에요, 클로랜스 영애."

그때, 높은 고음이 들렸다. 고개를 돌리니 신경질적인 외모의 귀족 아가씨가 그녀를 바라보고 있었다.

'누구더라?'

"저…… 실례지만 누구신지……?"

"뭐예요? 지금 제가 누군지도 모른다는 거예요? 하! 기가 막혀!"

귀족 아가씨가 눈에 쌍심지를 켰다. 엘리제는 곤란한 마음이 들었다.

'진짜 잘 기억이 안 나는데, 어쩌지?'

저 아가씨는 그녀를 몇 달 만에 만나는 것이겠지만 엘리제는 30년이 넘어 만나는 것이었다. 스쳐 지나간 인연까지 잘 기억날 리가 없었다. 그래도 아픈 머리로 고민해 간신히 기억을 떠올릴 수 있었다.

"버몬트 영애."

"기억해 주셔서 참 영광이군요! 지난번 영애가 말씀했던 대로 클로랜스 가문에 비하면 참 보잘것없는 가문인데!"

엘리제는 곤란한 마음이 들었다. 보아하니 시비를 걸러온 것 같았다.

'버몬트 백작가. 귀족파 대표 가문 중 하나.'

버몬트 백작가는 차일드 후작을 필두로 하는 귀족파 가문 중 하나였다. 황제파의 수장인 클로랜스 가문과는 당연히 앙숙 사이였다.

'사교계에서도 황제파, 귀족파로 나뉘어 참 많이 으르렁거렸었지.'

가문의 정치적인 문제는 사교계의 여성들에게도 영향을 끼쳤다. 이전 삶, 그녀는 황제파 귀족 영애들의 우두머리로 귀족파 영애들과 수없이 싸웠었다. 물론 그건 지금으로부터 조금 시간이 지나 황태자와의 약혼이 공표된 뒤에 벌어질 이야기로, 아직 그녀는 사교계에서 별 인지도가 없었다. 성인식도 치르지 않았고. 성격만 못됐을 뿐, 그럴 만한 카리스마도 부족했다.

'그런데 내가 버몬트 영애에게 과거에 무슨 잘못을 했던 거지?'

이렇게 일부러 찾아와 시비를 거는 것은 분명 자신이 이 영애에게 어떤 잘못을 했던 탓일 것이다.

'뭐였을까?'

고민한 끝에 간신히 떠올릴 수 있었다.

'그거였군.'

대단한 잘못은 아니었다. 하지만 당한 당사자에겐 굉장히 불쾌한 일이었을 터. 그녀는 자신의 잘못을 인정했다.

"버몬트 영애."

"뭐죠?"

"예전에 영애의 가문에 대해 철없이 말했던 점 죄송합니다. 제가 경솔했습니다. 진심으로 사과드립니다."

엘리제는 머리를 숙였다.

"……!"

그 생각지도 못 한 사과에 버몬트 영애는 깜짝 놀라 입을 벌렸다. 시비를 걸러 왔으나 이런 반응은 상상도 못 했다. 저 오만하고, 자신만 아는 클로랜스 영애가 이런 사과라니? 혹시 자신을 놀리는 것인가 싶었지만 진심이 느껴지는 사과였다.

"이런다고 당시의 불쾌감이 없어지진 않겠지만 죄송합니다. 제가 어려 철이 없어서 그랬던 것 같습니다. 용서해 주시면 감사하겠습니다."

"아, 아니에요. 그, 그렇게까지 말하니 저도 넘어가죠."

엘리제의 공손한 사과에 오히려 당황한 버몬트 영애는 말을 더듬었다.

'어떻게 된 거지?'

그녀가 아는 엘리제는 절대 이런 사과를 할 인물이 아니었다. 성격도 성격이지만, 클로랜스 가문에 대한 자존심으로 똘똘 뭉쳐 있는 그녀가 이렇게 선선히 고개를 숙이다니? 하지만 엘리제의 생각은 이랬다.

'잘못했으면 사과를 하는 것이 맞지. 잘못했는데도 부끄러워할 줄 모르면 그것이 오히려 가문의 명예를 먹칠하는 것일 터.'

잘못한 것에 대해서는 얼마든지 사과할 수 있었다. 그게 자존심이 상하는 일이라고 생각하지도 않았다. 오히려 잘못을 알고도 외면하는 것이, 더 자존심을 떨어뜨리는 것이겠지.

그때였다. 또 다른 목소리가 끼어들었다.

"오랜만이에요, 클로랜스 영애. 잘 지내셨나요?"

일반 귀족 영애와 다른 당당하고 시원시원한 음성. 엘리제의 눈이 커졌다. 두 번의 삶이 지났지만 선명히 기억나는 목소리였다. 고개를 돌리니 과연 기억 속에서 똑똑히 떠오르는 얼굴이 자신을 바라보고 있었다.
모델같이 큰 키, 호리호리하면서도 육감적인 몸매, 약간 짙은 피부색은 건강하면서도 시원한 매력을 뿜어내고 있었다. 병약해 보이는 엘리제와는 전혀 다른 스타일의 미인이었다.
"차일드 영애."
그녀는 다름 아닌 귀족파의 수장인 차일드 가문의 공녀였다!
"다행이네요. 제 이름은 기억해 주어서."
유리엔 드 차일드. 그녀가 웃으며 말했다. 똑같은 말이지만 버몬트 영애와는 느낌이 전혀 달랐다. 비꼬는 게 아닌 정말 다행이라 생각하는 듯한 음색. 실제로 비꼬는 말이 아니었을 것이다. 유리엔, 그녀는 그런 사람이 아니었으니까.
'차일드 영애.'
엘리제는 복잡한 마음으로 그녀를 바라봤다. 독사 같은 차일드 후작과 다르게 유리엔과는 여러모로 애증이 교차하는 사이였다.
'사이가 좋진 않았지만.'
좋기는커녕 원수 같았다. 차일드와 클로랜스. 가문끼리도 지독한 앙숙이었고, 두 사람이 사이가 나쁠 수밖에 없는 이유가 하나 더 있었다. 유리엔은 자신과 마찬가지로 황태자를 짝사랑했었다. 즉, 그녀는 적대적인 가문 출신인 것도 모자라 개인적으로는 연적이었던 것이다.
'정말 지독히도 싸웠었는데.'
말 그대로, 둘 중 한 명이 죽을 때까지 원수처럼 지냈었다. 당시에는 그게 당연하다 생각했었다.
'꼭 그럴 필요가 있었을까.'

엘리제는 씁쓸히 생각했다. 지구에 살며 이전 삶을 떠올릴 때 유리엔 생각을 가끔 했었다. 가문의 입장이 다르고, 같은 사람을 사랑했을 뿐, 그녀는 객관적으로 참 멋진 여성이었다. 돈놀이꾼 차일드 후작의 딸이라곤 상상하기 어려울 정도로!

'차라리 내가 아니라 그녀가 황후가 되었으면 여러모로 좋았을지도 모를 텐데.'

심지어 그런 생각을 하기도 했었다. 유리엔이 황태자와 결혼했으면 자신처럼 비극을 맞이하지 않았을 것이다. 귀족파도 황실의 편으로 어느 정도 끌어안을 수 있었을 것이고.

'이번 삶에선 그녀가 황태자비가 되는 것도 좋겠구나. 그토록 황태자를 사랑했으니까.'

정치적 입장 때문에 그 가능성은 낮겠지만 자신이 빠질 것이니 혹시 몰랐다. 그녀가 황태자를 사랑하는 감정도 보통 깊은 것이 아니었으니까.

"무슨 생각을 하죠?"

유리엔이 물었다. 엘리제가 미소 지으며 답했다.

"아무것도 아니에요. 만나서 반갑습니다, 차일드 영애."

"……."

유리엔은 고개를 갸웃했다. 엘리제의 말투가 이해가 안 갔던 것이다. 싹수없던 평소와 다른 것은 그렇다 쳐도, 목소리에 은은한 반가움이 숨어 있었다.

'뭐지? 내가 잘못 느낀 거겠지?'

하지만 그녀가 잘못 느낀 것이 아니었다. 엘리제는 실제로 그녀를 반가워하고 있었다. 엘리제도 그런 자신의 감정이 신기했다.

'과거 그렇게 싸웠는데, 오랜만에 보니 반갑네. 미운 정이라도 든 걸까?'

유리엔은 그런 엘리제를 보며 헛기침을 했다.

"오늘 영애는 조금 이상하군요."

사실 유리엔은 좋은 의도를 가지고 엘리제에게 온 게 아니었다. 평소 도가 넘치게 예의가 없는 엘리제를 따끔하게 혼내려고 한 것이었는데, 상대의 반응이 전혀 예상 밖인지라 맥이 빠졌다. 못된 살쾡이가 순한 토끼로 변하기라도 한 느낌이다.

둘은 잠시 말없이 서로를 바라봤다. 유리엔은 탐색하는 듯한 눈초리로, 엘리제는 그저 부드러운 미소를 띠고. 그런데 한참 엘리제를 살피던 유리엔은 그녀의 안색이 안 좋은 것을 눈치챘다.

"안색이 안 좋은데, 몸이 안 좋으신가요?"

"네, 조금 감기 기운이 있네요."

"조심하시지 그랬어요. 요즘 감기가 매우 독하던데."

말을 하고 유리엔은 아차 후회했다. 서로 이런 말을 나눌 사이가 아니질 않은가. 하지만 클로랜스 영애의 반응은 평소와 전혀 달랐다.

"걱정해 주셔서 감사드립니다, 영애. 영애께서도 건강 조심하세요."

공손한 감사. 유리엔 공녀는 기이한 눈으로 그녀를 바라봤다. 도대체 넌 누구냐 하는 눈빛이었다.

"몸이 안 좋은 것 같은데 쉬도록 하세요."

인사를 하고 유리엔은 등을 돌렸다. 그 순간 엘리제가 의외의 말을 하였다.

"저! 영애."

"네?"

"저……."

엘리제는 바로 이야기하지 않고 머뭇거렸다. 유리엔이 의아한 시선을 보냈으나 엘리제는 곧 고개를 저었다.

"……아니, 아무것도 아닙니다. 좋은 시간 보내세요."

사실 엘리제는 유리엔과 좀 더 이야기를 나눠보고 싶었다. 당당하고 멋진 그녀가 마음에 들었다. 제 아버지와 다르게 인애(仁愛)를 갖추고, 마지막 순간에도 기품을 잃지 않았던 여자. 그게 그녀가 기억하는 유리엔이었다. 비참한 최후를 맞이한 것은 자신과 같았지만 그녀는 자신과 전혀 다른 여인이었다.

'친구가 되면 좋겠지만.'

의사 생활을 하다 시간이 나면 저런 친구와 같이 차와 케이크를 먹으며 쉴 수 있다면 얼마나 좋을까? 하지만 앙숙인 양가의 관계에서는 그건 불가능한 일이었다.

"하아."

유리엔은 가만히 한숨을 내쉬었다.

"왜 그런 눈으로 보세요?"

"아, 아니에요."

유리엔은 알 수 없다는 듯 엘리제의 눈을 바라보았다. 도대체 왜 자신을 저런 눈빛으로 본단 말인가? 결국 그녀는 이렇게 말했다.

"부담되니 그런 눈으로 그만 보고, 다음에 기회가 되면 차나 한잔해요."

"……!"

그 말에 엘리제는 밝게 웃었다.

"네, 그럴게요. 꼭."

물론 둘에게 그럴 기회가 올 일은 거의 없을 것이다. 그래도 언젠가, 우연이라도 길에서 만나면 한 번쯤 그녀와 차를 마셔 보고 싶었다.

"후우, 그러면 가볼게요."

"네, 좋은 시간 보내세요."

"아, 참. 클로랜스 영애."

"……?"

"오늘 발표의 주인공이 누가 될지 아세요?"

"네? 무슨 말인지?"

"황태자 전하의 약혼녀 말이에요. 오늘 황제 폐하께서 축일 기념문 낭독 후, 누가 전하의 약혼녀가 될지 발표한다셨잖아요."

엘리제는 고개를 저었다.

"몰라요."

"정말요?"

"네, 몰라요."

하지만 유리엔은 믿지 않고 오히려 그녀에게 의혹의 눈초리를 보내며 물어왔다.

"혹시 영애 아니에요?"

"……!"

엘리제의 표정이 굳었다. 지난 삶, 약혼 발표 때가 떠올랐던 것이다.

"버킹엄 공작의 공녀, 프러시엔 공국의 공녀, 스페냐 왕국의 공주, 합스부르엔 왕가의 왕녀 등 여러 후보가 있지만 사실 영애가 가장 유력하지 않나요?"

"아니에요. 전, 절대로 아니에요."

그녀는 강하게 고개를 저었다. 지난 삶에선 자신으로 발표가 났었지만 이번 삶은 달랐다. 그럴 일은 없을 것이다.

"그렇군요."

유리엔은 더 물어보지 않았다. 다만 한숨을 내쉬었다.

"누가 될지는 몰라도 참 부럽네요."

깊은 슬픔이 담긴 목소리였다. 그녀는 황태자를 사랑했다. 하지만 그녀와 황태자 사이에는 로미오와 줄리엣보다 깊은 간극이 있었다. 무저갱보다 깊은 간극이.

"제가 괜한 소리를 했네요. 하여튼 쉬도록 하세요."

"네, 영애. 좋은 시간 되세요."

유리엔이 물러가고, 엘리제는 기둥에 몸을 기대고 눈을 감았다. 그녀와 재회한 게 반갑긴 했지만 대화를 나누었더니 더 어지러웠다.

'조금만 쉬자. 빨리 집에 갔으면.'

그나마 구석진 자리라 아무도 자신을 보는 이가 없어서 다행이었다. 이렇게 끝날 때까지 있고 싶었다.

하지만 그녀가 모르는 것이 있었다. 그녀를 보는 이가 아무도 없는 게 아니란 것을. 아니, 오히려 수많은 시선이 그녀를 훔쳐보고 있었다.

오늘 엘리제는 참으로 아름다웠다. 몸이 안 좋아 안색이 하얬지만 오히려 그것이 더욱 그녀의 매력을 발산시키고 있었다. 수많은 귀족 영애가 있었지만 그중에서도 가장 돋보이는 꽃.

연회장의 귀족 자제들은 그런 그녀를 보며 가슴이 설렜다. 하지만 그들이 그녀에게 직접 다가가지 않는 이유가 있었다. 곧 있을 황태자의 약혼녀 발표! 혹시 그녀가 그 주인공이 아닐까 하는 의문 때문이었다. 물론 후보자가 여럿 있었지만 객관적으로 그녀가 가장 유력한 후보자 중 하나였기 때문이다.

"마음에 안 드는군."

그런 미묘한 상황과 달리 그녀를 보며 불쾌한 표정을 짓고 있는 남자가 있었다. 황태자인 린덴 드 로마노프였다.

'뭘 저렇게 쳐다보는 거야.'

정확히는 그녀를 보고 있는 남자들이 마음에 들지 않았다. 탄신연회에 왔으면 적당히 연회나 즐길 것이지, 뭘 저렇게 쳐다보고 있단 말인가? 마음이 불편해진 황태자로선 그녀도 마음에 안 드는 것은 마찬가지였다.

'왜 저렇게 입고 와서. 저렇게 차려입고 오니 남자들이 쳐다보잖아.'

사실 탄신연회에 예쁘게 단장하고 오는 게 당연한 일이긴 했지만 그냥 다 마음에 안 들었다.

"뭐가 마음에 안 드십니까, 전하?"

친우, 렌의 물음에 린덴은 고개를 저었다.

"아무것도 아니다."

"혹시 심기를 불편하게 한 자라도? 누군지 말씀만 하십시오. 제가 해결하겠습니다."

'자네 막냇동생이다만.'

이렇게 말할 수도 없어 린덴은 입술을 비틀었다.

"렌."
"네?"
"자네 동생 말이야. 혹시 몸이 안 좋은가?"
초상 능력자이자 오러 나이츠인 황태자는 시력이 일반인보다 훨씬 좋았다. 저 멀리 보이는 안색이 하얬다. 평소에도 하얬지만 오늘은 더욱 창백해 보였다. 계속 움직이지 않고, 기둥에 몸을 기대고 있는 모습도 이상했다.
"모르겠습니다."
하지만 역시 렌 남작은 동생에 대해 아는 것이 없었다. 별로 관심도 없어 보였다. 도움이 안 되는 친우를 보며 한숨을 내쉰 황태자는 고민했다.
'한번 가볼까?'
하지만 자신이 있는 곳과 그녀가 있는 곳은 너무 멀었다. 그 거리는 커다란 연회장의 끝에서 끝까지나 다름없었다. 게다가 먼 거리는 둘째 치고, 자신을 둘러싸고 있는 국정대신들 때문에 도저히 움직일 수가 없었다.
'그러니까 왜 저런 곳에 있는 거야? 마음에 안 들게.'
그녀가 마음에 안 드는 이유가 또 하나 추가되었다. 그런데 그때였다.
"……!"
황태자의 눈썹을 찌푸리게 하는 일이 일어났다. 그림같이 잘생긴 남자가 엘리제에게 다가가 춤을 신청한 것이다!
'저 남자는?!'
남자의 정체를 알아본 린덴의 얼굴이 딱딱하게 굳었다.

"보석처럼 아름다운 레이디, 저에게 레이디와 춤을 출 수 있는 영광을 주시겠습니까?"

순간 엘리제는 그 말을 못 알아들었다. 머리도 아팠고 춤 신청을 받아본 지 너무 오랜만이었던 것이다.

"레이디?"

"아…… 저한테 말씀하신 건가요?"

"네, 그렇습니다."

엘리제는 눈을 깜빡거렸다. 상대는 거리를 걸으면 누구나 쳐다볼 만한 미남이었다. 부드러운 느낌이었는데, 갈색 머리칼이 자연스럽게 곱슬거렸다. 그런데 그는 왠지 브리티아 제국인과 느낌이 달랐다.

'프랑소엔인?'

무엇보다 그의 발음이 독특했다. 남자가 그녀에게 건 말은 브리티아어가 아니라, 혀를 많이 굴리는 서대륙 본토의 프랑소엔어였다. 전통의 강국인 프랑소엔어는 서대륙 각국의 귀족 사회에서 공용어처럼 사용되고 있기 때문에 엘리제도 무리 없이 그의 말을 알아들을 수 있었다.

"당신은 누구죠?"

"레이디의 아름다움에 영혼을 빼앗긴 제 이름은 루이라고 합니다. 프랑소엔 공화국의 사절로 탄신연회에 참여했습니다."

그의 이름을 들은 엘리제의 얼굴이 딱딱하게 굳었다.

"루이 경이라고요?"

"네, 그렇습니다."

남자는 은은하게 웃으며 답했다. 하지만 엘리제는 생각지도 못 한 인물과의 만남에 정신을 차릴 수가 없었다.

'맙소사, 루이라고?!'

그녀는 이 남자를 알고 있었다. 모를 수가 없었다.

'그러고 보니 내가 과거에 봤던 초상화랑 똑같아. 동명이인이 아니야. 그 루이가 분명해!'

그녀는 자신도 모르게 중얼거렸다.

"사막의…… 전갈?"

남자의 얼굴이 순간 굳었다 풀어졌다.

"고결한 레이디의 입에 담기에는 적절하지 못한 별명입니다. 그냥 루이라 불러주십시오."

사막의 전갈, 루이 니콜라스! 프랑소엔 공화국의 통치자인 총통 시몬 니콜라스의 외아들이자 광활한 검은 대륙의 서북부를 평정한 프랑소엔 공화국 최고의 명장!

'몽셀 왕국을 이용해 크림원정군의 뒷목을 자르려는 계책을 낸 것도 이 남자잖아.'

엘리제의 조언이 아니었다면 그 계책으로 크림으로 원정 나간 제국군은 궤멸했을 것이다. 그뿐이 아니다. 곧 다가올 훗날 2차 크림원정 때 이 남자 때문에 얼마나 많은 제국군이 피해를 보았는지 모른다. 지난 삶에서 작은오라버니가 사망한 것도 크리스의 부대가 이 남자의 전략으로 몰살당했기 때문이다.

'그런데 왜 루이 니콜라스가 탄신연회에 온 것이지? 원래 공화국과 제국은 서로 친선 사절을 보내지 않는데.'

그녀의 머릿속에서 이전 삶에 대한 기억과 국제 정세가 얽혔고, 곧 결론을 추론할 수 있었다.

'설마…… 그 이유 때문에?!'

그녀는 소스라치게 놀랐다. 차라리 지금 자신의 추측이 터무니없는 것이면 좋겠다. 하지만 그 이유가 아니라면 저 니콜라스가 굳이 직접 브리티아까지 올 이유가 없다.

"왜…… 저에게 춤을?"

"아름다운 레이디와 춤을 추는 것은 모든 남자의 영광 아니겠습니까? 그리고 이전부터 레이디와 만나길 소망했습니다."

"저를…… 말이에요?"

루이 니콜라스는 미소를 지었다. 입가만 올라간 웃음.

"제 계획을 막은 브리티아 제국의 희대의 군략가가 누군지 궁금했습니다. 이렇게 아름다운 레이디일 거라고는 상상도 못 했습니다."

엘리제의 얼굴이 딱딱하게 굳었다.

'내가 몽셀 왕국의 움직임을 예측한 것을 알고 있어?'

그녀는 루이 니콜라스의 눈을 바라봤다. 그림 같은 그의 눈매는 낮게 가라앉아 있었다. 마치 먹이를 노리는 뱀 같은 눈빛이었다.

루이 니콜라스가 부드럽게 손을 내밀었다.

"아름다운 레이디여, 저에게 춤을 출 수 있는 영광을 주시겠습니까?"

"……."

엘리제는 머뭇거렸다. 솔직히 춤추고 싶지 않았다. 몸도 너무 안 좋았고, 더구나 상대가 공화국의 니콜라스라니! 엄밀히 따지면 이전 삶에서 작은오라버니의 원수 아닌가? 하지만 특별한 사유 없이 춤 신청을 거부하는 것은 실례였다. 웬만한 신분이면 실례를 범해도 상관없겠으나, 니콜라스는 공화국에서 왕자에 버금가는 신분의 인물이었다. 30년을 독재한 현 총통의 아들이자 차기 총통으로 강력히 거론되고 있으니까.

'하아, 누가 말려주기라도 했으면.'

어쩔 수 없이 그의 손을 마주잡았다. 그런데 그때 갑자기 서늘한 목소리가 내려앉았다.

"그만!"

"……!"

"거기까지!"

짙은 흑발, 초상 능력이 담긴 금안. 조각처럼 아름답지만 지독히 차가운 인상의 남자, 황태자가 그들을 바라보고 있었다. 엘리제는 놀라 살짝 무릎을 숙였다.

'황태자 전하가 어째서 이쪽에?'

"엘리제 드 클로랜스가 황태자 전하를 뵙습니다."

예를 취한 그녀와 달리 니콜라스는 마치 친우에게 하듯 유들유들한 말투로 인사할 뿐이었다.

"검은 대륙에서 2년 전에 뵌 후 처음이군요. 오랜만입니다, 전하. 아니, 전하가 아니라 검은 대륙에서 부르던 영광된 존칭, 공제(空帝)라 불러드릴까요?"

하지만 황태자는 그를 쳐다보지도 않았다. 린덴은 아직도 엘리제와 마주잡고 있는 손을 바라봤다.

"놔라."

"네?"

"말 못 알아듣나? 그 손 놓으라고."

마치 북풍한설 같은 말투. 평소보다 더욱 차가웠다.

니콜라스의 얼굴이 굳어졌다. 그러나 곧 다시 유들유들한 미소를 띠며 물었다.

"제가 왜 그래야죠? 이곳 브리티아는 아름다운 레이디에게 춤을 청하지도 못 하나요?"

"싫어하잖아."

"네?"

"넌 눈이 나쁜 건가? 싫어하는 얼굴이 보이지 않나?"

"……!"

드디어 니콜라스의 얼굴에서 표정이 사라졌다. 그가 엘리제를 바라봤다. 그녀는 그 이글거리는 시선을 받으며 곤란한 표정을 지었다.

'도대체 이게 어떻게 된 상황이지.'

물론 니콜라스와 춤을 추긴 싫었다. 누군가 말려주면 좋겠다고 생각했다.

'하지만 황태자 전하가 왜 갑자기?'

심지어 기분도 굉장히 불쾌해 보인다. 지난 삶, 부부였던 그녀는 그의 기분을 정확히 알 수 있었다. 그때와 똑같이 차가운 표정이지만 저건 굉장히 불쾌할 때 짓은 표정이다.

'그런데 왜? 그가 왜 불쾌해하지?'

"알겠습니다. 제가 눈치 없이 실례했군요."

니콜라스가 피식 웃었다. 그리고 어깨를 으쓱하더니 과장되게 무릎을 꿇으며 엘리제에게 인사했다.

"아름다운 레이디, 이만 물러가겠습니다. 혹시 다음에 다시 만날 기회가 찾아온다면 그때 다시 춤을 신청해도 되겠습니까?"

"아…… 네."

"그날을 간절히 고대하겠습니다. 간절히 원하니 언젠가는 다시 만날 날이 오겠지요."

그는 프랑소엔 공화국의 예법대로 인사를 한 후 사라졌다. 그리고 연회장 구석에 단둘이 남겨진 두 사람.

"……."

"……."

엘리제는 어색하게 그를 바라봤다.

"저…… 감사합니다, 전하."

"뭐가 감사하지?"

그 말에 엘리제는 고민했다.

'진짜 뭐가 감사하지?'

상대가 마음에 안 들었다 해도 연회장에서 춤 신청은 지극히 일상적인 행위였다. 사실 그걸 막은 황태자의 행동이 이상한 것이다. 하지만 그래도 감사했다. 정말 저 남자와 춤추긴 싫었으니까. 그래서 그녀는 솔직히 답했다.

"저분과 춤추기 싫었거든요."

"감사할 필요 없다."

황태자는 고개를 돌리며 말했다.

"그냥 그 녀석이 마음에 안 들어서 나선 것일 뿐이니까. 특별히 널 도와주려 한 것은 아니다."

"그렇군요. 그래도 감사해요."

그녀는 왜 그가 이렇게 나선 것인지, 불쾌해한 것인지 어느 정도 이해했다.

2년 전, 검은 대륙의 앙젤리에서 제국과 공화국은 전쟁을 벌였다.

황태자와 니콜라스, 모두 서로의 목숨을 노리고 싸웠으니 감정의 골이 깊을 것이다. 만나자마자 혐오감을 느낄 정도로.

'아니, 그런데 원래 이렇게 사적인 감정으로 움직이는 분이셨나? 감정 표현하는 걸 거의 본 적이 없었는데. 그만큼 루이 니콜라스가 싫었나?'

하지만 그녀는 생각을 더 이을 수 없었다. 황태자가 생각지도 못한 말을 했기 때문이다.

"레이디 엘리제."

"전하?"

"괜찮다면 춤이나 추겠나?"

"……네?"

엘리제가 놀라 고개를 들었다. 그가, 무뚝뚝한 금안이 자신을 주시하고 있었다.

'지금 나한테 춤 신청을 한 거야? 저 황태자가?'

눈을 크게 뜬 그녀에게 그가 다시 한 번 말했다.

"레이디 엘리제, 나와 춤을 춰주겠나?"

화려하게 치장한 영애들, 풍성한 음식, 달콤한 술. 연회를 아름답게 하는 요소는 수없이 많았지만 그중에 으뜸은 바로 춤이었다. 감미로운 음악에 맞춰 젊은 남녀가 한 몸이 되어 펼치는 앙상블. 그건 단순한 몸짓이 아닌 감정이고 이야기였으며 예술이었다. 그리고 지금 이 순간, 황궁 대연회장의 한복판에서 또 하나의 예술이 펼쳐지고 있었다.

"오오, 황태자 전하께서?"

"정말 전하가?"

사람들은 놀라 연회장 한가운데를 바라봤다. 황태자 린덴 드 로마노프가 작은 소녀와 함께 음악에 맞춰 춤을 추고 있었던 것이다.

"황태자 전하께서 얼마 만에 춤을 추시는 거지?"

"최근엔 한 번도 못 본 것 같은데, 신기하군."

"그런데 저 레이디는 누구지?"

"재상가의 클로랜스 영애인 것 같군."

연회장 모두가 둘을 바라봤다.

"그나저나……."

누군가 중얼거렸다.

"아름답군."

홀린 듯한 목소리.

"저 춤이 저렇게 아름다운 춤이었나."

그 말은 모두의 마음을 대변한 것이었다. 그들은 너무도 아름다웠다. 부드러우면서 조금은 빠른 음악. 그에 맞춘 절도 있으면서도 강인한 남자의 리드와 옅은 색의 드레스를 입은 채 부드럽게 남자를 따라가는 소녀. 격식 있으면서도 부드럽고, 화려하면서도 절제된 춤이었다.

"정말 아름답네요."

"황태자 전하야 원래 춤을 잘 추시기로 유명하지만 저 영애도 대단하네요."

"그러게요. 아직 성인식도 안 치른 것으로 아는데."

남녀 할 것 없이 모두 둘의 춤을 감탄하며 바라봤다.

"그나저나 서로 호흡이 맞지 않으면 저렇게까지 추기 어려운데, 정말 잘 어울리네요."

"그렇죠? 호흡이 완전히 맞는 것 같아요. 대단해요."

춤은 혼자 추는 것이 아니다. 서로의 호흡이 맞아야 한다. 둘의 춤은 장시간 손발을 맞춰본 이들의 것처럼 자연스러웠다. 마치 천생연분 부부처럼 한 호흡으로 추는 것 같았다.

"이전에 여러 번 같이 춰본 것은 아니겠죠?"

"에이, 설마요."

연인이나 부부가 아닌 한, 한 상대와 반복적으로 춤을 출 일은 없었다.

"혹시 모르죠. 클로랜스 가문의 영애이니 전하와 혹시 만남이 있었을지도요."

"어머, 그러고 보니 그럴 수도 있겠네요. 그러면 오늘 발표될 약혼녀도 역시 저 클로랜스 영애일까요?"

귀부인들은 수다를 떨며 상상의 나래를 펼쳤다. 사실 그들의 추측이 틀린 것은 아니었다. 황태자는 몰라도, 엘리제는 그와의 춤이 처음이 아니었다. 지난 삶, 둘은 부부였으니까.

그렇게 사람들의 시선을 한 몸에 받으며 엘리제는 생각에 잠겼다.

'오랜만이네, 전하와의 춤.'

일방적인 짝사랑이었으나, 그의 짝으로 지낸 세월이 9년이었다. 춤을 지독히 싫어하는 그였지만 황태자로서 나서야 하는 순간이 있었고, 그때마다 그녀가 파트너로 호흡을 맞췄다.

'리드. 여전하시구나.'

황태자의 춤에는 그의 성격이 고스란히 담겨 있었다. 무뚝뚝하고 절제된, 그러면서도 강한. 황족의 예법으로 다져진 그답게 완벽한 춤이었으나, 따라가기가 쉽지 않았다.

'저 리드를 따라가려고 엄청나게 노력했었는데.'

처음 그와 춤을 추고 망신을 당한 후 정말 발이 까지도록 연습했었다. 열심히 해서 그와 어울리는 춤을 춰 그가 자신을 돌아봐 주길 바랐었다.

'옛날 일이지.'

그때의 생각이 나며 기분이 씁쓸해졌다.

'뭐, 오늘이 특별한 것일 뿐. 전하와 다시 이렇게 춤을 출 일은 없겠지.'

오늘 왜 자신에게 춤을 신청했는지 모르겠다. 꼭 필요한 상황이 아니면 절대 춤을 추지 않으셨는데. 더구나 지금 자신은 그와 아무런 사이도 아니지 않은가?

'모르겠다. 머리 아파. 빨리 집에 돌아갔으면.'

그런데 그때, 음악의 리듬이 빨라지며 갑자기 그의 리드가 변했다.

"무슨 생각을 하지?"

희미하게 불쾌감이 섞인 낮은 음성.

"그냥…… 아무 생각도요."

그 순간이었다. 황태자의 손이 갑자기 허리춤으로 파고들었다!

엘리제는 놀라 흡, 숨을 들이켰다. 그가 그녀를 자신의 품으로 끌어당기며 작게 말했다.

"집중해라."

"네……."

두근두근.

이제 아무런 감정이 없음에도 갑작스레 밀착한 탓일까? 허리로 느껴지는 그의 손에, 코로 느껴지는 그의 체향에 그녀의 가슴이 덜컥 떨렸다.

"저, 저기…… 전하."

"뭐지?"

"조, 조금……."

"뭘 말인가?"

밀착한 상태로 황태자는 정신없이 그녀를 리드했다. 무언가에 화라도 난 것처럼. 강렬하고 격렬한 리드였다.

'왜 갑자기?'

이전 삶, 이런 식의 리드는 거의 보이지 않았던 그였다. 엘리제는 혼란스러워하며 정신없이 그를 따라갔다.

한편 린덴은 그런 그녀를 금색 눈으로 내려다봤다. 실제로 지금 그는 기분이 좋지 않았다.

왜 저런 표정이란 말인가? 저 씁쓸한 얼굴이라니? 나와 춤을 추면서 무슨 생각을 하고 있기에 저런 표정이 나타난단 말인가? 나와의 춤이 그렇게 싫은 건가?

불쾌한 마음이 춤에 그대로 드러났다. 부드러움이 적어지고 거칠고, 강렬한 리드가 이어졌다. 지켜보던 이들이 그 모습에 감탄성을 토했다.

"오오, 역시 태자 전하!"

"강렬하군!"

황태자의 춤에서 역동적인 힘과 남성성이 강렬히 흘러나왔다. 사람들의 시선이 그 강렬한 춤을 무리 없이 따라가는 엘리제에게 꽂혔다.

"저 영애도 정말 대단하군. 저 어려운 춤을 저렇게나 호흡을 잘 맞추다니."

"그러게요. 역시 클로랜스 가문의 영애네요."

황태자도 다소 놀란 시선으로 엘리제를 바라봤다. 하얀 얼굴의 소녀는 그다지 어려워하는 기색 없이 자신의 리드를 맞추고 있었다. 그리고 그 맞춤이 어찌나 자연스러운지, 마치 한 호흡으로 춤을 추는 것 같았다. 그로서는 이렇게나 상대와 앙상블이 잘 맞는 춤을 추는 것은 처음이었다. 이런 파트너와 함께라면 몇 번이고 출 수도 있을 것 같았다. 어쨌든 그렇게 음악의 한 소절이 끝나 둘의 춤도 끝이 났고 황태자는 아쉬움을 느끼며 그녀를 놓아주었다.

"수고하셨습니다, 전하."

엘리제가 살짝 상기된 얼굴로 예를 올렸다.

"……."

황태자는 잠시 말없이 그녀의 얼굴을 바라봤다. 참 알 수 없는 소녀였다. 프랑소엔 공화국의 계책을 꿰뚫는 식견, 믿을 수 없는 의학 실력에다 더구나 이런 춤 솜씨까지? 알면 알수록 의문투성이였다. 그렇게 묘한 눈으로 바라보던 그는 그녀의 안색이 창백하단 것을 떠올렸다.

"어디 몸이 안 좋은가?"

그녀는 고개를 저었다.

"괜찮습니다, 전하."

하지만 고개를 젓는 그 모습이 더 안 좋아 보였다.

'그러고 보니 아까 전부터?'

그는 손에 낀 장갑을 벗고 그녀의 이마를 어루만졌다.

"……!"

"어머?"

갑작스런 스킨십에 둘을 보던 사람들이 놀람을 토했다.

"저, 전하? 왜?"

엘리제도 당황해 말을 더듬었다. 하지만 그 순간 황태자의 얼굴이 딱딱하게 굳었다.

'열이……!'

엘리제의 이마는 고열로 펄펄 끓고 있었다. 춤을 출 때는 장갑을 끼고, 옷 위로만 접촉해서 전혀 못 느꼈던 것이다.

"언제부터 이랬던 것이지?"

"아…… 까부터요."

황태자는 속으로 한숨을 내쉬었다. 얼굴이 창백하다고는 느꼈지만 이 정도인지는 생각도 못 했다. 이렇게 아픈 줄 알았으면 춤 따위는 당연히 신청도 안 했을 것이다.

'그렇게 병원에서 무리하더니, 결국!'

그는 론으로 변해 그녀에게 진료를 받으러 갔을 때를 떠올렸다. 그녀는 항상 산더미 같은 환자들 속에서 고군분투하고 있었다. 저 작은 몸으로 버틸 수 있을까, 걱정이 들 정도로.

'그렇게 무리하더니! 이렇게 아플걸!'

그는 화가 치밀어 오르는 것을 참으며 입을 열었다.

"따라와라."

"네?"

"이리로 따라와!"

"저, 전하. 이곳은?"

엘리제는 당황해 물었다. 그가 그녀를 이끌고 간 곳은 다름 아닌 황족 전용의 휴게 라운지였다. 아무리 클로랜스 가문의 그녀라도 예법상 이곳엔 발을 들여놓을 수 없었다. 오로지 이 제국을 지배하는 혈통, 로마노프가의 사람들만을 위한 공간이었으니까. 하지만 황태자는 그런 것 따윈 신경도 쓰지 않았다.

"앉아."

"하, 하지만……."

"난 두 번 이야기하는 것 싫어한다. 명령이야. 앉아."

그 말에 결국 엘리제는 소파에 앉았다. 사실 아픈 몸으로 오래 서 있느라 너무 힘들었다.

'편해…….'

거의 침대나 다름없는 안락함이 느껴지는 소파였다. 고급스러우면서도 부드러운 라틴제의 가죽이 지친 그녀의 몸을 감쌌다.

'자고 싶다.'

이대로 아침까지, 아니, 최소 폐하의 축일 기념문 낭독 직전까지만이라도. 그런 그녀의 마음을 읽은 듯 그가 말했다.

"조금 자도 괜찮다."

"……."

"혹시 다른 로마노프가의 사람이 오면 나와 같이 왔다고 이야기하고."

엘리제의 표정이 이상해졌다. 그녀가 간절히 원하는 바이긴 하지만 오늘 그의 행동이 도무지 이해가 안 되었다.

'오늘 왜 이러시는 것이지?'

"저…… 전하. 신경 써주셔서 감사합니다."

여전히 무뚝뚝한 얼굴의 그에게 그녀가 물었다.

"그런데 혹시 저를 신경 써주시는 이유가 있으신지요?"

황태자가 입술을 비틀었다.

"그게 무슨 말이지?"

"그게……."

엘리제는 이걸 말할까 말까 머뭇거리다가 말을 삼켰다.

전하께서는 저를 싫어하시잖아요.

그래, 그는 자신을 싫어했다. 지난 삶 뼈저리게 그 사실을 느꼈고 고통받았다. 당시 그녀는 그 고통을 견디지 못했고, 점점 더 비뚤어지며 극단적으로 변해 갔다. 그리고 결국 비극적인 파국을 맞게 되었다.

그때 그가 입을 열었다.

"미안해서 그런다."

"네?"

"네 몸 상태가 이런지도 모르고 무리하게 춤을 추게 해 미안해서 데려온 거다. 특별히 다른 이유가 있어서 그런 것은 절대로 아니니, 신경 안 써도 된다."

"아…… 그렇군요."

그녀는 고개를 끄덕였다. 뭔가 이상하다는 느낌이 들었으나 그냥 넘어갔다. 무엇보다 머리가 너무 아팠다.

"배고프지는 않나?"

"조금…… 요."

아침부터 열이 나서 거의 먹은 것이 없었다. 고열로 지금도 입맛은 없었지만 살짝 허기가 졌다.

'밥은 무리고, 단 디저트나 먹었으면.'

그런데 그때 그가 말했다.

"딸기 케이크나 좀 가져오라고 하지."

엘리제는 눈을 동그랗게 떴다. 그것은 지금 이 순간 그녀가 가장 먹고 싶은 음식이었다. 딸기 케이크면 다섯 조각도 먹을 수 있었다.

"싫어하나?"

"아니, 좋아해요!"

"그래. 이야기해 놓을 테니, 먹고 잠시 눈을 붙이도록. 축일 기념문 낭독까진 아직 시간이 더 남았으니까."

그는 연회장으로 돌아가려는 듯 등을 돌렸다.

"전하."

"왜 그러지?"

엘리제가 고개를 숙이며 말했다.

"여러모로 신경 써주셔서 감사합니다."

"아니다. 너 때문에 그런 것 아니니 신경 쓰지 말도록."

엘리제는 미소 지었다.

"그래도 감사합니다. 좋은 연회 되세요."

그 순간, 황태자가 잠시 멈칫했다. 그리고 뭔가를 말하려는 듯 입술을 움직이려다 다시 닫았다.

엘리제가 의아한 표정을 짓는 순간, 그는 고개를 저었다.

"아니다. 너도 빨리 낫도록."

그는 곧 사라졌고, 남겨진 그녀는 머리를 갸웃했다.

'빨리 나으라고?'

지난 삶, 그와 부부로 살며 수시로 아팠던 그녀지만 저런 말을 들은 적은 없었다. 애초에 저런 위로나 걱정의 말을 하는 성격이 아니었기 때문이다.

'오늘따라 정말 이상하시구나.'

그러면서 그녀는 생각했다.

'그의 약혼녀로 내정된 사람은 누구일까?'

예정대로 발표를 진행한다 했으니, 분명 내정된 사람이 있을 것이다.

'누구랑 이어져도 행복하게 지냈으면.'

안 좋게 끝났지만 그래도 한때 부부였고 자신이 많이 사랑하던 남자다. 이번 삶에선 그도 행복했으면 좋겠다.

잠시 후 시종이 쟁반에 무언가를 담아 가져왔다. 그녀가 좋아하는 딸기 케이크였다!

'와아.'

엘리제는 아픈 것도 잠시 잊고 침을 삼켰다. 마침 그녀가 가장 좋아하는 파이크 거리의 비아 제과점의 딸기 케이크와 똑같이 생겼다. 케이크를 입에 머금고 그녀는 행복감을 느꼈다.

'맛있어. 비아 제과점만큼이나.'

역시 황궁이었다. 론도 제일의 딸기 케이크 집이라는 비아 제과점만큼 깊고 고급스런 단맛을 내다니. 모양만 비슷한 것이 아니라, 맛도 거의 똑같을 정도로 흡사했다. 그때 옆의 시종이 웃으며 말했다.

"맛이 괜찮으시죠?"

"네, 맛있어요."

"이번에 황궁에 어떤 높은 분의 요청으로 새로운 디저트 쉐프가 들어왔거든요. 파이크 거리의 비아 제과점에서 일했다던데."

"아……."

그녀는 고개를 끄덕였다.

'역시 비슷하다 했더니, 비아 제과점의 쉐프가 만든 거였어? 그럼 이제 비아 제과점에 가도 똑같은 딸기 케이크는 못 먹겠네. 아쉽다. 황궁 사람들 말고는 이제 맛을 못 보겠구나. 황족이나 그 가족 중 비아 제과점의 케이크를 좋아하는 사람이 있었나? 이제 그분은 이 케이크를 실컷 먹을 수 있겠네.'

그녀는 그 이름 모를 누군가가 부럽다고 생각했다.

7장
뜻밖의 대형 사고(?)

얼마나 잤을까? 누군가 그녀를 살짝 흔들어 깨우기 시작했다.

"영애, 영애."

"……."

"영애?"

"……!"

그 흔들리는 느낌에 정신이 들자 엘리제는 눈을 번뜩 떴다.

'아…… 잠들었구나.'

딸기 케이크를 먹고 소파에 기대 그대로 곯아떨어진 것 같았다.

'어지러워.'

아직도 아픈 머리를 붙잡고 정신을 차리니, 푸근한 인상의 중년 귀부인이 자신을 바라보고 있었다.

"일어났어요? 고단하게 자는 걸 깨워 미안한데, 이제 곧 폐하께서 축일 기념문을 낭독할 거여서요."

"아…… 네. 감사합니다."

그러면서 그녀는 생각했다.

'누구지? 낯이 익은데.'

이곳은 황족 전용 휴게 라운지. 분명 황족이나 그 인척일 것이다. 엘리제는 곧 귀부인의 이름을 떠올릴 수 있었다.

'아! 그분이구나!'

그녀는 화급히 예를 올렸다.

"하버 공작 부인을 뵙습니다. 클로랜스 가문의 엘리제라고 합니다."

"아, 클로랜스가의 영애였군요."

"무례를 범한 것 죄송합니다."

"뭘요. 몸도 안 좋은 것 같은데 편하게 하세요."

"아닙니다, 부인."

하버 공작 부인. 브티리아 섬 서쪽 지방 웨일의 대귀족 하버 공작의 부인이었다. 그리고 그것보다 더 중요한 신분은 바로 황실의 친척이란 것!

"죄송한데 저 좀 부축해 주시겠어요, 영애?"

"아, 네. 부인."

황족의 피가 흐르는지라 공작 부인의 눈동자는 금색이었다. 다만 색이 흐릿하고 옅었다. 참고로 황족에게 내려오는 초상 능력은 강할수록 금안이 짙은 색을 띤다. 뇌제(雷帝)라 불리며 역대에 손꼽는 초상 능력의 소유자인 민체스터 황제의 금안은 무척 짙었고, 황태자의 금안은 그것보다도 더 짙었다.

'황태자는 초상 능력만 따지면 역대 최고, 아니, 역대 최고인 것은

비단 초상 능력만이 아니었지.'

이후 3황자와의 정권 다툼에서 승리하고 황제가 된 황태자는 명군 민체스터를 능가하는 통치력을 보여주었다. 자신은 사형당해 보지 못했지만 그가 통치하는 브리티아 제국이 어디까지 번영할지 짐작도 되지 않을 정도였다.

'유일한 티가 있다면 바로 3황자와의 정권 다툼 후 일어났던 혈사.'

당시 무수히 많은 피가 흘렀었다. 시민들이 론도의 비극이라 일컬었을 정도로. 물론 황태자로선 어쩔 수 없는 일이었다. 그녀는 그걸 알았다. 하지만 그럼에도 슬픈 일이었다. 그녀와 감정적 교류를 나누지는 않았지만 그는 그때의 일을 굉장히 괴로워했다. 옆에서 보는 것만으로도 그의 괴로움을 뼈저리게 느낄 수 있었으니까.

그래, 당시의 일은 그로선 어쩔 수 없는 일이었다. 하지만 원래부터 너덜너덜했던 그의 가슴은 그때의 비극으로 완전히 찢어져 버렸다.

'그리고 또 다른 근심거리는 황후인 나였지.'

그녀는 씁쓸히 생각했다. 그래도 이번 삶에선 자신이 황후가 될 일은 없을 테니까, 그나마 그것이 그에겐 다행일 것이다.

"이렇게 잡아드리면 될까요, 부인?"

"네, 고마워요. 제가 다리가 조금 떨려서."

엘리제는 공작 부인을 살폈다. 정말로 걸음을 옮길 때마다 미세하게 다리가 떨리고 있었다. 그것은 보행동결(Freezing of gait). 특징적인 그 걸음걸이를 보고 그녀의 머리에 진단이 떠올랐다.

'파킨슨병.'

사실 그녀는 공작 부인을 잘 모른다. 황태자와 약혼하고 얼마 되지 않아 갑자기 사망했기 때문이다. 사인은 질식사였다.

'파킨슨병은 신경세포의 퇴행으로 몸의 운동 기능이 떨어지는 질환. 파킨슨병으로 목의 삼킴 기능이 떨어졌다가 음식이 기도에 걸려 사망하셨지.'

그녀는 생각했다.

'인상이 무척 좋으신데. 도와드릴 방법이 없을까?'

환자를 보니 의사의 본능이 되살아났다. 하지만 파킨슨병은 아무리 그녀라도 딱히 치료할 방법이 없었다.

'지구에서도 진행만 늦출 뿐 정복하지 못한 병이니까. 질식사의 경우엔 내가 바로 옆에 있지 않은 한 도와줄 수가 없고.'

음식이 목에 걸리면 1-2분 안에 조처해야 한다. 옆에 의사가, 그것도 응급조처에 능숙한 의사가 없으면 사실상 살리기 어렵다.

'어떻게 방법이 없을까? 고민해 보자.'

그녀의 희미한 기억에 의하며 부인이 사망하는 시기가 이맘때였던 것 같다. 물론 이번에는 그때와 시기가 정확히 일치하지는 않을 것이다. 신경세포의 기능이 떨어져 목에 음식이 걸리는 것은 확률적인 일이니까. 조금 더 늦게 일어날 수도 있고, 당장 이번 탄신연회 때 일이 터질 수도 있다.

'큰 문제 없으셔야 할 텐데.'

그렇게 생각하며 연회장에 들어갔다.

"고마워요, 영애. 다음에 기회가 되면 또 봐요."

"네, 부인."

황제의 축일 기념문 낭독을 앞두고 귀족들은 각자 자신의 자리에서 기다리고 있었다. 엘리제도 가족이 자리한 곳으로 이동했다.

"리제, 어디 갔었니? 찾았잖아."

"아…… 잠시 쉬고 왔어요. 죄송해요, 오라버니."

"몸은 좀 괜찮고?"

"네, 조금 괜찮아졌어요."

도대체 어디를 갔다 왔느냐는 가족의 물음에 그녀는 잠시 쉬고 왔다고만 대답했다.

"곧 폐하께서 기도문을 낭독할 것이니 기다리렴."

"네, 아버지."

이제 이것만 끝나면 집에 갈 수 있다는 생각에 엘리제는 안도의 한숨을 내쉬었다.

'오늘은 공부고 뭐고 정말 푹 쉬어야겠다.'

"황제 폐하께서 입장하십니다!"

나팔 소리와 함께 모든 귀족이 자리에서 예를 취했다. 그리고 축일 예복을 입은 황제가 성서를 들고 단상으로 올라갔다. 황제는 예의 인자한 얼굴로 모두를 둘러보았다.

"이 자리에 참석하신 모든 이에게 주의 축복이 있기를. 그러면 먼저 우리의 죄를 대신해 십자가에 못 박혀 돌아가신 주께 감사하며 기도문을 낭독하겠습니다."

탄신연회 때 기도문을 낭독하는 것은 500년이 넘은 전통이었다. 브리티아 제국이 브리티아 왕국 시절부터 이어져 내려온 전통인 것이다.

황제는 단상에서 등을 돌리고 전면에 놓인 커다란 십자가를 올려다보았다. 십자가 위에는 가시 면류관이 놓여 있었다. 그는 무릎을 꿇고 고어로 기도문을 낭독했다.

기도문 낭독 후 축일 기념문 낭독이 이어졌다. 축일 기념문 내용은 예년과 비슷했다. 제국의 만수무강과 축복을 비는 내용이었다.

'이제 거의 끝났어. 이것만 버티자, 엘리제.'

엘리제는 속으로 한숨을 내쉬었다. 머리가 핑그르르 도는 것이 쓰러질 것만 같았다. 그래도 기념문 낭독도 거의 다 끝났으니 고지가 코앞이었다. 조금만 더 버티면 된다.

'약혼녀 발표야 금방 끝날 테니 힘내자. 끝나면 바로 빠져나가는 거야.'

그렇게 그녀는 의지를 돋우었다.

"이상입니다."

이윽고 기념문 낭독이 끝났다. 원래대로라면 다 같이 탄신연회를 축하하고, 연회가 재개되는 게 정상이다. 하지만 올해는 달랐다. 한 가지 일정이 더 남았기 때문이다.

"오늘 여러분께 할 말이 있습니다. 바로 황태자인 린덴 드 로마노프의 약혼자에 대해서입니다."

드디어 황태자의 약혼녀를 발표하려는 순간이었다. 황제의 목소리는 기도문과 기념문을 낭독할 때와는 달리 한결 편안했다. 이 약식 약혼 발표는 예식(禮式)이 아니라, 황가의 경사를 알리는 황제의 개인적인 발표이기 때문이다. 귀족들도 예식으로 경직된 얼굴을 풀고 기대하는 표정으로 발표를 기다렸다.

과연 누가 황태자의 약혼녀, 제국의 퍼스트레이디가 될까?

"그런데 먼저 말할 게 있습니다. 짐이 발표 전에 한 가지 고려하지 못한 것이 있다는 사실입니다."

황제는 청중으로 있는 귀족들에게 경어를 썼다. 이는 황제를 천자

(天子)로 모시는 동방의 청과는 다른 모습으로, 민체스터의 개인적 성향도 있지만 브리티아 제국의 문화적 차이 때문이었다.

"짐이 황태자의 약혼녀로 정한 레이디가 아직 성인식을 마치지 않았다는 점입니다."

감기에 취해 건성으로 황제의 말을 듣던 엘리제는 퍼뜩 놀라 황제를 바라봤다. 잠깐. 이게 무슨 이야기지?

'설마? 다른 영애의 이야기겠지?'

성인식을 마치지 않은 영애가 자신뿐이겠는가? 유력한 약혼 후보인 버킹엄 공작 영애도, 스페냐 왕국의 공주도 모두 성인식을 치르지 않았다.

'아닐 거야. 설마.'

그녀는 그렇게 불안을 달랬다. 황제가 말을 이었다.

"물론 성인식 이전이어도 약혼 발표를 하는 것은 예법상 아무런 문제가 없지만 제가 그 영애와 개인적으로 약속을 하나 했습니다. 약혼 발표를 성인식 이후로 미루겠다고."

엘리제의 손이 부들부들 떨렸다.

'아니, 지금 무슨 이야기를? 서, 설마?'

그때였다. 황제가 고개를 돌렸다. 그의 시선이 정확히 클로랜스 가문, 아니, 엘리제에게로 향했다. 그녀와 눈이 마주치자 민체스터 드 로마노프가 빙긋 웃었다.

"그래서 여러분께는 죄송하지만 약혼 발표는 클로랜스 영애가 성인식을 치르는 날로 미루도록 하겠습니다. 모두 그때를 기다려 주십시오."

그 순간, 연회장의 모든 이의 시선이 엘리제에게로 향했고, 엘리제는 눈앞이 캄캄해졌다.

'이게 도대체 무슨 말도 안 되는 발표란 말인가?'

그 뒤 어떻게 시간이 지났는지 모르겠다.

'말도 안 돼. 어떻게 이럴 수가!'

저택으로 돌아온 엘리제의 몸이 파르르 떨렸다. 그렇게 내기를 했건만 그런 발표를 하다니! 물론 아직 황제가 내기를 어긴 것은 아니다. 그녀를 약혼녀로 발표한 것은 아니니까.

"약혼 발표는 클로랜스 영애가 성인식을 치르는 날로 미루도록 하겠습니다."

하지만 그건 말만 성인식 때로 미룬다는 것이지, 발표한 것이나 마찬가지였다. 그 말을 듣고 그 누가 그녀를 황태자의 약혼녀로 생각하지 않겠는가? 백이면 백 모두 그녀를 황태자의 약혼녀나 다름없이 여길 것이다.

'아버지는 알고 있었을까?'

그렇지는 않은 것 같았다. 황제의 발표를 들었을 때, 자신과 마찬가지로 놀란 얼굴이었으니까. 황제의 오른팔이니 대충 의중은 짐작했을지 몰라도 이런 식이었을 줄은 몰랐던 것 같다.

'이대로는 안 돼.'

절대 과거의 삶을 반복할 수 없다. 그건 모두에게 비극이었다. 자신에게도, 가족에게도, 황태자에게도! 그리고 그녀에겐 절대 포기할 수 없는 일이 있었다. 바로 의사의 삶!

엘리제의 기억을 갖고 있고 지금도 그녀로서 살아가고 있지만 그

성품과 자아는 외과의사의 것에 훨씬 가까웠다. 절대로 의사의 길을 포기할 수 없었다.

'폐하와 담판을 지어야겠어.'

그녀는 입술을 깨물었다. 인생이 걸린 일이었다. 가만히 있어서는 해결될 일이 아니었다.

'내일 탄신연회에 폐하가 나올 때, 그때 담판을 짓겠어. 이렇게는 안 돼.'

그날 밤, 한참이나 뒤척이다 꿈을 꾸었다. 과거 엘리제의 삶. 그러니까 첫 번째 삶의 꿈이었다.

"지옥에서 사죄하도록."

시리도록 차가운 선언. 다시는 반복하고 싶지 않은, 떠올리기조차 싫은 기억들. 수없는 파국 끝에 결국 단두대의 날이 떨어졌고, 그 순간 엘리제는 번뜩 눈을 떴다.

"하아! 하아!"

그녀는 숨을 몰아쉬었다.

"꿈이구나."

선명하게 느껴지는 단두대 칼날의 섬뜩한 느낌에 목을 어루만졌다. 분명 꿈이건만 꿈을 꿀 때마다 실제처럼 아팠다. 마치 그때 처형당할 때처럼.

"하아."

그녀는 침대 옆에 놓인 물을 마시며 놀란 가슴을 진정시켰다. 어느새 온몸이 땀에 젖어 있었다.

'엘리제의 몸으로 돌아온 후, 거의 꾸지 않았었는데.'

지구에서 살 때는 이 악몽을 수없이 반복했다. 마치 PTSD(Posttraumatic stress disorder: 외상 후 스트레스 장애) 환자처럼. 악몽을 꿀 때마다 선명히 떠오르는 그 끔찍한 기억에, 과거의 고통에 얼마나 많은 눈물을 흘렸는지 모른다. 악몽을 피하려고 뜬눈으로 보낸 것이 몇 밤인지 모른다. 어쩌면 그녀가 의사의 길에 미친 듯이 매진했던 것도 이 고통을 피하려는 몸부림이었는지도 모른다. 환자에게 집중하고 있으면 과거를 떠올리지 않을 수 있었으니까.

'아니야. 이번엔 결코 그때의 삶을 반복하지 않을 거야.'

그녀는 창밖을 바라보았다. 몸 상태는 더욱 안 좋은 것 같았지만 앓아누워 있을 여유가 없었다.

'오늘 폐하와 이야기해야 해.'

그녀는 진통제와 해열제를 복용했다. 정량을 넘어 과량으로. 몸에 안 좋을 수도 있겠지만 오늘만큼은 최대한 맑은 정신을 유지해야 했다.

'더 늦기 전에 오늘 무조건 담판을 지어야 해.'

그녀는 그렇게 굳게 다짐했다.

'그렇지 않아도 벌써 신문에서 날 황태자의 약혼녀로 보도하고 있어.'

황태자의 약혼녀 발표는 금년 탄신연회의 최대 이슈였다. 모든 신문사에서 황제의 발표만 기다리고 있다가 호외로 내보낸 것이다.

[황태자의 약혼녀, 클로랜스 영애로 발표!]

[클로랜스 영애, 탄신연회의 주인공이 되다.]

이런 기사는 약과였다.

[클로랜스 가문의 레이디 엘리제! 제국의 퍼스트레이디가 되다!]

이미 그녀가 황태자와 결혼이라도 한 듯한 기사도 무수히 많았다. 지난 삶, 정식 약혼 발표가 났을 때와 큰 차이가 없는 반응들. 이제 제국의 시민 중 그녀의 이름을 모르는 사람은 아무도 없게 되었다.

"하아…… 잘하자, 엘리제."

이대로라면 내기와 상관없이 황태자의 약혼녀로 굳혀질 게 분명할 터. 그러기 전에 상황을 바꿔야 했다. 그녀는 의지를 다지고 탄신연회로 향했다.

연회장에 도착하니 수많은 사람이 그녀를 바라봤다. 마치 주인공이라도 도착한 듯한 시선이었다.

"오, 클로랜스 영애. 축하합니다."

"전 폐하께서 영애를 선택하실지 짐작하고 있었어요."

사람들이 엘리제에게 몰려들었다. 아직 약혼녀로 정식 발표된 것은 아니지만 곧 성인식만 치르면 약혼녀가 될 거라 여기는 것이다. 차후 황태자비, 황후가 될 여인. 모두 그녀의 눈에 얼굴도장을 찍기 위해 몰려들었다.

"아니에요. 아직 폐하께서 정식으로 발표하신 것은 아닙니다. 나중에 생각이 바뀌실 수도 있고요. 그러니 그런 축하는 받기 어렵습니다."

엘리제는 부드럽게 그들의 축하를 거절했다. 그녀로선 정말 싫어서 하는 거절이지만 사람들은 다르게 받아들였다.

'안 좋은 소문이 많았는데 다 헛소문이었구나.'

'사실상 약혼자로 간택된 것이나 마찬가지인데, 정말 겸손하네. 이전에 들었던 소문과는 다른데?'

'역시 황태자비로 내정된 영애다워.'

사람들은 그녀가 겸양하는 것으로 여기고 감탄의 눈길을 보냈다. 그뿐이 아니었다. 아름다운 외모, 정숙한 태도, 예의 바른 언행. 그들의 눈에 비친 클로랜스 영애는 기존의 소문과 다르게 황태자비에 정말 잘 어울리는 레이디로 보였다.

"소문이 믿을 게 못 되네요."

"역시 사람은 직접 봐야지 알 수 있다니까요."

사람들은 서로 속삭였다.

"역시 폐하께서 보는 눈이 있으셔요. 제국 최고의 명문가 클로랜스 가문에, 저런 영애라니."

"그러게 말이에요. 황태자 전하와 정말 잘 어울리는 것 같아요."

그 속삭임을 들은 엘리제는 가슴이 터질 것만 같았다.

아니라고. 정말 아니라고요! 그녀는 소리 높여 외치고 싶었지만 지금으로선 아무런 소용이 없을 것이다.

'폐하와 해결을 봐야 해.'

모든 것은 황제와의 담판에 달렸다. 이들에게 이야기해 봐야 아무 의미가 없었다. 그녀는 사람들 사이에서 인형처럼 웃으며 황제를 기다렸다. 수많은 사람 사이에 둘러싸여 있으니, 어제보다 훨씬 머리 아프고 어지러웠지만 참았다.

그렇게 초초하게 시간이 흘러가다가 마침내 그녀가 기다리던 때가 왔다.

"황제 폐하 납십니다!"

나팔 소리와 함께 황제가 연회장에 입장했다. 언제나처럼 온화한 미소와 함께.

엘리제는 입술을 깨물었다. 황제는 여러 대신과 함께였다. 현 황궁의 가장 큰 안주인인 1황비는 늘 그렇듯 보이지 않았다.

'지금은 안 돼. 조금만 더 기다리자.'

그녀는 사람들과 대화하며 황제와 독대할 기회를 엿보았다.

그때였다. 부드러운 목소리가 그녀를 불렀다.

"어머, 클로랜스 영애. 반가워요."

푸근한 인상의 귀부인. 황실의 친척인 하버 공작 부인이 엘리제에게 다가왔다. 그녀의 금안이 부드러운 호선을 그렸다.

"공작 부인을 뵙습니다."

엘리제는 예를 올렸다.

"어제는 잘 들어가서 쉬었나요?"

"네, 부인."

공작 부인은 동행한 하녀의 부축을 받고 있었다. 원래 예법상 황궁 탄신연회에 귀족의 개인 시종은 출입이 불가하지만 공작 부인 본인이 황족이고 앓고 있는 파킨슨병 때문에 부득이 동행한 것 같았다.

"앞으로 같은 식구가 된다니 기쁘네요. 황태자 전하를 잘 부탁해요. 알고 보면 귀여운 분이에요."

엘리제는 어색하게 웃었다.

'귀여운? 그 황태자가?'

세상에서 가장 안 어울리는 단어의 조합이다. 하지만 공작 부인은 정말 그를 귀엽게 여기기라도 하는 듯 웃으며 말을 이었다.

"지금은 조금 무뚝뚝해 보이지만 어렸을 때 전하가 얼마나 착하고 사랑스러웠는데요. 나한테 뒤뚱뒤뚱 걸어와 재롱 피우던 게 엊그제 같은데."

공작 부인은 목이 말랐는지 음료를 입에 가져가며 말을 이으려고 했다. 그런데 그때였다.

"쿨럭, 쿨럭!"

그녀는 돌연 사레가 들렸는지 갑자기 기침을 하기 시작했다.

"부인!"

엘리제의 얼굴이 굳어졌다. 별것 아닌 사래로 보이지만 의사인 그녀가 보기엔 달랐다.

'파킨슨병에 동반된 흡인(吸引) 증상이야.'

파킨슨병이 진행되면 팔다리의 운동 기능이 떨어짐과 동시에 식도의 삼킴 기능도 같이 저하된다. 따라서 식도로 넘어가야 할 음식이 자꾸 기도로 넘어가게 되는데, 심하면 숨구멍인 기도를 막아 질식으로 사망하게 된다.

'병 자체를 좋게 할 수는 없지만 흡인으로 인한 급성 사망은 막아야 할 텐데.'

이전 삶에서도 질식으로 사망한 공작 부인이다. 증상의 정도를 봤을 때, 언제 문제가 생길지 몰라 흡인을 방지하는 예방법이 필요하다.

'기회를 봐서 예방법을 알려드려야겠어.'

그녀는 그렇게 다짐했다. 질식으로 인한 사망은 사고와 같은 거라 언제, 어느 때 일어날지 모른다. 그러니 엘리제는 그녀에게 늦지 않게 예방법을 알려드려야겠다고 생각했다.

간신히 기침을 멈춘 공작 부인이 말했다.

"하아, 힘드네요."

"조심하세요, 부인."

"네, 그래야겠어요. 아, 영애. 사실 전할 말이 있어서 왔어요."

"어떤?"

"폐하께서 영애와 잠시 이야기를 나누었으면 한다는데, 가보시겠어요?"

엘리제의 얼굴이 굳었다. 드디어 황제와 대면하게 되는 것이다. 운명이 걸린 대면이었다.

황제, 민체스터 드 로마노프는 연회장에 연결된 2층 방의 발코니에 서 있었다. 홀 쪽으로 난 발코니라 연회장의 전경이 한눈에 내려다보였다.

"엘리제 드 클로랜스가 제국의 태양을 뵙습니다."

엘리제는 요동치는 격정을 애써 억누르며 예를 올렸다. 민체스터가 그녀를 돌아보더니 빙긋 웃었다.

"오랜만이네, 영애. 우리가 만나 이야기한 게 한 달 반 정도 되었나?"

"네, 폐하."

"병원에서 일이 많이 힘들었나 보군. 많이 말랐어."

"아닙니다, 폐하."

"아니긴 뭘 아니야. 안색이 안 좋은 걸 보니 마음이 안 좋아."

"송구스럽습니다."

민체스터는 혀를 찼다.

"영애."

"네, 폐하."

엘리제는 가만히 고개를 숙이고 황제의 다음 말을 기다렸다. 한가로이 안부나 나누려고 따로 부르진 않았을 터. 분명 어제의 일을 꺼낼 것이다. 하지만 황제의 입에서 나온 말은 예상과 달랐다.

"부탁이 하나 있는데 들어줄 수 있겠나?"

"……말씀하시옵소서."

"지난번 만났을 때, 짐에게 끓여 준 차를 다시 한 번 타줄 수 있겠나?"

한가로이 차를 끓일 마음이 아니었으나, 누구의 부탁인데 거절하겠는가. 엘리제는 공손히 답했다.

"네, 폐하. 잠시만 기다려 주시옵소서."

그녀는 시종에게 말해 찻잎을 비롯해 필요한 도구들을 가져오게 했고, 속으로 한숨을 삼키며 차를 끓이기 시작했다.

'하아, 도대체 폐하께서는 무슨 생각이신 걸까?'

도대체 알 수가 없었다. 그래도 고요히 차를 끓이고 있는 덕분일까? 흥분됐던 가슴이 차차 가라앉기 시작했다.

'어쨌든 잘 이야기해 보자. 이대로 흘러가게 놔둘 수는 없어.'

차가 끓으며 향이 그윽하게 퍼지기 시작했다. 마치 동방의 고요한 나라, 려(麗)를 연상시키는 깊은 그 향에 황제가 말했다.

"영애는 모를 걸세. 내가 지난번 영애가 끓여 준 차를 마신 후 얼마나 그 차 맛을 그리워했는지. 네가 일러준 레시피대로 해도 도통 그 맛이 나지를 않더군. 도대체 어떻게 이런 향을 낼 수 있는 건가?"

"과분한 칭찬입니다. 오히려 제 부족한 솜씨가 폐하의 입을 어지럽힐까 걱정입니다."

엘리제는 겸손히 답했다. 황제는 그녀가 내온 차를 천천히 들었다.

"역시 좋군."

그는 가만히 미소 지으며 차의 맛을 음미했다. 그렇게 잠시 고요한 침묵이 내려앉았다. 잔잔한 차향 때문일까? 홀 쪽 발코니 너머로 연회가 한참이었으나 그들이 있는 방은 동떨어진 세상처럼 느껴졌다.

엘리제는 치마 위로 주먹을 움켜쥐었다. 초조한 마음이 들었으나 참았다. 그가 먼저 입을 열기를 기다렸다.

황제가 찻잔을 내려놓았다.

"영애."

"네, 폐하."

"짐한테 물어볼 말이 있지?"

그가 부드럽게 물었다. 그녀는 침을 꿀꺽 삼켰다. 드디어 때가 왔다. 어쩌면 지금의 대화가 앞으로 그녀의 운명을 가를지도 모른다. 반드시 잘 이야기해야 한다.

"네, 폐하. 송구스러우나 허락하신다면 한 가지만 여쭤 봐도 괜찮겠는지요?"

"말해보게."

"지난번 내기는 어떻게 되는 것이옵니까?"

그녀의 가슴이 두근거렸다. 성인식 전까지 의사로서의 가치를 증명해 내면 황태자와의 약혼을 취소하겠다는 내기. 그녀에게 말도 안 되게 불리한 조건이었지만 이길 자신이 있었다. 아니, 어떤 난관이 있더라도 무조건 이길 생각이었다.

'하지만 황제가 내기를 엎으면?'

생각하고 싶지도 않았지만 그녀로서는 방법이 없었다.

"그걸 왜 물어보나?"

그런데 황제가 천연덕스럽게 물었다.

"네?"

"당연히 유효하지."

"……!"

"영애와 개인적으로 한 내기이긴 해도, 짐은 서대륙을 넘어 전 세계를 아우르는 대브리티아 제국의 황제. 한 입으로 두말은 하지 않아. 그러니 걱정하지 말게."

그 장담에 엘리제는 당황했다.

'그러면 어제 발표는?'

황제가 웃으며 말했다. 왠지 개구쟁이 같은 미소였다.

"정식 발표가 아니지 않은가?"

"……."

"약혼식을 올린 것도 아니고, 심지어 정식으로 발표한 것도 아니네. 영애가 짐과의 내기에서 이기기만 한다면 얼마든지 엎을 수 있으니 걱정하지 말게."

"하지만……."

그녀는 머뭇거렸다. 물론 황제의 말이 맞다. 아직 정식으로 발표한 것은 아니니까. 식을 올린 것도 아니고 엎고자 하면 엎을 수 있다. 하지만 그렇게 말을 번복하면 황제 민체스터의 위엄이 손상된다. 그 누구보다도 드높고 존경받아야 하는 황제의 위엄이 말이다.

"그래도…… 괜찮으시겠습니까?"

"뭐, 그건 짐이 감수할 문제지. 걱정 말게. 로마노프의 이름을 걸고 영애의 명예가 손상될 일은 절대 없게 할 테니."

황제는 대수롭지 않게 말했다.

"그리고 이 뇌제의 권위는 고작 그런 걸로 손상되지 않아."

"……!"

"어차피 황제의 권위는 신민들을 생각하는 마음에서 나오는 것이니까. 그렇게 생각하지 않나, 영애? 난 그런 면에서 나쁘지 않은 편이라 생각하는데."

민체스터가 웃으며 말했다. 그렇다. 이게 바로 로마노프 황가의 제왕학.

섬기기 위해 지배한다[Governance for serving].

황제의 권위는 신민들을 위하는 마음으로부터.

이 원칙을 지켰기 때문에 수많은 왕가가 몰락하는 격변의 시대에도 로마노프 황가가 절대적인 황권을 자랑하고 있는 것이었고, 민체스터가 시민들의 절대적인 지지를 받고 있는 것이다.

"그나저나 영애."

"네, 폐하."

"내기에 확실히 이길 자신이 있나 보지? 자꾸 이겼을 때를 걱정하는 것을 보면. 하지만 어떻게 하지?"

황제가 짓궂게 말했다.

"짐도 절대 질 생각이 없는데 말이야."

"……!"

"정확한 내기 내용은 이러했지. '황태자비, 후에 황후가 되는 것보다 의사로서 더 가치 있는 일을 해낼 수 있음을 증명하는 것'. 그런데 의사로서 어떤 업적을 남겨야 대브리티아 제국의 황후가 되는 것보다 더 가치 있는 것인지, 짐은 잘 모르겠군. 영애가 성인식 전에 그런 업적을 남길 수 있을지도 모르겠고."

엘리제는 황제의 의향을 깨달았다. 그는 무려 '업적'이란 단어를 사용했다.

'웬만한 일을 해낸 것으로는 절대 인정하지 않으시겠다는 것이구나.'

더구나 이 내기의 심판은 황제로, 그가 아니라고 하면 그대로 그녀의 패배였다. 그 누구도 인정할 수밖에 없는, 황제조차도 부정할 수 없는 그런 대단한 일을 해내야만 이길 수 있을 것이다. 그것도 성인식이 몇 달도 안 남은 시간 동안에.

그의 의중을 깨달은 엘리제의 얼굴이 굳어졌다.

'하지만 그래도 지지 않아.'

엘리제는 주먹을 움켜쥐었다. 그녀는 질 수 없었다. 반드시 이겨야 했다. 그때 민체스터가 부드럽게 말했다.

"그런데 영애, 궁금하지 않나?"

"……?"

"어째서 짐이 어제의 일을 벌였는지. 사실 굳이 그런 무리한 발표를 하지 않아도 영애가 내기에서 이기는 일이 일어나지 않는 한, 변하는 것은 없을 텐데 말이야. 그렇지 않나?"

엘리제는 가만히 그의 이야기를 들었다. 황제는 잠시 입을 다물었다가 말을 이었다.

"짐이 영애를 간절히 원하기 때문이야."

"……!"

"난 영애가 우리 황실의 일원이 되길 원하네. 태자의 비가 되어 린덴의 모자란 점을 채워주고, 짐과도 아버지와 딸 같은 사이가 되었으면 좋겠어. 그 바람 때문에 짐이 욕심을 부렸네."

진심이 담긴 목소리에 엘리제는 혼란스러운 마음이 들었다.

'어째서? 어째서 그렇게까지 나를?'

그녀는 황제의 눈을 바라봤다. 이전 삶에서도 그랬다. 그는 자신의 모자란 점에도 아랑곳하지 않고 항상 자신을 아끼고 총애해 주었다. 이해가 가지 않을 정도로.

'내가 친우의 딸이기 때문일까? 아니면 지난번 정숙한 모습을 보여서?'

아니다. 그런 것만으론 설명되지 않았다. 무언가 다른 이유가 있을 것 같은데, 짐작 가는 바가 없었다.

'도저히 모르겠구나.'

황제가 말했다.

"그래서 영애에게 제안이 있네."

"무엇입니까?"

"우리의 내기는 이쯤에서 그만두는 것이 어떻겠나?"

"……!"

"영애는 모르겠지만 난 정말로 그대를 아끼네. 그래서 영애가 더는 병원 같은 곳에서 고생하는 것을 보고 싶지가 않아. 애초에 이렇게 고생할 줄 알았으면 내기를 시작하지도 않았을 거야. 짐은 영애가 금방 포기할 줄 알았거든."

황제가 인자한 눈으로 그녀를 바라봤다. 정말로 그녀를 걱정하는 눈이다. 그는 자신의 가족이 될 것이라 여기는 그녀가 더는 괴롭게 고생하는 것을 원치 않고 있었다.

"폐하……."

엘리제는 안타까운 목소리로 말했다. 그의 마음은 알겠다. 정확한 이유야 알 수 없지만 황제는 자신을 진정으로 가족으로 받아들이길 원하고 있었다. 하지만 그건 있을 수 없는 일이다. 모두를 위해서 그건 안 될 일이다. 그렇게 하면 결국 모두가 불행해질 것이다. 그리고 무엇보다 자신은 너무나 간절히 원하는 길이 있다. 그 길을 떠난다는 것은 상상도 하기 어려웠다.

"저는……."

그녀는 자신의 마음을 말하려 입을 열었다.

그런데 그 순간이었다. 생각지도 못 한 비명이 연회장에서 울렸다!

"꺄악!"

"여봐라! 누구 없느냐?! 공작 부인께서!"

황제와 엘리제는 깜짝 놀라 발코니로 향했다. 그리고 연회장에 펼쳐진 모습을 보고 경악했다. 하버 공작 부인이 얼굴이 시퍼렇게 질려 목을 잡고 쓰러지고 있었던 것이다!

황제가 급히 지시를 내렸다.

"여봐라! 누가 의사를 데려와라! 빨리!"

그때, 황제의 곁에 있던 유일한 의사가 달려가고 있었다. 엘리제였다!

'빨리! 시간이 없어!'

그녀는 입술을 깨물었다.

'질식이야! 늦어도 2분 안에 살려내야 해!'

질식(Asphyxia)! 음식물이 공기가 통하는 기도를 틀어막아 숨이 완전히 막혀 버리는 상태다. 새파란 안색과 목을 부여잡고 쓰러진 것을 봤을 때 공작 부인은 질식한 것이 분명했다.

'그렇지 않아도 불안했는데! 이렇게 바로!'

그녀는 필사적으로 계단을 뛰어 내려갔다. 치렁치렁한 드레스가 걸리적거려 아예 손으로 들어 올렸다. 귀족 영애로서 생각지도 못 할 모습이었지만 그런 것 따위는 신경 쓰지 않았다. 아니, 조금 전 황제와 나누던 대화도 머릿속에 없었다. 오로지 단 하나! 공작 부인을 살려야겠다는 생각만이 그녀를 지배했다.

'빨리! 조금 더! 빨리! 1초라도 빨리 도착해야 해!'

그녀는 왜 하필 자신이 2층에 있었을까 후회스러웠다. 짧은 계단이지만 그 거리가 천국과 지옥만큼 멀게 느껴졌다. 그리고 1분 정도 지났을 때, 그녀는 공작 부인에게 도착할 수 있었다.

"하아! 하아!"

얼마나 급하게 왔는지 숨을 몰아쉬는 그녀에게 사람들이 놀란 표정을 지었다.

"아니, 클로랜스 영애?"

"비켜주세요!"

"……?!"

"빨리 비켜주시기 바랍니다! 빨리요! 시간이 없습니다!"

평소 부드러운 모습에서는 상상도 하기 어려운 박력! 우르르 몰려와 있던 사람들은 자신도 모르게 뒤로 주춤 물러섰다. 엘리제는 다급히 공작 부인에게 다가가 상태를 살폈다.

"부인! 정신 차리세요!"

강하게 치며 자극을 주었으나 전혀 반응이 없었다. 완벽한 의식 소실, 코마(Coma)였다.

'이런!'

더구나 얼굴은 벌써 새파랗게 죽어가고 있었다. 얼굴뿐이 아니었다. 손가락부터 발끝까지 전신이 파랗게 변해 있었다. 몸에 산소가 없어 생긴 청색증(Cyanosis)이 분명했다.

'도대체 무슨 음식이 기도에 걸린 거지?'

급히 주변을 살폈더니 옆 테이블의 고기 요리와 수많은 디저트가 눈에 들어왔다. 그녀는 재빨리 공작 부인의 자세를 앞으로 한 후, 뒤에서 배를 감싸 안았다.

'최대한 강하게!'

손으로 배를 눌러 복압을 증가시켜 기도의 음식물을 배출시키는 하임리히법을 시도했다. 하지만 몇 번을 해도 공작 부인은 축 늘어져 있을 뿐 반응이 없었다.

'안 돼! 하임리히법으로는!'

무슨 음식이 걸린 것인지 단순히 복압을 높이는 것만으로는 효과가 없었다.

'어떻게 하지?'

남은 시간은 30초, 아니, 그것도 안 남아 있을 가능성이 높았다. 그 안에 기도를 뚫어주지 않으면 공작 부인은 사망할 것이다.

그때, 엘리제의 눈에 한 가지 도구가 눈에 들어왔다.

'저거라면?'

그래, 저 도구라면! 숨길을 뚫어줄 수 있다. 하지만 엘리제는 잠시, 정말 1초도 안 되는 찰나 멈칫했다. '저 도구'를 사용해 공작 부인을 살려낸 후 자신이 당할 일이 떠올랐던 것이다. 그러나 그녀는 그대로 강행했다.

'나중 일은 나중에! 어떻게든 되겠지. 일단은 살리는 것이 먼저야!'

그녀는 테이블에 놓인 그 도구를 손으로 집어 들었다. 사람들이 그걸 보고 놀라 비명을 질렀다.

"아니, 영애? 그 무슨?!"

"그거 놓게!"

그녀가 든 도구는 다름 아닌 날카로운 나이프였던 것이다! 엘리제가 하려는 일은 나이프를 메스 삼아 목의 한가운데에 구멍을 내, 숨구멍을 뚫어주는 것이었다. 바로 응급 기관절개술(Emergent tracheostomy)이다!

'위험하지만.'

칼로 목을 절개하는 것이다. 위험하지 않을 리가 없다. 목을 지나가는 대혈관을 손상시키면 곧바로 사망이다.

'하지만 이것 외에는 방법이 없어!'

그녀는 곧바로 기관절개술을 시작했다. 남은 시간은 이제 30초 미만 남짓! 그 안에 끝내야 한다.

먼저 공작 부인의 목을 뒤로 젖혀 공간을 확보했다. 동시에 나이프를 들지 않은 반대 손으로 갑상패임, 복장패임, 반지연골의 위치를 확인했다.

'갑상샘도, 혈관도, 신경도 다 피할 수 있는 위치. 높지도 낮지도 않고, 너무 깊게 절개해서도 안 돼.'

그녀의 손가락이 세 번째 기관지 륜(3rd tracheal ring)을 짚었다.

'이곳!'

곧바로 나이프를 움직였다. 칼로 목을 절개하는 것이건만 망설임은 없었다. 망설이면 환자가 죽는다. 오히려 지금 필요한 것은 주저하지 않는 단호함이다!

“저, 저! 말려!”

“안 돼!”

사람들이 웅성거리는 순간, 그녀가 외쳤다.

“방해하지 말아주세요! 방해하면 공작 부인을 살릴 수 없어요! 반드시 살릴 테니 기다려 주세요!”

간절한 의지가 담긴 외침! 사람들이 멈칫하는 순간, 나이프가 목의 정중앙을 꿰뚫었다!

파앗!

목에서 튀어 오른 피가 엘리제의 얼굴과 하얀 드레스를 물들였고, 귀족 영애들이 비명을 질렀다.

“꺄악!”

하지만 그녀는 눈 하나 깜빡 않고 수술을 진행해 나갔다.

‘3㎝! 절개가 너무 작아도 커도 안 돼! 깊어도 안 되고!’

주의해야 할 것은 그것만이 아니었다. 생명과 직결된 기관들을 건드려서도 안 된다. 따라서 가능하다면 전신 마취 후 차분히 진행해야 하는 게 원칙이지만 그럴 시간이 없었다. 그녀는 온 정신을 집중하며 단숨에 나이프를 아래로 움직였다.

찌익!

다시 피가 울컥 솟아 나왔고 연회장이 아수라장으로 변했다.

“저, 저거 빨리 말려! 빨리!”

그러나 그 순간, 엘리제는 속으로 외쳤다.

‘정확히 됐어! 이제 숨구멍만 확보해 주면 돼!’

숨구멍, 기도가 목의 상처를 따라 가지런히 절개되었다. 급하게 했는데도 다행히 아무런 문제없이 성공한 것이다!

절개된 부위 안에 음식물이 흐릿하게 보였다. 아마 저게 기도를 막고 있었던 것 같다. 여기까지 걸린 시간은 대략 10초 남짓.

'아직 끝난 게 아니야.'

숨구멍을 유지하는 튜브를 넣어줘야 한다. 지구라면 기관절개 전용 의료용 캐뉼라를 넣었겠지만 이 세계에 그런 게 있을 리 없다. 주변을 살핀 그녀는 마침 테이블 위에 놓인 딱딱하고 굵은 대롱을 발견하고 절개 부위 안으로 밀어 넣었다.

'제발! 호흡이 돌아오길!'

할 수 있는 조치는 모두 했다. 그녀는 간절한 마음으로 공작 부인의 호흡이 회복되길 기원했다. 숨구멍을 뚫어주었으니, 이제 공작 부인의 몸이 숨을 쉬어내야 했다. 만약 길을 뚫어주었는데도 숨을 쉬지 못한다면 그때는 인공호흡을 포함한 심폐소생술을 시행해야 하는데, 생존률이 급격히 낮아진다.

'제발!'

억겁과도 같은 몇 초의 시간이 흐른 후였다.

"후우."

공작 부인이 기도로 난 구멍을 통해 길게 숨을 내쉬었다. 그 소리를 듣고 엘리제도 안도의 한숨을 내쉬었다.

"하아……."

간신히 살려낸 것이다.

'다행이다, 정말로.'

그녀의 이마에 맺힌 땀이 흘러내렸다. 얼마나 급박했는지, 땀이 송골송골 수도 없이 맺혀 있었다. 그리고 그건 땀뿐이 아니었다. 공작 부인과 밀착한 상태로 급히 수술을 한 탓에 얼굴과 드레스에 온통 피가 묻어 있었다.

하지만 그걸 닦을 여유는 없었다. 그녀는 주변에 서 있던 사람들을 바라봤다. 모두 경악과 혼란이 가득한 눈으로 그녀를 바라보고 있었다. 당연했다. 황실의 친척인 공작 부인의 목을 나이프로 꿰뚫었다. 뭔가 응급처치를 하려는 의도였던 것 같긴 하지만 어쨌든 황족의 몸을 상하게 한 것이다.

'아직 기관절개술이 시행되지 않을 때이니…….'

현대 지구에서야 기관절개술이 굉장히 흔한 의료 처치였지만 이곳은 아니었다. 곧 자신에게 닥칠 후폭풍에 그녀는 눈을 감았다.

'고생 좀 하겠구나.'

고생 정도가 아니었다. 황족의 몸을 상하게 한 죄로, 잘못하면 황족시해죄로 중벌을 받을지도 모른다.

'하지만 어쩔 수 없었어. 내가 모른 척했으면 공작 부인은 사망했을 거야.'

능력이 없다면 모를까, 살릴 수 있는데 어떻게 환자의 죽음을 외면하겠는가? 외과의사의 영혼을 가진 그녀로서는 절대 그럴 수 없었다.

그 순간이었다. 무거운 군화 소리가 들려오더니 그녀의 목덜미에 섬뜩한 느낌의 금속이 내려앉았다.

근위병, 로열가드였다. 그녀에게 검을 겨눈 로열가드가 차갑게 입을 열었다.

"함께 가주셔야겠습니다, 영애."

목에 닿는 금속의 느낌이 이전 단두대의 기억을 떠올리게 해 소름이 돋았다. 하지만 떨리는 마음을 참으며 그녀는 담담히 고개를 끄덕였다.

"네, 알겠습니다. 안내해 주십시오."

로열가드의 눈에 이채가 떠올랐다. 목에 검이 겨누어져 있는데 너무나 차분한 음색이었던 것이다. 하지만 그녀는 이렇게 생각했다.

'내가 잘못한 것은 없으니까.'

남들이 오해하기 충분한 상황이지만 그녀는 오로지 환자를 살리기 위해 한 행동이었다. 그러니 주눅이 들 필요가 없다 생각했다. 다만 압송되기 전, 반드시 일러둘 말이 있었다.

"가기 전 부탁드릴 게 있어요. 공작 부인의 상처를 잘 소독해 주세요."

"……지금 뭐라고 하셨습니까?"

로열가드는 자신이 잘못 들었나 싶어 반문했다. 목에 칼이 겨눠진 채 끌려가는 상황에서 지금 무슨 말인가? 하지만 잘못 들은 것이 아니었다. 그녀는 오히려 상세하게 설명했다.

"응급 상황이라 소독을 못 하고 수술했어요. 저대로 두면 감염증이 생길 수 있어요. 황궁의 의사들에게 일러 반드시 소독할 수 있도록 해주세요."

"……."

로열가드는 당황한 얼굴로 엘리제를 압송했다. 당황한 것은 로열가드만이 아니었다. 연회장 모두가 경악과 혼란이 가득한 눈으로 그녀의 뒷모습을 바라봤다.

8장

검제(劍帝)

그날의 탄신연회는 그렇게 혼란과 경악 속에서 막을 내렸다.

늦은 밤, 황궁의 어전. 한없이 무거운 분위기 속에서 한 남자가 무릎을 꿇었다.

"부디 통촉하여 주시옵소서, 폐하!"

제국에서 가장 존경받는 귀족이자 클로랜스가의 가주, 재상 엘 후작이었다. 그는 평소와 다르게 침통하기 그지없는 얼굴을 하고 있었다. 그럴 수밖에 없었다. 하나뿐인 딸이 황족의 몸을 상하게 하는 중죄를 저지르다니!

"부디 용서해 주시옵소서! 폐하께서도 아시지 않습니까? 제 딸은 그런 잘못을 저지를 아이가 아닙니다. 엘리제 그 아이가 비록 공작부인의 몸을 손상시키긴 했으나 절대 좋지 않은 의도로 그런 것은 아닐 것입니다!"

그때 그 순간, 공작 부인이 쓰러지고, 엘리제가 나이프로 공작 부인의 목을 겨눌 때 엘 후작은 심장이 멎는 듯했다.

'저게 무슨?!'

말릴 수조차 없었다. 눈 깜짝할 사이에 그녀의 나이프가 공작 부인의 목을 꿰뚫었고 피가 솟구쳐 올랐다. 그 모습을 보며 엘 후작의 부인은 충격에 기절해 버렸고, 그의 하늘은 무너져 내렸다. 하나뿐인 딸이, 눈에 넣어도 안 아플 소중한 딸이 공작 부인의 시해범이 된 것이다! 아니라 부정할 수도 없었다. 연회장에 있던 모두가 그 광경을 목격했다.

'아니야! 내 딸이 황족시해죄라니! 그럴 리가 없어!'

항상 근엄한 후작이지만 침착함을 유지할 수 없었다.

'엘리제 그 아이는 공작 부인을 살리려 그런 게 분명해!'

후작은 똑똑히 봤다. 엘리제가 나타나기 전, 공작 부인이 목을 부여잡고 쓰러지는 것을. 의학을 몰라도 질식이 의심되는 상황이었다. 그리고 딸은 나이프를 들기 전, 공작 부인의 배를 잡고 살리려는 조처를 먼저 했었다. 그런 그녀가 미쳤다고 갑자기 나이프를 들어 공작 부인을 해치려 했겠는가? 분명 공작 부인을 살리려 그런 것일 거다. 후작은 딸을 굳게 믿었다.

'하지만 문제는 모두가 그렇게 생각하지는 않는다는 것이지.'

엘 후작은 한숨을 내쉬었다. 가장 큰 문제는 엘리제가 나이프로 공작 부인의 목을 찔렀다는 점이다. 환자의 목을 칼로 찌르는 치료법이라니? 듣지도 보지도 못 한 방법이다. 앞뒤 상황을 모르는 사람이 봤을 때는 그저 끔찍한 범죄로만 여겨질 것이다. 그리고 여러 상황이 참작되어 그녀가 공작 부인을 살리려는 의도로 그런 일을 저질렀다는 것이 인정되어도 문제는 남아 있었다.

무려 황족의 몸이다. 아직 의사도 아닌 그녀가 정확하지도 않은 방법으로 황족의 몸에 칼을 대 중상을 입혔다는 죄는 피하기 어려웠다.

"폐하, 부디 통촉하여 주시옵소서!"

그래서 그는 황제에게 무릎을 꿇었다. 이 사건의 최종 심판관이 황제이기 때문에. 엘리제의 처우는 황제의 결정에 달려 있었다.

"용서만 해주신다면 그 어떤 대가라도 치르겠습니다! 저희 가문의 그란비아 섬이라도 바치겠습니다. 아니, 클로랜스 가문 전체라도 상관없습니다. 제발 용서해 주십시오!"

엘 후작은 딸을 위해 모든 것을 내려놓을 수 있었다. 자존심도, 재산도, 가문도! 딸이 그런 중죄를 뒤집어쓰게 생겼는데, 그런 것들이 문제겠는가! 그는 세상 그 어떤 것보다 딸을 사랑했다.

"그만. 그만하게, 재상."

그때 가만히 듣고 있던 황제가 말했다. 그의 얼굴은 늘 온화함을 유지하던 평소와 다르게 딱딱했다.

"짐이 설마 엘리제에게 그런 중죄를 내리겠는가? 엘리제는 자네뿐 아니라 나에게도 가족같이 소중한 아이이네. 그리고 짐도 알고 있어. 그 아이가 그럴 아이가 아니란 것은."

황제도 알고 있었다. 당시 정황을 봤을 때 엘리제는 공작 부인을 구하려 그런 일을 벌인 것이 분명했다. 그것을 증명하듯 공작 부인은 살아났다. 숨이 막혀 죽음을 목전에 두고 있었는데 말이다. 목에 상처만 입었을 뿐 상태도 멀쩡했다.

'그 아이가 살려냈다고 보는 게 맞겠지.'

칼로 목을 뚫는 그 정체불명의 치료가 효과를 본 것이 분명했다.

사실 처벌이 아니라 큰 상을 내려야 할 상황이다.

'문제는 황족의 몸에 상처를 입혔다는 건데. 그것도 의학적으로 입증되지 않은 방법으로.'

사실 그것도 큰 문제는 아니었다. 당장 죽을 상황이었는데, 상처가 문제겠는가? 생명을 살렸는데, 황족의 몸을 상하게 했다고 탓하는 것은 말이 되지 않는다. 그것은 그야말로 물에 빠진 사람을 구했는데, 거칠게 건져 냈다고 탓하는 격.

제국을 경영하는 민체스터는 그런 소심한 위인은 아니었다. 더구나 의학적으로 조사를 진행하면 그녀 덕분에 공작 부인이 살아났다는 점이 명확해질 것이다. 그러면 오히려 벌이 아니라, 큰 상을 내려야 할 수도 있다.

황족을 살린 클로랜스 영애! 황실 훈장 수여.

이런 식으로 말이다. 하지만 황제는 굳은 얼굴로 고개를 저었다.

'그럴 수는 없지.'

큰 벌을 내릴 생각은 전혀 없었다. 그가 엘리제를 아끼기 때문이기도 했지만 죄가 없는, 오히려 공작 부인을 구한 아이에게 무슨 큰 벌을 내리겠는가? 만약 다른 사람이 그런 일을 해냈다면 큰 상을 내렸을 것이다.

하지만 그가 고민하는 이유는 다른 데 있었다.

'벌을 내리진 않더라도 일부러 사소한 트집이라도 잡아야겠지.'

그 이유는 자명했다. 그녀가 자신이 아끼는 클로랜스 영애이기 때문에.

'차라리 잘됐어. 이 기회에 병원에서 아예 손을 떼게 해야겠어.'

애초에 그녀가 의사가 되려는 것을 못마땅해한 황제였다. 그리고 이번 일을 겪으며 그 생각이 확고히 굳어졌다.

'이런 위험한 일을 더하게 할 수는 없어.'

후에 황후가 될 아이가 칼로 목을 절개하다니! 당시 그 아이의 몸에 얼마나 많은 피가 튀었는지 모른다. 그 모습을 보며 황제는 가슴이 내려앉는 듯했다.

'조사단에게 일러 최대한 철저히 당시 상황을 조사하라 해야겠군. 의학적으로 봤을 때 조금의 문제라도 있었다면 그걸 이유로 더는 병원에 발도 못 붙이게 해야겠어.'

황제는 입을 열었다.

"후작."

"네, 폐하."

"만약 공작 부인을 살리려던 당시 처치에 문제가 없었다면 클로랜스 영애에게 큰 상을 내릴 것이야. 하지만 조금의 문제라도 있었다면!"

황제는 선언했다.

"그 아이와의 내기는 이걸로 끝이야. 더는 그 아이가 병원에 나가는 것을 용납하지 않을 걸세."

물론 황제는 이 조사에 개입할 생각은 전혀 없었다. 최고의 의사들로 꾸려질 조사단은 최대한 공정하고 객관적으로 당시의 처치를 검토할 것이다.

'그 정도면 충분하지. 그 아이가 한 처치가 아무런 흠도 없는 완벽한 처치일 리는 없으니까.'

그는 엘리제가 한 응급처치가 아무런 문제가 없는 것일 거라고는 생각하지 않았다. 분명 의학적으로 여러 문제가 있는 처치였을 터. 최고의 의사들이 모인 조사단은 엘리제가 했던 처치의 문제점들을 세세하게 잡아낼 수 있을 것이다.

'지금 당장 조사단을 꾸리라 해야겠어.'

황제는 시종을 통해 명령을 내렸고, 의학연구원에서는 총 3명의 의사를 선정하였다. 그는 조사단이 결과를 가져오면 엘리제에게 다시는 병원에 나가지 못하도록 명하기로 다짐했다.

그런데 황제가 모르는 것이 있었다. 그 3명의 의사 중, 다음의 2인이 포함되어 있다는 것을.

황실십자병원의 병원장이자 황궁 어의인 밴 자작! 그리고 테레사 병원의 교수이자 의학계에 명성이 자자한 젊은 천재 그레이엄 남작! 둘 모두 의학에 자신의 삶을 바친 의학자들이라는 것을.

그들은 황제의 명을 따라 곧바로 조사에 들어갔다.

이튿날 늦은 저녁. 황궁 깊은 곳에 위치한 회색 탑에 깊은 어둠이 내려앉았다. 회색 탑의 이름은 백원(百願)의 궁. 따로 혈탑(血塔)이라고도 불리는 그곳은 예로부터 죄를 지은 황족이 유폐되는 곳으로, 이번에 사건을 일으킨 엘리제는 그 백원의 궁에 구금되었다.

탑에 새로운 손님이 찾아들었지만 별다른 변화는 없었다. 새로운 손님, 엘리제는 죄인들이 흔히 하는 행동인 억울하다느니, 용서해 달라느니 그런 말도 없이 죽은 듯이 침대에 누워 있을 뿐이었다. 감시

하는 로열가드가 걱정할 정도. 어쨌든 그렇게 시간이 지나갔고 자정이 넘어 풀벌레 소리도 들리지 않는 고요한 밤이 깊어갔다.

그런데 그 고요함 속에서 흐릿한 그림자가 백원의 궁에 스며들었다.

두 눈을 부릅뜨고 있는 로열가드도 아무런 눈치를 못 챌 정도로 은밀한 움직임. 그 그림자는 좁은 궁 내부의 어느 한곳을 향해 걸음을 옮겼다. 바로 엘리제가 감금된 방 쪽이었다.

말없이 엘리제가 감금된 방 안으로 들어간 그림자에게 희미한 달빛이 떨어져졌다. 그리고 달빛을 통해 드러난 그림자의 얼굴. 놀랍게도 그림자의 정체는 황태자인 린덴 드 로마노프였다. 침대에 잠들어 있는 엘리제를 보는 그의 얼굴은 형편없이 일그러져 있었다.

'엘리제, 이 바보 같은.'

그는 속으로 이를 갈았다.

'어쩌자고 그런 무모한 행동을!'

그는 얼마 전 탄신연회 때 그녀가 저지른 일을 떠올렸다.

'잘못됐으면 어떻게 하려고!'

물론 그도 그녀가 공작 부인을 구하려고 그런 일을 했다는 것은 안다. 하지만 화가 치밀어 올랐다. 도대체 잘못됐으면 어떻게 그 책임을 감당하려고 그런 일을 저지른단 말인가! 겁도 없이!

물론 먼 친척인 공작 부인을 구해 준 것은 감사하다. 하지만 두 눈으로 목격한 그때의 일을 떠올릴 때마다 화가 치솟았다.

'정말 볼 때마다 마음에 안 들어.'

그는 도대체 몇 번을 했는지 모를 생각을 다시금 떠올렸다. 그는 그녀가 정말 마음에 안 들었다. 이런저런 일로 자꾸 생각나게 하는 것도, 신경 쓰이게 하는 것도, 불안하게 하는 것도, 계속해서 떠오르는 것도, 모두 다!

"하아."

그는 한숨을 내쉬었다.

'난 또 왜 여기에 온 것이지. 이 마음에 안 드는 소녀를 보러?'

도저히 자신을 이해할 수가 없었다. 당연한 이야기지만 이 백원의 궁에 몰래 잠입하는 것은 쉬운 일이 아니었다. 그는 자신의 초상 능력 중 하나인 그림자 걷기를 사용해야 했고, 사실 그건 상당히 위험한 일이었다. 하물며 이 백원의 궁에는 자신에 비할 만큼 강력한 초상 능력자가 한 명 더 머물고 있었으니까.

그의 감각을 피하는 것은 쉬운 일이 아니었다. 아니, 지금쯤 자신의 출현을 느끼고 있을 가능성이 높았다. 왜 자신은 이런 위험한 부담을 감수하면서까지 이 소녀를 보러 왔을까? 마음에 안 들어서? 자꾸 어른거리며 짜증 나게 해서? 일이 손에 안 잡혀서?

모르겠다. 도저히 알 수가 없었다. 그저 계속 그녀 생각이 났고, 어느 순간 자신은 이 백원의 궁으로 향하고 있었다. 자신의 의지와 상관없이.

'엘리제.'

그는 침대에 누워 있는 그녀를 바라봤다. 달빛을 받아서인지 조금은 더 창백해 보이는 안색. 그의 가슴에 들끓는 감정이 타올랐다. 그건 간절하면서도 안타까운, 그러면서도 저리게 아픈 알 수 없는 감정이었다.

"하아, 속 편히 잘도 자고 있군. 밖에선 얼마나 애끓고 있는지도 모르고."

인형같이 예쁘면서도 조그맣고 창백한, 보호 본능을 자극하는 여린 외모. 나이프는커녕 피 한 방울만 봐도 기절할 것처럼 생겼으면서 잘도 그런 일을 저질렀다.

'이번뿐이 아니야.'

대수술, 비장절제술을 해낸 것도 그녀였다. 그리고 그는 테레사병원에서 그녀가 숱한 중환자를 치료해 낸 것을 알고 있다.

'미칠 노릇이군. 이런 몸으로.'

하지만 문제는 그 모습이 의외로 어울린다는 것이었다. 아니, 단순히 어울린다 정도가 아니라 아름답기까지 했다. 저 여린 몸에서 나오는 것이라곤 상상도 할 수 없는 환자를 치료할 때의 강렬한 의지가, 그리고 환자가 좋아졌을 때 환하게 웃는 미소가 그녀를 밝게 빛나게 했다.

그건 연회장에서 곱게 단장한 것과는 전혀 다른 차원의 아름다움이었다. 여리면서도 그 누구보다도 강인한, 눈을 뗄 수 없게 만드는 그런 아름다움.

"하아."

린덴은 갑자기 답답한 마음이 들어 한숨을 내쉬었다. 그녀를 보고 있는데 계속 마음이 갑갑했다. 알 수 없는 갈망, 가슴이 꽉 막힌 듯한 답답함.

"이제 몸은 괜찮은 건가?"

며칠 전 고열이 나던 게 생각났다. 이마에 식은땀이 맺혀 있는 게 아직도 열이 끓고 있는 것 같았다.

"아프지나 말 것이지. 그러면서 어떻게 환자를 돌본다고."

역시 마음에 안 들었다. 또 저렇게 열이 끓고 있는데 이불은 왜 한

편에 밀어버린 건지. 그는 이불을 가지런히 덮어주었다. 이불이 얇은 것 같다고 속으로 투덜거리며.

그때 엘리제가 작게 중얼거렸다.

"안 돼……."

"……!"

그는 흠칫 놀라 그녀를 바라봤다. 하지만 잠투정일 뿐 다행히 깨어난 것은 아닌 것 같았다.

'무슨 꿈을 꾸는 거지?'

소녀의 얼굴이 고통스럽게 변했다.

"안 돼…… 안 돼……."

안타까울 정도로 괴로운 신음.

"죽지 마요…… 제발…… 제발……."

그리고 흘러내리는 한줄기 눈물.

"……!"

린덴은 그 생각지도 못 한 모습에 딱딱하게 굳었다. 무슨 꿈이기에 저 강인한 소녀가 눈물까지 흘린단 말인가? 그리고 죽지 말라니? 누가? 단지 악몽을 꾼 것뿐이라고 하기엔 소녀의 얼굴이 너무나 괴로워 보였다.

그는 뻣뻣이 굳어 소녀의 얼굴을 내려다보았다. 더 잠꼬대를 중얼거리진 않았지만 소녀의 눈가에는 눈물이 가득 고여 있었다. 금방이라도 흘러내릴 것처럼.

"하아."

린덴은 손가락을 들어 소녀의 눈가에 맺힌 눈물을 닦아주었다. 그리고 머뭇거리다가 말했다.

"무슨 꿈인지는 모르지만…… 명령이니 그런 꿈 꾸지 마라."

내 가슴이 답답해지니까.

그는 등을 돌려 방문으로 걸어갔다. 달빛이 닿지 않는 곳까지 걸어간 순간, 그의 몸이 어둠으로 변했다. 초상 능력인 그림자 걷기가 발동된 것이다. 린덴은 떠나기 전 마지막으로 엘리제를 돌아보았다.

"부디 좋은 꿈 꾸길."

그 말을 남기고 린덴은 백원의 궁을 빠져나갔다.

그런데 그가 아무도 모르게 그곳에서 빠져나갔을 때였다. 백원의 궁 꼭대기에서 누군가 중얼거렸다.

"형님의 그림자 걷기는 오랜만에 보네. 형수님이 그렇게 보고 싶었던 건가? 연애 세포가 전혀 없는 연애 바보인 줄 알았더니, 저런 면도 있으셨네."

젊은 남자였다. 남자는 탑의 꼭대기에 누워 있었는데, 놀랍게도 몸이 허공에 떠 있었다. 마치 투명한 마법 양탄자에 올라탄 것처럼.

그는 빙긋 웃었다.

"어쨌든 이곳에 같이 갇힌 것도 인연인데, 나도 형수님께 인사나 한번 드릴까? 의사가 되려 한다고? 의사는 대부분 술을 좋아하던데, 형수님도 술 좋아하시려나?"

그렇게 말하는 남자의 이름은 미하일 드 로마노프. 현 황실의 3황자이자 황태자의 정적. 그리고 론도 최고의 바람둥이이자 서대륙 최강의 오러 나이츠. 검제라 칭송받는 남자였다.

의학연구원에서 파견한 3명의 조사단은 공작 부인의 상처를 철저히 조사했다.

"그렇군. 그런 거였어."

황궁 어의 밴이 중얼거렸다.

"자네도 동의하지, 그레이엄?"

"네, 자작님."

그레이엄은 고개를 끄덕였다. 다른 1인, 로즈데일병원의 수석교수인 카일 준남작은 뭔가 못마땅한 표정이었지만 그 역시 두 사람의 의견에 동의했다.

"제 생각도 같습니다."

"그러면 더 조사할 것 있나? 보고하도록 하지."

그렇게 조사단은 결론을 내린 후 황제를 알현했다.

"폐하를 뵙습니다!"

"그래, 수고가 많았네. 조사는 다 끝난 건가?"

"그렇사옵니다."

옆에 동석한 엘 후작은 초조한 마음으로 그들의 보고를 기다렸다. 설마 황제가 엘리제에게 중벌을 내리지야 않겠지만 만약 저들의 조사가 안 좋은 쪽으로 결론이 나면 또 몰랐다.

반면 민체스터 황제는 기대하는 마음으로 말했다. 이번에야말로 엘리제와의 내기를 끝낼 때가 왔다고 여긴 것이다.

"빨리 말해보게. 어떤가? 클로랜스 영애의 응급조처에 당연히 여러 문제가 있었겠지?"

그는 티끌만큼의 문제라도 있었다면 그 핑계로 엘리제를 다시는 병원 일을 못 하게 할 작정이었다.

'이번에야말로 앓던 이를 뽑게 되겠군. 황후가 될 아이가 의사라니, 말도 안 되지.'

황제는 내친김에 정식 약혼 발표도 앞당겨야겠다고 생각했다. 성인식까지 기다릴 필요가 뭐 있겠는가?

이윽고 밴이 입을 열었다. 그런데 그의 목소리가 어딘가 이상했다. 무언가 들뜬 듯했다.

"이건 기적입니다."

"……뭐?"

황제가 자신도 모르게 반문했다.

"완벽합니다, 폐하! 그야말로 완벽한 조처였습니다!"

"……그게 무슨 말인가? 목을 칼로 찌른 조처가 완벽하다니?"

"만약 그 조처가 아니었다면 공작 부인은 사망했을 것입니다. 공작 부인이 살아난 것은 전적으로 클로랜스 영애의 조처 덕분이라 할 수 있습니다."

"하지만 위험천만한 일 아닌가? 잘못되면 어떻게 하려고? 그런 위험한 조처를 제대로 되었다고 할 수 있는가?"

밴은 황제의 기분도 읽지 못하고 흥분하여 설명했다.

"그래서 기적이라고 하는 것입니다! 예전부터 기도가 막히면 목을 절개해 숨구멍을 뚫어주려는 의견은 있었습니다. 하지만 워낙 위험해 제대로 시도를 못 하고 있었지요. 그런데 공작 부인에게 시술된 그 상처는 지금껏 의사들의 머릿속에만 있던 완벽한 기관절개술을 보여주고 있습니다. 주변의 어떤 장기도 손상하지 않고, 부족하지도, 과하지도 않은. 딱 필요한 만큼의 상처! 그 급박한 순간에 어떻게 이런 시술을 해냈는지 감탄밖에 나오지 않습니다. 듣자 하니 10초도 안 되는 시간 만에 해냈다 하던데."

"……크흠."

황제는 불편해하며 기침을 내뱉었다.

"그게 도대체 무슨 말인가? 완벽한 시술이었다고? 그냥 우연 아닌가? 너무 과찬하는 것 같군."

"저희도 처음엔 그렇게 생각했습니다. 이것을 보기 전까지는요."

그러면서 밴은 무언가를 꺼내 들었다. 한 장의 종이였는데, 아이들이 낙서를 휘갈겨 놓은 것처럼 삐뚤삐뚤한 글씨로 채워져 있었다.

"무언가, 그게?"

알아보기 힘든 그 글씨에 황제는 인상을 찌푸렸다.

"진술서입니다."

"진술서?"

진술서? 설마 저 못생긴 글씨가 클로랜스 영애가 쓴 거란 말인가? 그리고 갑자기 진술서 얘기가 여기서 왜 나온단 말인가?

밴이 들뜬 음성으로 설명했다.

"그냥 진술서가 아닙니다. 영애가 어떤 의도와 방법으로 그 처치를 한 것인지 진술서에 기술했는데, 그 내용이 마치 의학 논문을 보는 듯합니다."

'뭐? 의학 논문?'

"이 진술 내용을 보면 목과 기관의 해부학적 관계를 정확히 꿰뚫고, 가장 안전한 위치, 수술을 위해 꼭 필요한 부위만 절개하고 시술했다는 것을 알 수가 있습니다. 그야말로 완벽한 지식과 빠른 판단,

과감한 행동이 조합된 조처입니다. 그것도 10초도 안 되는 시간 동안에요! 저희도 감히 이렇게 할 수 있는 이가 없는데, 어찌 이제 16살인 영애가 이런 일을 해낼 수 있었는지 놀랍기만 합니다."

그러면서 밴은 이렇게 얘기를 마무리했다.

"이 진술서는 형사부에 보관할 것이 아니라, 의학 발전을 위해 논문으로 발표해야 한다고 생각됩니다. 그 정도로 뛰어난 조처였습니다."

정도를 뛰어넘는 극찬에 황제는 잠시 말을 잊었다. 밴이 제대로 조사를 한 건가 의구심이 들 정도였다.

'저이는 원래 새로운 의학 지식에 흥분하는 경향이 있지. 편견이 들어가 있을 수도 있어.'

"자네의 이름은?"

황제는 까칠한 인상의 잘생긴 젊은 남자에게 시선을 돌렸다. 의학계에서 젊은 천재라 불린다 했었지?

"그레이엄 드 팰론입니다, 폐하."

"자네 생각은 어떤가?"

"미천한 제 생각으로는……."

그레이엄은 낮은 목소리로 답했다.

"제국 의학계가 또 한 명의 희대의 천재를 만난 것으로 생각합니다."

"……허!"

황제는 황당함에 입을 벌렸다. 하지만 그 말은 그레이엄의 진심이었다. 그는 이 조사를 하면서 경악할 수밖에 없었다. 자신의 제자, 로제를 떠올리게 하는 천재적인 조처였기 때문이다.

'로제 말고도 이런 천재가 있었다니!'

자신은 아무리 노력해도 범재의 한계를 못 벗어나고 있는데, 허탈

한 느낌이 들 정도였다. 물론 밴과 그레이엄은 로제와 엘리제가 동일 인물인 것을 모르니 하는 생각이었다.

"허허, 도저히 믿을 수 없군. 카일, 그대의 생각은 어떤가?"

황제는 이번엔 로즈데일병원의 수석 교수 카일의 의견을 물었다. 로즈데일병원은 사실상 귀족파 수장인 차일드 후작의 소유. 서로 앙숙지간이니 황제파 수장의 가문인 클로랜스 영애에게 최대한 공정한, 아니, 불리한 판정을 해줄 것이다.

황제는 귀족파인 카일이야말로 편파적인 편견이 들어간 안 좋은 평가를 해줄 것이라 기대했다. 그러나 카일조차도 황제의 그런 기대를 저버리고 심지어 이렇게 말했다.

"……잘못된 점은 찾을 수 없었습니다. 인정하기 싫으나…… 밴 경과 그레이엄 경의 말이 맞다고 생각됩니다."

"그래도 뭔가 잘못이 있을 거 아닌가? 그러니까 큰 잘못은 아니더라도, 사소한 실수라도 뭐라도 잘못이 있을 텐데……."

'뭐라도 좋으니 말해봐! 어떤 불공정한 판결이라도 좋으니'란 눈빛으로 황제는 귀족파 카일 교수를 바라봤다. 하지만 카일 교수는 굳게 고개를 저었다.

"잘못한 것은 없습니다. 클로랜스 영애는 완벽한 조처로 공작 부인을 살려냈습니다. 벌이 아니라 마땅히 큰 상을 내려야 할 것으로 보입니다."

"……."

황제는 입을 다물었다. 저놈은 귀족파 주제에 뭐가 저렇게 올곧단 말인가? 한편 옆에서 듣고 있던 엘 후작은 입꼬리가 올라가며 웃음이 나오려는 것을 간신히 참았다.

'다행이다. 정말 다행이야.'

더구나 천재적인 조처라 하지 않은가?

'보고 있소, 테레사? 역시 우리 딸이오.'

딸이 병원에서 고생하는 것은 싫지만 저런 칭찬을 들으니 기분이 나쁠 리가 없었다. 그리고 저런 조사 결과가 나왔으니 딸이 처벌받지 않을 것이다.

반면 황제는 심기가 몹시 불편했다.

"그러면 어떻게 하는 게 좋겠는가? 그 아이에게 상을 내려야겠는가?"

"네, 폐하. 공작 부인이 살아난 것은 전적으로 클로랜스 영애 덕이라 할 수 있습니다. 그에 마땅한 상을 내려야 한다고 봅니다."

밴은 그러면서 이렇게 말했다.

"저희는 이번 일을 의학계에 발표하려고 합니다. 영애가 진술서에 기술한 내용은 앞으로 기도가 막히거나 기관을 절개해야 하는 환자를 치료할 때 큰 도움이 될 것으로 생각됩니다."

갈수록 가관이었다. 황족을 살렸으니 최소 훈장감이었다. 아예 이런 경우를 위한 훈장이 따로 있었다.

황실에 큰 도움을 준 자에게 수여되는 황실장미훈장(皇室薔薇勳章, Royal rose medal)!

그러면 언론에서도 득달같이 보도할 것이다.

[황태자의 약혼녀 클로랜스 영애, 훈장 수여. 천재적인 조처로 공작 부인의 목숨을 살려내다!]

[클로랜스 영애, 황족을 구해낸 공으로 황실장미훈장 수여!]

이런 식으로 말이다. 더구나 황제가 알기에는 만약 이번 일로 엘리제가 훈장을 받으면 제국 역사상 '최연소'에, '최초의 여성' 황실장미훈장 수훈자가 된다.

그뿐인가? 황실장미훈장 수훈자에게는 자동으로 기사 작위가 부여된다. 이번 일로 엘리제는 작위를 받게 되는 것이다. 그러면 앞으로 그녀는 '레이디 엘리제'가 아닌, '데임(Dame) 클로랜스'가 된다. 성인식도 치르지 않은 고작 16살의 나이로.

'골치 아프군.'

더구나 의학계에도 발표한다니, 의사들 사이에서도 유명세를 타게 생겼다. 황제로선 마음에 안 들었으나 달리 방법이 없었다.

'또 제 부인을 끔찍이 아끼는 하버 공작이 어떤 반응을 보일지.'

엘리제에게 당장에라도 감사를 표하러 뛰쳐나가려는 것을 판결이 안 났으니 조금만 기다리라고 간신히 말려 놓았는데.

더구나 신문사의 반응도 걱정스러웠다. 특종을 바라는 기자들이 판결 내용을 목 놓아 기다리고 있는데, 이런 판결이라니. 어떤 내용의 기사들을 써댈지 훤히 짐작할 수 있었다. 아마도 온갖 소설 같은 내용의 기사가 난무할 게 뻔했다.

그때, 밴이 조심스럽게 말했다.

"폐하, 외람된 말씀이오나 한 가지 간청을 드려도 되겠습니까?"

'지금까지 실컷 외람되었으면서 이제 와 조심하기는.'

황제는 한숨을 내쉬며 말했다.

"말해보게."

"그…… 클로랜스 영애를 직접 만나 볼 수는 없겠습니까?"

"……?"

"이번 일에 대하여 이야기를 나눠보고 싶습니다."

"……!"

"허락해 주신다면 여기 그레이엄과 같이 만나 보겠습니다. 많은 도움을 받을 수 있을 것 같습니다."

옆에 서 있던 그레이엄도 공손히 고개를 숙였다. 그도 클로랜스 영애를 한번 만나 보고 싶었다. 자신이 유일하게 인정한 제자 로제와 비견할 만한 천재라니. 어떤 영애인지 궁금했다.

"……뭐 원한다면 그렇게 하게나."

황제에게 허락을 받아낸 밴과 그레이엄은 조만간 날짜를 잡아 클로랜스 영애를 찾아가기로 하였다. 엘리제가 모르는 사이 일어난 일이었다.

한편 그때, 백원의 궁의 엘리제는 자신이 갇힌 신세라는 것도 잊고 열심히 공부하고 있었다.

'다행히 몸이 많이 나아졌네.'

이틀 정도 내리 잠만 잔 덕일까? 컨디션이 많이 좋아졌다. 몸이 좋아진 그녀는 얼마 전 면회 온 작은오빠에게 자격시험 준비에 필요한 의학 서적을 부탁했다. 어차피 판결이 날 때까지 할 일도 없으니 공부나 할 생각이었다.

"엘리제, 너는 도대체! 잘못되면 어떻게 하려고?"

작은오빠는 그녀가 벌인 일에 잔뜩 잔소리했으나 책은 군소리 없이 가져다주었다.

'그런데 큰오라버니의 반응이 의외였지.'

큰오라버니, 렌 남작은 잠시, 정말 잠시 그녀를 보러왔다. 그리고 이렇게 말했다.

"잘했다."

"……?!"

독설가인 큰오라버니가 한 말이 맞는지, 그녀는 자신의 귀를 의심했다. 하지만 잘못 들은 것이 아니었다.

"네가 공작 부인을 구하려다 그런 거 안다. 위험한 일이긴 했으나, 잘했다."

그 말에 엘리제는 배시시 웃었다. 이전 삶과 이번 삶을 통틀어 큰오라버니에게 칭찬을 들은 것은 처음이었다.

"조금만 더 고생해라. 네 덕분에 공작 부인이 살아난 것은 모두 알고 있으니, 금방 판결이 날 것이다."

그 말을 남기고 렌 남작은 기사단으로 돌아갔다. 최근 크림원정과 관련된 일로 계속 바쁜 눈치였다.

'큰오라버니.'

그녀는 그의 뒷모습을 아련히 바라봤다.

'무사하셔야 해요.'

탄신연회 때 참석한 프랑소엔 공화국의 루이 니콜라스가 떠올랐다. 정확한 정황은 알 수 없지만 그가 참석했단 의미는 단 하나.

'검은 대륙의 서북부가 프랑소엔 공화국에 의해 벌써 평정돼서겠지. 지난 삶보다 더 빠르게.'

어째서 이런 차이가 발생했는지는 모르지만 이로 인해 공화국이 크림반도에 병력을 투입할 가능성이 높아졌다. 만약 그렇게 된다면 제국도 병력을 증강할 것이고 총기사단의 부단장인 큰오라버니도 참전하게 될 것이다.

'그래도 작은오라버니는 참전하지 않겠지.'

지난 삶에서 작은오라버니 크리스는 그 확전된 전쟁에서 목숨을 잃었다. 이번 삶에선 무슨 일이 있어도 작은오라버니의 참전을 막을 것이다.

'큰오라버니는 오히려 큰 공을 세우시지만.'

그래도 걱정이 되긴 매한가지였다. 총탄이 빗발치는 전장. 아차 하면 목숨을 잃는 그곳에서 이번 삶도 지난 삶과 같으리란 보장은 없으니까.

'만약 참전하더라도 제발 무사하셔야 해요. 부디.'

그녀는 기도했다. 그러나 그녀는 그때까지만 해도 모르고 있었다. 크림원정이 어떤 식으로 진행될지. 그리고 자신의 운명이 어떻게 얽히게 될지. 이후의 삶이 어떻게 진행될지. 전혀 상상도 못 하고 있었다.

어쨌든 그렇게 가족이 한차례 왔다 간 후, 엘리제는 얼마 안 남은 의사 자격시험 공부를 하였다.

'차라리 감금돼서 잘됐어. 감금되지 않았으면 탄신연회다, 병원 일이다 뭐다 해서 공부할 시간도 없었을 건데.'

사람들은 혈탑에 감금된 그녀를 측은히 바라봤지만 그녀는 오히려 좋아했다. 앉아서 밥만 먹고 공부만 할 수 있다니. 어찌 아니 좋겠는가!

'어차피 판결이 나쁘게 나진 않겠지.'

사람들도 당시 자신의 행동이 공작 부인을 살리려 한 시술인 것을 짐작하고 있을 것이고, 또 여러 뛰어난 의사들이 공작 부인의 상처를 검토할 것이다. 그러면 자신이 어떤 의도로 그런 행동을 한 것인지 정확히 밝혀질 것이니 그녀는 큰 걱정은 하지 않았다.

'일단 그라함 각론을 다시 한 번 보고. 프레밍 약학도.'

물론 전부 아는 내용이다. 아니, 오히려 그녀의 머릿속 지식이 더 정확하다. 수많은 세월 동안 축적된 지구의 현대 의학이 담겨 있으니까. 하지만 이건 시험이니 출제자가 의도한 내용, 즉 브리티아 제국의 의학 수준에 맞춰 문제를 풀어야 한다.

'폐하에게 보여드리기 위해서라도 꼭 고득점을 맞아야 해.'

그녀는 탄신연회 때 황제와의 대화를 떠올렸다. 어지간한 업적은 인정하지 않겠다는, 그러니 이제 그만하고 황태자비가 되라는 제의. 하지만 그녀는 절대 포기할 생각이 없었다. 일단 자신과 황태자의 결혼은 모두를 불행하게 할 비극이었고, 무엇보다 자신은 의사의 삶을 원했다. 그러니 반드시 내기에서 이겨 의사의 삶을 살 것이다.

'물론 사람들은 이제 나를 황태자 전하의 약혼녀나 다름없이 여기겠지만, 그래도 포기할 수 없어.'

그렇게 그녀는 의지를 다지며 공부를 했다. 지구에서 과학고 조기 졸업, 서울대 수석 입학, 수석 졸업, 최우수 외과 전공의 수료, 천재 외과의사! 그런 화려한 경력의 소유자인 만큼 그녀의 학업 능력은 굉장히 뛰어났다. 그녀는 밥 먹는 시간을 제외하고, 아니, 밥 먹는 시간도 아껴가며 공부에 매진했다.

그러던 어느 늦은 저녁이었다. 그녀가 한창 책에 몰두해 있을 때 누군가 그녀의 방으로 들어갔다.

끼익.

낡은 방문이 소리를 내며 열렸는데도 엘리제는 미동도 없었다. 책에 집중해 못 들은 것이다. 문을 열고 들어온 이는 어깨를 으쓱했다.

"저기요?"

"……."

"저기 나 좀 봐주실래요? 똑똑."

입으로 노크 소리도 내보았지만 여전히 못 듣는 엘리제. 그는 씨익 웃었다. 장난기가 발동한 것이다. 일부러 발소리를 죽여 그녀의 등 뒤로 이동했다. 여전히 전혀 눈치 못 채는 엘리제. 그는 고개를 숙여 그녀의 귀 옆에서 속삭이듯 물었다.

"뭘 보는 거예요, 형수님?

"꺄아악!"

엘리제가 화들짝 놀라 비명을 질렀다. 갑자기 들려온 목소리에 심장이 떨어질 듯 놀란 것이다.

"누, 누구세요?!"

그녀는 도망치듯 의자에서 일어나 뒤로 물러서며 물었다. 책에 하도 집중해 있어서 아직 상황 파악이 되지 않았다.

그는 그런 그녀의 모습이 귀엽다고 생각했다. 실제로 커다란 푸른 눈을 동그랗게 뜨고 자신을 보는 모습이 엄청나게 귀엽긴 했다. 누구라도 안아주고 싶다 느낄 만큼.

"오랜만에 뵙겠습니다, 형수님. 공식적인 자리 말고 이렇게 뵙는 것은 처음이죠? 린덴 형님의 동생인 미하일이라 합니다. 이 비극적인 혈탑에 같이 갇힌 것도 인연인데, 인사나 드리러 왔습니다."

그는 다름 아닌 3황자 미하일 드 로마노프였다! 바로 황태자의 정적(政敵)! 미하일은 약간은 과장된 동작으로 인사를 하고는 엘리제의 반응을 기다렸다.

'자신의 남편이 될 이의 정적인 나를 보며 형수는 무슨 반응을 보

일까?'

놀라겠지? 얼굴을 굳히려나? 아니면 속마음을 숨기고 친절한 표정을 지을까?

그런데 그가 기대한 소녀의 반응은 그중 어느 쪽도 아니었다. 그저 상상도 못 한 사람을 만난 것처럼 눈을 더욱 커다랗게 뜰 뿐이었다.

미하일은 의아한 표정을 지었다.

'왜 저런 얼굴을? 물론 나를 만날 것이라 예상은 못 했겠지만?'

더구나 단순히 놀란 것이 아니었다. 그녀의 눈동자에 담긴 감정은 놀람을 넘은 경악, 그리고 그리움과 알 수 없는 슬픔이었다.

'뭐지?'

그가 알 수 없다는 생각에 눈썹을 찌푸리는 순간이었다. 소녀가 그를 불렀다. 떨리는 목소리로, 그로서는 전혀 생각지도 못 했던 호칭으로.

"마, 맙소사. 미, 밀? 정말 밀이 맞나요?"

"……!"

미하일의 눈이 크게 떠졌다!

'밀? 어떻게 그 이름을?'

그 이름은 세상에서 단 한 사람만이 자신을 부르는 호칭이었다. 아니, 이제 그 사람도 자신을 전하라 칭할 뿐, 그 이름으로 부르지 않는다.

미하일의 놀란 표정에 소녀는 무언가 실책을 깨달았는지 고개를 숙여 예를 표했다.

"아, 아니. 죄, 죄송합니다. 3황자 전하를 뵙습니다. 클로랜스 가문의 딸, 엘리제 드 클로랜스라고 합니다."

하지만 그 공손한 예가 무색하게 소녀의 눈에서 한 방울의 눈물이 떨어졌다.

뚝.

그 눈물에 미하일은 당황했다.

'아, 아니, 왜? 어째서 눈물을?'

"혀, 형수님?"

"죄, 죄송합니다, 전하. 누, 눈에 먼지가 들어가서……! 저, 정말 죄송합니다. 신경 쓰지 마십시오."

그녀는 말을 더듬으며 서둘러 눈물을 닦았다. 그리고 그를 향해 웃었다. 누가 봐도 억지로 지은, 보는 것만으로도 가슴이 저며지는 처연한 미소였다.

"다시 인사 올립니다. 클로랜스 가문의 엘리제라 하옵니다."

엘리제는 자신의 실책을 자책했다. 그를 보자마자 눈물 흘리다니. 더구나 '밀'이라 부르다니. 이상하게 생각할 것이 분명했다. 하지만 어쩔 수 없었다.

'밀.'

미하일 드 로마노프. 황태자의 정적이자 이전 삶에서 자신의 유일했던 친구. 도저히 가까이 할 수 없는 사이였지만 기이하게도 그와 자신은 친했다. 그냥 친한 정도가 아닌 마음을 나눈 친구였다.

그와 처음 만났을 때가 떠올랐다. 아직은 악녀라 불리기 전, 많이 삐뚤어지지 않았던 시절. 그때 그녀는 궁 뒤뜰에서 울고 있었다. 아마 황태자와의 어긋남 때문이었던 것 같다. 마침 우연히 그곳을 지나가던 3황자가 그녀의 눈물을 보고 다가왔다.

'뭐야, 울고 있는 거예요, 형수님?'

그러며 그는 곤란한 표정을 지었다. 정적인 형님의 짝이 우는 것을 어떻게 해야 할지 고민하는 눈치였다. 그러다 한숨을 내쉬며 이렇게 말했다.

'내가 레이디의 눈물을 그냥 지나치지를 못 해서.'

그는 장난스러운 말투로 그녀를 위로해 주었다. 당시 상처받았던 그녀는 그에게서 많은 위로를 받았었다. 그 뒤로도 그와 계속해서 마주할 일이 생겼고 그때마다 그는 씨익 웃으며 이렇게 말했다.

'울보 형수님이네? 요즘은 안 울어요?'

그러며 둘은 조금씩 자연스레 친해졌다. 정치적인 관계를 고려하면 상상하기 어려운 일이었지만 그는 그녀에게 유일하게 마음을 털어놓을 수 있는 친구가 되었다. 그런 그를 생각지도 못 한 곳에서 만나니 감정을 조절할 수가 없었다.

"아까 전에는 왜 그런 거예요, 형수님? 내가 그렇게 잘생겼나? 보자마자 감동의 눈물을 흘릴 만큼?"

엘리제가 감정을 수습하자 그가 장난스레 물었다. 엘리제는 할 말이 없어 가만히 웃었다.

'잘생기긴 했지.'

황태자가 차가운, 그러면서도 천상의 조각 같은 아름다움을 가지고 있다면, 미하일은 다른 느낌의 아름다움을 가지고 있었다. 남자에게 이런 표현을 써도 될까 싶지만 그는 마치 꽃 같았다. 화사한 꽃. 그러면서도 쾌활한. 금발, 금안의 그는 그런 빛나는 아름다움의 소유자였다. 그러면서도 각고의 단련을 통해 다져진 몸은 탄탄하면서도 강인했다. 론도 최고의 바람둥이다운 매력적인 외향이랄까.

"흠……."

미하일은 알 수 없다는 듯 턱을 쓰다듬었다.

'도대체 뭘까, 저 시선은?'

소녀는 얌전히 웃고 있었지만 바람둥이 중의 바람둥이인 그는 알고 있었다. 그녀의 눈에 담긴 감정은 그리움과 안타까움이었다.

'서로 먼발치에서밖에 본 적 없지 않나? 내가 아무리 바람둥이여도 클로랜스 가문의 영애와 뜨거운 시간을 보낸 적은 없는데?'

그는 혹시 자신과 사귄 사람 중 저 소녀가 있었나 고민했지만 아니었다. 물론 자신과 잠깐 스친 인연까지 모두 다 기억하는 것은 아니었지만 저렇게 예쁜 소녀를 기억하지 못할 리가 없었다.

'뭐지?'

어쨌든 그날의 인사는 그렇게 끝났다. 미하일은 의문을 가지고 자신이 감금된 방으로 돌아갔다.

"엘리제라고?"

그는 침대에 누워 중얼거렸다.

"그렇지 않아도 혼자 심심했는데, 잘됐군."

어차피 할 것도 없겠다 싶어 그는 그녀에 대해 더 알아보기로 마음먹었다.

그 뒤, 그는 심심하면 엘리제를 찾아갔다. 자신이 황태자의 정적이니 싫어할 거라 예상했는데, 의외로 소녀는 반갑게 맞아주었다. 가끔 외부에서 들여온 차를 끓여 주기도 했는데, 그 향과 깊음이 일품이라 더욱 자주 찾아가게 되었다.

'기이하게 말도 잘 통하고.'

미하일은 고개를 갸웃했다. 소녀는 이상하게도 자신을 친근하게 느끼는 듯했다. 직접 말한 것은 아니지만 느낌이 그렇다. 그러다 보니 자신도 그녀가 편하게 느껴졌다.

"저…… 전하. 감금 중이신데, 계속 돌아다니시면……."

경계를 서는 로열가드가 곤란한 얼굴로 말렸으나 3황자는 싱긋 웃으며 뻔뻔하게 말했다.

"뭐, 아무려면 어때. 백원의 궁에 감금된 거지, 방에 감금된 것은 아니잖아. 어차피 우리 둘 다 곧 풀려날 거고."

그렇게 둘은 같은 궁에 머물며 급속도로 친해졌다. 정확히는 미하일이 그녀에게 친근감을 느끼기 시작했다. 정적인 형님의 부인이 될 소녀와 이렇게 친해져도 되는 걸까 고민될 정도였다. 하지만 미하일은 사람을 사귀는 것에 있어 정치적 관계 같은 사소한(?) 것 따위를 신경 쓰는 소인배가 아니었다.

"뭐 읽는 거예요, 형수님? 그 책 재미있어요?"

"공부 중이에요. 이제 곧 의사 자격시험을 봐야 해서요."

"한 문장도 못 알아보겠는데, 이런 어려운 책을 잘도 읽네. 그런데 정말 의사가 되려는 거야?"

"네, 의사가 될 거예요."

"헤에, 그러고 보니 하버 공작 부인을 구한 게 형수님이라고 했지? 대단하네."

그는 신기한 눈으로 소녀를 바라봤다. 저 여리고 조그만 소녀가 어떻게 그런 일을 한 거지? 당시 난리도 아니었다는데.

"그런데, 그러면 결혼은? 형님과 약혼할 거잖아."

소녀는 평소 부드러운 말투와 다르게 강하게 고개를 저었다.

"아니에요. 그건 잘못 알려진 거예요. 저와 황태자 전하는 약혼도, 결혼도 하지 않을 거예요."

"흐음……."

3황자는 묘한 표정을 지었다.

'그래? 하지만 부황께서는 그렇게 생각하지 않은 것 같은데?'

"그러니 저를 형수라 부르지 말고, 그냥 엘리제라고 불러주시면 좋겠어요. 편하게 리제라고 해도 좋고요."

3황자는 거절하지 않았다.

"그래, 리제."

엘리제. 리제. 왠지 어감이 예쁘다 생각하며 3황자는 이름을 불렀다. 은근슬쩍 말도 놓아버렸다. 뭐, 자신은 황자고 나이도 더 많으니까.

다음 날 3황자는 공부하는 그녀에게 무언가를 내밀었다.

"이게 뭐예요?"

"엿(Taffy)이야."

"엿이요?"

"응, 동방에는 중요한 시험 전에 엿을 먹는 풍습이 있거든. 먹고 한 번에 찰싹 붙으란 거니, 꼭 붙어."

"쿡쿡, 감사해요."

그러고 보니 3황자는 과거 1년 정도의 시간을 동방 청에서 보내며 무사 수행을 했다.

'말이 무사 수행이지, 가출이었지. 어린 나이에. 청뿐 아니라 서대륙 본토, 검은 대륙까지 3년씩이나. 당시 황궁이 발칵 뒤집어졌다고 하던데.'

그 때문에 동방의 풍습에도 해박했다.

'한국에 살 때도 시험 보기 전에 항상 엿을 먹었는데.'

엘리제는 감사를 표하며 엿을 먹었다. 혀가 얼얼할 정도로 달달한 것이 딱 그녀의 입맛에 맞았다. 그 모습을 미소 지으며 바라보던 미하일이 의외의 제안을 하였다.

"형수님, 아니, 리제."

"네?"

"오늘 저녁에 술이나 마실래?"

"……!"

"마침 좋은 와인을 가지고 있거든. 부황이 숨겨놨던 와인을 몰래 훔친 게 있어서. 원래 혼자 아껴 마시려고 했는데."

그러면서 미하일은 화사한 꽃 같은 얼굴로 싱긋 웃었다.

"그냥 갑자기 너랑 같이 마시고 싶어져서."

"그, 그래도 감금 중인데 술은……."

"여기 있으라고 했지, 술을 마시지 말라는 이야기는 안 했잖아. 그런 말 들은 적 있어?"

'그야 감금된 사람 누구도 그런 짓 안 하니까!'

하지만 3황자는 당당했다.

"없지? 그러니 해도 되는 거야."

"……."

"마시자. 너도 싫은 건 아니지? 무려 프랑소엔 제국 황실에 내려오던 황실주라고.”

프랑소엔 제국은 시민혁명이 일어나기 전, 공화국의 과거 국명이었다.

“하지만…….”

물론 그녀도 싫지는 않았다. 엘리제의 몸으로 돌아온 뒤로 한 번도 술을 마신 적은 없었지만 지구에서 그녀는 외과의사였으니 어느 정도 술을 좋아하긴 했다. 하지만 그래도 되는 걸까?

“아직 저는 성인식도 안 치렀는데…….”

“그러면 더 마셔 봐야겠네! 성인이 되기 전, 어느 정도 술을 마셔 봐야 성인식 때 실수 안 한다고! 그때 분명 엄청 마시게 될 테니. 그리고 리제, 너는 성인식이 몇 달도 안 남았는데 뭐가 문제야?”

뭔가 아닌 것 같습니다만? 왠지 탈선을 강요당하는 소녀의 심정이 되어 엘리제는 한숨을 내쉬었다.

‘내일 의학연구원에서 손님이 온다고 했었는데 마셔도 괜찮을까?’

그렇지 않아도 기관절개술을 논하기 위해 내일 의학연구원에서 2명의 손님이 온다고 연락받았다.

‘뭐, 특별한 용무는 아니고 기관절개술에 대해서만 논한다고 한 것이니 조금 마시는 것 정도는 괜찮겠지?’

그 손님이 설마 밴과 그레이엄일 것이라고는 상상도 못 한 엘리제는 그렇게 생각하고 말했다.

“알겠어요. 대신 저는 조금만 마실게요.”

“그래, 그래. 하지만 마시다 보면 더 마시게 될걸? 이 ‘프랑소엔 제국’ 시리즈는 그야말로 천상의 맛이거든.”

“네에…….”

그렇게 '비극의 혈탑'이라 불리는 백원의 궁에 때아닌 술판이 벌어졌다. 심지어 로열가드가 안주까지 준비하며 술자리를 마련해 주기까지 했다.

"……맛있게 드십시오."

엘리제가 '이래도 되는 거야?' 하는 황당한 눈으로 바라보자, 로열가드는 시선을 슬그머니 피했다.

'저도 잘 모르겠습니다'란 얼굴이었다.

"언젠가 이 술이 없어진 걸 알고 화내실 부황을 위하여, 건배!"

"……그런데 전하가 이번에 감금되었던 것도 탄신연회에 사용할 의례용 포도주를 훔쳐 마셔서가 아니었나요?"

3황자가 갇힌 이유가 거기에 있었다. 의례주(儀禮酒)를 훔쳐다 길거리의 시민들과 진탕 마신 것이다. 그 때문에 격노한 황제가 백원의 궁에 가두라 했다고.

"아, 그런 건 몰라! 미인은 사귀라고 있는 거고, 미주는 마시라고 있는 거지. 의례에 사용하고 버리면 그게 무슨 소용이야?"

참 대책 없는 말이었지만 왠지 유쾌한 기분이 들어 엘리제는 웃었다.

"쿡쿡, 알겠습니다. 네."

"자, 그러면 진짜로 건배."

채앵.

유리잔이 맑은 소리를 내며 부딪혔고 얕게 깔린 와인이 찰랑거렸다. 이제는 단종된 프랑소엔 제국 시리즈는 특이하게 황금빛이었다. 그 황금빛 와인을 목에 넘긴 그녀는 감탄을 토했다.

'맛있어! 역시 프랑소엔 제국 시리즈.'

프랑소엔 제국 시리즈는 지상 최고의 와인 중 하나라 평해진다. 항상 구름만 잔뜩 낀 브리티아 섬에서 만든 와인은 감히 흉내도 못 낼 맛. 똑같이 명주라 불리는 포르투의 와인조차 한참 능가하는 미주였다.

'이 와인을 내가 또 마시게 되는 날이 오다니.'

사실 그녀는 이 와인을 처음 마시는 것이 아니었다. 이전 삶에서 한 번 맛본 적이 있었다. 그것도 다름 아닌 저 3황자 미하일과 함께.

"맛있지? 더 마시라고. 얼마든지 있으니까."

"네."

아까 그의 장담처럼 그녀는 한 모금만 마시고 멈추지 못했다. 그만큼 맛있었던 것이다. 거기다가 이전 삶에서 그와 함께했던 추억이 떠오르자 기분이 씁쓸해져 더욱 마시게 되었다.

'역시 그는 하나도 변하지 않았구나.'

엘리제는 쾌활하게 웃고 있는 그를 바라보며 생각했다. 와인의 도수가 높아서일까, 아니면 어린 소녀의 몸이라서일까? 와인 몇 잔에 알딸딸하게 취기가 올라왔다.

그는 이전 삶에서도 저랬다. 항상 자유로웠고, 즐거웠으며, 악의 없이 모두를 사랑으로 대했다. 황태자가 시민들의 존경을 받는 이라면, 3황자는 시민들의 사랑을 한 몸에 받는 이였다.

잊을 만하면 터지는 유쾌한 기행, 신분을 따지지 않고 평민들과도 거리낌 없이 술잔을 나누는 쾌활함. 그리고 자랑스러운 제국 최강의 오러 나이츠.

제국 시민들은 모두 그를 사랑했다. 여성들과의 숱한 염문도 그의 매력이라고 여겼다. 그 시민들의 사랑이야말로 그의 진정한 정치적 저력이었다. 하지만 그것은 그가 의도한 바는 아니었다. 그저 그의 성품에 자연스럽게 따라온 것일 뿐.

'그런 그이니 나와 친구가 될 수 있었지.'

그녀는 울적하게 생각했다. 모두에게 외면당할 때 그만이 편견 없이 자신을 바라봐 주었다. 그래서 소중했다.

'하지만 막을 수 없겠지.'

그의 마지막을 떠올리자 한없이 기분이 가라앉았다. 그는 결국 죽는다. 미래를 알고 있는 그녀이지만 그것만은 막을 수 없을 것이다. 안 하는 것이 아니었다. 그것은 그녀가 바꿀 수 있는 일들과는 성격이 달랐다. 마치 절대적인 명제처럼, 앞으로 일어날 그 일은 정해져 있었다.

'유일한 방법은 그가 황권을 포기하는 것이지만.'

그건 있을 수 없는 일이었다. 그녀는 안다. 그가 어떤 마음으로 황권을 노리고 있는지. 사실 관심도 없는 황제의 자리에 그가 어떤 절박함으로 목숨을 걸고 있는지. 모두 알고 있다.

그래서 슬펐다. 그 안타까운 이유가 슬펐고, 그래서 결국 비극적인 최후를 맞이할 그의 미래에 가슴이 아팠다. 그리고 그 순간, 그가 최후를 맞이하던 순간이 떠올라 그녀는 입술을 깨물었다. 당시 그의 미소를 생각하니 가슴이 울컥했다.

"리제? 왜 그래?"

"……."

"리제?"

놀란 3황자가 물었으나 그녀는 대답하지 못했다. 입을 열면 눈물이 흘러내릴 것 같아서였다.

그때 그의 마지막 말.

"형수님, 나 사실 너한테 할 말이 있었어."

"무엇인데요?"

하지만 그는 더 입을 열지 않았다. 그저 잘 지내란 말 한마디만 남기고 평소와 다름없는 자유로운 표정으로 최후를 맞이했다.

'그때 나한테 무슨 말을 하려고 했던 걸까?'

궁금했으나 이제는 그 누구에게도 물어볼 수가 없다.

그녀가 입을 다물자 자연스레 술자리도 조용해졌다. 엘리제는 잔에 남아 있던 와인을 단숨에 쭈욱 들이켰다. 뜨거운 기운이 가슴에 올라오며 마음이 조금 안정되었다.

"죄송해요. 갑자기 술기운이 올라와서 그랬어요. 이제 괜찮아요."

미하일은 잠시 그녀를 바라봤다. 뭔가 마음에 안 든다는 눈초리. 그는 와인을 잔에 가득 따르더니 싸구려 럼주를 들이켜듯 한 번에 목에 넘겼다. 그 모습에 엘리제가 놀란 표정을 짓자 그가 말했다.

"거짓말."

"……!"

"내가 바보인 줄 알아? 아직 성인식도 안 치른 꼬맹이 주제에 뭐가 그렇게 슬픈 표정이야? 세상 몇 번 산 사람처럼."

엘리제가 차분히 고개를 저었다.

"아니에요. 그냥 술기운에 그랬어요. 제가 술이 약해서. 신경 쓰지 마세요."

그 흔들림 없는 대답에 3황자는 불만이 가득한 얼굴로 입술을 삐죽거렸다.

"하여튼 귀엽게 생겨 가지고, 실제론 귀여운 맛이 없다니까. 애늙

은이도 아니고. 그렇게 혼자 속으로 삭이면 병 생긴다."

엘리제는 그저 웃었다. 3황자는 한숨을 쉬더니 물었다.

"형님 때문에 그래? 형님이 잘 안 해주셔?"

"……!"

그녀는 급히 고개를 저었다.

"아, 아니에요. 전혀 상관없어요."

"아니긴 뭐가 아니야? 그 형님이 잘해 줄 리가 없잖아. 지금까지 여자 손은커녕, 연애도 한 번 안 해본 연애 바보이시니까. 론도에서 재미없고 무뚝뚝한 남자의 순위를 매기면 아마 형님이 1등 할걸? 네 큰오빠인 렌 남작이 2등 정도 하고."

그 말에 엘리제는 쿡쿡 웃었다. 천하의 황태자한테 연애 바보라니. 뭐, 아예 틀린 말은 아니지만 3황자이니 가능한 표현이다.

"차라리 나한테 오는 것은 어때? 나는 형님과 달리 아주 잘해 줄 수 있는데."

"됐네요. 전하를 그리워하는 수많은 여인 중 한 명이 되고 싶지는 않거든요?"

엘리제의 말에 미하일은 찔끔한 표정을 지었다.

"그게 무슨 말이야?"

"전하를 그리워하는 여인들을 일렬로 세우면 론도 시내를 한 바퀴 감쌀 수 있다는 말도 있잖아요."

"그, 그건 터무니없는 모함이야. 난 항상 진실 된 사랑만 했다고."

"네네, 알겠습니다. 어쨌든 전 사양이에요."

미하일은 일부러 시무룩한 표정을 지었고, 엘리제는 쿡쿡 웃었다. 사실 미하일의 말은 틀린 것은 아니었다. 대부분 그의 매력에 홀린 여자가 먼저 다가왔으니까. 그저 그의 잘못이라면 잘생기고, 매력적이라는 게 죄랄까?

어쨌든 무거워졌던 분위기가 조금 풀렸다. 둘은 주거니 받거니 술을 나누었고, 취기가 오르자 이런저런 이야기를 했다.

"그러니까 내가 동방 청에서!"

술기운이 올라 신이 난 3황자가 이전 3년간의 무사 수행 경험담을 떠들었다. 엘리제는 지난 삶에서 몇 번이고 들은 이야기지만 다시 재미있게 들었다.

황실에서는 가출이라 칭하는 그 무사 수행은 사실 대단한 것이었다. 3년간의 그 여행이 끝나고, 그는 서대륙 최강검(最强劍)이자 검제라 불리게 되었으니까. 더구나 검제란 별명은 서대륙이 아닌, 무술의 본고장이라는 동방 청의 무인들이 경외를 담아 붙여준 존칭이었다. 자신들이 세상의 중심(中華)이라는 착각에 완고하기 그지없는 그들이 양이(洋夷)에게 말이다. 론도의 중심가에서는 당시 그의 가출을 영웅서사시 비슷한 걸로 꾸며 펼치는 연극도 있을 정도였다.

"그래서 말이지. 청에는 악인들이 모여 만든 집단이 있었어. 청은 땅이 워낙 넓어 나라 크기가 거의 서대륙 전체만 해서 중앙정부의 손이 안 닿는 곳이 많았거든. 그런데 검룡(劍龍)이란 협객과 내가……."

미하일은 즐거운 얼굴로 이런저런 이야기를 하였고, 엘리제는 열심히 맞장구쳐 주었다. 그렇게 밤이 깊어 갔고, 술도 거의 떨어져 알딸딸하게 기분 좋은 취기가 흐를 때 3황자가 말했다.

"리제, 물어볼 게 있어."

"네? 말씀하세요."

그가 엘리제의 눈을 보더니 입을 열었다.

"넌 왜 의사가 되려는 거야?"

기분 좋게 떠들 때와 다르게 진지한 물음이었다.

"그건 왜 물어보세요?"

"아니, 그냥 궁금해서. 클로랜스 가문의 딸인 네가 굳이 의사가 되어야 할 이유가 없잖아. 사람의 생명을 살리고 싶다는 뜻은 좋지만 어차피 너 아니어도 사람을 살릴 의사는 많잖아. 굳이 대귀족인 네가 고생하며 의사가 되는 게 의미가 있나?"

틀린 말은 아니었다. 어차피 그녀가 아니어도 이 제국에 의사는 많다. 물론 그녀처럼 최첨단 의학 지식을 가지고 있는 의사는 없겠지만 어쨌든 그렇다. 남들이 보기에 굳이 하위 귀족도 아닌 대귀족인 클로랜스 가문의 딸이 의사가 되려는 것이 이해가 되지 않을 수 있었다. 충분히.

'하지만…….'

그녀는 대답하기 전 반문했다.

"전하, 외람되지만 저도 한 가지만 여쭈어도 될까요?"

"응? 물어봐."

"전하께서는 왜 검을 익히셨나요?"

그 물음에 미하일은 입을 다물었다.

"사실 황족인 전하께서 검을 연마하실 이유는 없으신데."

그렇다. 대부분의 황족은 그저 검술을 수박 겉핥기식으로만 익혔다. 황태자인 린덴이 상당한 수준으로 검술을 익히긴 했지만 그건 그가 특이한 경우였다.

왜? 필요가 없으니까. 황족들은 강력한 초상 능력의 소유자여서 검술이 의미가 없기도 하고, 무엇보다 시대가 변했다.

지금은 총과 대포의 시대다. 이전 기사의 시대면 모를까, 지금은 개개인이 아무리 강해도 전장에서 영향이 제한적이었다. 그럼에도 3황자는 검술을 연마했다. 그것도 검제란 칭호를 얻을 만큼 높은 경지까지.

그가 초상 능력자라서 검술을 쉽게 익힌 것도 아니다. 초상 능력과 오러, 검술은 전혀 별개였다. 오로지 본인의 피나는 노력만으로 그런 경지까지 도달한 것이다. 도대체 왜? 어째서?

3황자는 중얼거리듯 답했다.

"그야 검이 좋으니까."

그 이유는 단 하나였다. 검을 좋아하니까. 그냥 좋아하는 것이 아닌, 매혹당해 빠져나오지 못할 만큼 미친 듯이 좋아하니까.

엘리제가 그 대답에 빙긋 웃었다.

"저도 그래요."

"……!"

"저도 좋아해요. 사람을 치료하는 일."

그녀는 지구에서 의사가 되기로 마음먹었을 때를 떠올렸다. 처음엔 첫 번째 삶의 잘못을 갚고자 선택했다. 하지만 수술실에 들어갈 때마다, 그 긴장감을 느낄 때마다, 생명이 살아나는 장면을 경험할 때마다, 그 일에 매혹되었다.

"너무너무 좋아해요. 그 어떤 것보다. 이 일을 못 한다는 것은 상상도 할 수 없을 정도로. 그래서 의사가 되려는 거예요."

이건 매혹되었다기보단 차라리 중독이란 말이 어울렸다. 이제 자신은 이 일과 떨어져선 살 수가 없었다.

'만약 폐하와의 내기에서 져서.'

"제가 의사가 될 수 없다면, 그래서 사람을 치료하는 일을 하지 못하는 삶을 살게 된다면."

그렇게 된다면.

"저는 새장에 갇힌 새처럼 영혼이 말라 버릴 거예요."

그러니 반드시 폐하와의 내기를 이길 것이다. 그래서 저 창공을 나는 새처럼 자유롭게 원하는 일을 하며 살 것이다. 그렇게 행복해질 것이다.

9장

데임(Dame) 클로랜스

술자리가 끝났다. 아니, 정확히는 엘리제가 술기운을 못 이겨 잠들어 버렸다.

"얌전히도 잠들었군."

미하일은 그녀를 침대에 눕혀주기 위해 두 손으로 안아 들어올렸다.

"얼씨구? 왜 이렇게 가벼워? 내 약혼녀였으면 가만히 안 두었을 텐데."

가만히 안 두고 매일매일 맛있는 것을 먹였을 것이다. 절대 이렇게 마른 상태로 두진 않았을 것이다.

"이건 다 형님 잘못이야. 얼마나 잘 못했으면 이 아이가 결혼은 절대 안 할 거라고 그래?"

그는 엘리제를 침대에 눕히고 머리를 쓰다듬었다. 부드러운 백금발이 기분 좋게 와 닿았다.

"이렇게나 귀여운데 말이야. 내가 형님이라면 애지중지 참 잘해 주었을 텐데. 절대 도망 못 가게."

얌전히 잠들어 있는 모습이 참 귀여웠다. 술기운 때문인지 창백한 피부를 붉게 물들인 홍조는 사랑스러움을 더했다.

"물론 귀엽기만 한 것은 아니지."

그는 최근 며칠간 그녀가 보여주었던 모습들을 떠올렸다. 여러 모습을 보여주었지만 가장 인상 깊었던 것은 방금 전 의술에 대한 강한 의지였다.

"제가 의사가 될 수 없다면 저는 새장에 갇힌 새처럼 영혼이 말라 버릴 거예요."

3황자도 부황과 그녀 사이의 내기를 알고 있었다. 말도 안 되는 조건이기에 당연히 부황이 승리할 거라 생각하고 있었다.

"과연 어떻게 될지 궁금하군."

그는 웃었다. 그리고 고개를 돌려 방문 너머 어둠을 바라봤다. 아무것도 없는 깊은 어둠을.

"어쨌든 형님."

그는 황태자를 떠올리며 중얼거렸다.

"잘 간수하셔야겠어요. 품 안의 보물, 제대로 간수 안 하다 잃어버리면 속상하지. 그렇지 않아요?"

아무도 없는 허공에 한 장난스러운 물음이었다. 당연히 아무런 답도 들려오지 않았다. 3황자는 쿡쿡 웃더니 잠들어 있는 엘리제에게 인사했다.

"난 내일 아침 백원의 궁을 떠나니 당분간 못 보겠네. 안녕히. 또 봐요, 레이디."

그리고 말했다.

"기대하고 있을 테니."

다음 날, 엘리제는 숙취에 시달리며 일어났다.

'으, 머리가…….'

어린 몸에 과음한 탓일까. 머리가 깨질 듯 아팠고 속도 안 좋았다.

'왜 이렇게 많이 마셨지? 꿀물 먹고 싶다.'

하지만 혈탑에 꿀물이 있을 리가 없다. 그녀는 한숨을 내쉬며 부스스한 얼굴로 물이나 들이켰다. 술은 마실 때는 좋지만 항상 다음 날이 좋지 않았다.

"영애, 일어나셨습니까?"

그때, 로열가드가 문밖에서 그녀를 불렀다.

"무슨 일이시죠?"

"면회객이 왔습니다. 들어가도 괜찮으시겠습니까?"

엘리제는 오늘 의학연구원에서 사람들이 오기로 했다는 것을 떠올렸다. 숙취에 정신이 없는데…….

'좀 적당히 마실걸.'

후회가 들었으나 이미 늦은 뒤였다.

"아, 네. 들어오라고 하세요."

"그러면 들어가겠습니다."

문이 열리고 3명의 남자가 그녀의 방으로 들어왔다. 그리고 상대의 얼굴을 본 엘리제는 경악했다.

"……!"

들어온 이들은 다름 아닌 황궁 어의인 밴 자작과 그녀의 스승인 그레이엄 남작이었던 것이다! 심지어 테레사병원의 고트 병원장도 있었다!

"어? 로제?"

그들은 잠시 상황 파악이 안 된 듯했다. 자신들이 방을 잘못 찾아왔나? 왜 로제가 여기에 있지? 하는 눈치였다.

고트 병원장이 로열가드에게 물었다.

"우리는 클로랜스 영애를 뵈러 왔는데? 저 레이디가 아니지 않은가."

"저분이 클로랜스 가문의 영애가 맞습니다."

"저 레이디가?"

"네."

"저 레이디가 정녕 클로랜스 후작가의 영애라고? 황태자 전하와 결혼이 예정된?"

"네, 맞습니다."

"……."

잠시 정적이 방에 흘렀다.

이게 어떻게 된 일이지? 저 소녀가 클로랜스 영애라고? 레이디 로제가 아니라?

하지만 혼란 섞인 그 시선도 잠시, 그들은 곧 상황을 파악했다. 그리고 경악에 빠졌다. 도제 로제가 클로랜스 가문의 영애였다고?!

'아, 망했다.'

엘리제는 질끈 눈을 감았다. 난감한 마음이 들었다.

'이렇게 갑자기 들키다니.'

언젠가 자신이 이야기하려고 했지만 이렇게 생각지도 못 할 때 들키다니. 도대체 뭐라고 설명해야지? 그렇게 3명의 남자와 소녀는 당황과 경악에 잠시 말을 잊고 서로만 바라봤다.

"허허, 역시 클로랜스 영애였구려! 어쩐지 이상하다 했소."

가장 먼저 정신을 차린 밴 자작이 너털웃음을 터뜨렸다.

"이렇게나 닮았었는데 눈치를 못 챘다니. 미안하오, 못 알아봐서."

"아, 아닙니다, 자작님. 먼저 말씀을 드리지 못해 정말 죄송합니다."

그러면서 엘리제는 허겁지겁 인사를 했다.

"다시 인사드립니다. 클로랜스 가문의 딸, 엘리제라고 합니다."

클로랜스 가문의 영애로서 처음 하는 정식 인사였다. 그 인사를 받고 완전히 상황을 받아들인 고트가 떠듬떠듬 입을 열었다.

"그, 그러면 영애가 정말로 클로랜스 가문의……?"

"네, 개인적인 사정으로 신분을 숨긴 점 정말 죄송합니다. 진심으로 사죄드리니 너그럽게 용서해 주시면 감사하겠습니다."

"……!"

고트의 얼굴이 하얘졌다. 그러면 얼마 전 후작과 황제가 자신을 불러 물었던 것이?

'이런, 난 그런 것도 모르고! 내가 혹시 저 영애에게 잘못한 것이 있었나?'

그는 허겁지겁 생각했다. 물론 그가 엘리제에게 딱히 잘못한 것은 없었다. 하지만 딱히 잘한 것도 없었다. 가장 아래 교수인 그레이엄에게 떠넘기듯 맡기고 큰 관심을 두지 않았으니까.

'클로랜스 가문의 가신인 케이트 자작이 추천했을 때부터 눈치를

챘어야 하는데!'

올곧으며 권세가를 크게 신경 쓰지 않는 성격의 그였지만 딱 하나 눈치를 보는 곳이 있었다. 바로 클로랜스 가문이다. 클로랜스는 테레사병원의 모든 것을 후원하는 가문이었으니까. 그런 가문의 딸을 대충 내버려 두었다니!

'내가 직접 도제로 삼아 가르쳤어야 하는 건데!'

뒤늦은 후회였다.

한편 고트 병원장의 반응을 보며 엘리제는 미안한 마음이 들었다. 사실 모든 것은 정체를 숨긴 그녀의 책임이었으니까.

'저러실까 봐 정체를 숨긴 거였는데.'

만약 그녀가 처음부터 클로랜스 가문의 딸인 것을 밝혔으면 애초에 정상적인 도제 생활을 할 수 없었을 것이다.

"병원장님, 모두 다 제가 가문을 밝히지 않은 탓이니 마음 쓰지 마세요. 아버지도 다 허락하신 일이고, 병원장님께는 항상 고마워하고 있으세요."

"그, 그렇습니까?"

엘리제는 이번엔 스승, 그레이엄의 안색을 살폈다. 그 역시 경악한 표정이었다. 단순히 놀라기만 한 것이 아닌, 알 수 없는 심란함과 충격이 섞인 얼굴을 하고 있었다. 그가 정확히 무슨 생각을 하고 있는지 알 수가 없었다.

'다음에 기회를 봐서 따로 사죄를 드려야겠구나.'

그녀는 그렇게 다짐했다.

"그런데 자작님, 오늘은 어떤 일로 오신 건가요? 기관절개술에 대해 논하기 위해 오신다 들었는데……."

엘리제는 밴 자작에게 물었다. 비교적 가장 덜 놀란 밴이 답했다.

"아, 네. 영애가 처치한 공작 부인의 기관절개술 때문에 왔습니다. 그리고 여러 가지 나눌 말이 많았는데, 한 가지만 먼저 말씀드리겠습니다. 영애에 대한 판결이 결정되었습니다."

"어떻게 되었나요?"

그는 대답 대신 먼저 미소를 지었다.

"축하합니다."

"……?"

"당연히 무죄로 판명되었습니다. 그리고 그뿐이 아니라……."

밴 자작은 잠시 뜸을 들였다.

"황실에서 영애에게 황실장미훈장과 명예 기사 작위를 수여하기로 결정하였습니다."

"……!"

"제국 역사상 최초의 여성 황실장미훈장의 수훈자와 데임이 되신 것을 축하합니다."

데임(Dame). 브리티아 제국에서 명예 기사 작위를 받은 여성에게 붙이는 영광된 존칭으로, 귀족 여성에게 있어서 최고의 명예라 할 수 있었다.

보상은 그것뿐이 아니었다. 훈장 수여에 따라 황실에서 매달 일정액의 급료가 나오게 되었다. 클로랜스 가문의 딸인 그녀에게 큰 의미는 없었지만 평생 나오는 연금이었다. 일시금으로 나오는 보상도 상당했다. 평민이라면 평생 먹고살 걱정을 하지 않아도 될 금액이었다.

'너무 많아. 왜 이렇게 액수가 크게 책정되었지?'

아마 황족의 생명을 구해서인 것 같았다. 황족을 구했는데 쩨쩨한 보상을 하면 오히려 황실의 체면이 구겨지게 되니까.

'그런데 폐하께서 생각보다 큰 보상을 해주시네. 마음에 안 들어 하실 줄 알았는데.'

무죄 선고를 받을 줄은 짐작했지만 이런 큰 보상까지 받을 줄은 몰랐다. 황실에 공을 세운 이들에게만 주는 황실장미훈장(皇室薔薇勳章)에 명예 기사 작위까지! 물론 아무도 손을 못 쓰는 절체절명의 상황에서 황족의 생명을 구했으니, 충분히 훈장과 명예 기사 작위 정도는 받을 만했다. 하지만 자신이 의사가 되는 것을 못마땅해하는 황제를 생각하면 의외긴 했다.

'어떻게 된 일이지? 내가 의사가 되는 것을 용납한다는 뜻일까?'

그녀는 그렇게 희망적인 생각을 잠시 하였다. 하지만 물론 그건 그녀의 착각이었다. 황제가 이런 상을 내린 것은 오로지 단 하나. 조사단의 판결이 너무 완벽하게 결론 났고, 여론이 그녀에게 호의적으로 돌아선 탓이었다.

[황태자비가 될 클로랜스 영애, 과감한 조처로 황실의 어른을 구하다!]

[역시 황태자비로 내정된 클로랜스 영애, 공작 부인의 목숨을 구해.]

그녀가 백원의 궁에 갇혀 있을 당시, 이런 기사가 수도 없이 신문에 났던 것이다. 결국, 황제는 쓰린 속을 감추고 그녀에게 큰 상을 내릴 수밖에 없었다.

그로부터 얼마 후 엘리제는 백원의 궁에서 풀려났고, 곧바로 훈장 수여식이 예정되었다. 그리고 집에 돌아오자마자 그녀는 또 다른 감사를 받았다.

"영애, 정말 감사하네. 이 은혜는 절대 잊지 않겠네."

생각지도 못 한 손님이 그녀를 기다리고 있었다. 그녀가 목숨을 구한 공작 부인의 남편, 웨일 지방의 대귀족 하버 공작이 직접 그녀를 찾아와 감사를 표한 것이다.

"아, 아닙니다, 전하."

하버 가문은 정말 어마어마한 역사를 가진 전통의 대귀족이다. 280년 전 브리티아 섬이 통일되기 전, 웨일 왕국의 왕가였으니까. 지금도 웨일 지방의 시민들은 로마노프 황가보다 하버 공작가를 더 존경하고 따랐다. 그런 대귀족이, 웨일 지방의 분봉왕(分封王)이나 다름없는 그가 어린 소녀를 찾아와 고개를 숙이며 감사를 표했다.

"송, 송구합니다, 공작 전하."

천하의 엘 후작도 이 사태에 당황해 말을 더듬었다.

"당연한 일을 했을 뿐입니다. 그러니 신경 쓰지 마십시오, 전하."

"당연하긴. 영애 덕분에 부인이 살았네. 물론 병이 치료된 것은 아니지만 조심하면 앞으로 몇 년은 더 본 공작과 시간을 보낼 수 있겠지. 정말 고맙네."

그의 목소리엔 부인을 향한 사랑이 가득했다. 그 말을 듣고 엘리제는 뭉클한 마음이 들었다. 이런 보람 때문에 그녀는 의사의 길에 매료된 것이다. 절대 이 길을 포기할 수 없었다. 그렇게 하버 공작은 한참을 진심 어린 감사의 말을 전하고 돌아갔다. 떠날 때 감사의 선물도 주려 했다. 다이아몬드로 만들어진 목걸이였는데, 장신구라기보단 보물이란 단어에 더 가까운 물건이었다. 그것만은 극구 사양했다. 무조건 주겠다는 공작과 실랑이가 있었으나, 엘리제도 그것만은 양보하지 않았고, 결국 공작이 졌다.

"그러면 내 이 빚은 절대 잊지 않겠네. 만약 도움이 필요한 일이 있다면 언제든 나에게 말하게. 하버 공작 가문은, 그리고 웨일은 주님의 뜻에 어긋나지 않는 한, 무슨 일이라도 영애를 도울 걸세."

하버 공작가와 웨일의 도움. 어마어마한 약속이었다. 하지만 엘리제는 그저 웃으며 넘길 뿐이었다. 애초에 보상을 바라고 한 일이 아니었으니까.

공작은 마지막으로 이렇게 말했다.

"의사가 되고 싶다고, 영애?"

"네, 공작 전하."

그는 얼마 전 탄신연회 때 발표된 그녀와 황태자의 약혼 내용을 떠올렸다. 황태자비로 내정되었으니 의사가 되지 못할 가능성이 높겠지만 그 사실을 언급하진 않고 이렇게 응원하였다.

"기대되는군. 영애는 정말 좋은 의사가 될 것 같아. 꼭 원하는 바를 이루길 바라네. 만약 정말 의사가 된다면 하나만 부탁해도 되겠나?"

"말씀하십시오."

"만약 우리 가문의 사람이 또 아픈 일이 있으면 영애에게 진료를 받을 수 있겠나?"

엘리제는 미소를 지었다.

"네, 얼마든지요. 오히려 제가 영광입니다, 전하."

그녀의 훈장 수여와 작위 수여 소식은 곧 론도 전체로 퍼져 나갔다. 신문사가 앞다투어 보도했던 탓이다.

[황태자비로 내정된 클로랜스 영애, 황실장미훈장과 기사 작위 서임받기로 결정!]

[제국 역사상 최초의 황실장미훈장, 여성 수훈자 탄생! 그 주인공은 황태자비로 내정된 클로랜스 영애!]

[클로랜스 영애, 성인식 이전 기사 작위 서임!]

엘리제는 오래간만에 본 신문에 자신의 이름이 도배되어 있자 어안이 벙벙했다.

'이게 어떻게 된 일이지? 왜 신문에서 날?'

정작 본인은 모르고 있었지만 그녀는 최근 제국 제일의 유명인사가 되어 있었다.

[탄신연회 축일 때 황태자비로 잠정 내정!]

그것만으로도 온 제국의 시선이 집중될 만한데, 다음 날 황실의 어른인 공작 부인을 시해하려 했다. 그 말도 안 되는 엽기적인 사건에 온 제국의 여론이 들끓었다가, 곧 며칠도 안 되어 새로운 사실이 밝혀졌다.

[시해가 아니라, 과감한 응급처치였음. 그녀의 과감한 조처 덕분에 공작 부인의 목숨을 구할 수 있었음.]

이런 내용이 화제가 안 될 리가 없었다. 특종을 찾는 하이애나인 기자들은 앞다투어 그 내용을 보도했고, 이 반전에 제국 시민들은 열광했다.

"역시나. 클로랜스 가문의 영애가 그럴 리가 없지. 나이도 어리다던데 대단해!"

"정말 대단한 영애구만! 황태자비가 되신다니 참 기대돼!"

더구나 신문사의 정보력은 상상을 초월했다. 어떻게 알아낸 것인지, 그녀가 테라사병원의 도제로 일하고 있다는 사실도 밝혀낸 것이다.

[황태자비가 될 클로랜스 영애, 신분을 숨기고 테레사병원의 도제로 일하며 환자를 돌봐!]

[클로랜스 영애, 황태자비가 될 지고한 신분으로 빈민 병원에서 일하다.]

'망했다.'

며칠 동안의 신문을 훑어보고는 엘리제의 얼굴이 하얘졌다. 이제 온 제국민이 그녀가 몰래 테레사병원에서 일했던 것을 알게 된 것이다. 그런데 기사의 내용을 유심히 살펴보니 뭔가 이상한 방향으로 흘러가고 있는 듯했다.

[역시 클로랜스 가문의 영애! 황태자비가 되기 전, 제국민에게 봉사하고 싶은 마음에 도제로 일해!]

[선행을 실천하고 싶어 병원에 나갔다는 클로랜스 영애. 역시 클로랜스 가문의 딸다워. 장차 황태자비가 된 후가 기대돼.]

기사의 내용이 하나같이 어떤 의도를 담고 있었던 것이다. 그녀가 정말로 의사가 되고 싶어 병원에 나갔다기보단 황태자비가 되기 전 선행과 봉사를 위해 병원에서 일한다는 내용이었다. 제국민들은 그런 착한 여인이 황태자비가 된다는 사실에 매우 기뻐했다. 평소 안 좋은 소문은 씻은 듯이 사라졌다.

하지만 엘리제로서는 썩 마음에 드는 내용이 아니었다. 모든 기사가 그녀가 황태자비가 되는 것을 기정사실처럼 여기고 황태자비가 되기 전, 봉사 활동이라도 하기 위해 병원에 나간 것처럼 쓰여 있었기 때문이다.

'황태자비가 될 클로랜스 영애라니.'

기사마다 도배된 그 단어가 무척 마음에 안 들었다. 그녀는 황태자비가 될 생각이 전혀 없었으니까.

'어쩔 수 없지.'

탄신연회 때의 발표 때문에 그녀는 모두에게 잠정적으로 황태자비가 될 여인으로 여겨지고 있었다. 그러니 그녀가 뭐라고 이야기하든 소용없을 것이다.

'결국, 폐하와의 내기에서 이겨야 해. 그것 외엔 방법이 없어.'

며칠의 시간이 지났고, 드디어 훈장 수여식 날이 다가왔다.

훈장 수여식 날은 의사 자격시험 딱 이틀 전이었다.

'하필 날짜가. 시험공부 해야 하는데.'

영광된 자리이지만 엘리제는 울상을 지었다. 훈장 수여와 작위 수여는 맡겨둔 케이크를 찾아오듯 간단한 일이 아니었다. 예행연습도 해야 했고, 이래저래 굉장히 많은 시간이 필요했다.

그 때문에 시험 직전, 가장 중요한 시기에 공부를 거의 못 하게 되었다. 그녀는 하필 이 날짜에 수여식을 잡은 게 황제 폐하의 음모가 아닌지 의심했다. 그리고 그 의심은 크게 틀린 것은 아니었다.

"내가 너무 공교로운 날에 날짜를 잡은 것 아닌가 모르겠군."

황제가 훈장 수여식 날 빙그레 웃으며 말했던 것이다. 대놓고 일부러 그랬다는 듯한 얼굴이었다. 하지만 그녀가 뭐라고 하겠는가.

"아닙니다. 당연히 해야 할 일을 한 것에 불과한데 과분한 상을 내리시니 감사하고 송구합니다."

"당연히 해야 할 일은 무슨. 영애 덕분에 친척 누이가 살 수 있었거늘. 황실을 떠나 개인적으로도 참 고맙네."

그저 빈말로 하는 감사는 아니었다. 황제는 정말로 고맙게 생각하고 있었다. 가까운 사이는 아니었지만 엘리제가 아니었으면 자신의 친척은 죽음을 피할 수 없었을 테니까. 다만 서로의 입장이 다르니 마음 편히 고마워하지 못할 뿐이다. 그는 그녀가 의사가 되길 원하지 않고 있었으니까.

"그러면 식을 거행하지."

훈장 수여와 작위 수여식이 진행되었다. 황궁의 거대한 예식 홀에서 귀족들의 참관 아래 먼저 훈장 수여식이 거행되었다. 길고 긴 예배와 축사를 먼저 한 후, 몇 차례 황실 예식을 거치고 나서야 엘리제는 훈장을 받을 수 있었다.

"황실에 큰 공을 세운 클로랜스 영애에게 이 황실장미훈장을 내리노라."

"감사합니다, 폐하."

짝짝짝!

우레와 같은 박수 끝에 황제가 직접 그녀에게 훈장을 수여하였다. 그녀는 자신에게 수여된 훈장을 바라봤다. 십자가를 감싼 장미 문양의 금패에는 다음과 같은 황실 문장이 적혀 있었다.

Dieu et mon droit(신과 나의 권리).

그리고 곧바로 작위 수여식이 이어졌다. 엘리제가 무릎을 꿇자 민체스터 황제는 검집에서 검을 빼 들어 그녀의 양어깨를 가볍게 두드렸다.

"나 민체스터 드 로마노프는 황실에 큰 공을 세운 엘리제 드 클로랜스에게 기사 작위를 내리노라."

이로써 엘리제는 단순히 클로랜스 가문의 딸이 아니라, 스스로 작위를 가진 데임 클로랜스가 되었다. 그 모습을 보며 아버지 엘 후작은 감격에 젖어들었다.

'보고 있소, 테레사? 우리 딸이 작위를 받았구려. 제국 역사상 여성 최초로 황실장미훈장도 받고 말이오. 그것도 당신이 그토록 바라던 의술로 말이오.'

앞으로 남은 그녀와 황제와의 내기 때문에 걱정이 한가득하였지만 이 순간 후작은 순순히 기뻐했다. 후작뿐 아니라, 작은오라버니 크리스와 새어머니도 한마음으로 기뻐했다. 철없던, 가문의 근심거리였던 엘리제가 훈장에 명예 기사 서임까지 받다니. 기쁘지 않을 수 없었다. 큰오라버니는 기사단의 일로 참석하지 못했지만 만약 참석했으면 무뚝뚝한 얼굴로 축하해 주었을 것이라고 엘리제는 생각했다.

그렇게 예식이 끝나고 엘리제와 황제는 짧은 대화를 나누었다.

"그래, 영애. 아니, 이제는 데임 클로랜스구나."

"송구스럽습니다, 폐하."

황제는 잠시 잔잔히 그녀를 바라봤다.

"그래, 아직 의사가 되는 것을 포기하진 않았지?"

물어보나마나 한 물음이었다.

"죄송합니다."

"그래, 그렇겠지."

황제는 고개를 끄덕였다.

"이제 한 네 달 남았는가?"

"……!"

"영애가 성인식을 치를 때까지 말이야."

"……그렇습니다."

"그래, 최선을 다해 보게. 만약 영애가 내가 말한 조건대로 해낸다면 짐이 깨끗이 물러날 테니. 물론 쉽지는 않을 걸세."

'쉽지는 않을 걸세' 황제의 강한 의중이 담긴 한마디였다. 하지만 엘리제는 굳은 얼굴로 고개를 끄덕였다. 그녀도 절대 포기할 생각은 없었다. 반드시 이길 것이다.

"이제 모레면 의사 자격시험인데 공부는 잘하고 있나?"

"부족한 만큼 그저 열심히 하고 있습니다."

"그래, 시험 잘 보도록 하고. 꼭 합격하길 기원하네. 만약 '문제가 어렵게 나오기라도 해' 시험에 떨어지기라도 하면 영애도 곤란하게 될 테니."

그러며 황제는 빙긋 웃었다.

"……!"

그 미소를 본 순간, 엘리제는 이번 시험이 절대 만만치 않을 것임을 직감했다. 뭔가 시험 문제를 어렵게 내거나 하는 수를 쓴 것이 분명했다.

'이 시험에 떨어지면 자동으로 내기에 지게 돼. 절대 붙어야 해.'

그냥 붙는 것도 안 된다. 당당히 내세울 수 있을 정도로 고득점을 해야 한다.

'최선을 다하자.'

이제 더 공부할 시간은 없었다. 그저 지금까지 환자를 보며 쌓아온 경험과 지식을 믿을 수밖에.

의사 자격시험 전날. 의학연구원에서는 곤혹스러운 얼굴로 시험 문제를 검토하고 있었다.

"위원장님, 정말 이렇게 문제를 내도 되는 걸까요?"

"어쩔 수 없지 않나?"

"하지만 이대로 문제를 내면…… 합격률이 바닥을 길 것 같은데."

그 말에 황실의학연구원의 수석 연구원이자 금년도 시험 출제위원장인 에릭 준남작은 한숨을 내쉬었다. 그도 알고 있었다. 자신들이 낸 문제가 말도 안 되는 난이도를 지니고 있다는 것을.

'의사 자격시험은 상대평가가 아닌 절대평가라 최소 80점은 맞아야 합격할 수 있는데…… 이 문제들을 그렇게 맞출 수 있는 도제가

과연 몇 명이나 있을까?'

난이도를 올리기 위해 새롭게 바꾼 형태의 문제들. 자신같이 경험이 많은 의사면 모를까, 도제들이 접근하기엔 너무 난해할 것이 분명했다.

"알고 있네. 하지만 어쩌겠는가? 우리야 위에서 시키는 대로 할 뿐이지."

그나마 다행인 것은 만약 합격률이 너무 낮게 나올 경우, 얼마 후에 재시험을 치를 수 있게 해 실제 의사 수급에는 큰 영향이 없을 것이란 점이었다.

'어쨌든 이번 시험은 폐하께서 지시하신 대로 자격이 안 되는 이가 합격하는 일은 없겠군.'

아니, 그 정도가 아니었다. 만약 이번 시험에 합격하는 도제가 있다면 그것만으로도 의학계의 주목을 받을 것이다. 굉장한 난도의 시험을 통과한 수재로서.

'과연 이번 시험에 90점 이상 획득하는 이가 나올까?'

평소 의사 자격시험은 약 90점에서 95점 사이에서 수석자가 결정된다. 하지만 90점은커녕 수석자가 합격선인 80점도 못 넘는 것은 아닐지 출제위원장은 걱정 섞인 마음으로 한숨을 내쉬었다.

그리고 다음 날, 대망의 의사 자격시험이 시작되었다. 어쩌면 엘리제의 남은 삶을 결정할지도 모르는 시험이었다.

자격시험은 의학연구원 대강당에서 치러졌다. 시험 범위는 질병 기초, 총론, 각론, 약학 등 의학의 모든 분야를 포함하며, 도제들은 200개가 넘는 문항을 온종일 풀어야 한다.

'꼭 잘 보자.'

오전 8시. 아직 시험이 시작되기 1시간 전, 엘리제는 일찌감치 시험장에 도착해 시험을 준비했다.

'반드시 붙어야 해.'

만약 떨어지면 황제와의 내기는 그걸로 끝이었다.

'방심하지 말고, 꼼꼼히 최선을 다해 풀자.'

그녀는 노트 필기를 꺼내 최종 정리를 하였다. 어차피 현대 지구에서부터 이미 다 알고 있던 내용이었지만 운명이 걸린 시험이니 마지막까지 최선을 다했다.

'많이 어렵게 나오겠지?'

며칠 전 황제의 목소리에 섞인 뉘앙스를 고려할 때 굉장히 어려울게 분명했다. 실제로 병원 내에서 이번 시험이 무진장 어려울 것이란 소문도 돌았었고.

같이 시험을 치를 예정인 도제들이 사색이 되어 한탄하던 것이 떠올랐다. 망했다고. 엄청 어렵게 나올 것이라고. 난이도 조절에 실패해 재시험을 치러야 할 거란 소문이 시험을 치기 전부터 돌았으니 얼마나 어려운 문제가 나올지 짐작이 안 됐다.

'상관없어. 나 자신을 믿자.'

엘리제는 적당히 긴장하되 과도하게 겁을 먹지 않았다. 비록 시험 준비 기간은 짧았지만 그녀가 의학에 바친 시간의 밀도는 다른 도제들에 비할 바가 아니었다. 의대에 입학한 후 다른 이들은 상상도 못 할 노력을 해온 자신이니까.

'난 천재 따위가 아니야.'

밴과 그레이엄은 자신을 천재로 여기고 있지만 그녀는 천재가 아니었다. 사실 그녀야말로 진정한 노력파였다. 지구에서 홀로 살아가며 얼마나 피나는 노력을 했는지 모른다.

'지금까지의 내 노력을 믿자.'

처음 공부를 시작한 것은 살아남기 위해서였다. 고아로 일가친척 하나 없던 그녀는 자신의 유일한 살길로 공부를 택했고, 정말 피나게 노력했다.

'그때 고아로 살며 가난을 뼈저리게 느꼈지. 그리고 이전 삶에서 내가 얼마나 행복하게 살았는지도.'

그래도 다행히 고아원에서 마음씨 좋은 후원자를 만나 공부에 전념할 수 있었다. 후원자의 사업이 어려워져 고등학교 시절부터 지원이 끊겼지만 그것만으로도 너무 감사했다. 그 후원자가 아니었으면 자신은 일찌감치 공부를 포기했을지도 모른다.

'의대에 입학하고 나서도 살기 위해 공부했어.'

무일푼인 그녀가 의대 학비를 댈 수 있는 유일한 방법은 장학금밖에 없었다. 성적 미달로 장학금이 끊기면 당장 학교에 다닐 방법이 막막했다. 학자금 대출은 얼굴도 못 보고 세상을 떠난 아버지가 그녀 앞으로 빚을 남겨놔 어려웠고, 알바로는 한계가 있었다.

'덕분에 죽어라 공부하는 수밖에 없었지.

남들이 연애도 하고, 동아리다 뭐다 하며 대학 생활의 낭만을 즐길 때 그녀는 공부에만 전념했다. 남들이 독종이라 혀를 내둘렀지만 어쩔 수 없었다. 돌이켜보면 정말 힘들었던 시기였다. 너무 힘들어 남몰래 얼마나 눈물을 흘렸는지 모른다. 하루에도 몇 번이나 울었다.

하지만 그런 노력이 쌓여 지금의 그녀를 만들어냈다. 한국에서도 그레이트 서전, 괴물 외과의사라 불리던 그녀를 말이다.

'어쨌든 잘 보자, 엘리제.'

그렇게 곧 시험이 시작되기 직전, 엘리제는 가방에서 작은 상자를 꺼냈다. 예쁘게 포장된 그 상자에는 짙은 색깔의 엿이 들어 있었다.

꼬맹이의 합격을 기원하며!

'난 꼬맹이가 아닌데.'

그 문구를 읽은 엘리제의 얼굴에 옅은 미소가 떠올랐다. 이 선물을 준 사람은 다름 아닌 3황자, 검제 미하일이었다. 이전 삶에서 유일한 그녀의 친구.

미하일은 시험 전날인 어제, 클로랜스가의 저택에 몰래 나타나더니 선물을 건넸다.

"떨어지면 혼내준다! 그러니 꼭 붙어!"

그렇게 장난처럼 이야기하고 바람같이 사라졌다. 엘리제는 달콤한 엿을 입에 넣으며 생각했다.

'네, 꼭 붙을게요. 고마워요, 밀.'

밀. 지난 삶, 자신만 부르던 그의 애칭을 이번 삶에도 부르게 될 날이 과연 올지 모르겠다.

이윽고 9시 정각이 되었다. 시험을 치를 모든 도제가 자리에 착석하고, 긴장한 얼굴로 시험지를 기다렸다.

"책상 위에 물건은 전부 아래로 내려놓으시고, 부정행위 발각 시 영원히 의사 시험을 치를 자격이 박탈되니 주의하십시오."

완고한 인상의 시험관이 경고 후 시험지를 나누어주기 시작했다.

"그러면 시험 시작하겠습니다. 좋은 결과 있으시길 기원합니다."

땡.

시험을 시작하는 종이 울렸고, 도제들은 시험지를 허겁지겁 펼쳤다. 엘리제도 시험지의 문제들을 바라봤다. 그리고 그 문제들을 본 그녀의 눈이 크게 흔들렸다.

'이건?!'

생각지도 못 한 형태의 문제들이 종이에 적혀 있었던 것이다.

"아…… 이런."

시험장 곳곳에서 신음이 터져 나왔다.

"이걸 어떻게 풀라고?"

당황이 역력한 목소리들. 수험생들은 모두 문제의 난이도에 좌절했다. 심지어 시험이 시작된 지 10분도 안 됐는데, 짐을 꾸리고 떠나는 이도 있었다.

엘리제도 당황하긴 마찬가지였다. 이런 형태의 문제가 나올 거라곤 생각지 못했으니까. 다만 당황의 이유가 남들과 달랐다. 그녀는 문제의 난이도가 높아서 당황한 게 아니었다.

'이건 지구의 KMLE나 USMLE Step 2ck의 문제 형태와 거의 흡사하잖아?'

KMLE(Korean Medical Licensing Examination).

USMLE(US Medical Licensing Examination).

각각 한국과 미국의 의사 면허 시험이었다.

'이게 어떻게 된 일이지?'

그녀는 문제를 다시 한 번 훑었다.

[2번 문제 – Female / Age : 35]

3일 전부터 시작된 복통으로 병원에 왔다. 38도의 발열이 있었다. 복통의 위치는 정중앙에서 우하복부로 이동. 통증 부위에는 압통이 있었다. 상기 환자의 가장 가능성 높은 진단과 치료는?

현대 지구의 의사 시험에서 표준으로 채택하고 있는 전형적인 환자 케이스 형태의 문제였다!

'원래 이곳 브리티아 의학연구원의 시험은 대부분 단답형 주관식 서술 문제로 알고 있었는데?'

그녀가 알고 있는 제국의 의사 자격시험의 문제는 대부분 이런 형태다.

맹장염의 진단법과 치료법은?

폐렴의 치료법은?

심근경색의 심장 전류 검사 소견은?

머릿속 지식을 백과사전식으로 묻는 단답식 서술형. 현대 지구 대부분의 선진국 의과대학에서는 21세기가 되며 주류에서 밀려난 방식이다.

'이렇게 증상만 주고 진단과 치료법을 추론하는 환자 케이스 형태의 문제는 한 번도 안 나온 걸로 아는데?'

엘리제는 고개를 저었다.

'실제로 환자를 진료하는 듯한 이 환자 케이스 형태의 문제는 처음 접하면 굉장히 어려운데. 다들 어렵게 느끼겠구나.'

정확한 지식은 기본이고 환자를 보는 능력까지 동시에 요구되는 문제 형태이다. 당연히 어려울 수밖에 없었다.

'난이도를 어떻게 높일까 했는데, 이런 식으로 문제 난이도를 높였구나.'

이 문제 형태의 변화는 의학연구원 교수들의 머리 빠지는 고뇌의 결과였다. 사실 의사 시험의 난이도를 높이는 것은 한계가 있을 수밖에 없다. 없는 질환을 창조해 낼 수도 없고, 희귀병만 매번 낼 수도 없으니까. 평생 한두 번 볼까 말까 한 희귀병으로만 문제를 도배하는 것은 제대로 된 시험이라 할 수 없었다.

국가 공인 의사 시험에 걸맞은 내용의 문제면서, 난이도를 높여야 한다!

황제가 내린 그 과제 앞에 출제위원들은 고뇌를 거듭했고, 그 결과 시대를 까마득히 앞서 이런 선진 형태의 문제가 탄생했다.

'대단하구나. 지구에서도 이런 형태의 문제가 도입된 지 오래되지 않았는데.'

엘리제는 감탄했다.

'확실히 이런 형태의 문제가 더 좋은 시험문제지. 난이도도 어렵고 단순히 암기형 지식이 아닌, 실제 환자를 진단하는 능력을 측정할 수 있으니.'

사실 난이도를 올리라고 말한 황제도 이런 결과는 상상 못 했다. 자신의 말도 안 되는 요구가, 이렇게 의학 시험의 질을 올리는 결과를 불러올 줄이야.

'그래도 이런 형식의 문제면 익숙하지 않은 사람들에겐 난이도가 확실히 올라가긴 할 텐데.'

한국에서도 이렇게 단답형에서 추론형으로 문제가 바뀐 직후 의사 시험 합격률이 8~90%대에서 50%대로 떨어진 적이 있었다. 아마 모르긴 몰라도, 이번 브리티아 제국 의사 시험 합격률도 형편없이 곤두박질할 것이다.

'하지만 난 이런 형태의 시험은 익숙한걸.'

지구에서는 임상 수업에 들어간 이후로 대부분 이런 형태의 시험만 봤다. 따라서 지식을 묻는 단답형보다 이런 추론형이 더 풀기 편했다.

'그래도 정신 바짝 차리자.'

게다가 이번 시험은 단순히 문제의 형태만 바뀐 게 아니었다.

'문제 자체의 난이도도 무척 높아. 드문 병들의 비중도 굉장히 높고, 간단한 치료법을 묻는 것도 아니야.'

엘리제는 긴장을 늦추지 않고 문제를 풀어나갔다.

'이런 문제는 학생 수준으로는 절대 풀 수 없는 내용인데.'

이전 삶에서 의사로서 살며 직접 진료를 하지 않았으면 몰랐을 문제도 수두룩했다.

'합격 커트라인도 80점으로 한국 의사 고시보다 훨씬 높으니.'

물론 현대의 의학 지식이 훨씬 공부할 내용이 많고, 복잡하니 단순 비교는 어려웠다. 그래도 100점 만점에 80점이면 결코 낮은 점수는 아니었다. 하물며 작정하고 어렵게 낸 시험이니.

그녀는 함정에 빠지지 않기 위해 몇 번이고 꼼꼼히 읽으며 문제를 풀어나갔다. 그러나 천하의 그녀도 풀기 어려운 것들이 있었으니, 다음과 같은 문제가 그러했다.

[123번 문제. Male / Age : 50]

다음, 다뇨, 다갈로 내원한 환자이다. 만성적인 피로감과 체중 감소를 호소하고 있다. 상기 환자의 진단법과 가장 가능성 높은 진단명, 치료법은?

'전형적인 당뇨 환자 문제.'

바로 황제인 민체스터가 앓고 있는 당뇨 문제였다. 진단법도 간단하고, 진단명도 간단하고, 치료법도 명확했다. 다만 문제가 있다면.

'이게 아직 제국의 의학 수준으로는 정립되지 않은 내용이란 거지.'

바로 그것이었다. 현대 지구의 의학으로는 고민할 것도 없는 내용이지만 지금 제국의 의학 수준을 고려하면 도대체 뭐라고 답해야 할지 모르겠는 내용.

'아니, 이런 정립되지 않은 내용들은 문제로 내면 안 되는 것 아닌가?'

엘리제는 한숨을 내쉬었다. 한두 문제가 아니었다. 이런 문제가 시험 중간중간에 지뢰처럼 숨어 있었다.

'이걸 다 틀리면 불합격이잖아.'

그녀의 얼굴이 하얘졌다. 이런 내용의 문제는 그녀라도 백 프로 정답을 확신할 수 없었다. 아직 제국에서 정립되지 않은 내용이니 채점을 하는 교수가 주관적으로 판단할 것이기 때문이다.

'어쩌지?'

그녀는 고민했으나 뚜렷한 방법이 없었다.

'어쩔 수 없어. 최대한 쉽게, 이 시대의 수준에 맞추어 정답을 적어 나갈 수밖에.'

엘리제는 자신이 알고 있는 의학 지식을 현 제국의 의학 수준에 맞추어 답을 적어 내려갔다. 채점 교수들이 알아볼 수 있게 최대한 쉽게, 그리고 다른 사람들이 충분히 납득할 수 있게 의학적 논리를 담아. 제발 좋은 결과가 나오길 십자가에 기도하는 마음으로.

그렇게 8시간의 시험 시간이 쏜살같이 지나갔다. 엘리제는 다른 수험자들과 마찬가지로 기진맥진하여 시험장을 빠져나왔다.

'끝났다.'

시험은 끝났지만 기분이 홀가분하진 않았다. 생각했던 것보다 문제가 훨씬 어려웠던 탓이었다. 그래도 대부분은 어렵지 않게 풀 수 있었지만 그 정립되지 않은 내용의 문제들의 답이 어떻게 처리될지 모르겠다.

'100년쯤 지나면 내 답이 맞다 규명될 테지만 지금은 아니니.'

최대한 제국의 의학적 수준에 맞춰 논리적으로 기술했지만 채점 교수들이 어떻게 받아들일지 모르겠다.

'다 오답 처리하면 어떻게 하지?'

생각하고 싶지도 않았다. 그러면 불합격이다.

'안 돼! 그것만은!'

이번 시험에 떨어지면 황제와의 내기도 패배다. 즉, 꼼짝없이 황태자와 결혼해야 하는 것이다.

'절대 안 돼. 그렇게 될 바엔 차라리 이 제국을 떠나겠어. 다른 곳에서 의사로 살겠어.'

어린 소녀의 몸으로 출가해 제국을 떠나면 끔찍이 힘들 것이다. 하지만 차라리 그게 나았다. 과거의 삶을 되풀이할 바에는.

'물론 나도 이전 삶의 악녀 엘리제가 아니니까 똑같은 비극이 일어날 가능성은 낮겠지만 그래도 싫어.'

그녀는 이전 삶, 린덴과의 결혼 생활을 떠올렸다. 그를 사랑했지만 당시 결혼 생활은 지독히도 고통스러웠다.

'사랑하니까 더 고통스러웠지.'

사랑하는 이에게 외면당하는 것은, 사랑받지 못한다는 것은 상상하기도 어려운 지독한 고통이었다. 이번 삶에서까지 그런 고통을 더 느끼고 싶지 않았다.

'내가 이번 삶에서 바라는 것은 오로지 하나야. 원하는 일을 하며 사랑하는 가족과 함께 행복하게 사는 것.'

그러기 위해선 이번 시험을 통과해야 할 텐데, 막상 시험을 치르니 걱정이 태산이었다. 정말 떨어지면 어떻게 하지?

'하아, 결과 발표가 언제였지? 그때까지 어떻게 기다리지? 모르겠다.'

그녀는 의학연구원 입구까지 터덜터덜 나왔다.

'벤톨 경은…… 아직 안 오셨구나.'

마중 나오기로 한 가문의 기사, 벤톨 경을 찾았으나 예정보다 조금 이른 시간에 끝난 탓에 보이지 않았다. 그녀는 벤톨 경이 올 때까지 입구 옆 벤치에 털썩 주저앉았다.

'피곤하고 배고파. 단것 먹고 싶다.'

우울해서 그럴까? 갑자기 단 음식이 마구마구 당겼다. 딸기 케이크, 망고 푸딩, 바나나 타르트, 초콜릿 무스, 프랑소엔 마카롱 등등. 애프터눈 티 전용 삼단 트레이에 잔뜩 디저트를 쌓아놓고 생각 없이 흡입하면 얼마나 좋을까?

'새어머니가 안 된다고 하겠지? 건강에 안 좋다고?'

엘리제는 입술을 삐죽거렸다.

'누가 케이크 사준다고 유혹하면 납치라도 당해 줄 마음이 있는데. 혀가 얼얼할 정도로 단 음식을 먹고 싶다.'

그런데 그때였다. 그녀의 등 뒤에서 전혀 생각지도 못 한 목소리가 들렸다.

"시험은 잘 본 건가?"

무감정에 가까운 무뚝뚝한 음성. 익숙한 그 목소리에 엘리제는 고개를 돌렸다.

"론 님?"

엘리제는 놀라 그의 이름을 불렀다. 금발의 푸른 눈, 차갑지만 조각같이 지독히도 잘생긴 얼굴, 그리고 어딘지 익숙한 느낌이 드는 분위기. 론이었다!

"여긴 무슨 일로? 의학연구원에 일이 있으신가요?"

엘리제는 고개를 갸웃하며 물었다. 하지만 론은 고개를 저었다.

"아니, 의학연구원에는 딱히 일은 없다."

"그러면 어째서 이곳에? 아시는 분이라도?"

엘리제는 주변을 둘러보았다. 의학연구원만 딸랑 있을 뿐, 교외에 가까운 곳이다. 변변한 저택이나 가게도 전혀 없어, 황실의 인척으로 추정되는 론 같은 고위 귀족이 방문할 만한 곳이 아니다.

론이 무뚝뚝하게 답했다.

"널 보러 왔다."

"네?"

엘리제는 눈을 동그랗게 떴다. 날? 어째서?

"왜…… 요?"

론, 아니, 황태자는 그 물음에 입을 다물었다. 왜? 특별한 이유는 없었다. 그냥 그녀가 오늘 시험 본다는 사실이 떠올랐고 생각나서 왔을 뿐이다.

"지난번에 오늘 시험을 본다고 들었던 것 같은데, 잘 봤나?"

"……아니요. 그냥 그랬어요."

엘리제는 풀 죽은 목소리로 답했다. 못 본 것은 아니다. 상대적으로 비교한다면 그녀보다 고득점을 받은 도제는 없을 테니까. 다만 의사 자격시험은 상대평가가 아닌 절대평가다. 무조건 8할 이상을 맞추어야 하는데, 이론이 정립되지 않은 문제들 때문에 불안했다. 최선을 다해 답을 기술했지만 다른 문제를 다 맞혔다는 보장도 없고, 채점 교수가 그녀의 의견에 동의하지 않으면 다 오답 처리될 것이다. 그러면 불합격이다.

'이번이 유일무이한 기회인데.'

다른 이들이야 재시험을 치든지 하면 되겠지만 자신은 아니지 않은가?

둘 사이가 잠시 조용해졌다. 엘리제는 시험 걱정 때문에 이리저리 떠들 기분이 아니었고, 황태자는 침울한 그녀를 보며 말문이 막혔다.

'마음에 안 드는군, 정말로.'

물론 알고 있다. 저 소녀에게 있어 이 시험은 부황과의 내기가 걸린 중요한 시험이란 것을. 그래서 더 못마땅했다.

'나랑 결혼하기가 그렇게 싫은 건가.'

어차피 자신의 의지로 결정된 결혼은 아니다. 그래서 소녀가 부황과 그런 내기를 할 때도 신경 쓰지 않았다. 소녀가 내기에 이길 리도 없고, 설사 이겨 자신과 약혼을 취소한다 해도 상관없었다.

'내 결혼 상대가 그녀만 있는 것도 아니고.'

브리티아 섬 북단의 스코트 지방을 지배하는 버킹엄 공작가도, 프랑소엔 공화국을 견제할 수 있는 프러시엔 대공가도, 지금은 많이 쇠약해졌지만 한때 서대륙 전역을 지배하던 합스부르엔 왕가도. 모두 좋은 선택지였다.

어차피 황족, 그것도 황제가 될 이에게 결혼할 '대상자'가 누구냐는 전혀 중요한 문제가 아니었다. 그러니 황태자는 굳이 소녀와의, 클로랜스 가문과의 결혼에 연연하지 않았다. 그는 그저 '그날' 이후 생긴 자신의 단 하나의 염원만 이룰 수 있다면 충분했다. 오로지 그 하나의 염원을 이루기 위해 황제가 되려는 거였으니까. 하지만 저 침울한 얼굴을 보니 기분이 좋지 않았다. 정확히는 이상하게 화가 났다.

'마음에 안 들어.'

소녀가 자신과의 결혼을 완강히 거부하는 것도, 얼굴이 침울하게 가라앉아 있는 것도 모두 못마땅했다. 그래서 말했다.

"따라와라."

"네?"

"따라오라고."

"론 님?"

"먹을 거라도 사주마. 아니, 딸기 케이크를 좋아한다고 했나? 아니면 망고 푸딩? 바나나 타르트? 원하는 음식은 뭐든지 사줄 테니 따라와."

저 침울한 얼굴이 못마땅하니, 그녀가 그렇게 좋아한다는 단 음식이라도 잔뜩 먹여야겠다. 그래서 표정이 밝아지는 것을 보면 자신의 기분이 조금이라도 풀릴 것 같았다.

그렇게 황태자는 멋대가리 하나 없는 데이트 신청을 하였다.

그가 그녀를 데리고 간 곳은 길 건너편에 자리하고 있던 마차였다.

"올라와라."

엘리제는 얼떨떨하게 그를 따라 마차에 올랐다. 사실 그의 말을 따라야 할 이유는 전혀 없었지만 그가 너무 당연하다는 듯 이끌어 자신도 모르게 따라와 버렸다.

"어디로 모십니까, 전…… 아니, 공자님?"

마차에 대기하고 있던 황실 시종이 변복한 채 물었다. 린덴은 소녀가 마차에 오르자 답했다.

"디저트 카페."

"네? 디…… 뭐라고요?"

"론도에서 가장 유명하고 맛있는 디저트 카페로."

황실 시종은 당황했다. 디저트 카페라고? 저 황태자가? 시종은 속마음을 숨기고 공손히 말했다.

"요즘 론도에서 가장 유명한 디저트 카페는 피카딜리 거리의 카페 레이입니다. 그쪽으로 모실까요?"

황태자는 뭘 물어보냐는 듯 바라봤다. 알아서 안내하라는 눈초리.

"네, 그러면 카페 레이로 모시겠습니다."

"자, 잠깐만요!"

엘리제가 놀라 그들의 대화를 끊고 말했다.

"괘, 괜찮아요. 카페 레이까지는."

"싫은가?"

그녀는 고개를 저었다. 카페 레이는 최근 론도에서 가장 핫한 디저트 카페로 그녀도 꼭 가보고 싶긴 했었다.

"그건 아니지만, 너무 멀고…… 바쁘실 텐데 괜찮아요. 그냥 주변에서 대충 사주시면 돼요."

"어쨌든 싫다는 건 아니군."

"싫은 건 아니지만…… 그, 그래도 그렇게까지는……."

그는 그녀의 말은 깨끗이 무시하고 시종을 바라봤다.

"출발해."

"네, 공자님!"

시종은 엘리제를 보며 공손히 말했다.

"출발하겠습니다, 레이디. 이동 중 혹시라도 불편한 점이 있으면 바로 말씀해 주십시오."

"아, 아…… 네."

따각따각.

말발굽이 도로에 닿는 소리가 기분 좋게 울리며 마차가 움직이기 시작했다. 언뜻 보면 단순해 보이지만 모두 최고급 자재로만 이루어진 마차의 내부를 보며 엘리제는 생각했다.

'무슨 생각이신 거지? 왜 나에게?'

그녀는 혼란스러웠으나 그는 전혀 설명해 줄 마음이 없는 듯했다. 그저 고개를 옆으로 돌려 그녀에겐 신경도 쓰지 않고 창밖의 풍경만 바라보고 있었다.

'모르겠다. 나쁜 의도는 아니겠지.'

아니, 설마 맛있는 걸로 유혹해서 납치하려는 걸까? 황실의 문장을 가진 고위 귀족이 그러지는 않을 것 같긴 한데.

'그런데…….'

엘리제는 창밖을 보는 그의 옆모습을 보며 멍하니 생각했다.

'잘생기긴 진짜 잘생겼구나.'

그녀는 세 번의 삶을 통틀어 이렇게 잘생긴 남자는 단 한 사람밖에 만나지 못했다. 바로 전 남편인 황태자 린덴 드 로마노프. 이 론이란 남자는 가히 그에 비할 정도로 아름다운 외모를 지니고 있었다.

'3황자 미하일도 아름답지만 느낌이 전혀 다르니까.'

3황자 미하일이 화사한 꽃 같다면, 이들 린덴과 론은 조각을 연상시키는 미남이었다. 그것도 신이 직접 다듬은 듯한 조각.

그녀는 그렇게 멍하니 남자의 얼굴을 바라보다 문득 부끄러운 마음이 들어 시선을 돌렸다.

'황태자 전하의 인척일까?'

느낌이 비슷한 게 그럴지도 모르겠다. 자신이 모르는 그의 인척이 있다는 게 의외긴 하지만 어쨌든 그렇게 한 마디의 대화도 없이 마차는 길을 달렸다.

'그런데 이상하네. 전혀 불편하지가 않아.'

엘리제는 고개를 갸웃했다. 사람은 본능적으로 익숙하지 않은 타인과의 침묵을 불편해한다. 더구나 이 남자는 진료 때문에 몇 번 봤을 뿐, 정확한 신분도 모른다. 하지만 이상하게도 그와의 침묵이 불편하게 느껴지지 않았다. 마치 오랫동안 알고 지낸 사람 같았다.

'왜지?'

고개를 갸웃했다. 어쨌든 그렇게 불편하지 않은, 어쩌면 편안한 침묵 속에서 길을 달렸고, 피카딜리 거리의 카페 레이에 도착했다.

다행히 3층에 자리가 비어 있어 피카딜리 거리의 좋은 전망을 보며 앉을 수 있었다. 남자는 출발하기 전에 장담한 것처럼 디저트를 잔뜩 시켜주었다. 단순히 딸기 케이크만 시킨 게 아니라 카페에서 가장 비싼 3단 트레이 종합 세트를 시켜준 것이다. 당연히 딸기 케이크와 망고 푸딩, 바나나 타르트를 포함해.

"아…… 그냥 케이크 하나면 되는데……."

"나 돈 많다."

"네?"

"내가 보기보다 돈이 아주 많으니 부담 없이 먹으라고."

그 말에 눈을 동그랗게 떴던 엘리제가 미소를 지었다. 남자가 나름 농담을 한 것을 깨달은 것이다. 물론 썰렁하기만 했지만. 어쨌든 시험 스트레스로 너무 피곤하고 배고파 그녀는 감사한 마음으로 디저트를 먹기 시작했다.

'맛있어!'

단맛이 입안에 들어오자 그녀의 얼굴이 확 밝아졌다. 그래, 역시 스트레스에는 단 게 최고야!

한편 황태자는 디저트에는 포크를 가져가지도 않은 채 그녀만 바라봤다.

'그래도 잘 먹는 건 보기 좋군.'

늘 불만스러운 그녀지만 밝아지는 얼굴을 보니 그의 불편한 마음도 조금 풀어졌다.

'단 음식만 사줄 수는 없으니, 뭘 좋아하는지 더 알아봐야겠군. 설마 단 음식만 좋아하는 것은 아니겠지? 어린애도 아닌데.'

그녀에게 특별한 마음이 있어서 그러는 것은 절대로 아니었다. 그저 저 밝은 얼굴을 보니 기분이 좋아져 그럴 뿐이다.

'렌 남작이 알려나? 아니, 모르겠군.'

자신의 친우를 떠올린 그는 인상을 찌푸렸다. 큰오빠인 주제에 그는 동생에 대해 아는 바가 전혀 없었다.

'하여튼 매번 도움이 안 되는군. 동생한테 관심도 안 갖고 지금까지 뭐 하고 산 거야?'

가장 믿음직한 측근에서, 한순간에 도움 안 되는 놈으로 전락한 렌 남작이다.

'크리스. 그래, 그가 좋겠군. 행정부 관료라고 했나?'

엘리제의 작은오빠, 크리스. 그의 서글서글한 인상이 떠올랐다. 왠지 그라면 렌 남작보다는 훨씬 나을 것 같았다.

'그런데 무슨 핑계로 부르지? 그와는 딱히 친분이 없는데.'

그는 간단히 답을 내었다.

'행정부의 관료니, 불러 국정이나 논하자 해야겠군.'

아직 일개 관료에 불과한 크리스가 제국의 황태자와 국정을 논할 필요가 있을 턱이 없었지만 그는 그렇게 결론 내렸다. 작은오빠인 크리스가 생각지도 못 하게 행정부의 차기 실세로 떠오르는 순간이었다.

어쨌든 둘은 그렇게 물 흐르듯 시간을 보냈다. 엘리제는 아주 맛있게 애프터눈 티 종합 세트를 먹어치웠다. 최근 스트레스를 받아서인지 더 맛있었다.

그로부터 얼마 후 그들은 카페 레이에서 나왔다. 그녀는 감사의 인사를 한 후 집으로 돌아가려 했는데, 마침 피카딜리 거리에서 유행하는 연극이 눈에 들어왔다.

'대문호 스피어의 이야기를 토대로 한 연극. 보고 싶다.'

나름 큰 시험이 끝났는데, 그냥 집에 들어가기 아쉬웠다. 그렇다고 차마 저 남자에게 같이 연극을 보자고 할 수도 없는 노릇이라, 혼자라도 보고 갈까 고민하고 있을 때 그가 말했다.

"저 공연을 보고 싶은가?"

"아, 아니에요! 괜찮아요."

고개를 저었으나 얼굴은 완전히 '보고 싶어요'였다.

"그러면 보고 가지."

"저, 정말 괜찮아요!"

그가 정말 표를 끊을 기세라 엘리제는 화들짝 놀라 말렸다.

"보고 싶은 것 아닌가?"

"그, 그렇지만…… 그래도……!"

잘 모르는 남자와 연극이라니! 특히 저 연극은 사랑 이야기를 다룬 극이었다. 보통 연인이 같이 보는.

"괜히 저 때문에 억지로 그럴 필요 없어요."

"누가 그랬지?"

"네?"

"나도 저 공연 보고 싶다."

엘리제는 미심쩍은 표정을 지었다. 저 냉막한 얼굴의 남자가 러브스토리 연극을 보고 싶어 한다고?

"정말요?"

"정확히 말하면."

그가 엘리제의 푸른 눈을 똑바로 바라봤다.

"너와 같이 보고 싶다."

그 갑작스러운 말에 엘리제의 얼굴이 화악 달아올랐다.

"……네, 네?"

"왜? 안 되는가?"

"아, 아니요! 아, 아니…… 그게?"

당황한 그녀는 횡설수설했다. 도대체 이게 무슨 뜻이지?

'나랑 같이 보고 싶다고? 왜?'

두근두근.

혹시나 하는 생각이 떠오르며 가슴이 뛰기 시작했다.

'서, 설마? 날?'

그녀는 애써 고개를 저었다.

'아니야. 날 본 것이라곤 병원에서밖에 없는데, 그런 마음을 가질 리가 없잖아.'

하지만 그러고 보니 오늘 그가 보여준 모습이 이상하긴 했다. 이유 없이 보러 온 것이나, 디저트를 사준 것이나…….

'아, 아니야. 정말, 설마?'

두근거리는 그녀의 마음을 아는지, 모르는지 그는 방금 자신이 낯뜨거운 말을 했다는 것을 전혀 신경 쓰지 않는 듯한 표정이었다. 아니, '같이 보고 싶을 수도 있지, 그런 걸 가지고 뭐?'라고 생각하는 듯한 무심한 표정이었다.

"왜? 같이 보고 싶으면 안 되는 건가?"

"아, 아니요!"

그녀는 고개를 저었다. 안 될 이유는 없다. 아니, 없나? 있나? 뭐가 뭔지 모르겠다.

"혹시 나와 공연을 보기 싫어 그러는 건가?"

그가 불쾌한 듯 눈썹을 찌푸리며 물었다. 이번에도 그녀는 화들짝 놀라 고개를 저었다.

"아, 아니! 그건 아니에요!"

"그러면 됐군."

고개를 끄덕인 남자는 표를 끊었다. 가장 비싼 VVIP석으로.

"들어가지."

입구에서 그가 손을 내밀었다. 마치 레이디를 에스코트하는 신사처럼. 엘리제는 알 수 없는 떨림을 느끼며 그 손을 잡았다. 어쩐지 익숙한 느낌이 드는 손이었다.

연극이 끝나고, 엘리제를 집까지 데려다준 황태자는 마차에 몸을 기대었다. 최근 초상 능력을 너무 자주 사용해서인지 피로했다.

"즐거우셨습니까, 전하?"

시종이 웃으며 물었다.

그 물음에 린덴은 고민했다. 즐거웠냐고?

"글쎄."

나쁘진 않았다. 아니, 솔직히 말하면 좋았다. 그녀의 밝은 표정을 보는 것이, 그녀의 놀란 눈을 보는 것이, 옆에서 걷는 것이, 목소리를 듣는 것이. 그 모든 것이 즐거웠다. 자신도 이런 감정을 느낄 수 있다는 것에 놀랄 정도로. '그날' 이후 이런 즐거움은 처음이었다.

"저⋯⋯ 그런데 전하. 너무 변검 능력을 자주 사용하는 것은 아니온지요? 주제넘은 걱정인지 모르겠으나, 혹시라도 몸에 무리가 갈까 걱정입니다."

황태자는 부정하진 않았다. 확실히 최근 무리하긴 했다. 그가 아무리 강력한 초상 능력자라도 외향을 바꾸는 변검 능력은 쉬운 것이 아니었으니까. 아니, 애초에 그니까 변검을 이렇게나 자유자재로 사용할 수 있는 것이다.

'최근 변검을 너무 자주 사용하긴 했지.'

다른 것은 몰라도 변검의 매개체가 되는 아티팩트에 무리가 가고 있는 것이 문제였다. 만약 아티팩트에 문제라도 생기면 강제 휴지기가 와 한동안 변검 능력을 사용할 수 없게 된다.

'그러면 이렇게 그녀를 찾아갈 수가 없겠군.'

그 생각이 들자, 갑작스레 기분이 나빠졌다.

'조심해야겠어, 꼭.'

그는 그렇게 생각했다.

10장

변곡점

그렇게 여러 일이 있었던 의사 자격시험 날 이후 며칠의 시간이 흘렀다. 엘리제는 일상생활을 하며 시험 결과를 기다렸다.

'떨어지면 어떻게 하지?'

답이 확실하지 않은 문제들 때문에 불안한 마음이 들었으나 애써 감추었다.

'아니야, 괜찮을 거야. 기다려 보자.'

시험 결과를 기다리는 것은 엘리제만이 아니었다. 그녀의 아버지, 엘 후작도 노심초사하며 시험 결과를 기다리고 있었다.

'하아, 우리 리제가 붙기는 아무래도 어렵겠지?'

그는 딸의 합격 가능성이 희박하다고 보고 있었다. 물론 그녀가 병원 사람들에게 상식 밖의 천재라 불리며 여러 대단한 일들을 해낸 것은 안다. 하지만 아무리 그래도 이제 의학의 길에 접어든 지 몇 달 되지도 않은 딸이 아닌가. 붙는다 생각하는 것이 오히려 이상했다.

'더구나 이번 시험은 과도하게 어려웠다는 이야기가 많고.'

살짝 연구원에 확인해 보니 합격률이 역대 최악을 넘어 바닥을 길 것이란 이야기가 있었다. 난이도 문제로 몇 달 뒤 재시험을 치러야 할 것 같다고. 그런 고난이도 시험에서 과연 엘리제가 붙을 수 있을까?

'리제가 꼭 의사가 되길 원하는 것은 아니지만.'

엘 후작은 한숨을 내쉬었다. 딸이 병원에서 훌륭한 모습을 보이는 것이 자랑스럽기는 하지만 그렇다고 의사가 되어 고생하는 것은 싫었다. 안 좋은 감염성 질병들을 진료하다가 건강이라도 상할까 걱정이었으니까. 그의 솔직한 심정으로는 의사는 무슨? 평생 품에 넣고 살고 싶었다.

하지만 딸이 너무 원하므로, 너무나도 소망하므로 그녀가 의사가 되었으면 좋겠다고 생각했다. 꿈이 꺾여 눈물 흘리는 딸의 모습은 절대 보고 싶지 않았으니까. 설사 이 제국의 황제가 딸을 황태자비로 간절히 원한다고 해도 말이다.

'만약 엘리제, 네가 정말로 폐하와의 내기에 승리한다면 그때는 내가 무슨 수를 써서라도 황태자 전하와의 결혼을 막아주마. 이 클로랜스 가문을 걸고서라도 말이다.'

물론 황제가 어떤 마음을 가지고 그녀를 황태자비로 바라고 있는지 알고 있다. 그래도 상관없었다. 평생을 충성했고, 앞으로도 영원히 충성을 바칠 황제이지만 이번만은 양보할 수 없었다. 그만큼 딸은 그에게 소중했다.

한편 느긋한 마음으로 시험 결과를 기다리고 있는 사람도 있었다.

황제인 민체스터 드 로마노프였다.

"그래, 이제 곧 시험 결과 발표지?"

"네, 폐하."

시종장 밴트가 공손히 답했다.

"엘리제, 그 아이가 어느 정도의 점수를 받았는지 궁금하군."

총명한 아이고, 여러 뛰어난 모습을 보여 왔으니 저득점을 했을 것이라고 생각하진 않는다. 분명 어느 정도 고득점은 했겠지. 하지만 합격까지는 무리일 터.

'이걸로 이 내기도 끝이군.'

문득 황제는 개인적 내기 때문에 국가 공인 시험에 개입했다는 것에 살짝 가책을 느꼈으나 크게 개의치는 않았다.

'뭐, 이 정도는 괜찮겠지.'

그는 이 나라의 황제다. 평생 사리사욕을 채우는 일 없이 오로지 나라의 발전과 신민들의 영화를 위해 살아왔는데, 이 정도의 월권을 행사한다고 누가 뭐라 할 수 있겠는가?

'같이 시험을 쳐 피해를 본 도제들에게는 조금 미안하긴 하지만.'

그래도 내기를 마무리하면 재시험을 볼 수 있게 할 예정이니 역시 큰 상관은 없을 것이다.

"저…… 폐하. 그렇지 않아도 연구원에서 연락이 왔습니다."

"응? 무슨 일로?"

"조금 의외의 결과가 나와서……."

황제는 의아한 표정을 지었다.

'무슨 의외의 결과?'

시종장은 조심스럽게 입을 열었다.

"그게……."

한편 그 시각, 의학연구원. 십여 명의 교수가 모여 심각한 얼굴로 논의를 하고 있었다.

"그러면 재시험은 확정이군요."

"네, 그렇게 해야겠습니다. 합격률이 너무 낮습니다. 예년의 반의 반도 안 되는 합격률이라니."

"반의반이 뭡니까? 붙은 사람이 거의 없습니다."

"아무래도 그 환자 케이스 형태의 문제가 너무 어려웠던 것 같습니다."

"그래도 의도한 문제가 나빴던 것은 아닌데. 기존의 단답형 문제보다는 환자를 진료하는 능력을 더 정확히 평가할 수 있지 않겠소?"

출제위원장인 에릭 준남작은 결론을 내렸다.

"어쨌든 행정부에 보고 후, 인가가 떨어지면 재시험 일정을 잡도록 해야겠습니다. 정확한 내용이 결정되면 각 병원에 공문을 보내주십시오."

"네, 알겠습니다."

"그러면 다음 사안을 이야기하죠."

그 말에 모두의 얼굴이 진중해졌다. 역대 최악을 기록한 합격률만큼 중요한 내용이었다. 아니, 어떻게 보면 일개 신입 의사들의 합격률보다 훨씬 중대한 사안이었다. 의학계가 발칵 뒤집힐 수도 있는 내용이었으니까.

"이번에 논의할 내용은 바로 이것입니다."

그러면서 출제위원장 에릭 교수가 무언가를 꺼내 들었다. 그런데 그가 꺼낸 물건의 정체가 의외였다. 삐뚤삐뚤 못생긴 글씨로 채워진 몇 장의 종이. 다름 아닌 이번 의사 자격시험을 친 누군가의 답안이었다!

고작 수험생의 답안을 의학연구원의 최고위원들이 논의한다니? 이해할 수 없는 일이었으나, 교수들의 눈빛은 심각했다.

"모두 이 답안은 읽어보셨죠?"

"네, 다 읽어보았습니다."

"어떻게 생각하십니까? 이 답안의 내용들을?"

장내에 침묵이 흘렀다. 모두 서로의 눈치만 살폈다.

위원장 에릭이 한숨을 내쉬었다.

"제가 먼저 말해보겠습니다. 솔직히 전 이 답안들을 보고 그날 밤잠을 이루지 못했습니다. 왜인지 아십니까?"

에릭은 쓴웃음을 지었다.

"제가 10년 동안 고민하던 내용의 답이 정확히 적혀 있었기 때문입니다."

그러면서 그는 문제 하나를 손가락으로 가리켰다.

[위장절제술 후 담즙 역류를 방지할 방법을 기술하시오.]

위장절제술은 최근에야 시도되고 있는 최고 난이도의 수술이었다. 그런데 아직 초기 단계의 수술이어서인지 여러 부작용이 많았다. 그래서 제국과 공화국의 의학계에서는 그 부작용을 최소화할 방법을 강구하고 있었고, 그런 최신 의학 지견을 알고 있는지 문제를 낸 것이었다.

'그런데 기존 그 어떤 의사도 생각하지 못한 방안을 답안으로 적어 제출했지.'

처음엔 그냥 오답으로 처리하려고 했다. 전혀 듣지도 보지도 못 한 내용이었기에. 글씨도 알아보기 힘들게 엉망이었고. 하지만 이리저리 수술 도식도 그려져 있고, 전문 용어를 동반한 내용이 잔뜩 적혀 있기에 엄청난 악필임에도 참아가며 한번 진지하게 읽어봤는데…… 경악했다.

'어떻게 이런 발상을?!'

출제위원장인 에릭은 제국 내 위장절제술의 최고 대가였다. 그래서 답안에 적혀 있던 삐뚤삐뚤한 글씨가 어떤 의미를 가졌는지 파악할 수 있었다. 한마디로 그건 혁명이었다.

'Roux-en-Y 위 우회술이라고? 분명 이렇게 수술하면 담즙 역류를 확실히 막을 수 있어. 수술의 난이도야 훨씬 올라가겠지만.'

그들이 놀란 것은 단지 그뿐만이 아니었다.

"저도 마찬가지입니다. 제가 10년을 고민한 내용이 이렇게 풀리다니, 허무할 지경이더군요."

연구원의 또 다른 출제위원이자 로즈데일병원의 저명한 교수 미크가 말했다. 그가 낸 문제는 바로 자신의 주 전공인 심장 부전 환자의 치료였다.

"대학자 프레밍이 개발한 약을 그렇게 사용하면 된다는 생각을 왜 지금까지 못 했는지, 저 자신이 한심스럽더군요."

출제위원들은 문제를 어렵게 내라는 황명을 받고 많은 방안을 고민했었다. 출제 방식을 기존의 단답형에서 환자 케이스 형태로 추론 능력을 물었고, 희귀병의 비중도 높였다.

그야말로 가장 최고 난이도의 문제들이었다. 교수들은 각자 자신의 세부 전공에서 아직 치료가 정립되지 않은, 의학계에 화두가 되고 있는 내용을 문제로 냈다. 최신 의학 지견을 얼마나 알고 있는지, 그리고 그런 문제들에 대해 어떤 아이디어를 가졌는지 묻기 위해서였다.

'예상대로 최신 의학 지견을 묻는 문제를 푸는 도제들은 거의 없었지.'

억지로 답안을 채워도, 말도 안 되는 공상이거나 황당한 내용뿐이었다. 개중 일부 몇 문제를 맞추는 이들도 있었으나, 그건 극히 일부였다.

하지만 딱 한 명. 단 한 명만이 모든 문제에 답안을 적어 넣었고, 그리고 그 답안의 내용은 모든 출제위원을 충격에 빠뜨렸다.

'말도 안 돼. 어떻게 이럴 수가 있지?'

출제위원장 에릭은 속으로 중얼거렸다. 어떤 답들은 최신 의학 지견을 정확히 꿰뚫고 있었다. 아니, 그저 꿰뚫는 수준이 아닌, 답안자의 식견이 내용에 곁들어져 있었는데, 그 내용에 감탄을 금할 수 없었다.

물론 단지 그 정도였다면 이들 모두가 이렇게 심각하게 논의를 할 이유는 없었을 것이다. 그저 대단한 수재가 나타났다고 여기면 그만이었을 테니. 하지만 몇몇 문제의 답안이 그들 모두를 경악에 빠뜨렸다.

'이건…… 말도 안 돼.'

위장절제술의 수술적 기법!

심장부전 환자의 치료!

수술 중 감염증을 예방하기 위한 효과적인 소독법!

그것은 제국과 프랑소엔 공화국의 거장들이 오랫동안 갑론을박했지만 결론이 나지 않았던, 모두 의학계의 큰 화두들이었다.

그런데 그 문제의 답안지에는, 고작 의사 자격시험에 적힌 삐뚤삐뚤한 악필로 채워진 그 종이에는, 기존 패러다임을 아득히 뛰어넘는 가설과 이론이 적혀 있었던 것이다.

어린 도제의 의견이라고 터무니없다 무시할 수도 없었다. 출제위원들은 모두 각 분야의 대가들. 그들 모두 저 답안에 적힌 내용의 의미를 알아볼 수 있었다. 그야말로 하나하나가 기존 학설을 통째로 흔들 혁명적 가설과 이론이었다.

"나는 이 답안의 내용을 학회의 의학자들과 상의해 볼 생각이오."

"저도 그래야겠습니다. 이건 저 혼자서 알고 있을 내용이 아니니까요."

해당 분야의 전문 교수들이 그렇게 말했다. 이 답안의 내용은 단지 자신들만 알고 있을 내용이 아니었다. 반드시 학회에 보고해야 했다. 그만큼 대단한 이론들이었다.

그때 한 위원이 물었다.

"그러면 이 답안은 모두 정답으로 처리하면 되겠죠?"

"그거야 당연하지 않소? 이런 답안을 정답 처리하지 않으면 뭘 정답 처리한단 말이오?"

"하지만 그러면……."

말을 꺼냈던 위원이 주저하며 말했다.

"이걸 다 정답 처리해 버리면 너무 고득점이 됩니다."

"이렇게 뛰어난 답안을 적었으니, 고득점이 아닌 게 이상하지 않겠소? 몇 점이기에 그러오?"

"……99점입니다."

잠시 불신에 찬 침묵이 장내에 내려앉았다.

한 위원이 떠듬떠듬 물었다.

"구십…… 몇 점이라고요?"

"99점입니다."

"자, 잘못 채점한 것 아니오? 이번 시험 차석이 82점으로 알고 있는데?"

"정확합니다. 혹시나 오류가 있을까 5번이나 채점했습니다."

"무, 무슨 말도 안 되는……."

제국 의사 자격시험 역대 최고점이 95점이었다. 그런데 99점이라니? 이렇게 어렵게 낸 시험에서? 200문항 중 딱 2개만 틀렸단 소리가 아닌가?

"아, 아무리 뛰어난 답안을 적어내었다 해도 말도 안 되는 점수인데……."

한 교수가 믿지 못하겠다는 듯 물었다.

"그러면 틀린 두 문제는 뭡니까?"

채점을 맡은 교수가 머리를 긁적이며 말했다.

"폐렴의 증상을 묻는 문제와 단순 감기의 치료법 문제입니다."

"뭐요? 그건 그냥 거저 주는 최저 난이도의 문제 아닙니까? 다른 어려운 문제는 다 맞추고 왜 그런 문제를?"

"답안에 쓴 글씨가 삐뚤삐뚤해 도저히 알아볼 수가 없어서 부득하게 오답 처리했습니다. 왜 이렇게 글씨를 못 쓰는지 채점하기 진짜 힘들더군요.”

교수들은 입을 다물었다. 그러면 저 쉬운 문제들을 제외하고는 다 맞혔다고? 정말로?

위원들의 반응에 위원장 에릭 준남작은 쓴웃음을 지었다. 자신도 처음 채점 결과를 들었을 때 저런 반응이었다.

“그만. 답안 내용은 제가 몇 번이나 검토했으니 틀림없을 것입니다.”

“하지만…….”

“아마 우리 브리티아 제국 의학계에 ‘선구자’ 그라함 백작을 능가하는 천재가 나타난 것 같습니다.”

반쯤 농담 섞인 말투였지만 그 말은 위원장의 진심이었다. 이 답안의 내용을 보면 천재란 말도 오히려 부족했다.

‘더구나 이 답안을 쓴 분은.’

이 답안의 주인공은 애초에 이름 없는 도제가 아니었다. 진즉부터 제국 수도 론도의 의학계, 아니, 제국 전역에서 유명한 이였다.

위원장 에릭 준남작은 답안 주인공의 이름을 중얼거렸다.

“데임 클로랜스.”

데임 엘리제 드 클로랜스. 시대를 뛰어넘는 비장절제술로 론도의 의학계를 경악에 빠뜨린 소녀. 그리고 그 경악이 가라앉기도 전에, 과감한 기관절개술로 하버 공작 부인의 목숨을 구해 여성 최초의 황실장미훈장과 명예 기사 작위를 받은 이.

‘또…… 황태자비가 될 분이시기도 하지.’

제국 최고 명문 클로랜스 가문의 영애인 그녀는 이번 탄신연회 때 황태자비로 '사실상' 내정되었다. 즉, 단순한 의사 지망생이 아닌, 제국의 퍼스트레이디가 될 지고한 여인이었다.

'왠지 아깝구나. 이런 능력을 가진 분이 황태자비가 되신다니.'

위원장은 속으로 생각했다. 지고한 황태자비가 되는 것이 아깝다니, 누가 들으면 황당해할 생각이지만 진심이었다.

'처음 기관절개술로 하버 공작 부인을 살려냈다는 이야기를 들었을 때만 해도 그저 대단하신 분이 황태자비로 내정되었구나, 라고만 생각했지만.'

이 패러다임을 뛰어넘는 혁명과도 같은 답안들을 보고 생각이 바뀌었다.

'만약 의사가 된다면 의학계의 발전에 크나큰 이바지를 할 것 같은데.'

그는 아쉽다는 생각을 했다.

엘리제의 수석 합격 소식은 제국 의학계를 강타했다.

황태자비가 될 데임 클로랜스! 최고 난이도의 의사 자격시험에서 역대 최고점으로 수석을 차지하다!

이번 시험은 극악한 난이도로 합격률이 바닥을 기었다. 단순히 합격만 해도 주목을 받았을 텐데, 역대 최고점이라니? 그리고 단순히 최고점으로 수석만 한 것도 아니었다. 그녀가 답안에 적었던 내용들은 곧바로 제국 의학계에 보고돼 혁명적 논란을 일으켰다.

"말도 안 돼. 이게 정말 데임 클로랜스께서 생각해 낸 발상들이라고요?"

"그렇습니다. 저도 이번에 학회에 보고된 내용을 보고 눈을 의심했습니다. 지금껏 고민하던 문제들을 이렇게 풀어내다니!"

"그런데 데임 클로랜스라면 이번에 황태자비로 내정되신 분 아닙니까? 그 명문 클로랜스 가문의?"

"네, 맞습니다. 참 대단하시지요? 황태자비가 되실 분이 이렇게 의학적으로도 뛰어나시다니."

"하! 이런 말을 해도 될지 모르지만…… 조금 아쉽구려. 이 답안의 내용을 보고서 우리 황실십자병원으로 데려오려고 했는데, 하필 데임 클로랜스라니."

"그러게 말입니다. 저희 로즈데일병원도 교수직을 제안하려 했는데."

제국 의학계에 어느 정도 영향력 있는 의사들은 서로 만날 때마다 그녀에 대해 떠들었다. 그만큼 이번 사건은 충격적이었다. 그리고 그녀의 수석 합격 소식은 단순히 의학계에서만 회자된 것이 아닌, 일반 제국 시민들에게도 퍼졌다. 특종의 냄새를 맡은 하이에나 기자들이 번개같이 기사를 써낸 것이다.

[데임 클로랜스! 역대 최고점으로 의사 자격시험에 수석으로 합격함! 황태자비가 된 이후가 기대돼!]

수석 합격과 황태자비가 무슨 관련이 있는지 모르겠으나, 그런 사소한(?) 것은 아무래도 좋았다. 그저 최근 제국의 최고 유명인인 엘리제가 또 일을 터뜨렸다는 것이 중요했다. 기자들은 마치 인기 배우의 가십이라도 터진 것처럼 기사를 퍼뜨렸다. 덕분에 일반 시민들도 모두 엘리제의 수석 합격 소식을 알게 되었다.

"하, 정말 대단하시네. 우리 황태자비님."

"그러게. 잘은 모르지만 엄청 어려운 시험이라고 하던데."

"그래, 내가 아는 부르주아 가문의 차남은 벌써 4번째 낙방했대. 그런데 수석 합격이라고?"

"이렇게 총명하신 분이니 황태자비가 되어서도 잘하시겠지?"

"그럼! 마음도 천사 같다지 않은가? 빈민 구제 병원인 테레사병원에서 몇 달째 봉사 중이시니."

"정말 이런 분이 황후가 되셔야 하는데. 금번 황후와 1황비께서는……."

그런데 그 말을 하던 시민이 주변의 눈초리를 받았다. 현 황실의 황후와 황비, 그리고 1황녀에 대해 말하는 것은 일반 시민들 사이에서도 암묵적인 금기였기 때문이다. 그건 시민들이 로마노프 황가와 희대의 명군(名君) 민체스터 황제를 존경하기 때문에 더욱 그러했다.

"크흠, 내가 실수했군. 그런데 데임 클로랜스께서는 어째서 의사 자격시험까지 치르신 거지? 단순히 봉사 활동이 아니라, 정말 의사가 되려는 건가?"

"듣고 보니 그러네. 어차피 곧 황태자비가 되실 텐데 왜 시험까지 치르신 거지? 그것도 수석 합격까지 하면서?"

시민들은 의문을 가졌다. 뭔가 앞뒤가 안 맞았던 것이다.

"몰라. 뭔가 큰 뜻이 있으시겠지. 어쨌든 우리 브리티아 제국의 황태자비가 되실 데임 클로랜스를 위해 건배!"

엘리제의 가족도 크게 기뻐했다. 특히 노심초사하던 엘 후작의 기쁨은 더욱 컸다.

"크하하! 역시 우리 딸이구나!"

과거 근엄함의 대명사였던, 하지만 어느 순간부터 딸바보로 변한 제국의 명재상은 체통 없이 웃음을 터뜨렸다.

"여봐라! 오늘은 가문의 잔치다! 창고의 술통을 모두 열어라! 하하! 좋은 날이니 모두 다 같이 먹고 즐기자!"

"와! 엘리제 아가씨 만세!"

고용인들이 환호성을 질렀다. 그렇게 클로랜스 가문의 저택에서 갑작스러운 잔치가 열렸다. 맛있는 음식과 질 좋은 술에 가문의 모두가 기분 좋게 취해 갔다.

작은오빠, 크리스가 와인에 빨갛게 달아오른 얼굴로 그녀를 걱정했다.

"리제, 의사가 되어서도 꼭 몸조심해야 해."

"네, 작은오라버니도요."

"내가 몸조심할 게 뭐가 있니? 네가 걱정이지. 하여튼 위험해 보이는 환자에겐 절대로 접근하지 말고."

작은오빠는 동생이 물가에 내놓은 애처럼 느껴지는 듯했다. 계속해서 이어지는 잔소리에 엘리제는 배시시 미소를 지었다. 행복했다.

'작은오라버니. 이번엔 절대 그렇게 되지 않게 할 거야.'

그녀의 추측이지만 이제 곧 크림원정은 확전된다.

'지난 삶에선 내가 한 실수를 무마하기 위해 작은오빠가 그 확전된

전쟁에 참전했었지.'

과거, 그녀는 가문의 명예를 실추시키는 큰 실수를 했었고, 그걸 만회하기 위해 작은오빠가 전쟁에 참전했다. 그리고…… 그는 돌아오지 못했다.

'이번엔 작은오라버니가 참전할 일은 없을 테니까. 걱정 안 해도 돼.'

그때 간만에 집에 돌아온 큰오라버니, 렌 남작이 그녀에게 말을 걸었다.

"합격 축하한다. 못난 줄만 알았더니, 잘하는 것도 있구나."

그 축하에 엘리제는 놀란 표정을 지었다. 원체 무뚝뚝한 큰오라버니라 아무 말도 없이 지나갈 줄 알았었는데.

"고마워요, 오라버니."

그런데 큰오라버니가 오늘따라 이상했다. 머뭇거리며 이상한 것을 물은 것이다.

"음…… 엘리제."

"네?"

"너 좋아하는 음식이 뭐냐?"

"……네?"

"좋아하는 공연은? 혹시 좋아하는 취미는 없느냐?"

엘리제는 자신이 잘못 들었나 귀를 의심했다. 하지만 민망해하는 얼굴을 보니, 잘못 들은 것이 아니었다.

"갑자기…… 그건 왜요?"

"……."

꿀 먹은 벙어리.

'나도 몰라.'

렌 남작 본인도 왜 이런 쓸데없는 질문을 해야 하는지 알 수가 없었다.

'전하는 왜 이런 걸 궁금해하시는 거지?'

동생이 뭘 좋아하든 자신과 무슨 상관이란 말인가?! 각자 좋아하는 것 알아서 하며 잘 살면 되지! 하지만 자꾸 물으니 신하 된 입장에서 곤란하기 짝이 없었다.

'차라리 테르시오의 파훼법이나 포병대의 운영, 공화국 경기병에 대한 대처, 이런 질문이 낫지.'

렌 남작은 한숨을 내쉬었다.

어쨌든 그렇게 클로랜스 가문의 밤이 행복하게 물들어갔다. 즐거운 밤이었다.

하지만 그 순간, 모두가 행복해하고 있을 때, 엘리제의 합격 소식을 듣고 우울해하는 이가 있었다. 바로 제국민의 경외와 존경을 한 몸에 받는 명군 민체스터 황제였다.

'수석 합격이라고?'

그는 헛웃음을 지었다.

'그것도 역대 최고점? 그렇게 시험 문제를 어렵게 냈는데? 정말 대단하군.'

그는 고개를 절레절레 저었다. 엘리제, 그 아이는 도대체 얼마나 자신을 놀라게 할 것인지 알 수가 없었다. 물론 아직 내기가 끝난 것은 아니었다. 엘리제는 그저 의사 자격시험에 합격한 것일 뿐이니까. 수석 합격이 대단하지 않은 것은 아니지만 어차피 매년 한 명씩 꼭 나오는 게 수석 합격자다.

내기의 조건, '황태자비, 후에 황후가 되는 것보다 의사로서 더 가치 있는 일을 해낼 수 있음을 증명하는 것', 아직 그것에는 한참 못 미쳤다.

'하지만…….'

민체스터는 속으로 중얼거렸다.

'이러다 엘리제 그 아이가 정말로 내기에서 건 조건을 뛰어넘는 일을 해내는 것은 아니겠지?'

물론 그럴 리는 없다. 성인식까지 남은 기간은 이제 고작 4개월. 그 안에 대단한 일을 해봤자 얼마나 해낼 수 있겠는가? 그녀가 이길 가능성은 거의 없었다.

'하지만.'

두 달 남짓한 기간 동안 그 아이가 보여준 모습들은 보통 사람의 상식을 한참이나 뛰어넘는 수준이 아니던가.

'어쩌면…….'

민체스터의 마음속에 자신이 내기에서 질 수도 있겠다는 불안이 처음으로 깃들었다. 그는 괜히 이유 없이 뒷머리가 아파오는 것 같았다.

그렇게 엘리제는 자격을 갖춘 정식 의사가 되었다. 그것도 역대 최고점 수석 합격자일 뿐 아니라, 역대 최연소 합격자라는 명예와 함께. 사람들은 황태자비가 될 거라고 알려진 그녀가 이후 어떤 행보를 보일지 궁금해했다. 하지만 특별한 것은 없었다. 그녀는 원래 일하던 테레사병원에서 계속 일했다. 다만 이전과 차이가 있다면 도제가 아닌 의사로서 지위가 바뀌었다는 점이었다.

"클로랜스 가문의 영애가 테레사병원에서 계속 일한다고? 그 황태자비로 정해진?"

"그렇다는데?"

사람들은 신기해하며 그녀를 지켜봤다. 클로랜스 가문만 한 대귀족 출신이 의사가 된 적도 거의 없었고, 황태자비로 내정된 이가 의사가 된 적은 더더욱 없었으니까.

"대단하시군. 빈민들이 주로 오는 테레사병원에서 일하는 게 보통 힘든 일이 아닐 텐데."

"그러게 말이야. 남자들도 학을 뗀다던데. 황태자비가 되기 전에 건강이라도 상하는 것 아닐까 걱정이야."

사람들의 시선은 주로 호의적이었다. 황태자비가 될 거라 예정된 지고한 여인이 구제 병원에서 빈민을 돌보는 것이 나빠 보일 리가 없기 때문이었다. 하지만 고까운 시선이 없는 것은 아니었다.

"황태자비가 될 거면서 왜 의사를 한다고 그런담? 저거 다 그냥 정치적 쇼 아니야?"

"그러게. 사람들에게 잘 보이려고 일부러 그러는 것 같아."

주로 클로랜스 가문과 대립 관계인 귀족파의 인물들이었다. 그들은 엘리제가 황태자비가 되기 전, 대중들의 인기를 얻기 위해 쇼를 벌이고 있다고 폄훼했다.

근거 없는 헐뜯음은 아니었다. 실제로 엘리제는 테레사병원에서 일하면서 시민들에게 어마어마한 인기를 얻고 있었으니까.

[퍼스트레이디가 될 지고한 여인, 자신의 몸은 돌보지 않고 빈민 구제 병원에서 남을 위해 봉사하다!]

사실 어느 정도 오해가 섞여 있었지만 일반 시민들은 열광했다.

세상에 저런 황태자비가 어디 있단 말인가? 당장 옆 나라 프랑소엔에서 앙투 황후가 시민들의 분노로 단두대에 목이 잘린 게 50년도 안 된 일이었다. 합스브루엔 가문 왕녀들의 사치도 시민들에게 지탄을 받는 유명한 일화였다.

"위대한 황제 폐하와 황태자 전하, 그리고 데임 클로랜스를 위하여 건배!"

시민들은 펍에서 술을 마시며 황실의 영광을 위해 건배할 때 엘리제도 거론하며 건배했다. 그만큼 그녀는 아직 정식 약혼도 안 했으면서 시민들에게 굉장한 지지를 얻게 되었다.

황태자비가 이런 인기를 얻은 것은 유례가 없는 일이었지만 막상 당사자인 엘리제는 별 관심이 없었다.

'어차피 난 황태자비가 되지 않을 거니까.'

그녀는 그렇게 굳게 생각했다. 4개월, 그 안에 반드시 황제와의 내기를 이길 것이다. 그래서 황태자와 연관 없는 평범한 의사의 삶을 살 것이다.

'최선을 다하자, 엘리제.'

그런 마음으로 그녀는 최선을 다해 환자들을 돌봤다. 아니, 꼭 내기가 아니라도 그녀는 환자를 돌보는 데 열과 성을 다했다. 좋아하는 일이니까. 꿈에도 바라던 일이니까.

'즐거워.'

의사 자격증을 따니 너무 좋았다. 도제 때와 다르게 그 누구의 눈치도 보지 않고 자신의 진료를 할 수 있었으니까. 그녀는 자신에게 주어진 이 기회를 놓치고 싶지 않았다. 그래서 더욱 감사한 마음으로, 그리고 행복해하며 환자를 진료했다.

그리고 그렇게 시간이 흘렀다.

하루, 이틀.

그리고 일주일, 이 주일.

한 달, 두 달.

폐하와의 내기와는 별개로 행복한 시간이었다. 몸이 약한 탓에 여러 차례 아프긴 했지만 그래도 좋았다. 엘리제는 정말 원 없이 환자에 몰두했다.

'넌 이상해.'

과거 한국에서 친한 동기가 했던 말이 떠올랐다.

'어떻게 그럴 수가 있어? 환자를 보는 게 그렇게나 즐겁다니. 물론 어느 정도 보람이야 느낄 수 있지만, 아무리 보람차도 결국 일이잖아. 그런데 즐거워? 넌 이상해. 아무리 좋게 봐줘도 넌 일중독, 워커홀릭이야.'

그래, 그 말이 맞을지도 모르겠다. 자신은 이상했다. 이 일이, 환자를 보는 것이 이유 없이 좋았으니까. 하지만 꼭 이유가 필요하겠는가? 화가가 그림을 좋아하는 데에는, 가수가 노래에 중독되는 데에는 특별한 이유가 없다. 자신도 그저 이 일에 빠졌을 뿐이다.

어쨌든 그렇게 시간이 흘렀다. 시간의 흐름이 멈췄으면 싶을 만큼 행복한 나날들이었다.

하지만 운명은 그녀에게 평온한 행복을 더 허락하지 않았다. 꿈처럼 행복한 세 달의 시간이 지나갔고, 성인식을 딱 한 달 남겨둔 그때, 그녀의 운명을 뒤바꾼 두 개의 사건이 일어났다.

첫 번째 사건은 크림반도를 향한 프랑소엔 공화국의 참전이었다.

확전이 될 거라 알고는 있었지만 그녀의 예상과 전혀 다른 점이 있었다. 그건 바로 참전이 결정된 프랑소엔군의 규모였다.

40만, 무려 40만이었다. 그 엄청난 규모는 이전 삶과 비교했을 때 두 배가 넘는 대군으로, 이런 대군에 맞서려면 천하의 브리티아 제국도 상비군만으로는 대응이 불가능했다. 대규모 징병이 불가피했다. 그렇게 갑작스러운 전운이 론도에 몰려들었다. 사건은 그게 끝이 아니었다.

두 번째 사건은 바로 론도 대역병(大疫病). 정체불명의 전염병이 제국의 수도 론도에 퍼지기 시작했다. 그리고 엘리제 드 클로랜스, 이 작은 소녀는 이 사건들로 인해 의학사(醫學史)가 아닌, 일반 역사서(歷史書)에 처음으로 이름을 남기기 시작한다.

브리티아 제국의 황궁. 제국을 통치하는 세 명의 거인이 심각한 얼굴로 이야기를 나누고 있었다.

"이놈들이 미쳤나 보군. 40만? 정확한 정보겠지, 재상?"

황제 민체스터가 혀를 찼다.

"네, 폐하. 프랑소엔 정규군 30만, 검은 대륙의 무어군 7만, 스위센의 용병 3만. 도합 40만이 맞습니다."

40만. 정말 어마어마한 숫자였다.

"니콜라스 총통, 그자가 도대체 무슨 생각을 하는 건지 모르겠군."

시몬 니콜라스. 프랑소엔 공화국을 무려 30년이나 독재로 통치하고 있는 자. 사실 공화국은 명칭만 공화국이지, 피의 독재자 니콜라스 총통의 개인 소유나 마찬가지였다.

"아마 크림반도 이남의 흑해가 우리 제국의 영향권으로 넘어가는 것을 막기 위해 무리수를 두는 것 같습니다."

"그래도 이건 너무 많아. 15만, 많아도 20만 정도로 생각했는데."

그때 옆에서 가만히 듣고 있던 황태자 린덴이 입을 열었다.

"위기감을 느껴서인 것 같습니다."

"위기감?"

"네, 현재 크림에 원정 중인 2군단은 큰 피해 없이 승전 중입니다. 클로랜스 영애의 조언 덕에 공화국의 계책이었던 몽셀 왕국의 개입도 큰 피해 없이 막았고, 마침 유행했던 전염병도 적은 피해로 끝났습니다. 이대로 원정이 진행된다면 크림반도가 우리 제국에 떨어지는 것은 명약관화한 일. 어지간한 지원군으로는 대세를 뒤집을 수 없다 판단해 이런 대군을 일으킨 것으로 판단됩니다."

그건 공화국 정부에 밀파된 정보원이 보낸 정보를 토대로 한 추측으로 한 정확한 판단이었다.

"어쨌든 우리도 물러날 수는 없으니 전면전의 양상이 되겠군."

"네, 큰 전쟁이 될 듯합니다."

참 얄궂은 일이었다. 과거 엘리제가 전략을 조언한 이유는 단 하나, 전쟁의 피해를 최소화하려 한 것이었는데 오히려 그 일이 부메랑처럼 돌아와 대규모 확전의 빌미가 되다니.

"돈놀이꾼만 좋아하겠군. 여기저기서 많이 빌리려 들 테니. 그네가 제일 좋아하는 것 아닌가? 전쟁 나면 돈 빌려주고 이자 받아먹는 것."

"그러게 말입니다."

엘 후작은 쓴웃음을 지었다.

돈놀이꾼. 귀족파의 차일드 후작을 뜻한다. 아니, 정확히는 그가 수장으로 있는 국제금융 재벌인 차일드가의 족속들을 칭하는 말이다.

차일드 가문은 브리티아 제국에만 있는 것이 아니었다. 저 프랑소엔 공화국에도, 스페냐 왕국에도, 프러시엔 공국에도. 서대륙 열강에 각자 다른 이름으로 뿌리를 내리고 수많은 은행을 운영하고 있었다. 사실상 서대륙의 돈줄을 움켜쥐고 있는 자들. 그런 강력한 금권(金權)을 가지고 있기에, 황제인 민체스터도 함부로 손을 못 대고 있는 것이었다.

"재상."

"네, 폐하."

"우리가 투입할 수 있는 상비군이 어느 정도지?"

"급한 대로 끌어모은다면 서대륙 본토 북단의 로마노프령에서 15만 정도입니다. 다른 대륙에 주둔 중인 병력은 움직이는 데 시간이 많이 소요될 듯합니다."

"그러면 추가로 브리티아 섬에서 최소 15만 이상은 징병해야겠군."

"그렇습니다."

민체스터는 한숨을 내쉬었다. 상황이 마음에 들지 않았으나 어쩔 수가 없었다. 민체스터는 잠시 친구의 눈으로 돌아가 자신의 오랜 벗인 엘 후작을 바라봤다.

"귀족 가문에선 최소 2명씩 참전해야 할 거야. 괜찮겠나, 엘?"

그 물음의 의미를 깨달은 엘 후작의 얼굴이 굳어졌다. 그러나 굳게 고개를 저었다.

"뭘 그런 걸 물으십니까? 나라를 위해 싸우는 것은 귀족의 가장 큰 명예."

"그래, 그렇게 말해주니 고맙군. 미안하고. 주님의 가호가 클로랜스에게 임하길."

2명의 참전. 그 말은 엘 후작의 두 아들, 렌과 크리스가 모두 참전해야 한다는 뜻이었다. 최악의 경우 두 명 모두 전사해 직계의 대가 끊길 수도 있는 일이었다.

하지만 아무리 고위 귀족이라도 나라를 위해 싸우는 것에는 예외가 없었다. 아니, 고위 귀족이기에 더욱 앞장서 모범을 보여야 한다.

노블레스 오블리주. 그것이 브리티아 제국의 오랜 전통이었고, 귀족의 명예였기 때문이다. 만약 아들들이 전쟁에서 모두 사망해 대가 끊길 경우, 방계의 혈족을 입양해 가문을 잇곤 한다.

'그런 일은 일어나지 않기를. 둘 모두 건강한 모습으로 돌아올 수 있기를. 제발.'

엘 후작은 속으로 간절히 기도했다.

착잡한 마음은 황제도 마찬가지였다.

"린덴, 너도 꼭 조심해야 하느니라. 아무리 초상 능력자라도 총알이 피해가지는 않으니."

황제가 아버지의 마음으로 말했다. 황실도 군역의 의무에 예외는 없다. 아니, 그 누구보다 앞장서야 한다.

군대는 로마노프를 위해 싸우고, 로마노프 황실은 조국인 브리티아를 위해 싸운다!

이게 바로 브리티아 제국의 원칙이었으니까.

실제로 2년 전, 검은 대륙의 앙젤리 전쟁 때 1, 2, 3황자가 모두 참전했었고, 그중 첫째인 1황자가 공화국의 포탄에 맞아 전사했다. 시체도 제대로 건사하지 못한 첫째의 참혹한 주검을 보고, 민체스터는 남들 앞에서 눈물도 제대로 흘리지도 못 했다. 제왕이었으니까. 흔들리는 모습을 보이면 안 되기에.

하지만 남몰래 얼마나 통곡했는지 모른다. 아무리 철혈의 제왕이라도 그도 결국 아버지였다. 아들의 죽음은 그의 가슴에 대못을 박아 넣었다.

15년 전, 황실의 비극 이후 두 번째 대못이었다. 그 이후 다시는 핏줄의 죽음을 보고 싶지 않았지만 어쩔 수 없었다. 이번에도 황태자, 그리고 3황자 모두 참전할 것이다. 황실의 의무를 다하기 위해.

"……."

그는 말없이 자신을 바라보고 있는 황태자를 돌아봤다. 그 누구보다 뛰어나지만 '그날의 비극' 이후 표정을 잃은 자신의 아들.

'다 내 잘못이지.'

황제는 씁쓸하게 웃었다. 알고 있다. '그날'의 일이 린덴에게 어떤 상처가 되었을지. 자신조차도 아직 이렇게 아픈데, 어렸던 그는 어땠겠는가?

'돌이킬 수 있다면. 아니, 그때로 다시 돌아간다 해도 과연 돌이킬 수 있을까?'

민체스터는 자리에서 일어나 창가로 걸어갔다. 탁 트인 시야로 250만 시민이 사는 수도 론도의 전경이 한눈에 들어왔다.

"날씨가 좋군."

그가 사랑하는 수도의 전경. 저 전경을 위해, 시민들을 위해 일평생을 바쳤다. 그래서 명군이라 칭송받는 군주가 되었다.

'하지만 과연 의미 있는 삶이었을까? 이 민체스터 드 로마노프의 삶은?'

"정말 날씨가 좋아."

그는 중얼거렸다. 하늘이 시리도록 맑아서일까? 갑자기 한 가지 바람이 들었다.

'린덴이 출정하기 전, 엘리제 그 아이와 약혼식을 올리는 모습이라도 봤으면 좋겠군.'

하지만 그때, 민체스터가 모르고 있는 사실이 있었다. 프랑소엔 공화국의 참전 말고도, 론도에 또 다른 어둠이 밀려오고 있다는 것을.

2차 론도 대역병 사건.

엘리제의 이전 삶, 론도 시내에서만 10만 명 이상의 사망자를 낸 전염병이 몰려오고 있었다. 그리고 벌써 론도의 각 병원에서는 사망자가 발생하기 시작했다.

2권에서 계속…